Franziska Steinhauer
Ferienhaus für eine Leiche
Schweden-Krimi mit Rezepten

Franziska Steinhauer

Ferienhaus für eine Leiche

Ein Fall für Sven Lundquist

OKTOBER VERLAG

Münster in Westfalen

© 2009 Oktober Verlag, Roland Tauber
Am Hawerkamp 31, 48155 Münster
www.oktoberverlag.de

Satz: Anh Nguyen
Umschlag: Anh Nguyen und Linna Grage
unter Verwendung eines Fotos von Roberto Adrian
Rezepte: Franziska Steinhauer, Roland Tauber und Laura Wiebold
Druck: Books on Demand GmbH
In de Tarpen 42, 22848 Norderstedt

ISBN: 978-3-938568-73-6

Er stand am Fuß der Treppe und horchte in sich hinein.
Eigentlich hatte er mit Vielem gerechnet, mit einem schlechten Gewissen, quälenden Schuldgefühlen, bohrendem Skrupel oder aufgeregter Vorfreude.
Doch tatsächlich empfand er nichts dergleichen.
Nur eine unendliche Leere.
Noch konnte er umkehren, so tun, als habe er nie so etwas vorgehabt.
Sollte sein Plan scheitern und man ihn überführen, zöge das einen empörten Aufschrei der Scheinheiligen nach sich, er würde geächtet, von allen verteufelt.
Man würde ihn hassen.
Aber das werde ich zu verhindern wissen, dachte er selbstbewusst. Schließlich bekamen sie beide, was sie verdienten: sie den Tod und er die Freiheit!
Die verzogenen Stufen der alten Holztreppe knarrten vorwurfsvoll, als er vorsichtig zu ihrem Zimmer im Dachgeschoss schlich.
Nervös zuckte er zusammen.
Einen Moment wartete er angespannt, eingefroren in der Bewegung.
Er lauschte auf einen Ruf oder ein anderes Geräusch aus ihrem Zimmer, vielleicht ein verräterisches Husten oder eine Art Rascheln oder Zischen, hervorgerufen vom Reiben ihrer rauen und aufgerissenen Hornhautfersen auf dem kühlen glatten Bettlaken. Hatte sie ihn etwa doch kommen hören? Zum wiederholten Mal strich er sich die Haare aus der Stirn.
Würde sie jetzt, wie sonst, seinen Namen rufen? Leicht

fragend, unsicher, so, als wisse sie nicht genau, ob er es war, der die Treppe herauf kam? Als ob sich in den letzten Jahren je ein Mensch hierher verirrt hätte!
Lächerlich!
Wer sollte schon das Bedürfnis haben, eine boshafte Alte und ihren idiotischen Sohn zu besuchen! Da kam doch nur, wer unbedingt musste. Der Arzt zum Beispiel – doch selbst der erschien nur noch sporadisch. Und am liebsten war ihm, wenn er die zänkische Nörglerin nicht leibhaftig zu Gesicht bekam, sondern sich von ihrem Sohn alle relevanten Informationen über ihren Gesundheitszustand geben lassen konnte. Danach händigte der Arzt ihm das Rezept aus und konnte aufatmen.
Zornig ballte er die Hände zu Fäusten und rammte sie dann kraftvoll in die Hosentaschen. Schwindel ließ ihn für einen Moment taumeln.
Das ist der Hass, der mir schwarz vor Augen werden lässt!, dachte er und es erfüllte ihn fast mit Stolz.
Es steckte doch noch Gefühl in ihm!
Als alles ruhig blieb, wagte er sich vorsichtig ein paar Stufen weiter.
Das hättest du nicht gedacht, begann er einen imaginären Dialog mit ihr, dass ich dazu fähig wäre! Oh, nein. Du hast mich eben völlig falsch eingeschätzt!
Typisch für dich!
Nie hast du meine Fähigkeiten erkannt!
Nie hast du dich für deinen einzigen Sohn interessiert!
Nun konnte er schon die Tür zu ihrem Zimmer sehen.
»Ach, du bist es nur«, begrüßte sie ihn üblicherweise mit unverhohlener Enttäuschung.
Nur! Als wäre er ein Nichts! Ein Stück Dreck! Und, während er noch damit beschäftigt war, seine Wut hinter einem milden Lächeln zu verbergen, um ihr nicht zu zeigen,

dass es ihr gelungen war ihn zu verletzen, fuhr sie schon fort:

»Tja, so ist der Lauf der Dinge. Wenn man alt ist, wird man von allen gemieden und die anderen wünschen einem dann nur noch den Tod, lauern darauf, dass man nun endlich stirbt.« Diese mit leicht zitternder Stimme vorgebrachten Äußerungen waren fester Bestandteil ihres Psycho-Spiels, das einzig dazu diente ihn zu erniedrigen. Regelmäßig rang sie ihm dadurch Sätze ab wie »Ach Blödsinn, wie kannst du so etwas sagen, niemand wünscht sich deinen Tod« oder »Du wirst doch nicht gemieden! Die anderen sind nur auch unbeweglich geworden, aber beim Einkaufen fragen sie immer ganz freundlich nach dir«, die er sich nur mit Ekel sagen hörte und die ihm Schauer unbändigen Zorns durch den Körper jagten. Er wusste eigentlich gar nicht, wie es ihr gelang – er spürte immer einen so unbändigen Druck, so eine gewaltige Angst vor ihrer Reaktion, wenn er ihr die erwartete Antwort verweigerte, dass er jedes Mal brav wieder den gewünschten Text lieferte. Doch kaum hatte er seine Antwort gegeben, triumphierte sie höhnisch wie immer:

»Du lügst! Du traust dich nicht einmal jetzt, wo ich hier liege, mir die Wahrheit zu sagen! Du Schlappschwanz – wieso nur habe ausgerechnet ich so einen Blindgänger als Sohn! Aber es zeigt mir, dass ich noch immer die Hosen anhabe in diesem Haus«, und dann lachte sie ihn jedes Mal aus – lachte so lange, bis sie keine Luft mehr bekam und sich erschöpft in die Kissen sinken lassen musste, lachte, bis Tränen über ihre zerknitterten Wangen liefen. Überall, wohin er auch ging, verfolgte ihn dann ihr schrilles, wahnsinniges Hohngejohle.

Er war ein Versager, ein alberner Schwächling – sie hatte recht!

Jemand wie er, der sich immer aufs Neue demütigen ließ, sich nie zur Wehr setzte, verdiente nur Verachtung.

Während der Arbeit auf dem Hof flüsterte er später die Antworten vor sich hin, die er hätte geben wollen, berauschte sich an hasserfüllten Sätzen voller Boshaftigkeit, übte sie und nahm sich vor: Beim nächsten Mal!

Wie jedes Mal!

Ihr Machtbereich reichte weit über ihr Zimmer oder den Hof hinaus. Über Telefon war sie in Windeseile mit den tratschenden Weibern im Dorf verbunden. Sie streute falsche Behauptungen aus, wie andere Leute Rasensamen – und er konnte sich nicht einmal wehren. Einmal hatte sie behauptet, er habe sie beinahe verhungern lassen, ein anderes Mal beschuldigte sie ihn, sie misshandelt zu haben. Nicht, dass etwa eine der alten Damen zu Besuch gekommen wäre, um die Zustände in ihrem Haus zu kontrollieren. Im Grunde wussten alle, was für ein Drachen seine Mutter war, aber ihn auf die Vorwürfe anzusprechen wagte auch niemand. Schließlich hätten sich daraus weitreichende Konsequenzen ergeben können, und das galt es zu vermeiden. Wer wollte schon in solch intime Familienangelegenheiten verwickelt werden, da hielt man sich besser bedeckt!

Scheinheiliges Pack! Tuschelte lieber hinter seinem Rücken!

Andererseits erfuhr sie alles von den Tratschtanten im Ort – über jeden seiner Schritte.

Doch damit war nun endgültig Schluss!

Im Laufe der Zeit hatte er sich eine fast geräuschlose Art der Bewegung angewöhnt, damit sie wenigstens nie mit Gewissheit sagen konnte, wo auf dem weitläufigen Gelände er sich gerade befand. Es gelang ihm nie, sich auf längere Zeit ihrem Einfluss zu entziehen.

Er atmete tief durch und probierte vorsichtig die nächste Stufe. Gab es etwas Unberechenbareres als Holztreppen? Völlig ungewiss, welche der Stufen heute knarzen würde. Endlich hatte er das obere Stockwerk erreicht. Stand einen Moment unschlüssig vor ihrer Tür. Die einzigen Geräusche, die er wahrnahm, waren sein eigener Herzschlag und das Rauschen des Bluts in seinem Kopf. Seine schweißnassen Hände umklammerten die geschwungene, kühle Messingklinke.

Langsam, ganz langsam drückte er sie hinunter und schob zögernd die Tür auf.

Das Licht des Treppenhauses warf ein fahlgelbes Dreieck auf die alten, dunklen Dielen ihres Zimmers. Er wartete mit angehaltenem Atem. Rechnete fest damit, dass sie anfangen würde zu jammern und zu zetern. Seine Fingernägel bohrten sich schmerzhaft in die Handteller, als er nun angespannt lauschend im Flur stand.

Doch außer einem gleichmäßigen Atemgeräusch war nichts zu hören. Erleichtert seufzte er leise und strich sich mit zitternden Fingern die Haare aus der Stirn. Dabei registrierte er erstaunt, wie stark er schwitzte.

Lächerlich!, schalt er sich, das Schwerste war doch schon geschafft.

Alles reibungslos gelaufen, wie in dem Film, den er vor einiger Zeit im Fernsehen gesehen hatte! Der Rest würde jetzt ein Kinderspiel sein!

Bald bin ich frei!, frohlockte eine Stimme in seinem Kopf. Kein Gemecker, kein Streit mehr. Endlich ein eigenes Leben!

Der Geruch nach Alter, Vernachlässigung und Urin schlug ihm entgegen. Auch damit hätte es jetzt endgültig ein Ende! Er wusste es: Sie tat das mit Absicht, nur um ihn zu ärgern! Bestimmt war sie eigentlich noch ganz beweglich, er hatte schon lange den Verdacht, dass sie während seiner Abwesenheit durch das ganze Haus lief und herumspionierte. Er merkte es daran, dass Gegenstände nicht mehr an dem Platz lagen, an dem er sie abgelegt zu haben glaubte, sondern an den unwahrscheinlichsten Orten wieder auftauchten. Ihr Werk, bestimmt! Vielleicht sang sie sogar dabei und tänzelte durch die Räume – aber um ihm Arbeit zu machen, lag sie, wenn er im Haus war, einfach bloß noch im Bett und ließ sich von ihm bedienen. Sie pinkelte sogar ins Bett, um ihm danach triumphierend dabei zusehen zu können, wie er es dann abziehen und die stinkende Bettwäsche waschen musste. Und er – er durfte nicht zeigen, wie sehr er sich ärgerte. Abhängigkeit, das war ihm deutlich bewusst, Abhängigkeit war das Zauberwort.

Wann hatte das eigentlich alles angefangen?
So genau wusste er das gar nicht mehr.
Immer öfter war sie, von einem Moment auf den anderen, von einer gewaltigen Lustlosigkeit erfasst worden. In solchen Zeiten beschloss sie, im Bett liegen zu bleiben und nichts mehr tun zu können. Und diese – sie nannte es ›Pflegephase‹, damit er glauben konnte, die Situation würde sich nach einiger Zeit wieder bessern – hielt nun schon eindeutig viel zu lange an!
»Altersdepression und fortschreitende Demenz« lautete lapidar die Diagnose des Quacksalbers, der anfangs seine Mutter in mehr oder weniger regelmäßigen Abständen besucht hatte. Das wäre durchaus nicht so selten, er müsse sich eben damit abfinden, und die Pflege seiner Mutter sei doch nun wirklich kein unlösbares Problem, hatte er noch hinzugefügt. Was hatte dieser Pseudopsychodoktor

schon für eine Ahnung!, dachte er verächtlich, der musste ja schließlich nicht diese Hexe versorgen!

Auf Zehenspitzen schlich er an das große Bett heran, das in der Mitte des Raumes stand. Die alte Frau sah darin zart und zerbrechlich aus, war zwischen den vielen Decken und Kissen kaum auszumachen. Sensibel und freundlich!

Auf Fremde mochte sie diesen harmlosen Eindruck machen.

Ihn jedoch konnte sie nicht täuschen.

Hasserfüllt starrte er lange auf das runzlige Gesicht, hinter dessen Fassade er den teuflischen Dämon zu erkennen glaubte.

Seine Fäuste öffneten und schlossen sich rhythmisch.

Dann, mit einem plötzlichen Ruck, beugte er sich weit über die verhutzelte Gestalt und riss das größte der Kissen an sich. Triumphierend hielt er es einen kurzen, allmächtigen Augenblick über seinen Kopf, holte Schwung und presste es wild entschlossen auf das kleine Gesicht.

»Hexe! Hexe!« Mit seinem gesamten Gewicht drückte er das Kissen auf sie nieder. Die Haare fielen ihm ins Gesicht, er hatte keine Hand frei, um sie zurückzustreichen. »Hexe! Hexe!«

Immer wieder holte er aus, um den Druck zu verstärken. Das Bett quietschte dabei in einem obszönen Rhythmus, was ihn zusätzlich in Erregung versetzte.

Sein Gesicht verzerrte sich vor Anstrengung.

In diesem albtraumhaften Moment, als er schon glaubte, sein Ziel mit Leichtigkeit erreicht zu haben, begann zu seinem blanken Entsetzen der ausgemergelte Körper zu strampeln! Dünne Arme zuckten unter der Bettdecke hervor und faltige Finger mit langen, scharfen Krallen versuchten seine Handgelenke zu umfassen! Er spürte, wie sie seine Arme zerkratzten, wie Blut über seine Handrücken zu laufen begann. Er schluchzte laut auf, verstärkte den Druck! Sie musste doch einsehen, dass es so nicht weitergehen konnte!

Ihre Zeit war abgelaufen!

Sie musste jetzt endlich sterben!

Einige Kissen fielen zu Boden, Tablettenröhrchen und Fläschchen mit allerlei Tropfen wurden von ihren wedelnden Armen vom Nachttisch gefegt und zerbrachen auf dem Boden. Der intensive Duft ätherischer Öle mischte sich unangenehm unter die anderen Gerüche.

»Mein Gott, wie lange soll das dauern? Nun stirb doch endlich!«, kreischte er die Frau unter dem Kissen verzweifelt an. In dem Film war von Gegenwehr des Opfers keine Rede gewesen! Sie hätte ihren unfreiwilligen Tod verschlafen sollen! Stattdessen kämpfte sie jetzt um diesen auflodernden Funken Leben, der in ihrem alten, wohl doch nicht so geschwächten Körper gewohnt hatte.

Sie rammte ihr Knie gegen seine Lende, wand sich unter dem Kissen.

»Stirb!« Seine Stimme überschlug sich hysterisch, er presste noch fester, noch entschlossener. »Na, mach schon!«

Dann, nach einer Unendlichkeit, spürte er, wie die Gegenwehr langsam schwächer wurde, die Arme nur noch fahrig über das Laken zuckten. Der Körper schlaff wurde. Ihre Klauen widerstrebend von seinen Armen und Händen abfielen.

Es dauerte noch einige Sekunden, bis er es schließlich wagte, das Kissen loszulassen. In dem winzigen Zimmer war es plötzlich völlig still, selbst von draußen drangen keine Geräusche mehr herein. Es schien, als ob sogar die

Vögel, die sonst den ganzen Tag geschwätzig um das Haus herumflatterten, abwarteten, was nun geschehen würde.

Erschöpft, nach Atem ringend, stand er neben ihrem Bett und starrte auf die zerwühlte Decke und das Kissen, das noch immer auf dem Gesicht der Toten lag. Seine Knie zitterten und sein Atem ging stoßweise. Die Nase lief, von der Stirn lösten sich Schweißtropfen und rannen ihm über die Schläfen. Sein Shirt klebte nass an seinem Rücken.
»Nicht einmal sterben kannst du, ohne Schwierigkeiten zu machen!«, zischte er keuchend. »Wieso hast du nicht geschlafen? He? Ich kann dir sagen warum! Weil du nie tust, was andere tun, weil du immer nur für Probleme sorgst, weil es dir teuflische Freude bereitet andere zu quälen! Darum!«
Tränen liefen nun ungehemmt über sein Gesicht, tropften auf sein T-Shirt. An die Wand gelehnt ließ er sich zu Boden sinken.
Er zog die Knie an und legte seinen Kopf darauf.
Starrte auf seine Hände.
Die Hände eines Mörders.

In dem Fernsehkrimi hatte sich die alte Frau bereitwillig ermorden lassen. Es hatte keine Kampfszene gegeben. Was für ein Albtraum! Wer hätte auch ahnen können, dass sie nicht ausreichend betäubt sein würde? Wahrscheinlich war die Dosis des Schlafmittels doch zu gering gewesen. Aber er hatte sich nicht getraut, mehr von den Tabletten in ihrem Kakao aufzulösen, aus Angst, sie könne den eigenartigen Geschmack sonst bemerken. Er mochte sich lieber nicht ausmalen, was wohl passiert wäre, wenn sie gemerkt hätte, was er plante!
Es war ohnehin alles ihre eigene Schuld, dachte er trotzig.

Sie hatte es ja so gewollt!

Die Hexe hatte letztlich nur bekommen, was ihr zustand!

Dieser Gedanke hatte etwas ungemein Tröstliches und er beschloss, ihn gut festzuhalten.

Seine Hände zitterten noch zu sehr für das, was nun zu tun war. Er schüttelte sich. Hoffentlich waren ihre Augen geschlossen, wenn er das Kissen von ihrem Gesicht nahm, überlegte er. Die Vorstellung, dass sie ihn womöglich direkt ansehen würde, ließ Wellen der Panik durch seinen Körper schwappen.

Eine Viertelstunde später rappelte er sich mühsam auf, testete durch sanftes Wippen die Tragfähigkeit seiner Knie.

Die Zeit würde ihm davonlaufen, wenn er nicht endlich anfing! Er beschloss, mit ihrer unteren Körperhälfte zu beginnen und schlug die Bettdecke zurück. Der beißende Geruch nahm ihm fast den Atem.

»Das hast du nur aus Gemeinheit getan! Weil du weißt, wie sehr ich das hasse, wenn du dein Bett verdreckst! Warum hast du nicht den Nachttopf benutzt? Weil du lieber zusehen wolltest, wie ich dein Bett neu beziehe, wie ich alles wieder in Ordnung bringen muss!« Er hörte, wie seine Stimme sich entgleist überschlug. Nur ruhig Blut!, versuchte er sich zu beruhigen, sie wird es nie wieder tun. Nie wieder! Es ist vorbei!

Angewidert warf er die nasse, gelb-braun verfärbte Bettdecke auf den Fußboden. Dann zog er dem leblosen Körper das nasse Nachthemd aus und schleuderte es auf die Bettdecke. Er würde das später waschen. Aus der Kommode nahm er neue Unterwäsche und aus dem Schrank eines ihrer altmodischen Kleider für ›besondere Anlässe‹, schwarz mit Spitze am Dekolleté.

»Na, so eine letzte Reise ist doch wohl ein besonderer Anlass, findest du nicht?«, fragte er höhnisch und legte das Kleid über den einzigen Stuhl im Raum.

Er registrierte zufrieden, wie er sich zunehmend erholte. Fast schon gut gelaunt kehrte er zum Bett zurück und meinte zynisch: »Ich hole nur ein feuchtes Tuch. Steh nicht auf, bleib nur ruhig liegen.« Und nach einer Pause, in der er auf ihre angenommene Antwort lauschte, fügte er noch in süßlichem Ton heuchlerisch hinzu: »Aber nein! Das macht mir gar nichts aus. Du bist doch meine Mutter und da ist es ja wohl selbstverständlich, dass ich solche Dinge für dich erledige. Diese Auffassung vertrittst du doch sonst auch immer!« Den letzten Satz schleuderte er über die Schulter in Richtung Bett, während er schon auf dem Weg ins Badezimmer war.

Als sein Blick zufällig in den Spiegel über dem Waschtisch fiel, fuhr er erschrocken zurück.

»Um Jahre gealtert. Verdammt noch mal! Wer hätte auch gedacht, dass die Alte noch so kämpfen kann!« Schnell wusch er sich das verschwitzte Gesicht mit Sturzbächen kalten Wassers, bis seine Haut zu brennen begann, brachte dann seine Frisur mit einigen Bürstenstrichen wieder in Ordnung, reinigte vorsichtig seine Unterarme. Nachdenklich betrachtete er die vielen Verletzungen. Er würde sich wohl besser noch eine geeignete Erklärung für die vielen Kratzwunden zurechtlegen. Vielleicht sprach ihn jemand darauf an.

»Schon besser«, stellte er dann fest. »Schließlich darf man ja auch etwas angegriffen aussehen, wenn die eigene Mutter eine Seniorenreise macht und plötzlich verloren geht.« Er feixte und zwinkerte seinem Spiegelbild zu.

Dann stieg er langsam wieder zu ihrem Zimmer hinauf.

Vor ihrer Tür erfasste ihn eine unerwartete Schwäche.

Er lehnte sich schwer gegen den Türrahmen.

Was, wenn sie nun doch noch nicht tot gewesen sein sollte?

Wie in dieser Kurzgeschichte, die er vor ein paar Wochen im Wartezimmer des Arztes gelesen hatte. Da hatte der Mörder auch nicht lange genug gewürgt und sein Opfer hatte das Ganze überlebt.

Schließlich hatte er noch keinerlei Erfahrung in diesen Dingen.

Es war sein erster Mord.

Eine unerhörte Tat!

Sein Herz flatterte.

Würde sie jetzt vielleicht doch wieder ganz lebendig im Bett sitzen und ihn einfach nur etwas heiser für seine Mordabsichten zur Rechenschaft ziehen? Das wäre ein willkommener Anlass für sie, ihn ab sofort noch viel mehr zu schikanieren – wenn eine Steigerung überhaupt noch vorstellbar war! Wieder begann er heftig zu schwitzen, seine Hände zitterten. Eine zweite Chance sich ihrer zu entledigen gäbe es mit Sicherheit nicht. Er zweifelte auch daran, dass er für einen zweiten Versuch je den Mut aufbrächte.

Er wäre ihr völlig ausgeliefert!

»Bis dass der Tod uns scheidet«, flüsterte er sich beschwörend zu. »Nein! Es wird nicht mein Tod sein, sondern es ist deiner! Du bist tot, tot, tot! Ich habe in diesem Dasein noch nicht eine Stunde wirklich gelebt! Du wirst mich nicht mehr aufhalten!«

Unsicher sah er um den Türrahmen auf ihr Bett – und atmete erleichtert auf.

Sie lag genau so, wie er sie verlassen hatte! Schnell trat er neben die Tote und begann mit sicheren geübten Hand-

griffen den Körper zu reinigen. Am Rücken war eine
wunde, offene Stelle. Ärgerlich grunzte er vor sich hin.
Das war nun nicht zu ändern. Blieb nur zu hoffen, dass
niemand dieser Wunde besondere Beachtung schenkte,
wenn man sie später fand. Er ging davon aus, dass sie dann
in einem Zustand sein würde, der es dem Rechtsmediziner
kaum erlauben würde, Schlüsse auf alte Verletzungen zu
ziehen.

»Du Hexe! Selbst jetzt, wo du tot bist, jagst du mir noch
Angst und Schrecken ein! Dabei bist du ganz allein an
allem Schuld! Nur du allein!«, beschimpfte er sie, während er sie sorgfältig abtrocknete. »Mit welchem Recht
glauben Mütter eigentlich immer, dass sie über das Leben ihrer Kinder einfach so bestimmen können? Dass sie
sich ständig einmischen dürfen? Dass ihre Kinder ihnen
auf Ewigkeit hörig sein müssen? Kinder sind doch kein
Besitz!«

Gunnar Hilmarström parkte seinen schwarzen Volvo auf der Graszufahrt zu seinem Ferienhaus, das er in den Sommermonaten an Touristen vermietete, um seine Rente aufzubessern, seufzte schicksalsergeben und stieg aus.
Jedes Jahr dasselbe, dachte er mürrisch.
Damit meinte er das Großreine- und Winterfestmachen am Ende der Feriensaison. Lustlos stapfte er um das Auto herum, öffnete brabbelnd den Kofferraum und entnahm ihm einen leistungsstarken Staubsauger, mehrere Schwämme, Putztücher und eine Flasche mit scharfem Reinigungsmittel. Er beugte sich weit hinein, um in den Tiefen des Stauraums nach seinen Gummihandschuhen und dem großen Müllsack zu kramen, wobei sein beachtlicher Leibesumfang und die dadurch im Laufe der Jahre zu kurz gewordenen Arme ihn deutlich behinderten.
Bei dem ungeschickten Versuch, alles mit einem Mal ins Haus zu bringen fielen erst die Schwämme, dann der Müllsack zu Boden. Gunnar fluchte. Missmutig ließ er die Utensilien auf dem Rasen liegen. Er würde sie eben später holen.
Vor der klapprigen Holztür stellte er den Staubsauger ab und bückte sich schwerfällig nach dem Fußabtreter, unter den der letzte Mieter hoffentlich den Schlüssel gelegt hatte.
Einmal hatte einer ihn aus Versehen im Gepäck mit nach Deutschland genommen und er musste Tage warten, bis der Schlüsselservice ihm einen neuen angefertigt hatte.
Aber das war Jahre her.
Seither hatte Gunnar immer einen Reserveschlüssel im Handschuhfach, denn er empfand es als furchtbar entwür-

digend, vor der verschlossenen Tür des eigenen Häuschens zu stehen und sich dann durch irgendein ausgehebeltes oder eingedrücktes Kellerfenster zu quetschen wie ein Einbrecher, oder gar Hilfe holen zu müssen.

Der Schlüssel lag zu seiner Erleichterung tatsächlich unter der Fußmatte.

Stöhnend hob Gunnar ihn auf.

»Puh! Vielleicht wäre es doch besser ein bisschen abzunehmen? Doch wenn ich nicht einmal mehr essen darf, was mir schmeckt, wo bleibt dann der Spaß am Leben?«, philosophierte er leise brummelnd. Umständlich schloss er die verzogene Tür auf.

Der typische Ferienhausgeruch schlug ihm entgegen.

Gunnar konnte es sich nicht erklären, aber es stimmte, er hatte es bei vielen Urlaubsfahrten festgestellt: alle Ferienhäuser – ob in Schweden oder Dänemark – alle rochen sie gleich; es war wohl eine Mischung aus Schweiß, schmutziger Wäsche, altem Fett. Nicht einmal die Fliegen mochten den Mief, kaum eine verirrte sich in so ein Sommerhaus.

Zuerst riss er alle Fenster auf, um die letzte warme Luft dieses Bilderbuchsommers ins Haus zu lassen. Seine Gäste hatten in diesem Jahr allesamt Glück mit dem Wetter gehabt. Es hatte kaum geregnet, wochenlang hatte die Sonne für märchenhafte Temperaturen um 25°C gesorgt.

Da hier in Schweden dazu eigentlich immer ein angenehmer Wind wehte, wurde es nie so unerträglich schwül, dass man nur noch matt in der Ecke sitzen konnte. Vielleicht würde ein Teil seiner Familien nach dieser traumhaften Urlaubserfahrung im nächsten Sommer wiederkommen. Wäre nur gut für die gesamte Tourismusindustrie, wenn möglichst viele vom schönen Wetter in Skandinavien erführen, und sich das alte Vorurteil vom kalten Norden endlich ausmerzen ließe!

Immer noch maulig öffnete er die Türen der eingebauten Wandschränke in der Küche und begann das Geschirr zu überprüfen. Jemand hatte das bunt zusammengewürfelte Gläsersortiment um eine weitere Modellreihe erweitert. Na schön, dachte Gunnar, wenigstens hatten sie für Ersatz gesorgt. Bei jeder Endkontrolle gab es Verluste zu beklagen, aber das war bei Familien mit Kindern auch fast zu erwarten.

Das mochte der Grund dafür sein, dachte Gunnar, dass einige seiner Bekannten lieber an ältere Ehepaare oder erwachsene Allergiker vermieteten, ohne Kinder und ohne Haustiere.

Neben den unterschiedlichen Gläsern fanden sich auch Teller und Schüsseln mit den verschiedensten Dekoren. Er zählte oberflächlich die Teller, Tassen und Gläser, sowie Gabeln, Messer, Teelöffel und Suppenlöffel. Schließlich wurde sein Haus für sechs Personen vermietet. Da musste natürlich auch für jeden ausreichend Geschirr und Besteck vorhanden sein!

Dann holte er den Müllsack und die Schwämme von draußen und klaubte angewidert die vielen Nahrungsmittelreste aus den Vorratsfächern. Angefangene Mehl- und Zuckertüten, klebrige Keksreste, feuchte, pampige Cornflakes, diverse Fertiggerichte in Dosen und Tüten mit italienischer, deutscher und dänischer Aufschrift.

»Dass die immer irgend etwas für die Nachmieter zurücklassen müssen!«, schimpfte er. »Das Zeug wird von den Neuen sowieso nie angerührt, und schließlich bleibt die Entsorgung immer an mir hängen!« In anderen Familien machten so was in der Regel die Ehefrauen, aber seine Inga hatte sich von Anfang an geweigert, ihm bei der Betreuung des Sommerhäuschens zu helfen. Es sei schließlich seine Idee gewesen, das kleine Haus seiner Eltern nach deren Tod auszubauen und an Fremde zu vermieten. Da solle er auch die Konsequenzen allein ›genießen‹ dürfen! Gunnar legte die Stirn in Falten, wenn er daran dachte, wie seine Freunde ihn wegen Ingas Putzweigerung regelmäßig aufzogen. Für die anderen sah es immer so aus, als könne Gunnar seiner Rolle als Familienoberhaupt nicht gerecht werden, und manchmal musste er sich tatsächlich eingestehen, dass er bei Inga ganz schön unter dem Pantoffel stand. Aber diese Sache mit dem Ferienhaus war ein echter Zankapfel zwischen ihnen geworden und sorgte in regelmäßigen Abständen für Missstimmung, nicht nur der Hänseleien wegen.

›Fremde‹ – Inga mochte Menschen aus anderen Ländern einfach nicht. Zunächst hatte er ja noch geglaubt, das werde sich mit der Zeit legen. Doch das Älterwerden hatte ihre unbestimmten Befürchtungen und Vorurteile zu fest gefügten Überzeugungen verbacken. Gegen die zusätzlichen Einnahmen hatte sie natürlich nichts. Das Geld der Fremden war ihr immer willkommen gewesen! Keine Rede davon, dass Gunnar es etwa für sich behalten und nach seinem eigenen Gutdünken damit verfahren durfte! Zweierlei Maß, wohin man schaut! Gunnar knurrte ärgerlich.

Er war in der Küche fertig, ging ins Bad und sammelte dort halb leere Shampooflaschen ein, vergessene Zahnbürsten und eine kleine gelbe Quietschbadeente. Er drückte sie ein paar Mal und grinste.

»So eine durfte auch mit mir in meiner Badewanne schwimmen, als ich noch ein Kind war!«, murmelte er.

Er versuchte sich zu erinnern – meine Güte!

»Das muss jetzt auch schon weit über 60 Jahre her sein!« Gunnar war betroffen. »Manche Dinge kommen eben nie aus der Mode, tauchen in jeder Generation wieder auf!«

Er seufzte noch einmal, diesmal etwas wehmütig.

Nicht, dass er wirklich bedauerte, nicht mehr ganz jung zu sein. Nein! Aber das Älterwerden hatte so seine unübersehbaren Schattenseiten. Er wurde haarloser und litt unter einer Vielzahl von Beschwerden und Wehwehchen. Seine zunehmende Arthrose ließ die Gelenke unbeweglich werden, machte jeden Schritt zur Qual. Die Augen wurden schlechter, genauso wie das Gehör. Für viele Arbeiten, die er früher im Vorbeigehen erledigte, brauchte er heute die Hilfe seines Sohnes. Aber der hatte leider nicht immer Zeit und so musste Gunnar seine Wünsche frühzeitig anmelden, damit sein Sohn ihn in seinem Terminkalender vermerken konnte.

Darüber ärgerte er sich schon manchmal.

Andererseits war er sehr stolz darauf, einen gefragten Wissenschaftler zum Sohn zu haben: Prof. Dr. Klaus Hilmarström. Das klang gut, fand Gunnar, obwohl es natürlich noch besser gewesen wäre, wenn Klaus Medizin studiert hätte. Aber Dr. der Physik war auch ganz in Ordnung.

Als er durch den Wohnraum kam, schaltete er das Radio so laut ein, dass er die Musik in allen Zimmern hören konnte und es nicht mehr so unheimlich still im Haus war. Keine direkten Nachbarn zu haben, hatte eben auch seine Vorteile. Immerhin lag das nächste Haus fast einen Kilometer weit entfernt.

Diese Einsamkeit war es, die seine Feriengäste besonders schätzten. Schwedenurlaub war Natur pur. Wenn man es nicht direkt darauf anlegte, konnte man hier wochenlang wohnen, ohne überhaupt jemanden zu treffen.

Ein Hausfrauensender dudelte ein Wunschkonzert mit ›Hits from yesterday‹ und dazwischengeschalteten Kochrezepten.

»Genau das Richtige für mich. Die Texte kenn' ich noch von früher«, murmelte Gunnar und machte sich etwas beschwingter wieder an die Arbeit.

In den Schlafräumen inspizierte er das Bettzeug, legte es dann ordentlich zusammen und verstaute die Einziehdecken und Kissen in den geräumigen Einbauschränken. Zufrieden sah er sich um. Die letzte Familie hatte die vertraglich vereinbarte Endreinigung offenbar sehr sorgfältig durchgeführt. Nichts deutete mehr auf die ehemaligen Bewohner hin. Selbst unter den Betten war alles sauber! Er grunzte anerkennend.

Mit einem reinigungsmittelgetränkten Tuch wischte er alle Türen und Oberflächen ab, rieb die Klinken, bis sie glänzten, trug japsend den Fernseher in sein Auto – man konnte ja nie wissen, und sicher ist sicher – und wischte dann die Böden gründlich feucht auf.

Dabei hörte er zu, wie eine junge Dame die Zubereitung ihres Lieblingsgerichtes erklärte: Janssons Frestelse*. Gunnar lief das Wasser im Mund zusammen. Inga kochte lieber leichte Kost, angeblich, weil Gunnar auf sein Cholesterin und seinen Blutdruck achten musste. Aber, war er fest überzeugt, in Wahrheit versuchte sie nur, Arbeit zu sparen. Ein grüner Salat und ein bisschen Pute dazu – nicht zu vergleichen mit Janssons Verführung! Nein, wirklich nicht!

Das Bad und die Küche mussten immer besonders intensiv gereinigt werden, damit es im Frühjahr, wenn er alles für die neuen Feriengäste vorbereitete, nicht aus den Abflüssen und der Toilette stank. Gunnar schraubte die Siebe auf, entfernte Haare und Seifenreste und goss zum Schluss einen ordentlichen Schuss Chlorreiniger in

Waschbecken, Toilette und Spüle. Befriedigt hörte er die Flüssigkeit in der Tiefe der Rohre gurgeln und zischen.

Fast geschafft, dachte er, als er die Teppiche abgesaugt und die benutzten Tischdecken auf dem Küchentisch gestapelt hatte. Die Schmutzwäsche würde er beim Rausgehen zum Waschen mitnehmen. Auf der einen war ein unschöner roter Fleck, bestimmt Kirschsaft. Inga würde wahrscheinlich wieder ein Riesengezeter veranstalten. Aber wenigstens war sie bereit, die Wäsche aus dem Häuschen zu waschen, nachdem Gunnar einmal alle Bettbezüge mit einer übersehenen roten Socke rosa verfärbt hatte und sie mehrere neue Garnituren kaufen mussten.

Bei dem Gedanken an die zu erwartende Tirade zog er automatisch abwehrend die Schultern hoch.

Tja, erinnerte sich Gunnar versonnen lächelnd, natürlich war auch seine Inga einmal eine schöne, liebevolle Frau gewesen. Als sie vor gut vierzig Jahren geheiratet hatten, war sie fröhlich und lebenslustig gewesen. Doch mit den Jahren war ihr unbeschwertes Lachen vertrocknet und dann langsam ganz gestorben – geblieben waren ihre schreckliche Neugier, ihr energisches Gehabe und ihr unermüdliches Gerede.

Er seufzte melancholisch.

Ein Blick in den Kühlschrank – sauber ausgewischt.

Dann stieg er, eine Radiomelodie mitsummend, die enge finstere Wendeltreppe in den Keller hinunter und stellte Strom und Wasser ab.

Bei seiner Rückkehr war die Musik verstummt und Gunnar wieder ganz allein in seinem für den Winterschlaf vorbereiteten Sommerhaus. Schon seltsam, wie unheimlich Ruhe und Stille sein können, überlegte er, schalt sich albern und etwas senil und beschloss im selben Augenblick, in Zukunft sein batteriebetriebenes Radio von zu Hause mitzubringen, wenn er hier putzte.

Schon im Gehen begriffen, fiel ihm plötzlich siedend heiß der Dachboden ein!

Die meisten Familien hatten Kinder mitgebracht. Man konnte ja nie wissen, wo die überall nach Abenteuern gestöbert hatten. Gunnar erinnerte sich noch gut daran, dass eines der Kinder vor ein paar Jahren heimlich eine Katze als Haustier auf dem Dachboden versteckt und bei der Abreise vergessen hatte. Die Eltern riefen von einer Autobahnraststätte aus an und informierten ihn darüber, nachdem das kleine Mädchen ihnen unter Tränen alles gebeichtet hatte. Natürlich war er sofort losgefahren und hatte das inzwischen völlig verstörte, schreiende und fauchende Tier befreit.

Seither kontrollierte er noch gründlicher!

Der Stab mit Haken, mit dem er normalerweise die in die Decke eingelassene Klappe öffnete, war unauffindbar. Den würde er also auch noch suchen müssen! Zum Glück waren die Decken in den Sommerhäuschen niedrig und wenn man sich streckte, konnte man die Öse auch so erreichen. Also reckte er sich so hoch er konnte, schob schnaufend seinen kurzen, dicken Zeigefinger in die Öse und zog sie leicht zurück. Befriedigt hörte er das laute Schnappen des Mechanismus. Mit beiden Händen stützte er die Klappe, die ihm beim letzten Mal noch viel leichter vorgekommen war.

Als sie herunter schwang nahm Gunnar den Mief wieder stärker wahr.

Vielleicht müsste man doch die alten Matratzen entsorgen. Er würde das im Frühjahr in Angriff nehmen, nahm er sich fest vor, wenn er das Haus wieder für die Saison herrichtete.

Mit lautem Rumpeln glitten die Schienen übereinander und der Vermieter setzte die Stiege beinahe zärtlich im Flur auf. Dann kletterte er langsam hinauf, um sich hier oben umzusehen und bei der Gelegenheit die Matratzen zu zählen, die seit Jahren auf dem Dachboden lagerten.

»Was hier noch alles rumsteht. Wir werden den großen Anhänger zum Abtransport nehmen müssen«, murmelte er und ging gebückt zwischen den ausrangierten Möbelstücken umher. Staub wirbelte bei jedem Schritt um seine Füße und überzog seine Schuhe und die Hose mit einem flockigen, grauen Film. Flirrende Wolken tanzten im Sonnenlicht, das spärlich durch die beiden gegenüberliegenden Giebelfensterchen fiel, die das ganze Jahr über leicht geöffnet blieben, um das Dach gut zu lüften und der Entstehung von Feuchtigkeit vorzubeugen.
Der Schimmel würde sich sonst in den alten Matratzen und Decken ausbreiten.
Immer wieder wehten kleinere Windböen durch den niedrigen Raum und ließen neue Wollmäuse durch den Dachboden huschen. Spinnen hatten sich an den Dachsparren niedergelassen und weit gespannte Netze gebaut, die im Licht funkelten.
Kunstwerke besonderer Art, filigran und vergänglich.
In der Ecke, neben einem der Giebelfensterchen, stand ein alter Lehnstuhl, dessen Bezug verschlissen und von Mäusen angenagt worden war. Früher war es der Sessel seines Großvaters gewesen, entsann sich Gunnar, und niemand sonst durfte ihn benutzen. Gunnar konnte sich nicht daran erinnern, dass etwa ein Kind oder Enkel es gewagt hätte, sich heimlich in diesen Sessel zu setzen. Nach Opas Tod ließ seine Großmutter den Stuhl auf den Dachboden bringen, damit niemand ihn je wieder ›besitzen‹ konnte.

Als Gunnars Augen sich an das diffuse Licht gewöhnt hatten, trat er geduckt zu der Holztruhe, in der schon seine Urgroßmutter ihre Aussteuer aufbewahrt hatte.

Auch hier roch es deutlich nach Verfall und Verrottung.

»Vielleicht hat es im Winter reingeregnet. Da kommt es schon mal vor, dass die Feuchtigkeit sich irgendwo in dem Ding festsetzt und die Decken schimmeln«, sagte er zu sich selbst, während er das Dach nachdenklich betrachtete und nach einem Loch fahndete. »Dann sollte ich das Zeug besser gleich mitnehmen, bevor sich der Schimmel ausbreiten kann«, überlegte er laut.

Aber das Dach über ihm ließ kein Licht durchscheinen.

Gunnar drehte sich wieder um und fuhr mit der flachen Hand kosend über die Intarsienarbeit im Deckel der Truhe. Aus vielen unterschiedlichen Holztönen gelegt, zeigte sie das Bild eines Pärchens auf einer Bank. Auch nach vielen Jahren auf dem Dachboden waren keine Sprünge oder rauen Fugen zu spüren.

»Das ist noch echte Handwerksqualität!«, grummelte er anerkennend. »So was findet man heut' ja gar nicht mehr. Aber die Leute kaufen ja nur noch Möbel von der Stange. Oder bei Ikea.«

Er bückte sich, um den Bügel am Schloss anzuheben und die Truhe zu öffnen.

»Puh! Wie das stinkt!«, stellte er fest und begann besorgt zwischen den Decken zu wühlen, um herauszufinden, woher der Gestank kam.

Als er die Quelle schließlich gefunden hatte, sträubten sich seine Nackenhaare und sein gesamter Körper verkrampfte sich.

Für einen Moment war er wie erstarrt und konnte seine Augen von dem grauenhaften Anblick nicht lösen. Seine Hand umkrallte die Wolldecke mit dem blau-weißen

Streifenmuster, die er zuletzt angehoben hatte. Die Knie zitterten, die Augen traten ihm aus den Höhlen. Zusammen mit einem Schrei stieg eine Woge von Übelkeit in ihm hoch.

Fassungslos starrte er auf eine unbekleidete, von Verwesung entstellte Frauenleiche!

Er wollte nicht länger hinsehen, konnte den Blick dennoch nicht losreißen und wusste mit Sicherheit, dass das Bild des teilweise mumifizierten und aufgelösten Frauenkörpers, der nachlässig zwischen den Decken verborgen worden war, ihn bis an sein Lebensende verfolgen würde.

Die Haare, lang und grau, waren zu einem dünnen Zopf geflochten und die knochigen Hände lagen mit nach oben zeigenden Handflächen neben den Oberschenkeln.

Panik erfasste ihn.

Für einen irrwitzigen Moment glaubte er, die Frau habe ihre klauenartigen Hände bewegt und raubvogelgleich versucht, ihn zu packen!

Das Herz schlug ihm bis zum Hals und endlich gelang es ihm, den Deckel wieder zuzuwerfen und sich umzudrehen. Dann schrie er laut und seltsam heiser auf, rannte zur Dachbodenklappe. Als er endlich keuchend vor dem Haus stand, konnte er sich nicht mehr daran erinnern, wie es ihm gelungen war, die steile Stiege hinunter zu klettern und den Ausgang zu finden.

Er erbrach sich.

In heftigen Wellen rollte die Übelkeit heran und überspülte ihn, ohne dass er sich dagegen wehren konnte. Der Schweiß brach ihm aus. Hilflos stützte er sich mit beiden Händen an der Hauswand ab, während er sich immer heftiger übergeben musste.

Nach einer kleinen Ewigkeit spürte er, wie die Übelkeit langsam nachließ, und er wankte zu seinem Auto.

Jetzt lassen sie sogar ihre Leichen in meinem Ferienhaus zurück!

Unglaublich, einfach nicht zu fassen!, ging es ihm durch den Kopf.

Der Motor lief schon, als ihm sein Handy einfiel. Handy! Alle möglichen Leute hatten eins und telefonierten nun ständig beim Einkaufen, beim Spazierengehen, beim Sex. Unerträglich. Sein Sohn hatte ihm zum Geburtstag solch ein Wunderding geschenkt, damit er auch auf der einsamsten Straße Schwedens bei einem Notfall, einem Unfall oder einer Panne Hilfe holen konnte. Und da die Wege, also auch die Rettungswege, weit waren, hielt er es für sehr vernünftig, seinen Vater mit einem persönlichen ›Notrufmelder‹ auszustatten. Gunnar hatte diese Segnung des Kommunikationszeitalters bisher selten benutzt.

Doch nun fühlte er sich einsamer, als er je bei einer Panne auf den unendlichen schwedischen Straßen durch menschenlose Waldgebiete hätte sein können und fand, das sei genau der richtige Moment, das Ding zu testen.

Er griff ins Handschuhfach und wählte mit zitternden Fingern die Notrufnummer.

Als sich die sachliche, kompetente Stimme am anderen Ende meldete, fiel ihm ein Stein vom Herzen. Wirr, aber ruhig und geduldig von der fremden Stimme geleitet, berichtete er von seinem grausigen Fund. Es gelang ihm auch nach einiger Überlegung, sich auf seinen Nachnamen zu besinnen und sich an den Weg zu seinem Häuschen zu erinnern. Er möge dort bleiben und nichts berühren oder gar verändern, beschied ihm sein gesichtsloser Partner mit der angenehmen Stimme, die Polizei würde schnell eintreffen. Dann legte er auf.

Gunnar war wieder allein.

»Nichts berühren!«, zischte er sarkastisch. »Ich habe nur gerade das ganze Haus geputzt. Das wird der Polizei nicht so recht gefallen!« Er überlegte, was nun am besten zu tun sei.

Die Frau konnte doch nicht einfach von einer der Familien vergessen worden sein, wie damals die kleine Katze. Man würde doch wohl bei der Abreise bemerken, dass eine Person fehlte!

Unfall? Nein, das war doch sehr unwahrscheinlich! Alte Damen spielten nicht unbekleidet Verstecken auf Dachböden und gerieten dabei versehentlich in eine alte Truhe, um dort den Tod zu finden.

Nein, Gunnar schüttelte den Kopf, das schied mit Sicherheit aus.

Suizid vielleicht? Nein, das kam auch nicht in Frage. Er hatte schon viel über Suizidversuche in Ingas Frauenzeitschriften gelesen – aber sich in eine Truhe legen und zwischen Decken und Kissen abwarten, bis man entweder erstickte oder verdurstete? Nein. Wie hätte sie auch selbst den Riegel sichern können? Nein, das schied aus! Dann also musste wohl doch jemand die Tote mit Absicht in die alte Truhe gelegt haben! Gunnar fröstelte und rieb sich die Oberarme.

Kannte er die Frau?

Er kam immerhin alle vierzehn Tage zum Mähen vorbei. Bei der Gelegenheit konnte er sie getroffen haben! Vielleicht hatten sie sich unterhalten? Gunnar konnte gut Englisch und die Touristen meist auch. In dieser Saison war es häufig zu persönlichen Gesprächen mit den Feriengästen gekommen. Sie nutzten das schöne Wetter um sich zu sonnen oder mit den Kindern im Garten zu toben. Gut möglich, dass er mit ihr über das Wetter gesprochen hatte oder das schwedische Gesundheitssystem, über das er sich oft maßlos ärgerte. Und dabei hatten sie beide nicht geahnt, dass sie schon bald sterben würde. Gunnar versuchte diesen unangenehmen Gedanken abzuschütteln, aber manchmal erweisen sich gerade die unangenehmen als besonders klebrig. Wie eine Fliege an einem Fliegenband blieb er in seinem Kopf hängen und summte dort herum. Erschöpft lehnte er sich an die Nackenstütze und schloss die Augen.

Die Haut der Toten hatte eine eigenartig ungesunde Färbung gehabt und spannte sich pergamentartig über den Schädelknochen, kehrten seine Gedanken wieder zu seinem Fund zurück. Ihre Augen waren trübe und milchig. Vielleicht, dachte Hilmarström, waren sie früher blau, aber das konnte er nicht mit Sicherheit sagen. Wieder wurde ihm schlecht, er glaubte den süßlich-fauligen Gestank der Verwesung selbst hier in seinem Auto wahrnehmen zu können. Weil er fürchtete, sich wieder übergeben zu müssen, hielt er den Atem an, beugte sich weit aus dem Auto und zählte langsam bis zwanzig. Als er merkte, dass er sich wieder unter Kontrolle hatte, lehnte er sich ächzend zurück. Der Mund der Leiche war geöffnet gewesen und Gunnar hatte bemerkt, dass einige Zähne fehlten. Er überlegte, ob sie wohl vor ihrem Tod noch alle Zähne gehabt hatte und die Lücken erst danach entstanden waren – oder hatte sie vielleicht eine Prothese getragen?

Durch die nach dem Tod eingetretenen Veränderungen, war es ihm nicht möglich gewesen zu erkennen, wie alt die Frau geworden war. Gunnar konnte sich beim besten Willen nicht vorstellen, wie das Gesicht ausgesehen haben mochte, als es noch von Leben, Lachen, Zorn und Freude erfüllt war. Die Verwesung hatte dazu geführt, dass der gesamte Körper aufgedunsen wirkte. An einzelnen Stellen hatte sich das Gewebe von den Knochen gelöst, hing in Fetzen herunter. Eine schleimig wirkende Schicht überzog weite Bereiche des Leichnams, um die Mitte herum war er gallertartig verändert. Die Hände hatten auf ihn dagegen einen eingetrockneten Eindruck gemacht, doch jetzt war er sich nicht mehr sicher, ob das wirklich stimmte. Ich hätte mir vielleicht die Hände genauer ansehen sollen, dachte Gunnar, an den Händen konnte man einen Menschen auch ganz gut erkennen. Doch er wusste, dass er keinen noch so winzigen Moment länger auf diesen entstellten Körper hätte sehen können.

Es war schon zu lang gewesen!

Der Anblick der Toten würde ihn verfolgen, nächtelang in seinen Träumen heimsuchen.

Und obwohl er nur für Sekunden auf die Frau gestarrt hatte, waren erstaunlich viele Details in sein Gedächtnis eingegraben, registrierte er mit leichter Überraschung, mehr als ihm lieb sein konnte.

Ob er das Haus wohl je wieder betreten könnte?

Oder vermieten?

Was, wenn die Vermietungsagentur von der Leiche Wind bekam? Sie würden sein Haus womöglich aus ihrer Angebotsliste streichen! Wer will schon seine Ferien in einem Haus verbringen, in dem man eine Leiche entdeckt hatte?

Ihm wurde wieder schlecht.

»Nimm dich zusammen!«, schimpfte er leise.

Gunnar Hilmarström stieg aus dem Wagen und setzte sich auf die Holzbank im Garten, von der aus er den Eingang im Auge behalten konnte. Je mehr er darüber nachdachte, desto intensiver wurde die Überzeugung, er habe beim Rauslaufen Schritte hinter sich gehört – vielleicht war noch jemand im Haus, hatte in einem der alten Schränke gelauert?

Er lauschte angespannt, sah sich ein paar Mal hektisch um.

War der Mörder noch hier?

Und er, Gunnar, sein nächstes Opfer?

Energisch schüttelte er den Kopf und zwang sich zur Ruhe. Wenn eines klar war, dann doch wohl die Tatsache, dass die Frau nicht gerade eben erst ermordet worden war! Bestimmt sehe ich mir einfach zu viele Krimis im Fernsehen an, überlegte er, während er so sehnsüchtig wie nie zuvor auf das Eintreffen der Polizei wartete.

Woran mochte sie gestorben sein und welche seiner Sommerfamilien hatte ihm wohl diese unangenehme Überraschung hinterlassen? In diesem Jahr waren viele ältere Damen unter den angemeldeten Gästen.

So etwas passiert eigentlich gar nicht wirklich!

Gunnar stützte seinen Kopf in die Hände und rieb sich die Augen.

Man fand keine wildfremden Leichen in einer Truhe auf dem Dachboden!

Das war doch einfach absurd! Und im höchsten Maße unfair!

Vielleicht war sie während der Ferien einfach gestorben und die Familie hatte Angst gehabt, mit den Behörden zu verhandeln, weil sie kein Schwedisch sprechen konnte?

So könnte es gewesen sein!

Seine letzte Familie war vor vier Tagen abgereist. Konnte eine Leiche sich in so kurzer Zeit derart verändern? Gunnar rieb die Hände aneinander. Er fror trotz der Sonne. Rastlos fuhr er sich mit der immer noch zitternden rechten Hand übers Gesicht.

Am ehesten kamen wohl die Deutschen dafür in Frage, entschied er dann vorurteilstreu.

»Dabei waren die Kinder so freundlich. Wer hätte an so was gedacht? Man soll sich eben nicht von einem lächelnden Gesicht täuschen lassen!«, sagte er laut zu sich, um eine Stimme in der Einsamkeit hören zu können und hob den Kopf, um die Straße ein Stück weiter einsehen zu können. Wo blieb nur die Polizei? Wenn man zu schnell fuhr oder in einer Ausfahrt parkte, waren sie immer sofort zur Stelle. Selbst an den verlassensten Orten lauerten sie mit ihrer Laserpistole – aber wenn man sie mal wirklich brauchte, ließen sie sich Zeit.

Als er, wie es ihm schien, nach endlosem Warten endlich Motorengeräusche hörte, sprang er erleichtert auf und stand schon in der Zufahrt, als der weiß-blaue Streifenwagen einbog. Der Himmel hatte sich in den letzten zwanzig Minuten zunehmend bewölkt und eine dicke graue Wolke drohte mit Regen. Gunnar zitterte am ganzen Körper. Er war sich allerdings nicht sicher, ob die Kälte, die er so deutlich empfand, wirklich nur mit der gesunkenen Temperatur zu erklären war.

Ungeduldig beobachtete er, wie die beiden Polizisten aus dem Wagen stiegen. Jeder in Hjortronbakken kannte die beiden, Knut und Jan. Hilmarström war erleichtert, jetzt nicht völlig fremden Menschen von seinem schockierenden Erlebnis berichten zu müssen. Bei den beiden fühlte es sich fast so an, als erzähle er es seinem Sohn.

Mit dem typischen Wiegeschritt junger Männer, die sich ihrer eigenen Bedeutung und Wichtigkeit sehr bewusst sind, kamen sie auf ihn zu.

»Hej, hej, Gunnar. Hast du wirklich eine Leiche auf deinem Dachboden gefunden, oder hat die Zentrale sich da einen Scherz mit uns erlaubt?«, fragte Knut gut gelaunt im Näherkommen. Er war groß und stark wie ein Bär, hatte ein gutmütiges Gesicht, schwarze Locken und braune, sanftmütige Augen.

Als Gunnar nickte, verdorrte das breite, nachsichtige Grinsen auf dem Gesicht des Anderen, mit dem ältere Menschen bedacht wurden, bei denen man vermutete, die Demenz mache dramatische Fortschritte.

»Wo?«, wollte er nun knapp wissen.

»Oben. Auf dem Dachboden. In Omas Aussteuerkiste. Ihr könnt sie gar nicht verfehlen«, brachte Gunnar mühsam hervor. Jetzt, wo der Fund nicht mehr seine Privatangelegenheit war, erschien er in seinen Augen viel realer; es war ihm, als stünde erst jetzt wirklich fest, dass er die tote Frau gefunden hatte, ja mehr noch, als sei sie durch die Erzählung erst wirklich tot.

Die Schwäche, die er in den Knien spürte und die sich rasch über den ganzen Körper auszubreiten drohte, ließ ihn einen Moment leicht schwanken. Jan griff schnell stützend nach Hilmarströms Ellbogen und führte ihn zu der kleinen Bank im der Nähe des Eingangs zurück. Die Sonne war nun völlig hinter dunklen Wolken verschwunden.

Ein kühler Wind kam auf.

»Bleib ruhig hier. Wir sehen uns das Ganze schnell an«, sagte er noch und schon waren die beiden im Haus verschwunden.

Kurze Zeit später kam Knut wieder aus der Tür, blass, grünlich im Gesicht und ohne seine gewohnte jugendliche Forschheit. Hastig lief er zum Einsatzfahrzeug und setzte sich hinein. Durch die Windschutzscheibe konnte Gunnar sehen, dass er aufgeregt in sein Funkgerät sprach.

»Es stimmt also. Du hast tatsächlich eine Tote gefunden!«, stellte Jan fest, als er sich zu ihm auf die Bank setzte.

Hilmarström glaubte fast so etwas wie Anerkennung in seinem Ton ausmachen zu können. Typisch, dachte er, die jungen Leute finden das spannend und aufregend.

»Das ist die erste Leiche, die ich je gesehen habe! Und ich hoffe inständig, dass mir so etwas nie wieder passiert! In Omas Aussteuertruhe!«, jammerte Gunnar.

Knut kam zu ihnen hinüber und meinte ein bisschen großspurig:

»Die Frau ist wohl schon älter, würde ich sagen. Der Tod muss schon vor ein paar Wochen eingetreten sein, so wie die aussieht. Bestimmt hat eine der Ferienfamilien ›vergessen‹, sie mitzunehmen. Die Zentrale schickt die Spurensicherung vorbei und informiert die Kriminalpolizei.« Dann wandte er sich an Gunnar: »Du wirst leider hier warten müssen, bis die Kollegen da sind. Bestimmt haben sie Fragen an dich.«

Mitfühlend fragte er dann: »Soll ich Inga Bescheid sagen lassen? Sie wird sich doch bestimmt Sorgen machen, wenn du nicht bald nach Hause kommst.«

»Inga!« Gunnar hatte sofort ein schlechtes Gewissen, weil er sie wegen der ganzen Aufregung einfach vergessen hatte. »Du lieber Himmel! Sie wartet ja mit dem Essen auf mich! Jetzt ist sie sicher schon ziemlich wütend, weil ich mich so verspätet habe! Sie weiß ja nicht ...« Er nickte Knut dankbar zu, der daraufhin wieder zu seinem Wagen zurückging.

Jan, der eher zart neben Knut wirkte, wuschelte sich durch die dichten blonden Haare und strahlte den Hausbesitzer aus unglaublich blauen Augen an. Mit einer erstaunlich kräftigen Hand schlug er ihm anerkennend auf den Oberschenkel

»Da hast du ja mal wirklich einen Superfund gemacht, mein lieber Gunnar. Inga wird begeistert sein. Alle Achtung!«

Den schlimmsten Moment hatte er bis zum Schluss vor sich hergeschoben: Das Abnehmen des Kissens! Wie er es schon erwartet hatte: Ihre Augen waren weit aufgerissen, etwas aus den Höhlen getreten und starrten ihn jetzt hasserfüllt an, gerade so, als wolle sie sich sein Gesicht für die Ewigkeit, in die sie nun abgetaucht war, besonders gründlich einprägen.

Er sog die Luft scharf ein.

Mit der rechten Hand versuchte er ihr die Augen zu schließen, doch das, was in Filmen immer so einfach zu funktionieren schien, war ihm nicht möglich! Verzweiflung verdrängte das angenehme Gefühl des Triumphes, das sich seiner langsam bemächtigt und ihm vorgegaukelt hatte, Herr über Leben und Tod zu sein.

Jetzt war ihm klar: Sie würde jede seiner Handlungen über den Tod hinaus im Auge behalten!

Um ihn in einer anderen Zeit, an einem unbekannten Ort dafür zur Rechenschaft zu ziehen!

Sekundenlang starrte er in ihr Gesicht, unfähig zu reagieren oder zu denken. Dann, als löse sich eine unsichtbare Fessel, kam wieder Bewegung in ihn. Er trat vom Bett zurück und zog aus der obersten Schublade ihrer Kommode einen Seidenschal.

Mit dem Tuch in der Hand setzte er sich auf die Bettkante, hob ihren Kopf auf seinen Schoß und bürstete ihr mit zügigen, rücksichtslosen Bürstenstrichen das graue Haar, flocht ihr einen ordentlichen Zopf. Er wusste, dass jetzt Eile geboten war.

Bald würde ihr Körper steif und unhandlich werden und damit seinen genialen Plan doch noch scheitern lassen.

Zum Schluss verband er ihr die Augen mit dem Seidenschal.

»Weißt du noch, wie du Maybritt vertrieben hast?«, fragte er, während er weiter in ihrem Zimmer hin und her ging. »Wie, du kannst dich nicht mehr an Maybritt erinnern? Kein Problem, ich werde dir helfen. Es wird dir wieder einfallen!«
Inzwischen hatte er damit begonnen, ihren kleinen Koffer sorgfältig zu packen. Damit er nur nichts vergaß, hakte er jedes Teil auf einer Liste ab, die er zu diesem Zweck angefertigt hatte. Es durfte ihm jetzt kein Fehler unterlaufen, sonst wäre alles umsonst gewesen!
»Du wolltest Maybritt unbedingt kennen lernen«, nahm er den Gesprächsfaden wieder auf. »Wir waren zu der Zeit schon seit mehreren Monaten heimlich befreundet und hatten ernsthafte Pläne für unsere gemeinsame Zukunft. Zwischen uns war eigentlich schon alles klar! Ich kam also eines Abends mit ihr zu dir – zu einem stimmungsvollen Abendessen. Stimmungsvoll! Ich hätte wissen müssen, dass es neben angenehmen Stimmungen auch noch andere gibt. Damals war ich leider noch nicht so weit, deine Sprachspielchen durchschauen zu können!« Er faltete ein Nachthemd zusammen und legte es in den Koffer.
»Natürlich war Maybritt aufgeregt. Jedes Mädchen ist bei der ersten Begegnung mit der zukünftigen Schwiegermutter nervös. Maybritt, die sonst immer nur Hosen trug, am liebsten superenge Jeans, hatte sich extra für den Antrittsbesuch bei dir ein Kleid gekauft.« Aus der mittleren Schublade der Kommode entnahm er fünf Spezialunterhosen für Menschen mit Blasenschwäche, Hemden sowie drei BHs und packte alles ordentlich auf das Nachthemd.
»Du hattest ein wirklich großes Essen vorbereitet. Weißes

Tafeltuch, Stoffservietten, eine Vielzahl verschiedenster Besteckteile, die den ungeübten Benutzer verwirrten. Mehrere Gänge folgten aufeinander und alles schmeckte prima. Es lief zu meiner Überraschung alles bestens. Ich fing doch tatsächlich an, mich sicher zu fühlen. Auch Maybritt, die ich natürlich vorgewarnt hatte, entspannte sich zusehends. Wenn man euch so sitzen und lachen sah, konnte man glauben, ihr könntet gut miteinander auskommen. Doch ich hätte es besser wissen müssen! Ich hätte wissen müssen, dass du mich, deinen einzigen Sohn, deinen einzigen Nachkommen überhaupt, nicht so einfach an eine andere ›abtreten‹ würdest!«

Er nahm den warmen Pullover, den er bei seinen letzten Worten wütend in den Koffer geschleudert hatte, wieder heraus, versuchte mühsam seine Erregung zu dämpfen, legte ihn ordentlich zusammen und platzierte in neben der bequemen Hose im Deckel.

Das war alles schon Jahre her.

An jenem Abend wurde ihm klar, dass er direkt in der Hölle gelandet war!

Keine Chance zu entkommen.

»Beim Dessert hast du dann angefangen, Maybritt von deinen vielen eingebildeten Leiden zu erzählen. Und davon, dass ich versprochen hätte dich zu pflegen, nie zu verlassen. Bis zum Ende. Vielleicht konnte Maybritt zu diesem Zeitpunkt noch glauben, dieses Ende sei weit entfernt. Ein Irrtum, wie du ihr kurze Zeit später dramatisch verdeutlicht hast! Du erzähltest von deinem Magenkrebs. Immerzu versuchte ich Maybritt ein Zeichen zu machen. Sie sollte dir nicht glauben. Doch ich erreichte sie gar nicht mehr. Wie gebannt starrte sie dich an. Und dann hast du plötzlich gekotzt! Über den ganzen Tisch, direkt auf das neue Kleid von Maybritt!«

Er erinnerte sich genau an jede Sekunde dieses katastrophalen Abends. Maybritt war aufgesprungen – mit entsetztem Blick und kalkweißem Gesicht. Er wollte ihr den Weg ins Bad zeigen, die Gelegenheit nutzen und sie über die fiesen Tricks seiner Mutter aufklären, doch die kam ihm auch hier zuvor. Sie müsse sich schließlich auch reinigen, da könne sie Maybritt auch gleich mitnehmen. Die beiden Damen, gab sie ihm zu verstehen, kämen sehr gut ohne ihn klar. Also blieb er sitzen. Heute wusste er, dass das ein grober Fehler war!

Er hatte sich glatt ausmanövrieren lassen!

Was dann im Bad genau passierte, hatte er nie erfahren. Maybritt war jedenfalls plötzlich wieder aufgetaucht, hatte sich seine Autoschlüssel von der Kommode im Flur geschnappt und startete schon den Motor bevor er die Haustür erreicht hatte. Er sah die Scheinwerfer verschwinden, als sie mit quietschenden Reifen auf die Hauptstraße bog. Nach diesem Abend hatte er sie nie wiedergesehen. Sie ging nicht ans Telefon, seine Briefe blieben unbeantwortet.

Die Schlüssel zu seinem Wagen hatte er am nächsten Tag im Briefkasten gefunden – zusammen mit einem Zettel auf dem stand, wo er sein Auto abholen könne.

Natürlich war er nach dem stürmischen Aufbruch Maybritts sofort ins Bad gelaufen. Dort fand er seine Mutter auf dem Rand der Badewanne sitzend, mit einem beinahe wahnsinnigen, triumphierenden Lächeln im Gesicht.

»Tja, Maybritt. Das war nur die erste in einer unendlichen Liste von Verleumdungen, Lügen und Demütigungen. Du bist in diesem Metier ungekrönte Königin, nicht wahr?«, fragte er die reglose, kleine Gestalt. »Am Ende hast du in mir deinen Meister gefunden!«

Es dauerte ziemlich lange, bis die Kriminalpolizei eintraf. Die Straße führte durch dichten Wald und das Sommerhäuschen war schwer zu finden. Die Mitarbeiter der Spurensicherung tauchten zuerst am Fundort auf und verschwanden mit Köfferchen und allerlei Gerät im Haus. Wenig begeistert hatte der Leiter der Gruppe den Bericht über Gunnars Putzaktion zur Kenntnis genommen. »Da müsse man eben sehen, was an Spuren überhaupt noch zu sichern sei«, war sein bissiger Kommentar, bevor er im Schutzanzug, der ihn und seine Kollegen wie Aliens aus einem fremden Universum aussehen ließ, auf den Dachboden eilte.

Von seinem Platz auf der Bank aus konnte Gunnar sie im Inneren rumoren und sprechen hören. Danach war der Arzt vorgefahren. Knut hatte ihnen die Leiche gezeigt und posierte nun wichtigtuerisch im Türrahmen, wie eine Palastwache, die einen Schatz bewachen muss.

Ein Leichenwagen parkte diskret in einer Ecke der Zufahrt. Die dazugehörigen Männer warteten auf ein Zeichen der Polizei, um die Tote wegbringen zu können. Sie saßen Karten spielend in der geöffneten Heckklappe, rauchten und tranken Kaffee aus einer silbern glänzenden Thermoskanne.

Endlich bog auch der Wagen der Göteborger Beamten in die Zufahrt ein.

Zwei junge Männer stiegen aus, sprachen kurz mit Knut, der ihnen entgegeneilte und kamen dann zu Gunnar herüber.

»Hauptkommissar Sven Lundquist und sein Kollege Kriminalinspektor Lars Knyst«, stellte Knut vor.

Gunnar schüttelte beiden die Hand und war schon wieder unzufrieden.

Hatten sie denn nicht genug Leute bei der Kriminalpolizei, so dass sie die Ermittlungen in seinem schwierigen Fall ausgerechnet an so einen jungen, unerfahrenen Spund vergeben mussten!

Sein Fall! Das klang fast so, als erhebe er einen Besitzanspruch auf die Leiche! Dieser Gedanke ließ ihn erschrocken zusammenfahren und er bemerkte, dass Sven Lundquist ihn freundlich und aufmunternd ansah.

»Können Sie mit ins Haus kommen, oder sollen wir uns lieber hier draußen unterhalten?«

Er stellte die Frage wohl schon zum zweiten Mal. Ihm entging der leicht ungeduldige Unterton nicht.

Und Gunnar wollte nicht ins Haus zurück – auf gar keinen Fall.

Der Göteborger Hauptkommissar und sein Kollege stiegen auf den Dachboden, um sich ein Bild vom Fundort zu machen und einen Blick auf das Opfer zu werfen, bevor es zur Obduktion abtransportiert werden würde.

Sven Lundquist starrte mit einer Art ungläubigem Entsetzen auf den Frauenkörper.

»Der Außenriegel war eingerastet. Es ist also klar, dass jemand die Frau mit Absicht in der Truhe abgelegt hat«, informierte ihn ein Kollege von der Spurensicherung.

»Sie war schon älter. Das ist offensichtlich«, murmelte der Hauptkommissar betroffen. »Du liebe Güte. Was hast du nur getan, dass Dir jemand den kleinen Rest deines Lebens nicht mehr gönnen wollte?«

Der Himmel war inzwischen beinahe nachtschwarz.

Es begann zu tröpfeln.

Einer der Polizisten versuchte vergeblich das Licht einzuschalten. Gunnar hörte das nervöse Klicken des Schalters.

»Ich habe den Strom abgestellt, als ich fertig war«, erklärte der unglückliche Vermieter kläglich, »unten im Keller kann man ihn wieder einschalten.«

Der freundliche Mitarbeiter der Spurensicherung tastete sich vorsichtig die finstere Treppe hinunter und kurze Zeit später ging das Licht im Flur an. Das Radio begann unpassend laut einen fröhlichen Sommerhit zu dudeln.

Jemand schaltete es aus.

Gunnar hörte nur die Schritte, die eilig durch das Wohnzimmer polterten. Dann war es wieder still, bis auf das gleichmäßige Geräusch der Regentropfen und die Stimmen der Polizisten.

Viele fremde Menschen liefen geschäftig hin und her, warfen sich Satzfetzen zu, aus denen Hilmarström schloss, dass sie ein eingespieltes Team waren.

Der Arzt hatte nicht viel über den Todeszeitpunkt oder die Todesart sagen können. Gunnar wusste aus der Zeitung, dass man dazu erst eine Autopsie durchführen musste.

Ohne weitere Vorwarnung brach das Unwetter los!

Von einer Sekunde auf die andere hatte der Himmel alle Schleusen geöffnet und Bäche sintflutartigen Regens stürzten sich auf Rasen, Autos, Ferienhaus und den bibbernden Gunnar. Als er bis auf die Haut durchnässt war und nicht mehr schneller zittern konnte, um seinen Körper zu erwärmen, blieb ihm nichts anderes übrig, als sich in den Schutz und die Wärme des plötzlich so unheimlichen Hauses zu flüchten.

Und dabei war er vor wenigen Minuten noch so sicher gewesen, das Haus nie mehr betreten zu können! Er hatte es im Geiste sogar bereits an eine dänische oder deutsche

Familie verkauft, wie manche seiner Nachbarn es schon getan hatten.

Nun saß er in der Küche, und während der Regen in Sturzbächen an den Scheiben hinunter lief und immer wieder im großen Schwall über die Regenrinne schwappte, die diese Wassermassen nicht mehr fassen konnte, dachte er darüber nach, ob die Polizei ihn wohl einfach vergessen hatte. Er wollte nach Hause, sehnte sich nach trockener Kleidung, einer heißen Tasse Tee und einem vertrauten Mitmenschen, obwohl sein vertrauter Mitmensch zugegebenermaßen schwierig war. Vielleicht sollte ich einfach gehen, grübelte er. Doch bevor er sich zu einem endgültigen Entschluss durchringen konnte, betrat der Hauptkommissar die Küche und nahm auch an dem kleinen rohen Holztisch Platz, der ohne Tischdecke fast ebenso nackt wirkte, wie die Tote auf dem Dachboden.

»Können wir uns unterhalten?«, fragte Lundquist mitfühlend.

Er wusste, dass die meisten Menschen nach einer solch grausigen Entdeckung unter Schock standen. Er selbst hatte nach all den Dienstjahren noch immer große Probleme damit, den gewaltsamen Tod anderer zu akzeptieren. Einige der älteren Kollegen hatten ihm erzählt, dass es bei manchen mit zunehmenden Dienstjahren besser wurde. Andere aber litten bis zu ihrer Pensionierung bei jeder Leiche mit. Sven Lundquist wusste schon jetzt sicher, dass er zu der zweiten Gruppe gehörte.

»Es ... es geht schon wieder. Ich ... ich glaube, es war nur der Schreck.« Gunnar merkte selbst, dass er stammelte und seine Stimme viel zu hoch, ja direkt hysterisch klang. Wieder fuhr er sich mit der Hand durchs Haar, atmete tief durch, räusperte sich und begann noch einmal von vorn, wobei er sich angestrengt um wohlgesetzte Worte bemühte, als könne er Angst und Schrecken dahinter vor sich selbst verbergen.

»Natürlich habe ich vorhin einen gewaltigen Schreck bekommen, als ich so unvermutet auf die tote Frau stieß. Wer erwartet schließlich auch so was! Aber jetzt geht es mir schon wieder besser – ehrlich«, beteuerte er, als er dem skeptischen Blick Lundquists begegnete.

»Na gut. Kannten Sie denn die Tote? Vielleicht von einem Ihrer Besuche hier. Knut hat mir erzählt, dass Sie alle vierzehn Tage zum Mähen herkommen. Oder stammt sie hier aus dem Ort?«

»Darüber habe ich auch schon nachgedacht. Aber ich kann mich an keine Frau mit langem grauem Haar erinnern. Und ihr Gesicht ...« Gunnar ließ den Satz unvollendet und schüttelte bedauernd den Kopf.

»Wir werden von Ihnen die Namen und Adressen Ihrer Feriengäste brauchen. Sie führen doch Buch darüber, oder haben Sie das an eine Vermittlungsfirma abgegeben?«

»Mein Häuschen wird über eine Firma vermittelt, aber ich führe auch Buch über meine Mieter. Schließlich muss ich ja nach der Abreise immer das Haus überprüfen. Schon wegen der Endreinigung und so. Die Liste liegt zu Hause auf meinem Schreibtisch.«

»Wie viele Familien waren in diesem Sommer hier?«

»Genau kann ich das nicht sagen. Fünf oder sechs? Ich kann mich im Moment nicht darauf besinnen.« Gunnar kam sich ziemlich dumm vor, doch Lundquist lächelte ihn freundlich an und meinte: »Das ist doch ganz normal nach so einem Schock. Einer meiner Leute wird mir die Liste holen, dann wissen wir es genau.« Er sprach leise und beruhigend. »Natürlich müssen wir mit Ihnen morgen noch ein ausführliches Protokoll erstellen, aber können Sie mir bitte jetzt schon mal erzählen, wie sie die Frau gefunden haben, was Sie davor und danach gemacht haben? Es ist für uns sehr wichtig.«

Endlich, dachte Gunnar erleichtert, endlich interessiert sich jemand für meine Geschichte! Immerhin hatte er die Frau schon vor ungefähr drei Stunden gefunden! Nach anfänglicher Unsicherheit sprudelten die Worte nur so hervor und der Hauptkommissar hörte geduldig zu, ohne zu unterbrechen. Nur ganz zu Anfang, als der Vermieter von seiner gründlichen Hausputzaktion berichtete, zog er für einen kurzen Augenblick die linke Augenbraue hoch. Was für ein fähiger, junger Kriminalist, dachte Gunnar, als er sich viel später von Lundquist verabschiedete, hat man ihm gleich angesehen, dass der was kann!

Ein Streifenwagen setzte ihn zu Hause ab. Den schwarzen Volvo fuhr Jan und parkte ihn vor der Haustür der Hilmarströms.

»Eine Leiche in der Truhe auf unserem Dachboden! So eine Unverschämtheit!« Inga war zutiefst entrüstet. Gunnar, dem es nicht entgangen war, dass sie plötzlich von ›unserem Dachboden‹ gesprochen hatte, schmunzelte zaghaft. Bald würde sie von diesem Fund all ihren Freundinnen berichten und da wäre es doch zu schade, wenn es ›nur‹ Gunnars Dachboden wäre! Sie wollte persönlich in diese Geschichte verwickelt werden! Er seufzte leise. Typisch Inga! Jetzt war es auch ›ihre‹ Leiche!

»Und«, fragte sie ihren Mann, »hast du die Frau denn erkannt? Wer war sie denn?«

»Nun mal langsam, Inga!«, stoppte Jan ihren Redefluss, »sei ein bisschen vorsichtig mit deinem Mann. Es hat ihm ziemlich zugesetzt. Vielleicht solltest du ihm erst einmal einen schönen heißen Tee kochen!« Er bugsierte den bleichen Herrn des Hauses zu einem großen weichen Sessel und ließ ihn sachte hinein gleiten.

»Meine Güte! Du bist ja wirklich ganz weiß!«, stellte Inga missbilligend fest und stopfte ihrem Mann theatralisch ein Kissen in den Rücken. »Dann werde ich mal schnell Tee machen. Jan, trinkst du auch eine Tasse mit?«, fragte sie den jungen Mann, der etwas unschlüssig neben dem Sessel stehen geblieben war. »Ja. Danke«, antwortete Jan artig und nahm auf dem altmodischen weichen Sofa Platz. Über ihm an der Wand hing ein monströses Ölgemälde, das eine Schiffskatastrophe zeigte. Wackere Seemänner mit Südwester und Ölzeug kämpften mit Fluten und Sturm, die Takelage des Dreimasters war gerissen, einige Segel zerfetzt.

Gunnar lächelte Jan gequält an. Ihm war noch immer übel und wenn er jetzt das Bild über Jans Kopf betrachtete, hatte er das Gefühl, in den aufpeitschenden Wellen hin und her geworfen zu werden. Fast glaubte er schon, die Stimmen der Männer hören zu können, die dort um ihr Überleben kämpften. »Mensch, Gunnar. Jetzt fängst du wirklich langsam an zu spinnen!«, ermahnte er sich flüsternd. Gerade noch rechtzeitig erreichte er das Bad.

Als er mit einer trockenen, warmen Jacke, weichen Knien und schalem Geschmack im Mund wieder ins Wohnzimmer zurück wankte, hatte Inga schon das Tablett mit der bauchigen Kanne und drei Tassen auf den Tisch gestellt. Schwankend erreichte er seinen Sessel, der ihm wie ein Schutzschild vorkam und ließ sich aufatmend hinein fallen. Vielleicht war es seinem Großvater ja auch immer so gegangen, und er hatte seinen Sessel mit seinen ausladenden Armlehnen und den breiten Ohren deshalb so sehr geliebt. Jan hielt ihm eine Tasse mit heißem Tee hin und er nahm sie in beide Hände, um sich seine eisigen Finger daran zu wärmen. Prüfend sah der junge Polizist Gunnar an und meinte dann: »Inga, wo steht denn der Schnaps? Ich glaube, dein Mann braucht seinen Tee heute etwas stärker.« Gunnar Hilmarström warf dem jungen Mann einen dankbaren Blick zu und Inga erhob sich zu seinem maßlosen Erstaunen ohne bissigen Kommentar, um die Flasche aus dem Wandschrank zu holen.

»Jan hat gerade gefragt, ob eigentlich unsere eigene Verwandtschaft komplett ist!«, kicherte sie dabei albern. »Er wollte wissen, ob wir irgendwelche ›Abgänge‹ zu verzeichnen hätten. Abgänge! Was für eine Wortwahl! So kann man das doch wohl wirklich nicht nennen!« Sie schüttelte amüsiert und zugleich missbilligend den Kopf. »Ausdrücke habt ihr jungen Leute!«

»Und, haben wir?«, fragte Gunnar mit unsicherer Stimme.

»Was?«

»Na, ›Abgänge‹ zu verzeichnen?« Es entstand eine kleine Pause.

Jan hob seinen Blick wieder aus der Teetasse und sah Inga interessiert an.

»Hm. Da wäre natürlich meine Tante. Sie ist vor ein paar Monaten gestorben. Ganz überraschend. Sie hat sich bei einer Seereise, die ihr Jörgen, ihr Sohn, zu Weihnachten geschenkt hatte, über die Reling ins Meer gestürzt. Man weiß das aber nicht so genau – es gab keine Zeugen und ihre Leiche wurde auch nie gefunden. Aber der Totenschein wurde dennoch schnell ausgestellt.«

»Gott sei Dank! Sonst hätte dein armer Cousin wohl gar noch auf sein Erbe warten müssen!«, murmelte Gunnar grantig.

Lundquist seufzte, als er am nächsten Morgen zum dritten Mal die Liste der Sommermieter in Gunnars Häuschen durchging. Zwei schwedische, drei dänische Familien, eine deutsche, eine britische und sogar eine italienische Familie hatten in der vergangenen Saison in Hilmarströms Ferienhaus gewohnt.

»Da kommt ganz schön Bein- und Fahrarbeit auf uns zu, was? Wir müssen mit den Kollegen in Italien, Dänemark, Deutschland und Großbritannien Kontakt aufnehmen.« Lars Knyst klang unzufrieden. »Das gibt immer Schwierigkeiten«, setzte er hinzu.

»Bernt spricht gerade mit den Kollegen im Ausland. Wir wissen auch schon, dass die Familie aus Uppsala noch immer oder schon wieder unterwegs ist. Wir haben bei ihnen angerufen und einen Nachbarn erreicht, der die Blumen gießt und die Katzen füttert. Er erwartet die Familie erst Ende des Monats zurück«, versuchte Lundquist die Lustlosigkeit seines Freundes etwas aufzufangen. »Björn ist zu den Hilmarströms gefahren und nimmt das Protokoll auf.«

Er mochte diese erste Ermittlungsphase nicht.

Zu wenig Informationen, um Theorien zu entwickeln, Motive aufzudecken, Schlüsse zu ziehen. Der Anfang war meist langweilige Routine: Überprüfungen, Berichte, die noch ausstanden, Informationen, die nicht zusammenpassen wollten, kein roter Faden ... Er fuhr sich mit der Hand über die Augen und presste mit Daumen und Zeigefinger der linken Hand die Nasenwurzel fest zusammen.

»Kopfschmerzen?«

»Nicht so schlimm«, Lundquist schlug die Akte auf und meinte: »Diese Familie Pattersson aus Stenungssund ist ja schon seit einiger Zeit wieder aus dem Urlaub zurück. Wenn wir nach dem Abstecher zu Dr. Mohl losfahren, könnten wir bis Mittag bei ihnen sein.«

»Gut. Ich sage nur den anderen Bescheid.« Knyst sprang auf.

»Fangen wir also mit der Rechtsmedizin an. Der Bericht aus der Pathologie ist vielleicht auch bis heute Nachmittag fertig – dann haben wir wenigstens einige Informationen, mit denen wir arbeiten können.« Sven Lundquist streckte sich. Knyst beobachtete ihn, als er langsam an das große Fenster ihres Büros trat und nachdenklich, fast melancholisch auf die Straße hinaus blickte.

Sie waren erst vor einigen Wochen in diese renovierten Büros umgezogen und genossen den Blick auf andere Häuser und Menschen, weil es ihnen das Gefühl gab, von Leben umgeben zu sein; selbst ein Bestandteil dieses Lebens zu sein.

In den Räumen, in die sie während der Renovierungsaktion wegen eines Wasserschadens ausweichen mussten, hatte es nur winzig kleine Fenster gegeben, durch die man auf einen finsteren Innenhof sehen konnte, dessen andere Begrenzungsmauern fensterlos waren. Schon im Sommer lagen die Räume sicher in permanentem Dämmerlicht. Besonders schlimm wurde es im Winter, als sie die Zimmer benutzten. Ständig waren sie von einer Art Polarnacht umgeben. Ohne künstliches Licht konnte man dort an keinem Tag des Jahres arbeiten.

In diese frisch gestrichenen Büros flutete das Tageslicht, und sie waren in den ersten Tagen so geblendet wie Ratten, die aus finsteren Kellerlöchern ans Tageslicht kommen. Endlich hatten sie wieder genug Platz, um ihre Schreibtische aneinander zu stellen und sich beim Arbeiten ansehen zu können. Auf jedem ihrer Tische stand ein moderner Computer, der ihnen die Möglichkeit bot, durch Vernetzung Zugang zu anderen Dateien zu bekommen und sich gegenseitig Informationen auf den Schirm zu schicken. Britta hatte zusammen mit Bernt ein eigenes Büro, das dem ihren direkt gegenüberlag.

Doch Dank der modernen Technik war es jetzt gar nicht mehr unbedingt notwendig, wegen jeder Kleinigkeit aufzustehen und hinüber zu gehen, Informationsübermittlung erledigte jetzt der Computer für sie. Lundquist hatte seinen Mitarbeitern scherzhaft zu bedenken gegeben, dass diese neue Art der Kommunikation auch unübersehbar große Risiken berge. Es sei unbedingt notwendig, sich regelmäßig zu bewegen da sonst die Nutzung des Computers nur die beginnende Fettleibigkeit bei einigen Mitarbeitern unterstützen würde und bei anderen zu speziellen Formen der ›Vereinsamung am Arbeitsplatz‹ führen könne.

Sven Lundquist sah müde aus, dachte Knyst. Dunkle Schatten lagen unter seinen stahlblauen Augen. Sein markantes Gesicht mit der prägnanten Nase war blass und seine sonnengebleichten, sonst so ordentlich frisierten Haare waren heute fast struppig. Vielleicht hatte Lisa ihn in der letzten Nacht nicht richtig schlafen lassen. Seine kleine Tochter war zwar schon vier Jahre alt, flüchtete sich aber bei schlechten Träumen noch immer gerne in Papas sicheres Bett.

»Lisa hat wohl wieder mal eine schlechte Nacht gehabt und dich als Tröster gebraucht. Mann – so ein Kind kann einen glatt zehn Jahre älter aussehen lassen!«

»Na ja, in dem Alter träumen sie allerhand beängstigendes

Zeug – da braucht sie ihren Papa noch. In ein paar Jahren komme ich für diesen Job ohnehin nicht mehr infrage, da muss ich es jetzt genießen. Warum fragst du?«, wollte Lundquist wissen und fuhr sich wieder mit der Hand über die Augen.

Das war typisch Lars, registrierte er dabei amüsiert. Er verbrachte einen großen Teil seiner Freizeit im Fitness-Studio und achtete eitel auf sein Äußeres. Bei einer Größe von fast zwei Metern war er eine auffallende Erscheinung und sein gestählter Körper wirkte mit dem lausbubenhaften Gesicht und den kinnlangen dunklen Haaren auf Frauen beinahe unwiderstehlich.

Knysts Freundin wünschte sich Kinder, das hatte Lars kürzlich erzählt – da war es nur natürlich, dass der junge Mann die möglichen negativen Auswirkungen einer Vaterschaft auf seinen trainierten Körper und seine energiegeladene Erscheinung bedachte.

»Du siehst nicht gerade wie das blühende Leben aus. Vielleicht hast du dich ja auch bei Britta angesteckt.«

Britta Liliehöök, einzige weibliche Mitarbeiterin der Abteilung und erklärte, latent militante, Feministin, litt schon seit einigen Tagen unter einer Erkältung, die ihre Nase gerötet, ihren Hals rau gemacht und ihre Stimme verflüstert hatte. Tapfer kam sie dennoch jeden Tag zum Dienst, obwohl einige ihrer Kollegen den Verdacht geäußert hatten, sie käme nur, um die männlichen Mitarbeiter mit ihrem Virus wirksam auszurotten, damit deutlich mehr Stellen mit Frauen besetzt werden konnten.

»Ach was – gegen den Erreger bin ich immun. Das sind nur Kopfschmerzen und die unangenehme Startphase bei dieser Ermittlung«, beruhigte Lundquist seinen Kollegen und fügte hinzu: »Ich habe heute Abend noch einen privaten Termin. Wir sollten also zügig losfahren, damit wir so rechtzeitig wieder hier sind, dass ich den Autopsiebericht noch vorher lesen kann. Besprechung im Team dann gegen 16 Uhr.«

Er drehte sich langsam um, griff in seine Hosentasche und grinste Lars Knyst an, was ihn noch jünger aussehen ließ. Mit einer schnellen, ruckartigen Bewegung zog er die Hand aus der Tasche und warf ihm den Autoschlüssel zu. Voller Eifer hechtete Knyst, der ein begeisterter Autofahrer war, nach dem Bund und fing es geschickt auf.

»Du fährst!«, sagte Lundquist. Sie sahen einander an und lachten.

»Privater Termin heute Abend, hä? Ein Rendezvous etwa?«, grinste Knyst, als sie kurze Zeit später zur Rechtsmedizin unterwegs waren und lauschte so zufrieden dem gleichförmigen, leisen Motorengeräusch, wie es nur einem echten Autofan möglich war.

»Nein«, antwortete Lundquist, »es sei denn, mein Hausarzt interpretiert neuerdings Besuche in seiner Praxis auf diese Weise.«

»Aha. Also doch Brittas Virus! Ich sag's ja: Die wird uns alle ausrotten damit!«, stellte Knyst fest und knurrte verärgert.

»Nur der normale Check. Außerdem freut sich Gitte doch bestimmt, wenn du heute mal eher nach Hause kommst.«

»Ja, das wär wohl nicht ganz verkehrt«, antwortete Lars nachdenklich und begann mit der Planung eines romantischen Abends mit Rosen und gutem Essen in ihrer Lieblingspizzeria, und danach ...

Gitte hatte sich in letzter Zeit oft über seine unkalkulierbaren Arbeitszeiten beschwert, und jetzt war die Gelegenheit ihr zu beweisen, dass Unkalkulierbarkeit auch ihre

Sonnenseiten haben konnte. Er durfte nur nicht vergessen einen Tisch in ihrem Ristorante zu bestellen; in letzter Zeit war das Lokal immer gut besucht. Leise pfiff er vor sich hin.

Dr. Mohl, ein untersetzter, älterer Herr erwartete sie schon.

»Guten Morgen! Da habt ihr uns eine echte Knobelaufgabe geschickt. Nicht das Übliche jedenfalls, nein, wirklich nicht.«

Lundquist begrüßte den Rechtsmediziner herzlich. Sie arbeiteten schon zusammen, seit er seinen ersten Fall lösen musste.

Auf Dr. Mohls Urteil war Verlass.

»Was wir mit Sicherheit feststellen konnten ist, dass es sich um eine Frau handelt. Alles andere wird schwierig. Sehr schwierig«, erklärte der forensische Pathologe, während er mit kleinen, trippelnden Schritten vor den beiden jungen Männern herlief. Der Gang schien sich endlos hinzuziehen, rechts und links gingen Stahltüren ab, die in Sektions- oder Kühlräume führten. Lundquist zog fröstelnd die Schultern hoch. Er kam nicht gerne an diesen Ort. Der Tod bekam unter den Händen der Gerichtsmediziner eine neue Dimension. Qualen, von denen man zuvor nichts geahnt hatte, erhielten Konturen und teilten sich den erfahrenen Obduzenten mit, das Opfer erhielt eine Vergangenheit, gab Auskunft über seine Lebensumstände, über frühere oder akut erlittene Misshandlungen und die Todesumstände.

»Wir untersuchen ihren Mageninhalt – oder das, von dem wir glauben, dass es der Mageninhalt ist. Vielleicht finden wir Barbiturate darin.«

Dr. Mohl stieß die Tür zu seiner Linken auf.

Lundquist hielt den Atem an.

Das diffuse Licht auf Hilmarströms Dachboden hatte den Zustand des Körpers nur erahnen lassen. Doch hier, im Licht der OP-Lampe, waren die Auswirkungen der Verwesung nicht zu übersehen. Selbst Knyst, der nicht leicht aus der Ruhe zu bringen war, gab einen seltsamen, gurgelnden Laut von sich.

Sie hatten Dr. Mohl bei der Sektion unterbrochen.

Der Brustkorb war geöffnet und in einigen Edelstahlgefäßen lagen bräunliche Proben.

»Wir haben die Organe entnommen. Manche sind schon zersetzt, andere relativ gut erhalten. Wir glauben, wie ich schon andeutete, sogar den Mageninhalt noch untersuchen zu können – mal abwarten.«

Lundquist versuchte so flach wie möglich zu atmen.

»Es handelt sich, wie gesagt, um eine Frau. Über sechzig, wahrscheinlich sogar über siebzig. Wir haben sie geröntgt. Keine stumpfe Gewalt gegen den Schädel, keine Brüche oder erkennbaren Verletzungen. Nur alte, zum Teil schlecht verheilte Frakturen. Die Halswirbel sind ebenfalls unverletzt, kein gebrochenes Genick. Im Moment kann ich nur Vermutungen anstellen, und das bringt dich nicht weiter. Es gibt Indizien für eine Erstickung, aber um das zu belegen, muss ich mir ihr Gesicht genauer ansehen.«

Ihr Gesicht.

Lundquist zuckte heftig zusammen. Das, was unterhalb des Haaransatzes zu erkennen war, hatte kaum Ähnlichkeit mit einem Gesicht. Die Augen waren trübe, tief in die Höhlen gesunken, ihre Lippen entblößten einen weitgehend zahnlosen Kiefer, an der Nasenspitze waren Haut und Knorpel verschwunden und der Knochen freigelegt. Pergamentartig spannte sich die Haut über die knöchernen Strukturen und ließ das Gesicht wie einen Totenschädel wirken. Es kostete Lundquist Mühe, seinen Blick über den Rest des Körpers gleiten zu lassen. Die Fingerknochen endeten in langen Krallen. Er registrierte, dass einige von ihnen abgebrochen waren.

Dr. Mohl bemerkte das Stutzen des Hauptkommissars.

»Ja, wir haben das natürlich auch bemerkt. Sieht aus, als habe sie sich vehement gewehrt. Bestimmt hat sie den Täter erheblich verletzt. Interessant ist auch eine Stelle am unteren Rücken. Wir untersuchen das näher, es könnte sich dabei um einen ausgeprägten Dekubitus handeln. Das würde darauf hindeuten, dass sie längere Zeit bettlägerig war.«

»Dekubitus?«, Knyst runzelte die Stirn. »Das sind doch offene Wunden, die Menschen bekommen, die schlecht gepflegt werden, oder? War sie eine Patientin in einem Pflegeheim?«

»Das können wir nicht ausschließen. Freiwillig ist sie jedenfalls nicht gestorben, und dann in die Truhe geklettert«, gab der Rechtsmediziner zurück. »Ihr werdet geduldig auf unsere Ergebnisse warten müssen. Die Organe ... nun, und die Körpermitte ...«

»Ja, ich sehe schon«, fiel Lundquist Dr. Mohl hastig ins Wort. Gerade mit der geöffneten Körpermitte und ihrem schon verflüssigten Inhalt wollte er sich lieber nicht eingehender befassen. Es im Bericht zu lesen, würde ausreichen.

»Wir schicken noch heute einen ersten Bericht. Sagen wir am Nachmittag. Bis dahin kann ich euch sicher schon mehr sagen. Es ist, wie gesagt, etwas komplizierter als sonst.«

Sven Lundquist sah während der Fahrt nach Stenungssund aus dem Fenster und hing seinen eigenen Gedanken nach. Es war sinnlos, über die Umstände des Todes der Unbekannten zu spekulieren. Er wusste, dass ohne weitere Information keine Theorie entstehen konnte, die tatsächlich als Arbeitshypothese Bestand haben würde. Nicht einmal die Todesursache war bisher bekannt. Aber wer sollte nur auf die Idee kommen, eine Leiche auf dem Dachboden eines Ferienhauses zurückzulassen – niemand konnte doch ernsthaft glauben, sie würde dort unentdeckt bleiben?, überlegte er. Die Autopsie war noch nicht abgeschlossen. Lundquist war der Anblick von Toten ohnehin schon unangenehm genug, aber wenn er bei einer Öffnung zusehen musste, kam er sich immer wie ein Frevler, wie ein Leichenschänder vor.
Das würde ihm diesmal erspart bleiben.
Dr. Mohl schickte die beiden Ermittler an ihre Arbeit zurück.
Er meinte, direkt bei der Obduktion ergäben sich in diesem Fall wahrscheinlich keine konkreten Ergebnisse, sie müssten die Analysen abwarten.
Wirklich bedauerlich, dachte Lundquist, dass es noch keine weniger invasive Möglichkeit gab, den Toten Informationen über Todesursache, Todeszeitpunkt und vieles mehr zu entlocken.

Am Fenster zog der dunkle Tannenwald vorüber, der an manchen Stellen so dicht war, dass man zwischen den Stämmen nicht in die Tiefe blicken konnte. Hier wirkte er wie eine dunkle, undurchdringliche Wand. In solchen finsteren Waldarealen sangen keine Vögel, jagten sich keine Eichhörnchen und auch andere Waldtiere fühlten sich dort nicht wohl.

»Unheimlich!«, hatte Lisa gesagt. Sie glaubte fest daran, dass im Dunklen Trolle hausten, die neue ärgerliche Streiche ausheckten. Lundquist lächelte, als er an seine kleine Tochter dachte. Nicht nur Kinder glaubten an die Existenz dieser Waldgeister, die immer zu Abenteuern aufgelegt waren. Unzählige Geschichten beschäftigten sich mit diesen Wesen, mal mit lustigen, mal mit ernsten, unheimlichen Episoden. Zahlreiche Puppenmacher gestalteten Trolle und Kinder wie Erwachsene waren von ihnen so fasziniert, dass einige sie sogar mit ins Bett nahmen. Wahrscheinlich war es das Unberechenbare in ihrem Wesen, das die Menschen so für diese Waldgeister einnahm. Der Überlieferung nach konnte man versuchen sich mit ihnen gut zu stellen, indem man sie in das eigene Leben mit einbezog, sich mit ihnen unterhielt, sie streichelte und liebkoste. Aber auch intensivstes Bemühen war keine Garantie. Trolle waren in dieser Beziehung unbestechlich. Wenn sie entsprechender Laune waren, spielten sie auch dem nettesten Lebenspartner gemeine und hinterhältige Streiche.

Er fuhr sich mit der Hand über die Augen und drückte mit Daumen und Zeigefinger der rechten Hand fest auf die Augenlider, strich dann in Richtung Nasenwurzel. Vielleicht bin ich doch müder, als ich dachte, gestand er sich ein. Als er die Augen öffnete, tanzten kleine glänzende Pünktchen in der Luft.
Es war angenehm, sich von Lars fahren zu lassen. Er fuhr sicher und gleichmäßig. Die mehrspurige Europastraße führte in der Regel an den Ortschaften vorbei. Sie lag schnurgerade vor ihnen und war fast kilometerweit einsehbar.

Sven Lundquist warf einen prüfenden Blick auf den Tacho – und konnte ihn nicht sehen!
Schnell schloss er die Augen und öffnete sie wieder.
Es änderte sich nichts!
Er konnte nicht mehr richtig sehen!
Als würden sich einige Bereiche einfach ausblenden.
Blind, schoss es ihm durch den Kopf, jetzt werde ich blind!
Der Schweiß brach ihm aus und er spürte seinen rasenden, hämmernden Puls.
Es ist bestimmt nur ein Konzentrationsproblem, versuchte er sich zu beruhigen, ich bin sicher nur etwas übermüdet!
Es wird vergehen!
Sein Atem ging stoßweise und die Finger hatten sich schmerzhaft in die Oberschenkel verkrallt. Lundquist bemühte sich um eine ruhigere und bewusstere Atmung. Zählte langsam bis zehn. Ein lautes Rauschen breitete sich in seinem Kopf aus, überflutete sein Denken. Die Augen hatte er fest geschlossen und sich so weit in seinem Sitz zurückgelehnt, wie es ihm möglich war.
Knysts Stimme, die ihn dem Tonfall nach wohl etwas fragte, schien von weit her zu kommen, war seltsam körperlos.

Allmählich gelang es ihm seine Reaktionen wieder zu kontrollieren. Als er seine Angst niedergerungen hatte und die Augen aufschlug, war der große blinde Fleck einer Art waberndem Nebel gewichen. Schon besser. Lundquist atmete erleichtert tief durch, spürte, wie das Zittern, das seinen Körper erfasst hatte, nachließ. Wie bei den vielen früheren Attacken war zwar nicht mit einem Augenaufschlag alles vorbei, aber es besserte sich. Hysteriker, beschimpfte er sich leise, verfluchter Hysteriker! Wenn er sich konzentrierte, konnte er durch die Nebelbänke hindurchsehen – oder doch relativ gut hindurchahnen.

Er bemerkte, dass sein Freund den Wagen in einer Parkbucht zum Stehen gebracht hatte und ihn voller Sorge ansah.

»Nur ein bisschen übel«, versuchte er eine lahme Erklärung. »Ich hatte damit in letzter Zeit häufiger zu tun. Es ist gleich wieder weg.«

»Komm, wir gehen ein paar Schritte. Dann wird dir vielleicht besser!«, forderte Lars ihn auf.

Sven Lundquist löste mit steifen Fingern seinen Gurt. Er fühlte sich ungewohnt schwach und brauchte alle Kraft, um die Tür aufzustoßen. Mühsam hievte er sich aus dem Wagen, drehte sich um und stützte sich mit beiden Händen schwer atmend auf dem Wagendach ab, weil er sich nicht sicher war, ob seine weichen Knie ihn zuverlässig tragen würden.

Lars war auch ausgestiegen und kam zur Beifahrerseite hinüber. »Vielleicht hast du was Komisches gegessen? Oder du kriegst jetzt eben auch die Grippe.«

»Nein. Nein, ich glaube nicht. Es ist sicher gleich wieder ganz in Ordnung – kein Grund zur Sorge«, behauptete Lundquist mit mehr Zuversicht, als er tatsächlich empfand. Er hörte selbst, wie schwach und instabil seine Stimme klang und bemühte sich rasch um ein zuversichtliches, beruhigendes Lächeln.

»Lass uns den Weg bis zum See hinunter gehen. Eine kleine Pause wird uns beiden nicht schaden!«, schlug er vor, und bereitwillig schloss Lars das Auto ab, nicht ohne ein letztes Mal liebkosend über den Lack zu streichen.

»Was! In dem Ferienhaus war eine Leiche versteckt? Und sie hat die ganze Zeit dort gelegen, während wir in dem Sommarhuset Urlaub gemacht haben? Ein Leichnam?« Die Frau schrie fast, und ihre kippende Stimme klang unangenehm schrill.

Sie saßen im Wohnzimmer der Familie Pattersson.

Der Raum war kühl und elegant eingerichtet. An den makellos weißen Wänden hingen grellbunte moderne Bilder, die, so weit Lundquist das beurteilen konnte, allesamt Originale waren. Auf dem Boden aus hochglänzenden Landhausdielen lagen bunte Teppiche mit abstrakten Mustern. Die Möbel waren aus hellem Holz mit chromblitzenden Gestellen. Die schwere Glasplatte des Couchtisches ruhte auf einer dicken Metallkugel, ähnlich einer Kanonenkugel. Nichts in dem Zimmer deutete darauf hin, dass es von einer vierköpfigen Familie bewohnt wurde. Alles wirkte steril und völlig unpersönlich.

Selbst die Glasplatte war frei von den Abdrücken schmutziger, klebriger Kinderhände. Erstaunlich, dachte Lundquist, dessen Töchterchen überall an den Möbeln seiner Wohnung Spuren aus den unterschiedlichsten Stufen ihrer Entwicklung hinterlassen hatte.

Herr Pattersson legte beruhigend seinen Arm um die Schultern seiner Frau und warf Lundquist dabei einen bitterbösen Blick zu, so als sei der Hauptkommissar persönlich für diese ungeheuerliche Situation verantwortlich.

Seltsam ungleiches Paar, schoss es Lundquist durch den Kopf, als er sie auf dem weichen, weißen Ledersofa sitzen sah. Beide sehr gepflegt und modisch gekleidet; doch während Frau Pattersson eine große, schlanke und energische Erscheinung war, wirkte ihr Mann eher klein und knubbelig. Die Weste seines Designeranzugs hatte Mühe damit, seinen vorquellenden Bauch zurückzuhalten, die hellbeige Hose spannte über seinen dicken Oberschenkeln und während er sprach, fuhr er ruhelos mit seinen Patschhändchen über den edlen Stoff.

Die Beschützergeste des Ehemannes wirkte fehl am Platz, irgendwie falsch. Möglicherweise entstand dieser Eindruck dadurch, dass er sich angestrengt strecken musste, um die Schultern seiner Frau erreichen zu können.

»Tja, es sieht wirklich so aus«, bestätigte Knyst, und Lundquist, der glaubte einen genussvollen Unterton in seiner Stimme mitschwingen zu hören, unterdrückte ein Grinsen. Es war deutlich zu spüren, dass Knyst die beiden nicht mochte.

»Wie gut, dass die Kinder die Stange nicht finden konnten, mit der man die Bodenklappe öffnen kann! Stellen Sie sich nur vor, die beiden hätten beim Spielen die Leiche entdeckt!« Frau Pattersson schauderte, als sie sich diese Situation deutlicher auszumalen begann.

Knyst verzichtete darauf der Mutter zu erklären, dass eine fehlende Stange mit Haken die Kinder sicherlich nicht vom Stöbern auf dem Dachboden hatte abhalten können. Schließlich konnte man die Öse mit Hilfe eines Stuhls problemlos erreichen. Wenn sie tatsächlich nicht auf dem Dachboden waren, dann sicher nur deshalb, weil sie ein interessanteres Spiel gefunden hatten. Er schüttelte nachsichtig den Kopf.

Manche Eltern waren wirklich naiv.

»Wir würden die Kinder gerne dazu befragen«, begann

Lundquist vorsichtig tastend und setzte hinzu, als er den aufbrodelnden Protest der Eltern bemerkte, »ganz vorsichtig natürlich und nur, wenn ihr damit einverstanden seid! Wir werden dabei das Todesopfer nicht erwähnen.«

»Ich verstehe ohnehin nicht, was wir mit der Leiche zu tun haben sollen! Wie kam die überhaupt dort hin? Wieso kommt die Polizei eigentlich ausgerechnet zu uns?«, wollte Herr Pattersson wissen.

»Am wahrscheinlichsten ist doch wohl, dass die Leiche dem Hausbesitzer gehört, wie der gesamte Rest auch!«, erklärte seine Frau.

»Ihr habt dort gewohnt. Wir überprüfen nun alle Familien, die ihre Ferien in dem Haus verbracht haben. Und wie die Leiche auf den Dachboden gelangt ist, wissen wir noch nicht, genauso wenig wie durch wen. Vielleicht ist euch ja irgend etwas aufgefallen?«

»Nein!«, beteuerte Herr Pattersson. »Was hätten wir denn auch bemerken sollen? Meinst du, wenn wir jemanden gesehen hätten, der einen Sack oder Korb mit einer Leiche auf den Dachoden unseres Ferienhauses trägt, hätten wir nicht sofort die Polizei alarmiert?« Ehrliche Entrüstung war ihm anzumerken.

»Aber habt ihr denn den eigenartigen Geruch nicht bemerkt?«

»Ach Gott, ja, schon. Aber in den Ferienhäusern riecht es immer irgendwie muffig. Nach ein paar Tagen nimmt man das gar nicht mehr wahr. Man gewöhnt sich einfach daran!«, seufzte die Dame des Hauses und wurde plötzlich blass um die Nase.

»Olaf, könntest du bitte die Terrassentür etwas öffnen. Mir ist nicht gut«, stöhnte sie leise, lehnte sich zurück und strich mit leidendem Gesichtsausdruck durch ihre rote Mähne, die glänzend über ihre Schultern fiel.

Eilfertig sprang Herr Pattersson auf und zog die Schiebetür weit auf. Von draußen drangen die ausgelassenen Rufe der auf dem Rasen herumtobenden Kinder in den Raum. Von einer Sekunde auf die andere schien sogar dieser seelenlose Raum von Leben erfüllt.
Frau Pattersson erhob sich leicht schwankend, stellte sich noch immer sehr bleich an die Tür und atmete tief die kühle Luft ein, die würzig nach frisch gemähtem Gras und Laub roch.

»In Wirklichkeit wollt ihr wissen, ob wir nicht doch etwas mit der Sache zu tun haben könnten, nicht wahr?«
Das war keine Frage.
Es war eine Feststellung.
»Handelt es sich bei der Leiche eigentlich um einen Mann oder eine Frau?«, wollte Herr Pattersson wissen, bevor einer der Polizisten sich zu dem gemachten Vorwurf äußern konnte.
»Eine Frau. Etwa siebzig Jahre alt. Wir wissen noch nicht genau, woran sie gestorben ist. Aber das wird der Gerichtsmediziner schnell herausgefunden haben«, gab Knyst bereitwillig Auskunft. Eines war jedenfalls klar: Diese Familie konnte die Leiche nur dann zurückgelassen haben, wenn sie die Tote schon in verwesendem Zustand in Urlaub mitgenommen hatten. Sie verließen Gunnars Häuschen vor vier Wochen, doch nach dem Zustand der Leiche, war die Frau wahrscheinlich schon länger tot.
»Unsere Verwandtschaft ist vollzählig! Wir lassen keine Toten auf den Dachböden von Ferienhäusern zurück. Wir haben keine Erbtanten und keine wohlhabenden Eltern! Wir bringen niemanden um!«
»Du hast uns missverstanden«, versuchte Sven Lundquist die aufgebrachte Frau zu beruhigen. »Wir müssen uns

doch bei allen Familien danach erkundigen, ob sie etwas Eigenartiges bemerkt haben. Wir fragen natürlich nicht nur bei euch nach. Es würde uns zum Beispiel sehr interessieren, ob ihr viele Tagesausflüge unternommen habt. Es wäre doch möglich, dass jemand in das Haus eingedrungen ist, als ihr unterwegs wart!«

»Wir haben fast jeden zweiten Tag weite Touren unternommen, Ganztagesausflüge, von morgens bis abends. Aber an den anderen Tagen waren wir selbstverständlich auch nicht die ganze Zeit über im Haus. Wir sind zu den Seen in der Umgebung gefahren und haben gebadet oder sind gerudert. Wie man das eben so macht im Urlaub!«

»Ist euch je bei eurer Rückkehr eine unverschlossene Tür oder ein offenes Fenster aufgefallen?«, fragte Knyst nach.

Die beiden sahen sich an.

Dann antwortete Frau Pattersson: »Ja, schon. Eigentlich sogar mehrfach«, gab sie etwas zögernd zu und fügte entschuldigend hinzu: »Wisst ihr, bei zwei quirligen Kindern, denen immer erst im Auto einfällt, was sie alles Wichtiges im Haus vergessen haben, kommt es schon mal vor, dass man am Ende vergisst die Tür abzuschließen. Ich will auch nicht behaupten, dass immer alle Fenster geschlossen waren. In den ersten Tagen haben wir noch die Kinderzimmer kontrolliert, aber dann ...«

»Es wäre also möglich, dass jemand den Aufbruch der Familie beobachtete, und sich dann heimlich ins Haus geschlichen hat. Es kam euch nie wirklich so vor, als sei eine fremde Person in das Ferienhaus eingedrungen?«

»Nein. Es hat auch nie etwas gefehlt oder war verrückt, oder so.«

»Wenn wir jetzt mit den Kindern sprechen könnten ...«, schloss Lundquist die Befragung ab und warf Knyst einen fragenden Blick zu. Der nickte und erhob sich aus seinem Sessel.

»Wir werden uns nur kurz mit ihnen unterhalten, ohne die tote Frau zu erwähnen, das verspreche ich – oder habt ihr da Einwände?«, fragte er.

Auch Lundquist hatte sich erhoben und meinte in versöhnlichem Ton: »Wenn ihr wollt, könnt ihr uns gerne begleiten. Wir werden nichts sagen, was die Kinder beunruhigen könnte.« Er lächelte freundlich und zögernd erklärten sich die Eltern mit der Befragung einverstanden, wenn man ihnen erlauben würde dabei zu sein.

Die Gruppe trat durch die Schiebetür in den Garten hinaus, und Herr Pattersson rief nach seinen beiden Söhnen. Missmutig, weil man sie in ihrem Spiel gestört hatte, aber dennoch interessiert an dem, was die beiden fremden Männer wohl wollten, kamen sie näher. Sie hielten die Köpfe gesenkt, als erwarteten sie für ein Vergehen zur Verantwortung gezogen zu werden. Der Vater stellte die beiden Ermittler vor und die Jungs sahen die Kriminalbeamten nun mit unverhohlener Neugier an.

Zwillinge, dachte Lundquist amüsiert und lächelte.

Als Anna mit Lisa schwanger war, hatte sie auch auf Zwillinge gehofft. Ihre Schwester und eine Tante hatten schon Pärchen bekommen und Anna fand die Vorstellung lustig, gleich zwei Babys zu haben. Sie hatte davon geträumt, dass sie die beiden immer gleich anziehen würde und sich ausgemalt, wie sie miteinander spielen würden. Doch nach dem ersten Ultraschall musste sie sich damit abfinden, dass sie nur ein Baby erwartete. Ein »Einzelbaby« eben. Er erinnerte sich noch genau an ihren schelmischen Gesichtsausdruck, als sie meinte, dann müsse man eben beim nächsten Mal wieder hoffen.

Und dann war alles ganz anders gekommen.

Lundquist ging in die Hocke, um mit den beiden während des Gesprächs auf gleicher Höhe zu sein und ihnen zu ermöglichen, ihm ins Gesicht zu sehen.

»Wie heißt ihr denn?«, eröffnete er das Gespräch und wusste, dass das kein besonders origineller Anfang war. Beide Jungs waren strohblond und hatten vom Toben und der Aufregung gerötete Wangen. Ihre Jeans hatten grünverfärbte Knie und ihre bunten T-Shirts waren voller Erde. Auch die runden Gesichter waren lehmverschmiert. Einer der beiden trug den Ball, lässig wie ein Profifußballer, in der Armbeuge und gab sofort bereitwillig Auskunft.

»Ich bin Frieder – und das ist Bengt«, und er setzte eilig hinzu, damit es nur keine Missverständnisse gab: »Ich bin der Ältere!«

»Aha! Und wie viel bist du älter?«

»Eine halbe Stunde!«, verkündete der Junge stolz und straffte sich, um größer zu erscheinen. Seine hellgrünen Augen blitzten und er plusterte sich auf.

Knyst hatte Mühe, sich ein Schmunzeln zu verkneifen, das ihm von dem Jungen mit Sicherheit sehr übel genommen worden wäre.

»Sie haben in zwei Monaten Geburtstag, dann sind sie sechs. Ab nächstem Jahr gehen sie in die Schule«, ergänzte der Vater.

Lundquist beugte sich etwas vor und sah dabei den Jungs fest in die Augen. »Haben euch die Ferien gefallen?«

»Ja! Wir haben in einem schönen Haus gewohnt, und in der Nähe war ein See mit einem Ruderboot. Mit dem sind wir ganz weit auf den See gerudert. Mama hat sich schon richtig Sorgen um uns gemacht, stimmt's?«

Frau Pattersson lächelte und nickte bereitwillig.

»Und ihr habt bestimmt viel gespielt. Hattet Ihr denn genug Platz zum Toben?«

»Das Haus hatte einen Garten. Der war kleiner als der hier, aber dafür nicht so ordentlich. Man durfte überall rumtoben und musste nicht dauernd aufpassen, dass der Ball nicht in die Blumen fällt oder man beim Fangen nicht aus Versehen durch ein Beet läuft«, erzählte Frieder.

Herr Pattersson räusperte sich leise.

»Aber das Haus war auch prima«, ergänzte nun Bengt, der auch zu Wort kommen wollte. »Wir sind überall rumgekrochen. Und im Keller gab's ganz dicke Spinnen!«

Sven Lundquist brummte anerkennend, als der furchtlose Bengt ihm die Größe einer mittleren Suppenschüssel andeutete.

»Ja. Wir haben sie gesammelt und in einen Pappkarton gesetzt. Aber Mama wollte sie nicht behalten und wir mussten sie auf der Wiese freilassen.« Vorwurfsvoll sah er seine Mutter an, die seinen biologischen Interessen wohl nur wenig Gegenliebe entgegenzubringen vermochte. Ein Problem, dass viele Kinder hatten, dachte Knyst bedauernd und nahm sich vor, bei seinen eigenen Kindern verständnisvoller zu sein. – Später einmal, wenn es dann so weit war ...

»Und wart ihr eigentlich auch auf dem Dachboden?«

»Klar«, jetzt hatte Frieder wieder das Antworten übernommen.

Die Mutter stieß einen leisen Schrei aus, schlug die Hand vor den Mund und griff mit der anderen nach dem Arm ihres Mannes. Knyst beugte sich gespannt vor und Lundquist hielt den Atem an. Jetzt, jetzt würden sie erfahren, was die Kinder dort gefunden hatten.

»Da waren lauter alte Sachen. Möbel und alte Matratzen. Alles war staubig und kaputt.«

»Ja. Und es hat gewaltig gestunken da oben«, setzte Bengt hinzu.

»Wonach hat es denn gestunken?«, wollte Lundquist wissen.

»Na, dass wissen wir doch nicht genau. Wegen der Hornissen!«

Verständnislos sah der Hauptkommissar den Jungen an. »Wegen der Hornissen?«

»Ja, klar. Die hatten dort oben ein Nest gebaut, dass war sooo groß.« Er deutete mit seinen Armen die Ausmaße eines kleinen U-Boots an. Lundquist zeigte sich angemessen beeindruckt.

»Und was war mit dem Nest?«

»Na, wir konnten doch nicht die tote Ratte suchen, weil die Hornissen uns nicht gelassen haben«, erklärte Frieder, als staune er darüber, dass man Erwachsenen so etwas überhaupt erklären musste.

»Wieso die tote Ratte?«, wollte Knyst wissen.

Frieder seufzte nun laut und vernehmlich. Dann war er aber doch bereit, etwas so Offensichtliches den fremden Polizisten zu erläutern:

»Unsere Katze Minka hat vor einem Jahr eine Ratte gefangen. Mami hat es nicht bemerkt. Minka hat die tote Ratte dann in der Garage versteckt. Papa hat ganz lange gesucht, weil es doch so komisch gerochen hat. Unter dem Regal, hinten in der Ecke, hat er sie dann gefunden. Sie sah ganz komisch aus und wir haben sie schnell in den Mülleimer geworfen, damit Mami sie nicht sieht. Papa hat sie mit einer Plastiktüte am Schwanz angefasst und am langen Arm getragen.« Er spielte die Szene vor und zeigte auch, wie Papa sich mit der anderen Hand die Nase zugehalten hatte.

»Aber warum hast du gedacht, dort auf dem Dachboden sei eine tote Ratte?«

»Na wegen dem Geruch!« Bengt wurde nun ungeduldig.
»Es hat also genau so wie damals in eurer Garage gerochen?«, fragte Lundquist noch einmal nach.
»Ja. Aber die Hornissen haben uns immer angegriffen, wenn wir suchen wollten. Da haben wir es gelassen.«
»Hornissenstiche tun nämlich weh!«, setze Bengt hinzu.
»Warum habt ihr mir nichts davon erzählt?«, mischte sich Herr Pattersson in die Erzählung seiner Sprösslinge ein. Die Brüder hatten seine Anwesenheit wohl vergessen und zuckten jetzt deutlich zusammen.
»Weil du uns verboten hattest, auf dem Dach rumzukriechen«, gestand Bengt kleinlaut und beide senkten schuldbewusst ihre Köpfe.
»Aber uns habt ihr damit prima geholfen!«, tröstete Lundquist die beiden unerschrockenen Abenteurer. Dann stand er auf und drehte sich zu den Eltern um: »Ohne ihre Zwillinge hätten wir wichtige Informationen nicht bekommen. Ihr solltet stolz auf eure beiden Entdecker sein.«
Sie verabschiedeten sich von der Familie und sahen, wie die Mutter ihre Söhne mit ins Haus nahm. Die ersten Vorboten eines heftigen Unwetters trübten bereits das Tageslicht, als sie wieder in ihren Wagen stiegen.

»Also ich glaube, ich könnte nicht mit einer Frau glücklich sein, die so viel größer ist als ich, da bin ich mir ganz sicher! Seltsames Paar, findest du nicht?«
»Keine Sorge, Lars«, lachte Lundquist. »Was die Größe angeht, kann dir deine Gitte doch wohl kaum gefährlich werden!« Lars Knyst lachte mit. Seine Freundin war besonders klein und zart, wirkte neben ihm immer zerbrechlich, geradezu winzig.
»Stimmt. Da kann mir nichts passieren!«, räumte er ein,

»bei 187 Gesamtzentimetern sind in der Hinsicht überhaupt nur wenig Probleme zu erwarten.« Dann fuhr er fort: »Strenger Vater. Die beiden hatten richtig Angst vor ihm. Hast du gesehen, wie still sie wurden, als ihnen wieder einfiel, dass er hinter uns stand? Hoffentlich bestraft er sie jetzt nicht noch nachträglich.« Knyst war besorgt und klang verärgert.

»Ich denke nicht. Schon deshalb nicht, weil er befürchten muss, dass sie uns bei einem nächsten Besuch davon erzählen.«

»Was wissen wir jetzt, nach diesem Besuch, außer, dass er ein strenger Vater ist und ihre Wohnung nicht bewohnt, sondern wie auf einem Foto aus einem Prospekt wirkt? Die Jungs haben gemerkt, dass es komisch gerochen hat«, begann er mit einer Zusammenfassung.

»Das wird ja dann wohl die Leiche gewesen sein. Das heißt, sie war schon in der Truhe, als die Patterssons eingezogen sind. Oder jemand hat sie, während die Familie einen Ausflug machte, dort versteckt. Aber damit wäre er ein ziemliches Risiko eingegangen. Die Patterssons hätten jederzeit zurückkehren und ihn überraschen können. Und die Stange mit dem Haken war zu dem Zeitpunkt auch schon nicht mehr zu finden.«

»Das hat der Besitzer, Gunnar Hilmarström, gestern auch ausgesagt. Er musste die Klappe von Hand öffnen, weil die Stange nicht zu finden war. Vielleicht hat der, der die Leiche dort oben versteckte, die Stange verschwinden lassen, damit es nicht so ganz einfach war auf den Dachboden zu kommen.«

»Wir werden bei den anderen Befragungen darauf achten müssen. Bernt soll den Kollegen in Deutschland und Italien Bescheid sagen, dass sie danach fragen sollen.«

»Sag ich ihm. Was jetzt?«, fragte Knyst, während sie über die leeren Straßen fuhren.

»Erst essen wir was. Danach fahren wir zurück ins Präsidium und sehen nach, ob Dr. Mohl inzwischen ein bisschen mehr über die Tote verraten kann. Danach flitze ich noch schnell zum Arzt. Vielleicht kennt er ein Zaubermittel gegen meine Übelkeit und die Kopfschmerzen. In der Zwischenzeit soll Bernt in Erfahrung bringen, ob die Patterssons nicht doch eine Verwandte haben, die sie beerben könnten und die seit dem Sommer verschwunden ist. Ich bin mir ziemlich sicher, dass das Opfer schon länger tot ist, und die beiden wirken nicht, als ob sie mit einer verwesenden Leiche in die Ferien aufbrechen würden, aber sicher ist sicher. In der Besprechung legen wir dann den ›Fahrplan‹ für morgen fest.« Danach lehnte er sich zurück und schloss die Augen.

Er konnte sich auf sein Team verlassen. Sie hatten schon mehrere Fälle in dieser Besetzung gelöst und jeder wusste genau, was er vom anderen erwarten konnte. Bernt würde den Kontakt zum Ausland halten, Britta und Ole telefonierten den einzelnen Familien hinterher, und wenn die Berichte aus der Pathologie und von der Spurensicherung vorlagen, würden sie die erste Richtung ihrer Ermittlungen festlegen. Er seufzte. Vielleicht würde er ja im Alter ruhiger werden, aber im Moment fühlte er sich wie ein wütender Bulle, der kampfbereit mit den Füßen im Sand scharrte und wegen des Stricks um seinen Hals nicht weiterkam.

»Du liebe Güte, Gunnar!«, entrüstete sich Inga. »Das kann doch nun wirklich nicht zuviel verlangt sein! Du sollst doch nur mal überlegen, ob sie der deutschen Frau ähnlich sah oder nicht!«

Doch Gunnar grunzte nur abwehrend.

»Wie kann sich ein erwachsener Mann nur so jämmerlich anstellen! Stell dir nur vor, wie das wäre, wenn wir nicht nur eine Leiche finden, sondern auch noch deren Namen nennen könnten!« Inga war ganz aus dem Häuschen. Das war die mit Abstand aufregendste Angelegenheit, die sie je erlebt hatte. »Denk nur, wir kämen bestimmt in die Zeitung! Auf der ersten Seite würden sie unser Foto bringen und die ganze schreckliche Geschichte dazu: Sicher würden sie auch von deinem Schock schreiben und davon, dass dir jetzt andauernd schlecht ist. Das wäre doch eine große Sache.«

»Mir ist nur andauernd übel, weil du ständig von der Toten sprichst!«, versuchte Gunnar sich zu wehren. »Außerdem solltest du lieber wollen, dass sie den Täter fangen und nicht hoffen, selbst in die Zeitung zu kommen!« Vorwurfsvoll sah er seine Frau an. Wie konnte man nur so sensationslüstern sein?

Er schüttelte angewidert den Kopf.

»Aber vielleicht kriegen sie den Mörder rascher wenn unsere Geschichte in die Zeitung kommt!«, rechtfertigte Inga ihren Vorstoß. »Wenn alle mithelfen den Täter zu fassen, geht's doch schneller.«

»Inga, wenn es wirklich die Leiche von einer unserer Gastfamilien war, ist der Täter doch wahrscheinlich längst zu Hause. Da wird er wohl kaum von Lesern der Göteborggazette gefasst werden«, wandte Gunnar gereizt ein, doch so einfach ließ sich Inga nicht überzeugen.

»Vernunft hin, Vernunft her – ich finde ja nur, es wäre ganz gut, wenn du sagen könntest, ja, die Tote gehörte zu der Familie aus Deutschland. Du musst doch die Frau erkannt haben! Das würde auch der Polizei nutzlose Recherchen in der falsche Richtung ersparen. Also, überleg doch nochmal ...«

Gunnar stand auf, nahm sein Buch vom Tisch und verließ den Raum. Kurz darauf hörte Inga, wie der Schlüssel in der Badezimmertür gedreht wurde.

»Der Zeuge entzieht sich durch Flucht auf die Toilette! Das gibt's doch gar nicht. Unglaublich!«

Das Wartezimmer von Dr. Palm war warm und die Luft stickig. In dem nahezu quadratischen Raum hielten sich um diese Zeit nur noch wenige Patienten auf. An den Wänden standen sauber aufgereiht die blaubezogenen schmucklosen Stühle mit Metallbeinen, die Lundquist schon von Kindheit an kannte. In der Mitte diente ein niedriges Tischchen als Ablage für zerfledderte Zeitschriften und Comics.

Dr. Palm, Hausarzt der Familie, hatte ihn durch alle Kinderkrankheiten und andere Wehwehchen verständnisvoll medizinisch begleitet und sich ihm in den schwersten Krisen seines Lebens als treuer Freund erwiesen. Lundquist lächelte bei dem Gedanken an das runde, wohlwollende Gesicht des Mannes, der nicht zu altern schien, seit vielen Jahren gleich aussah.

Er ertappte sich dabei, dass er den Absatz des Zeitungsartikels schon zum vierten Mal las, ohne sich des Inhalts wirklich bewusst zu werden. Ein Reporter des Abendblattes hatte sich dem Leichenfund gewidmet und nutzte ihn jetzt als Plattform für seine private, auflagensteigernde Hetze gegen den Massentourismus und die seiner Meinung nach drohende Überfremdung durch Sommergäste. »So ein Schwachsinn«, murrte Lundquist leise. Der Schreiber nahm dabei besonders die Deutschen ins Visier. Gunnar Hilmarström hatte ihm wohl erzählt, dass auch Familien aus Deutschland in seinem Häuschen gewohnt hatten und nun stand für viele offensichtlich schon fest, wo man die Täter zu suchen habe.

»Zum Glück begehen wir Schweden keine Morde. Wir wissen, was sich gehört! Und Vorurteile sind uns zum Glück auch wesensfremd!«, flüsterte Lundquist sarkastisch vor sich hin.

Er kannte die Mordstatistik sehr genau.

Die meisten Fälle konnten geklärt werden – einige wenige jedoch wurden nie gelöst, andere blieben unentdeckt. Er gab sich bei diesem Thema keinen Illusionen hin, er wusste, nur ein Bruchteil der tatsächlich verübten Morde wurde aktenkundig.

Lundquist erinnerte sich daran, dass einer ihrer Ausbilder ein Zitat einfließen ließ, wenn Kollegen stolz davon berichteten, wie hoch die Aufklärungsquote bei Kapitalverbrechen heute sei. Er zitierte bei diesen Gelegenheiten stets einen Gerichtsmediziner mit den Worten »Wenn auf jedem Grabstein eines Toten, von dem wir nicht wissen, ob er ermordet wurde, eine Kerze brennen würde, wären unsere Friedhöfe hell erleuchtet.« Damals war er von diesem Satz tief beeindruckt. Noch heute beschlich ihn ein seltsames Gefühl, wenn er an Gräbern vorbei ging. Oberflächlichkeit und Leichtgläubigkeit bei Ärzten und Ermittlern führten in viel zu vielen Fällen dazu, dass man einen Mord einfach übersah.

Ausländische Touristen verstecken Leiche im Ferienhaus. Vermieter erleidet schweren Schock.

Was für eine reißerische Überschrift. Der Schuldige schon ausgemacht! Der gesamte Artikel ein einziger Aufruf zur Fremdenfeindlichkeit! Der Autor beendete seine angebliche Reportage mit der Frage, wie lange die Polizei wohl noch tatenlos zusehen wolle, wie brave, unschuldige Mitbürger von Ausländern getötet wurden und ob die Ermittlungen auch wirklich mit dem notwendigen Nachdruck geführt werden würden. Er wies darauf hin, dass die Ermittlungsbehörden immer zu nachsichtig ausländischen Straftätern gegenüber aufträten und man gespannt sei, ob man wohl als Tourist ungestraft in Schweden morden und vergewaltigen dürfe.

Lundquist seufzte leise.

Die Tote war nicht vergewaltigt worden – immerhin war sie schon knapp über siebzig Jahre alt gewesen. Auch wenn man konstatieren musste, dass diese Tatsache manche Täter nicht von ihrem Verlangen abhielt: Hier lag kein Sexualverbrechen vor! Die Presse würde von jetzt an die öffentliche Stimmung anheizen, schnelle Untersuchungsergebnisse fordern und ständig auf der Jagd nach Neuigkeiten sein Büro belagern, sein Telefon blockieren, und was noch schlimmer war, sie würden auch ständig bei seinem Chef nach konkreten neuen Ergebnissen fragen. Druck von allen Seiten also.

Genervt faltete er die Zeitung zusammen und ließ sie angewidert mit spitzen Fingern auf den Stuhl neben sich fallen. Als ihm klar wurde, wie sehr die Geste an Frieders schauspielerische Darstellung der Entsorgung der toten Ratte aus der Garage der Familie Pattersson glich, lachte er leise in sich hinein.

Sein Blick schweifte gelangweilt durch den Warteraum. An der gegenüberliegenden Wand saß ein junger Mann mit einer dicken roten Nase. Um den Hals hatte er einen grellbunten Schal gewickelt. In regelmäßigen Abständen schniefte er vernehmlich, kramte dann stöhnend nach seinem Taschentuch, wischte vorsichtig an der Nase entlang und steckte das Tuch wieder weg. Lundquist bemerkte, dass seine Augen fiebrig glänzten und dachte mitfühlend, dass es sich um das neueste Opfer der Ausrottungsaktion von Britta handeln könne.

Neben dem vergrippten jungen Mann wartete eine schwergewichtige ältere Dame auf Dr. Palms medizinischen Rat. Sie trug einen Verband um die linke Wade, machte aber ansonsten einen ganz gesunden Eindruck. Missbilligend sah sie den schniefenden jungen Mann an. Bestimmt Lehrerin, dachte Lundquist belustig. Kostüm und Dutt, Brille mit Metallgestell. Er würde Dr. Palm nach ihr fragen.
Eine ungeduldige Mutter war mit ihrer kleinen Tochter gekommen. Das Mädchen greinte und wirkte sehr unglücklich. Wenn die Mutter das Kind auf den Boden setzte, begann es sofort damit, in der Erde der großen Topfpflanze zu wühlen und musste dann wieder aufgesammelt werden. Seit er hier saß, hatte die Mutter bestimmt zwanzigmal vergeblich versucht ihr ungnädiges Kind zum Blättern in Bilderbüchern oder zum Spielen mit den Bausteinen in der Spielecke zu bewegen.
Mit Lisa war das auch immer so, wenn sie krank war. Dann konnte man ihr nichts Recht machen und sie reagierte nur unwillig auf alle Beschäftigungsangebote. Er sah in das müde Gesicht der verhärmten Frau. Bestimmt war sie berufstätig und die Kleine hatte sie in der vergangenen Nacht nicht schlafen lassen. Vielleicht war sie allein erziehend wie er.
Doris, Dr. Palms Sprechstundenhilfe, bedeutete der gestressten jungen Frau mit ihr mitzukommen. Dankbar sprang sie auf und folgte Doris ins Sprechzimmer.
Zurückgeblieben mit dem fiebernden und leise stöhnenden jungen Mann und der gestrengen Lehrerin, da war er sich inzwischen ganz sicher, hing Lundquist wieder seinen Gedanken nach.

Im Autopsiebericht stand, die Tote sei zwischen siebzig und fünfundsiebzig Jahre alt gewesen. Sie hatte mindes-

tens ein Kind ausgetragen und litt an Diabetes und einigen,
durch diese Krankheit bedingten Folgeschädigungen. So
zeigte der rechte Fuß der Leiche deutliche Anzeichen einer Durchblutungsstörung, sogar absterbendes Gewebe.
Rheuma hatte ihre Hände zu Klauen verformt, die rechte
Hüfte unbeweglicher gemacht. Ihre Knie und Fußgelenke
zeigten starke arthrotische Veränderungen. Der Rechts-
mediziner meinte, sie habe zu Lebzeiten bestimmt heftige
Schmerzen gehabt und sei kaum in der Lage gewesen sich
gewandt zu bewegen. Hatte sie im Rollstuhl gesessen?
Das würde er gleich morgen früh mit Dr. Mohl klären.
Das Zuschlagen der Praxistür schreckte ihn aus seinen
Überlegungen auf und bedeutete wohl, dass die junge
Mutter gegangen war. Als Nächste wurde nun die ältere
Dame von Doris ins Untersuchungszimmer geleitet.
Die Unbekannte hatte ein kleines Herz gehabt und einen
geschädigten Magen, eine degenerativ veränderte Wirbelsäule, und mehrere Stellen wiesen auf verheilte Knochen-
brüche hin, rekapitulierte Lundquist weiter. Dr. Mohl vermutete, der Magen sei durch die jahrelange Einnahme von
Schmerzmitteln wegen des Rheumas in Mitleidenschaft
gezogen worden. Es wäre möglich, dass die Frau deswegen
eine Diät hatte einhalten müssen. Zum Zeitpunkt ihres
Todes war sie stark untergewichtig. Ihre Haare waren
verfilzt und ungepflegt. Insgesamt machte sie einen etwas
verwahrlosten Eindruck. Der Gerichtsmediziner meinte,
sie sei bestimmt schon seit längerer Zeit auf die Hilfe von
Verwandten oder Betreuern angewiesen gewesen, die sich
aber nicht intensiv genug mit ihr beschäftigt hatten. So
war sie auch nicht oft genug durchbewegt worden, was
zu leichten Kontrakturen an den Händen geführt hatte.
Lundquist wusste, dass es vielen älteren Menschen so er-
ging, wenn sie zum Pflegefall wurden. Die Familien nah-

men den häufig schwierigen Kranken auf, sahen sich aber bald außerstande, mit der Belastung fertig zu werden. Sie begannen ihn zu vernachlässigen, der Verwandte begann zu nörgeln, die Familienmitglieder wichen der unangenehmen Aufgabe immer häufiger aus.
Der Hauptkommissar wusste, dass es in solchen Situationen sogar zu Tätlichkeiten und regelrechten Quälereien von Pflegebedürftigen kommen konnte.

Todesursache: Ersticken mit einem weichen Hilfsmittel. Vermutlich einem Kissen.
Es fanden sich Reste eines Schlafmittels in ihrem Mageninhalt. Es handelte sich dabei um eine verschreibungspflichtige Substanz, die von vielen Ärzten gerne verordnet wurde, weil sie zuverlässig half.
Hatte die Tote versucht sich gegen die Person zu wehren, die ihr das Medikament verabreichte? Sie hatte es vielleicht nicht freiwillig geschluckt, obwohl man bestimmt versucht hatte die Pillen aufzulösen. Was hatte dazu im Bericht gestanden? Sven Lundquist blätterte zurück. Kakao! Wie perfide! So konnte man dem Opfer vorgaukeln, man wolle es verwöhnen! Der Täter konnte in diesem Fall davon ausgehen, dass die alte Dame das Gift trinken würde, selbst wenn sie den bitteren Beigeschmack bemerkte. Schon um den Überbringer des Kakaos nicht zu enttäuschen! Lundquist seufzte. Er musste nachfragen, ob das verabreichte Mittel leicht löslich war. Eventuell hatte sie noch bemerkt, dass man sie umbringen wollte!
Oder hatte sie sich schon zu diesem Zeitpunkt zur Wehr gesetzt?
Er malte sich die bedrückende Szene aus. Wie eine starke Person sich über den alten ausgemergelten Körper beugte, vielleicht den Kopf auf den Schoß legte und ihr das Ge-

tränk einflößte. Musste der Täter ihr mehrfach die Nase
zuhalten, um sie zum Öffnen des Mundes zu zwingen?
»Aber vielleicht hat sie den Kakao ja auch freiwillig ge-
trunken und gar nicht gemerkt, was man mit ihr vorhatte.
Doch warum musste sie sterben – und wer kommt auf
die Idee eine Leiche in einem Ferienhaus verschwinden zu
lassen?«, brummte Lundquist vor sich hin.

Erschrocken fuhr er zusammen, als sich eine Hand auf
seinen Arm legte.
»Sven Lundquist? Würdest du bitte mitkommen? Dr.
Palm hat jetzt Zeit für dich.« Doris bedachte ihn mit ihrem mütterlichsten Blick. Lundquist bemerkte, als er sich
überrascht im Raum umsah, dass auch der junge Virus-
träger inzwischen aus dem Wartebereich verschwunden
war.
»Oh, Entschuldigung. Ich war ganz in Gedanken«, murmelte er, und Doris lächelte ihn verständnisvoll an.
»Aber das macht doch nichts!«, beruhigte sie ihn. »Ich
weiß, dass du mit deinen Gedanken bestimmt wieder bei
einem deiner Morde warst.« Doris lispelte deutlich und
hatte eine kindliche Stimme, die so gar nicht zu ihrer
stattlichen Erscheinung passen wollte. Ihre Rundlichkeit,
die durch einen kurzen Pagenschnitt mit Pony und einen
zu engen Kittel noch betont wurde, wirkte auf viele der
Patienten beruhigend und gemütlich – eben ein bisschen
mütterlich. Man fühlte sich verstanden und manch einer
der vielen Kranken, die in Dr. Palms Praxis kamen, beich-
tete ihr seine Diätfehler bereitwilliger als dem Arzt.
»Deiner Morde? Aber Doris, das klingt ja, als wäre ich der
Täter!«
Doris kicherte gutmütig.
Wie oft mag sie mich schon angesprochen haben, dachte

Lundquist beunruhigt, während er ihr zügig zum Behandlungsraum folgte.

»Na, wie geht es dir, Sven?«, begrüßte ihn Dr. Palm mit wohltönendem Bass. Der asketische Mann wirkte in seinem Kittel noch schlanker und die Hand, die er seinem Patienten entgegenstreckte, war kalt und knochig, der Druck allerdings fest und herzlich.

»Guten Abend, mein Lieblingsarzt!«, antwortete Lundquist jovial. Wenn er erst einmal bei ihm im Zimmer saß, fühlte er sich stets viel besser und unbeschwerter. Seine gesundheitlichen Probleme erschienen ihm dann manchmal unbedeutend.

»Was macht meine Kleine?«

»Lisa geht's blendend. Meine Mutter kümmert sich um sie und ich muss sagen, es scheint beiden gut zu bekommen«, erzählte er fast schon fröhlich.

»Aha. Deine Mutter blüht also förmlich auf. Kann ich mir bei ihr auch nicht anders denken. Sie braucht immer eine neue Herausforderung, damit ihr das Leben so richtig schmeckt.« Dr. Palm grunzte zufrieden und meinte dann: »Viele Omas ziehen ihre Enkel zumindest mit groß. Hast du Frau Sund im Wartezimmer gesehen? Alte Lehrerin, hat schon viele Generationen von Schülern in die Grundlagen von Literatur und Orthografie eingeführt. Auch sie versorgt jeden Tag mehrere kleine Kinder ihrer zahlreichen Verwandtschaft und genießt es!«

Lundquist gratulierte sich in Gedanken zu seiner Menschenkenntnis. Aber, gab er zu, Lehrer waren eben nun einmal auch besonders leicht zu erkennen. Der Beruf färbte irgendwie auf die Persönlichkeit ab. Ob das bei Polizisten auch so war?

»Mir geht es manchmal ein bisschen auf die Nerven, dass meine Mutter Lisa als eine Art Sprungbrett in mein Leben benutzt. Sie leitet aus der Betreuung der Kleinen ab, sie dürfe sich nun auch wieder in meine Lebensführung einmischen. Das verkompliziert die Dinge mitunter gewaltig«, erklärte er seinem ärztliche Freund.

»Du meinst, sie hat mit der Betreuung von Lisa auch gleich deine wieder mitübernommen.« Dr. Palm legte die Stirn in dicke Falten. Dabei runzelte sich der vordere Teil seiner Glatze gleich mit. Lisa war immer begeistert von diesem Anblick und juchzte jedes Mal vor Freude.

»Mütter wollen eben immer genau über das Treiben ihrer Kinder Bescheid wissen. Es fällt ihnen schwer über ihren Schatten zu springen. Aber natürlich kann ich auch sehr gut verstehen, dass du dich dadurch ziemlich entmündigt fühlst. Und wahrscheinlich erwartet sie, wie Mütter eben manchmal sind, auch eine gewisse unübersehbare Dankbarkeit von dir. Das ist sicher ziemlich belastend und ärgerlich für dich.«

Als Lundquist nickte fuhr er fort:

»Ich kenne das: Man fühlt sich ständig gegängelt und schimpft innerlich über sie, und sofort stellt sich ein schlechtes Gewissen ein, weil man weiß, dass man dankbar sein muss, weil die Situation ohne ihre Hilfe kaum zu meistern wäre.« Der Arzt seufzte mitfühlend. »Nicht leicht zu ertragen – neben all dem anderen.«

»Ja, du hast Recht. Genau so ist es. Für all das andere, wie du es nennst, bleibt nicht viel Raum«, stöhnte Lundquist leise.

»Ich muss ihr auch wirklich dankbar sein, dass sie sich so um Lisa kümmert. Ohne sie wäre alles noch viel schlimmer geworden. Sie glaubt, ich müsse sie nun wieder über jeden meiner Schritte informieren. Geradeso, als sei ich noch ein kleiner Junge, der fragen muss, ob er mit seinen Freunden auf dem Spielplatz spielen darf. Meine Trauer muss warten.«

»Hast du ihr das mal gesagt?«

»Nein. Was sollte das für einen Sinn haben?«

»Du glaubst, ein Gespräch würde nichts nützen?«

»Sie wäre doch nur wütend auf mich. Der undankbare Sohn, der sich beschwert. Und für Lisa ist es so am besten. Sie ist zu klein, um schon wieder familiäre Probleme verkraften zu können. Du weißt es ja selbst am besten: Kinder brauchen eine feste Bezugsperson. Und für Lisa ist das jetzt eben ihre Oma«, seufzte der Hauptkommissar.

»Ja. Für Lisa ist es sicher eine gute Lösung, bestimmt werdet ihr im Laufe der Zeit immer besser damit klar kommen. Deine Mutter wird sich auch wieder zurücknehmen. Im Moment hat sie wohl das Gefühl, sie müsse an Lisa etwas gut machen. Allerdings solltest du dir unbedingt auch Platz für deinen eigenen Schmerz nehmen. Möchtest du professionelle Hilfe dabei – wäre sicher kein Fehler«, stellte der Arzt fest.

Lundquist schüttelte den Kopf.

»Nun gut. Aber, sag' mal, hattest du eigentlich in letzter Zeit wieder mit den Augen Probleme?«, wechselte Dr. Palm ohne Überleitung das Thema.

»Eigentlich habe ich gedacht, es wäre alles wieder in Ordnung – aber heute ist es dann doch wieder passiert. Als ich mit Lars zu einer Befragung unterwegs war. Und diesmal war ich auf dem linken Auge praktisch völlig blind, es war wie so eine geweißte Scheibe im Krankenhaus!«, erzählte Lundquist, der froh war, endlich jemanden gefunden zu haben, dem er sich anvertrauen konnte. »Die Nebelschwaden sind geblieben und die Doppelbilder machen mir das Leben auch nicht leichter. Aber es geht schon – nur beim Autofahren sind sie manchmal wirklich störend.«

Sie saßen inzwischen an Dr. Palms Schreibtisch, einem

wuchtigen Möbel aus dunklem Holz, das immer mit Akten und Befunden beladen war. Auf Außenstehende musste das chaotisch wirken, doch offensichtlich hatte der Arzt sein eigenes Ablagesystem. Er griff stets zielsicher mitten in einen der vielen Stapel und zog den benötigten Bericht oder den richtigen Hefter heraus.

»Hm. Auch die letzten Untersuchungen, die ich veranlasst hatte, ergaben keinen Hinweis auf eine isolierte Schädigung der Wirbelsäule. Du weißt, wir hatten angenommen, deine Gefühlsstörungen im Bein kämen eventuell von einem Bandscheibenvorfall. Das können wir jetzt ausschließen. In der Klinik haben sie auch keinerlei Hinweis darauf gefunden, dass bei dir eine Schädigung des Sehnervs vorliegen könnte. Somit scheidet auch das aus.« Während er so die unterschiedlichsten Untersuchungsergebnisse zusammenfasste, sprach er ruhig und ernst, sah über den Rand seiner Brille in die Akte. »Im MRT fand sich kein Hinweis auf einen Tumor oder Abszess im Hirn.«
»Na, das ist doch sehr beruhigend!«, freute sich Lundquist, atmete wie erlöst auf und lehnte sich entspannt zurück, bevor er fragte:»Was ist es also dann?«
»Nun, Sven«, begann Dr. Palm nachdenklich und räusperte sich, »du hast noch über andere Beschwerden geklagt, nicht wahr? Manchmal war dir schwindlig und du hattest ›trübe Bereiche‹ beim Sehen. In der Augenklinik hat man eine Gesichtsfeldeinschränkung festgestellt. Das war dir ja auch schon aufgefallen. All diese gesundheitlichen Probleme könnten auf eine sehr ernste Krankheit hindeuten. Zumal sich zwar im MRT kein Hinweis auf einen Tumor fand, wohl aber auf mehrere Inseln von Demyelinisierung.«
Es entstand eine kleine Pause und Lundquist fragte verständnislos:

»Inseln wovon?«

»Demyelinisierung. Das bedeutet, dass die Nervenhülle in manchen Bereichen geschädigt ist.« Dr. Palm registrierte den ratlosen Blick seines Patienten und fuhr erklärend fort: »Du musst dir deine Nerven wie Kabel vorstellen. Innen läuft ein Draht und außen herum ist eine Schicht aus isolierendem Material. So ungefähr ist es auch bei deinen Nerven, auch sie sind von einer Schicht umgeben. Demyelinisierung bedeutet nun, dass diese Hülle in bestimmten Bereichen, so genannten Inseln, geschädigt ist. Der Nerv liegt dort frei.«

»Und was bedeutet das für mich ganz konkret?« Nervös fuhr sich Lundquist mit der Hand über den Mund und sah seinen Arzt fragend an.

»Es bedeutet, dass der betroffene Nerv nicht mehr richtig funktionieren kann. Der Impuls, der durch ihn gesendet wird, kommt nicht so an, wie er sollte. In letzter Konsequenz bedeutet das, dass der Impuls überhaupt nicht mehr ankommt.«

»Und dann? Etwa wie ein Kurzschluss, ja? Dann kann ich keine Kontrolle mehr über bestimmte Bereiche meines Körpers ausüben, ja?«

»Ja, so kann man es sehen. All diese Befunde legen eine ernste Diagnose nahe.«

»Welche?« Lundquist spürte den Kloß im Hals, als er sich vorbeugte.

»Es bedeutet, dass du unter Multipler Sklerose leidest.«

»Was?«

Lundquist war fassungslos.

Bilder drängten sich in sein Bewusstsein von Menschen, die im Rollstuhl saßen, sich nur noch schwer mit der Außenwelt in Verbindung setzen konnten, die Pflegefall geworden waren.

Er schloss die Augen und lehnte sich in seinem Stuhl weit zurück.

»Nein«, flüsterte er. »Nein. Was soll denn aus Lisa werden? Sie braucht mich doch. Sie hat schon ihre Mutter verloren!«, stöhnte er und kämpfte gegen aufsteigende Tränen.

»Es tut mir Leid.« Dr. Palm legte seine kleine Hand auf Lundquists Schulter. »Multiple Sklerose ist eine seltsame Erkrankung, weißt du. Sie verläuft auch nicht bei allen Patienten gleich. Ich kann mir vorstellen, was jetzt in dir vorgeht.«

»Ich werde daran sterben, nicht?«, fragte Lundquist leise und sah seinen Arztfreund an: »Sei ehrlich zu mir!«

»Das kann man so gar nicht sagen«, erklärte Dr. Palm, »Multiple Sklerose ist im Moment noch nicht heilbar – das ist sicher richtig. Sie verschwindet also nicht einfach wieder nach einer gewissen Zeit oder einer bestimmten Therapie. Aber es gibt inzwischen eine Vielzahl wirksamer Medikamente, mit denen man den Verlauf der Krankheit dramatisch aufhalten kann. Interferon. Das bedeutet, dass die Krankheit zwar nicht aus deinem Körper zu verdrängen ist, aber wir ein Fortschreiten verhindern können.«

»Und wo habe ich das her? Ich, ausgerechnet ich, der immer ein häusliches und gesundheitsbewusstes Leben geführt hat? Ich war immer treu, hatte nie irgendwelche Frauengeschichten, rauche und saufe nicht! Wo habe ich das her?«, schrie Lundquist verzweifelt und sprang auf, ging im Zimmer hin und her wie ein gefangenes Tier.

»So einfach ist die Erklärung nicht, Sven. Man ›holt‹ es sich nicht, wie zum Beispiel eine Grippe oder eine Geschlechtskrankheit. Es ist nicht ›ansteckend‹ wie zum Beispiel Aids und es hat, so weit man das heute beurteilen kann, auch nichts mit einer ungesunden Ernährung zu tun.«

»Aha! Wie habe ich es dann bekommen?«

»Die Erkenntnisse, die man in den letzten Jahren gewonnen hat, deuten darauf hin, dass wir es bei Multipler Sklerose mit einer ›Slow-Virus-Erkrankung‹ zu tun haben«, erklärte Dr. Palm etwas schulmeisterlich.

»Was soll das nun wieder sein? Doch ein Virus also?«, fauchte Lundquist, blieb hinter seinem Stuhl stehen und krallte seine Finger so fest um die hohe Lehne, dass seine Knöchel weiß hervortraten.

»In gewisser Weise schon. So einer, der im Verborgenen lauert, bis er eines Tages durch irgend etwas geweckt wird. Wir wissen nicht wodurch, vielleicht ist es ein Infekt oder ein Ereignis, das uns psychisch aus der Bahn wirft. Und dann wird das Virus plötzlich aktiv und die Krankheit bricht aus.«

»Wie lange noch?«, fragte Lundquist mit zitternder Stimme.

»Hast du die Frage aus einem der Romane, die du so gerne liest?«, fragte Dr. Palm in sanft tadelndem Ton. »Kein Arzt kann so eine Frage beantworten. Niemand kann sagen, wie lange ein Patient noch leben wird, wenn er diese oder jene Erkrankung bekommt. Nicht einmal bei Krebs in fortgeschrittenem Stadium würde ein Arzt sich zu so einer Frage mit einer Zeitangabe äußern!«

»Na gut.« Lundquist stützte die Fäuste auf den Schreibtisch des Arztes und sah ihm direkt in die Augen. »Dann sag mir, wie lange ich noch arbeiten gehen kann, ob ich erleben werde, wie meine Tochter heiratet, ich meine Enkel im Schoß halten werde«, forderte er aggressiv und funkelte seinen Arzt zornig an.

»Setzt dich wieder.« Dr. Palms Ton erlaubte keinen Widerspruch.

Artig nahm Lundquist wieder Platz.

»Also, wie lange du arbeiten kannst, hängt davon ab, was für einen Verlauf die Krankheit bei dir nehmen wird. Es gibt sehr schnelle und ganz langsame Verläufe. In der Regel verläuft MS in Schüben. Das heißt, die Krankheit wird nicht täglich schlimmer, sondern sie erreicht immer wieder einen stabilen Zustand, der lange anhalten kann. Dann setzt der nächste Schub ein. Der Zustand verschlechtert sich«, erklärte der Arzt sachlich.

»Ich werde mir also dabei zusehen können, wie ich mich in ein Wrack verwandle? Ich werde täglich Angst davor haben müssen, dass ein neuer – wie hast du das genannt, Schub? – kommt und ich etwas nicht mehr tun kann, was ich davor noch selbst erledigen konnte? Lisa wird mich langsam verfallen sehen und ich kann gar nichts dagegen tun!« Wütend schlug Lundquist mit der Faust auf den Tisch.

»Nein. So ist es ganz und gar nicht! Du bist dabei nicht zur Untätigkeit verurteilt. Du wirst verdammt nochmal entschlossen gegen eine Verschlechterung ankämpfen, und zwar durch gezieltes Training unter Anleitung eines Physiotherapeuten, und wir werden eine Interferontherapie bei dir durchführen. Damit bringen wir die Krankheit zum Stillstand. Du wirst sehen, wir erreichen eine Remission!«

»Mein Gott! Ich bin Mitte dreißig! Hat mich das Leben nicht schon genug gebeutelt?«

»Es ist heute möglich, eine Therapie so durchzuführen, dass du deinen normalen Lebensrhythmus weitestgehend beibehalten kannst. Wenn du dich etwas beruhigt hast, unterhalten wir uns darüber, wie wir diese Therapie bei dir durchführen werden«, fuhr Dr. Palm fort, ohne auf Lundquists Bemerkung einzugehen.

»Ich verstehe nicht, warum immer mir all diese schrecklichen Dinge zustoßen müssen? Reicht es denn immer noch nicht?«, murmelte Lundquist verzweifelt.

Dr. Palm erhob sich und umrundete seinen Schreibtisch. Er stellte sich hinter Lundquist und legte seine Hände auf dessen Schultern. »Wenn es möglich wäre, hätte ich dir gewiss ein paar Päckchen abgenommen. Ich bedaure wirklich sehr, dass immer ich es bin, der dir schlechte Nachrichten überbringen muss. Schon damals war ich es, der zu euch fahren musste, um dir von Annas Unfall zu berichten. Und jetzt das! Es tut mir schrecklich Leid, Sven«, seufzte er, trat dann an das große Fenster, das den Blick in den gepflegten Garten freigab und schwieg.
Lundquist schlug die Hände vors Gesicht und stöhnte. Er wusste, dass es keinen Sinn hatte zu lamentieren, zu schimpfen und sich selbst zu bedauern – auf der anderen Seite konnte er nur schwer damit umgehen, einer Situation hilflos ausgeliefert zu sein. Mühsam brachte er sich wieder unter Kontrolle. Als er aufstand und zu Dr. Palm ans Fenster trat, zitterten seine Hände noch immer und seine Stimme gehorchte ihm nicht. Er musste mehrfach ansetzen, dann fragte er: »Gut, also, wie geht es nun weiter?«
»Die Interferontherapie ist eine von mehreren Möglichkeiten die Multiple Sklerose zum Stillstand zu zwingen. Es ist nicht wirklich ein Medikament, weißt du?«
Als Lundquist verständnislos den Kopf schüttelte, fuhr er fort: »Es ist im Grunde ein körpereigener Wirkstoff, der ohnehin in unserem Organismus gegen Erkrankungen ankämpft, zum Beispiel gegen Infektionen. Man erhöht die Menge an Interferon in deinem Körper und so kann es die Multiple Sklerose aufhalten.«

»Wirst du die Therapie mit mir durchführen oder muss ich dazu in eine Klinik?« Er hörte, wie seine Stimme schwankte.

»Ich werde dir natürlich weiter zur Verfügung stehen. Als Arzt und als Freund. Ich habe dich durch dein gesamtes bisheriges Leben begleitet, da werde ich dich doch nicht gerade jetzt im Stich lassen.«

»Es wäre mir bestimmt angenehmer von dir behandelt zu werden, als von irgendeinem mir völlig unbekannten Arzt im Klinikum. Aber was für eine Art von Therapie ist das genau? Gehen mir davon auch alle Haare aus?«

»Nein. Da kann ich dich beruhigen. Haarausfall ist eine der Nebenwirkungen bei Chemotherapie und die brauchen wir bei dir nicht durchzuführen. Wir werden eine Interferontherapie ansetzen, das ist etwas ganz anderes. Du wirst dreimal in der Woche eine Spritze bekommen, besser noch, dir selbst geben. In der Klinik wird man deinen Zustand regelmäßig überprüfen. Du meldest dich dort in der Neurologie und der Arzt wird die genaue Dosis für dich berechnen. Er teilt mir seine Untersuchungsergebnisse mit, gibt eine Dosisempfehlung und ich behandle dich weiter. Am besten ist, du lernst, dir die Injektion selbst zu setzen, dann bist du unabhängig. Man spritzt nur subkutan, das heißt direkt unter die Haut. In der Regel ist es nicht schmerzhaft. Du kannst natürlich auch gerne in die Praxis kommen und Doris gibt dir die Spritze. Ganz wie du willst.«

»Nebenwirkungen? Hat es keine?«, wollte Lundquist mit zitternder Stimme wissen.

»Doch. Es kann sein, dass dir übel und schwindlig wird. Manche Patienten klagen über Symptome wie bei einer starken Grippe, also Gliederschmerzen, Temperaturen und so weiter. Gegen das Fieber bekommst du Paracetamol, gegen die Übelkeit gibt es ebenfalls sehr wirksame Medikamente. Und die Beschwerden halten nicht lange an. Meist spritzt man das Beta-Interferon abends, dann sind die Nebenwirkungen bei vielen Patienten am nächsten Morgen schon überstanden. Nun sei nicht so deprimiert! Wir kriegen sie in Remission, du wirst schon sehen!«, versuchte Dr. Palm seinen Patienten zu beruhigen.

»Und wie lange muss ich dieses Interferon denn spritzen? Bis die Krankheit zum Stillstand kommt, oder länger?«

»Das wird vom Verlauf abhängen, genau wie die Dosis. Mach dich auf eine langfristige Therapie gefasst.«

»Aber ich kann doch während der Therapie arbeiten gehen, oder?«

»Ja. Ich sehe eigentlich keinen Grund, warum das nicht möglich sein sollte. Es hängt natürlich schon davon ab, wie stark bei dir Nebenwirkungen auftreten und wie du dich insgesamt fühlst. Du musst nicht grundsätzlich zu Hause bleiben.«

»Und wenn der nächste Schub kommt«, begann Lundquist zögernd und mit unsicherer Stimme, »was wird sich dann verschlechtern? Werde ich zuerst blind?«

»Das kann ich dir nicht mit Sicherheit sagen, aber üblicherweise wird zuerst der Gang schlechter, schwerfälliger. Das bedeutet aber noch lange nicht, dass du gleich einen Rollstuhl brauchst. Für morgen habe ich einen Termin für dich bei Prof. Baum in der Neurologie vereinbart, es steht alles hier auf dem Zettel.« Dr. Palm schob ihm ein kleines grünes Blatt zu, auf dem er den Namen des Arztes, die Abteilung im Klinikum und die Uhrzeit, 17.45 Uhr, handschriftlich notiert hatte.

Zögernd griff Lundquist danach und drehte den Zettel nachdenklich zwischen den Fingern umher.

»Was wird er mit mir machen?«, wollte er dann wissen.

»Er untersucht dich, testet die Nervenfunktion und versucht festzustellen, wie stark einzelne Bereiche geschädigt wurden und welche Auswirkungen das für die Impulsweiterleitung hat. Danach legt er die Interferondosis für dich fest. Wir beginnen sofort mit der Behandlung!«
Dr. Palm seufzte, als er seinen Freund betrachtete, der mit geschlossenen Augen auf dem Stuhl neben dem Schreibtisch saß. Es stimmte schon, dachte er, Sven Lundquist hatte in letzter Zeit nicht gerade viel Glück gehabt. Vor gerade einem Jahr hatte Dr. Palm ihm in einer stürmischen Nacht mitteilen müssen, dass seine Frau Anna bei einem Verkehrsunfall getötet worden war. Ein Lastwagen hatte die Vorfahrt missachtet und war über ihren Kleinwagen einfach hinweggerollt. Sie starb noch an der Unfallstelle. Kaum begann er sich von diesem Schock zu erholen, kam der Nächste. Kein Wunder, dass sein Freund sein Schicksal als ungerecht empfand.

Deprimiert fuhr Lundquist durch den Regen nach Hause. Dr. Palm hatte versucht ihm Mut zu machen und ihm die Adresse einer Selbsthilfegruppe in Göteborg gegeben, an die er sich wenden konnte. Er seufzte. Wie sollte er das Lisa erklären? Wenn die Krankheit sich weiter ausbreitete, würde seine Mutter immer mehr Raum in seinem Leben beanspruchen, und er müsste sich immer weiter in Abhängigkeit von ihr begeben. Er schüttelte sich bei dem Gedanken. Blieb nur zu hoffen, dass Dr. Palm die Erkrankung tatsächlich in Remission bringen konnte!

Das unangenehm disharmonische Klingelgeräusch seines Mobiltelefons riss ihn aus seinen trübsinnigen Überlegungen.

»Lundquist«, meldete er sich.

»Hi, hi, Lars hier. Na, hat der Arzt ein Zaubermittel gegen deine Kopfschmerzen gehabt?«

»Hi, nein, leider nicht. Habt ihr schon was über die Patterssons?« Er bemühte sich konzentriert um einen lockeren Tonfall.

»Ja. Und stell dir vor, die Frau hat Recht gehabt. Alle Verwandten erfreuen sich offenbar bester Gesundheit. Unsere italienischen Kollegen können ihre Familie im Moment nicht finden. Die Albertinis sind auf Europarundreise und werden erst in vierzehn Tagen zurückerwartet. Die Verwandten wissen nicht, wo sie sich zurzeit genau aufhalten, sie melden sich nur hin und wieder telefonisch, um zu verkünden, dass es ihnen gut geht.«

»Kein Handy?«

»Nein. Sie wollten im Urlaub ihre Ruhe haben. Deshalb haben sie ihr Handy gar nicht erst mitgenommen.«

»Verständlich. Dann müssen wir eben warten, bis sie wieder zu Hause sind oder sie ihren Standort durchgeben«, seufzte Lundquist.

»Die Kollegen aus Deutschland haben auch schon ein erstes Ergebnis gefaxt. Eine Familie Neumann aus Cuxhaven hat in Hilmarströms Ferienhaus drei Wochen Urlaub gemacht. Sie haben sich in ihrem Reisebüro darüber beschwert, dass es in dem Haus entsetzlich gestunken hat. Die Kollegen haben auch nach dem Haken für die Klappe zum Dachgeschoss gefragt. Neumanns ist die Stange nicht aufgefallen, sie haben allerdings auch nicht darauf geachtet. Der siebzehnjährige Sohn der Familie begleitete seine Eltern. Der junge Mann interessiert sich nicht mehr für Geheimnisse auf Dachböden, sondern nur für die verborgenen Möglichkeiten seines Laptops. Frau Neumann meinte, er sei aus dem Krabbelalter längst raus. So, das war alles für heute. Ich gehe jetzt nach Hause zu meiner kleinen Freundin, bei der ich mich nicht strecken muss, wenn ich meinen Arm um sie legen möchte.« Knyst lachte leise.

»Ja, tu das. Britta soll morgen die Ärzte in der Umgebung von Hjortronbakken nach einer alten gebrechlichen Frau mit Diabetes und Rheuma befragen. Eventuell musste sie sich irgendwo notfallmäßig behandeln lassen. Sie soll sich auch in den Apotheken nach dem Schlafmittel erkundigen. Es ist rezeptpflichtig.«

»Wird gemacht. Schlaf gut!«, verabschiedete Lars sich gut gelaunt.

Ob die Familie, zu der die alte Frau gehört hatte, wohl mit einer Toten im Gepäck angereist war? Und wenn nicht, wie hatten sie die Kranke transportiert? Vielleicht im Wohnmobil? Aber wer fuhr schon im Wohnmobil zum

Ferienhaus – er verwarf den Gedanken sofort wieder. Man würde morgen überprüfen müssen, ob eine der Familien mit einem so großen Wagen angereist war, in dem man jemanden liegend transportieren konnte. Oder saß die Tote aufrecht auf dem Beifahrersitz? Scheinbar schlafend?, kreisten Lundquist Gedanken weiter um den aktuellen Fall.
Er würde Bernt noch nachfragen lassen, ob alle Sommergäste, die in diesem Haus gewohnt hatten, Kinder mitbrachten. Die würden sich doch bestimmt gewundert haben, wenn die Eltern jemanden nach dem Urlaub nicht wieder mit nach Hause genommen hätten. Lundquist schüttelte den Kopf. Man konnte doch unmöglich mit der Oma in Urlaub fahren und sie dann im Ferienhaus zurücklassen! Warum wollten diese Leute die Leiche überhaupt auf dem Dachboden verschwinden lassen? Das musste doch auch in ihrem Heimatland zu Komplikationen führen, wenn sie ihre Verwandte nicht mehr mit zurückbrachten!
Er seufzte.

»Multiple Sklerose! Und das mir!«, fauchte er vor sich hin. Sollte er seiner Mutter gleich heute Bescheid sagen? Er brummte unzufrieden. Seine Mutter hatte zwei Leitsprüche, die sie ihm als Kind schon aufgezwungen hatte: »Geh nicht mit Fremden mit!« Und »Wenn du etwas nicht ändern kannst, lamentiere nicht, finde dich damit ab, alles andere ist Zeitverschwendung.« Den ersten zu beherzigen, fiel ihm nicht schwer – doch die Forderung des zweiten hatte er nie erfüllen können. Vielleicht, überlegte er, war er nicht der Typ, der Endgültiges akzeptieren konnte.
Im Privatleben wie im beruflichen Alltag.
Es war bestimmt besser noch damit zu warten.
Morgen würde er erst einmal mit Dr. Baum sprechen.

Danach war es immer noch früh genug, seine Mutter damit zu schockieren, dass sie nun bald nicht nur für ihre kleine Enkelin sondern auch wieder für ihren Sohn würde sorgen müssen.

Als die Ampel auf Grün sprang, bog er kurzentschlossen nach rechts ab. Er konnte noch nicht nach Hause fahren und sich mit seiner Mutter unterhalten, als wäre nichts geschehen. Jetzt noch nicht.

Lundquist wählte die Küstenstraße in Richtung Stenungssund und erreichte schnell eine ländliche Gegend. Große Weideflächen zogen sich die Strecke entlang, wechselten sich mit langen Waldstücken ab. Einige neugierige Pferde sahen ihm nach, als er mit seinem Wagen an ihrer Koppel vorbeifuhr.

Der Verkehr hatte deutlich abgenommen. Außerhalb der Großstadt waren nach dem Ende der Touristensaison nur noch wenig Menschen unterwegs.

Vereinzelt traf er auf junge Leute, die das Fahrverhalten ihres Autos im Schutze der hereinbrechenden Dämmerung bei Geschwindigkeiten testeten, die in Schweden auf keiner Straße erlaubt waren. Fahren am Limit – wie viele diesen ›Kick‹ wohl brauchten?

»Pubertäres Imponiergehabe!«, zischte er wütend hinter den anderen her.

Kurz nach der Brücke über den Sund bog er in eine unbefestigte kleine Straße ein, die ganz von dichtem Wald umgeben war. Überraschend gewann er den Eindruck, von der Stille hier verschluckt worden zu sein. Er fuhr langsam. Nur das leise Knirschen der Reifen auf dem Kies war zu hören. Auf einem einsam im Nirgendwo gelegenen Parkplatz, der vielleicht für die Waldarbeiter einer Papierfabrik angelegt worden war, hielt er an. Mit langsamen Bewegungen, fast wie in Trance, drehte er den Zündschlüssel und brachte den Motor zum Verstummen. Danach schaltete Lundquist die Scheinwerfer aus, verschränkte die Arme vor dem Lenkrad und ließ seinen Kopf darauf sinken.

Seine Schultern begannen zu zucken und Verzweiflung ließ ihn trocken aufschluchzen.

Sven Lundquist weinte.

Später stieg er schwerfällig aus und folgte einem Pfad, der ihn auf die eindrucksvolle Brücke über den Sund führte. Tief unter ihm war in der Dunkelheit das Wasser nur zu ahnen. Bestimmt war es schon sehr kalt zu dieser Jahreszeit. Ein steifer Wind zerrte an seiner Jacke und Lundquist umklammerte den Handlauf, bis er kein Gefühl mehr in den Händen hatte. Unter ihm sah er die Positionslampen eines Kleinen Schiffes, das unter der Brücke durchfuhr. Motorengeräusche hörte er nicht.

Weil der Wind so heult, dachte er.

Der Mensch war letztlich ein sehr verletzliches Wesen, überlegte er nüchtern, wenn er in der geeigneten Situation die Initiative ergriff, konnte er all seine Sorgen einfach so ins Wasser werfen. Lundquists Hände fassten noch ein wenig fester zu, sein Körper straffte sich, und er versuchte den Schwung aufzubringen, der nötig wäre, um das Geländer zu überwinden.

»He, hat jemand den Zeitplan gesehen?«, krächzte Britta heiser und streckte ihren zurzeit kupferrot gefärbten Krauskopf in das Büro von Lundquist und Knyst.

»Den hat sich gerade Bernt geholt! Er telefoniert, glaube ich, mit den dänischen Kollegen in Aarhus«, gab Knyst grinsend Auskunft. »Na, hast du denn noch genug Viren intus, um sie gerecht an uns zu verteilen?«

»Keine Sorge. Für dich habe ich extra welche von den gemeinsten aufgehoben!« Sie strahlte ihren Kollegen an, als habe sie mitgeteilt, er sei der Hauptgewinner einer Lotterie. Nach einem Blick auf das Chaos auf Lundquists Schreibtisch setzte sie hinzu: »Wo ist denn Sven?«

»Weiß nicht. Er schläft wohl mal aus. Gestern war er noch lange unterwegs. Oder du hast ihn angesteckt«, antwortete Knyst vorwurfsvoll.

»Nein, das glaube ich nicht. Meine Viren sind wohlerzogen, die vergreifen sich nicht an Familienvätern. Sie stürzen sich nur auf Junggesellen. Aber bei denen sind sie von unglaublich verheerender Wirkung«, gab Britta gut gelaunt zurück und sagte dann in sachlicherem Ton: »Dann lege ich die bisherigen Berichte eben einfach zu all dem anderen Papierkram auf seinen Schreibtisch.« Schwungvoll ließ sie den Aktenstapel, den sie bisher unter dem Arm getragen hatte, auf Lundquist Schreibtisch fallen.

»Ist da auch der neue Patho-Bericht dabei?«

»Ja.«

»Gibst du mir den bitte mal gleich rüber?« Knyst streckte seine Hand aus und Britta suchte ihm aus dem Stapel einen blassroten Aktenordner heraus und reichte ihn hinüber.

»Tja ja, Sie wurden gerade Zeuge, wie der einzige weibliche Mitarbeiter dieser Abteilung eine Tätigkeit ausübte, die seiner Rolle in Beruf und Gesellschaft entspricht – Handlangertätigkeit!«, sie seufzte in gespielter Resignation und fuchtelte theatralisch mit den Händen in der Luft herum. Knyst grinste, schlug den Pappdeckel auf und überflog eilig die ersten Zeilen des Befundes.

»Mist!«, fluchte er dann laut. »Nach dem Bericht hier sind ja alle Familien verdächtig. Jede Einzelne! Die Tote ist schon vor circa ein bis vier Monaten gestorben. Dr. Mohl schreibt, der Fundort sei nicht der Tatort. Das ist ja klar! Er kann den Todeszeitraum nicht genauer eingrenzen, weil auf diesem Dachboden so eine Art Wüstenklima mit heftigen Schauern geherrscht hatte. In diesem Sommer hatten wir längere Phasen mit windigem, sehr trockenem Wetter, dann wieder Regen und angenehme Kühle. Auf dem Dachboden herrschte durch die permanent geöffneten Fenster ständiger Durchzug. Du erinnerst dich doch, oder? Gunnar Hilmarström fürchtet nichts so sehr wie seine energische Frau, und Schimmel auf dem Dach oder an den Wänden. Dieses wechselhafte Wetter, gepaart mit dem Dauerluftzug, hat nun bewirkt, dass einige Körperteile der Leiche eher getrocknet und andere dann, während der Regentage in der Feuchtigkeit, verwest sind. Er kann sich nicht genauer festlegen. Dafür seien noch spezifischere Untersuchungen notwendig, die er so schnell nicht durchführen kann.« Knyst stöhnte.

»Also war sie eventuell sogar schon dort, bevor die erste Familie angereist ist«, stellte Lundquist trocken fest, der gerade hinter Britta aufgetaucht war und Knysts Worte gehört hatte.

»Ja. Sieht so aus. Schade, hätte uns und den Kollegen eine Menge Arbeit erspart, wenn wir wenigstens ein paar Familien hätten ausklammern können. C'est la vie!« Britta lachte, was sich bei ihrer heiseren Stimme allerdings mehr wie ein Quietschen anhörte.

»Überprüft Bernt schon die Familien aus Dänemark? Hat sich einer von euch gleich heute Morgen um die Ärzte und Apotheken gekümmert?« Lundquist war gereizt. »In Hjortethult gibt es eine ziemlich große direkt im Zentrum, so, dass auch Touristen sie gut finden können.«

Knyst sah seinen Freund überrascht an – solch einen ungeduldigen Ton kannte er an ihm nicht.

Schnell antwortete er: »Bei der Apotheke in Hjortethult habe ich selber angerufen. Die Apothekerin konnte sich nicht an einen ausländischen Kunden erinnern, der im Sommer ein Schlafmittel bei ihr gekauft hätte. Sie wollte aber bei den Kollegen nachfragen und im Computer nachforschen. Jedes Rezept wird wohl mit Datum und dem Namen des rezeptierenden Arztes im PC gespeichert. Sie bedauerte, dass sie mir nicht sofort helfen konnte, aber ihr System ist heute Morgen abgestürzt und sie müssen erst auf den Techniker warten. Sobald es wieder läuft, ruft sie mich an.«

»Gut. Wer überprüft die Ärzte?«

»Ich«, antwortete Britta knapp und erklärte dann weiter: »Bisher konnte ich allerdings erst zwei erreichen, die anderen Praxen haben noch geschlossen.«

»Und was hat man dir bei den beiden gesagt, die du schon angerufen hast?«

»Sie lassen ihre Sprechstundenhilfen nachsehen und melden sich dann wieder.«

»Aha. Dann werden wir wohl noch etwas warten müssen.« Lundquist setzte sich hinter seinen Schreibtisch und warf einen flüchtigen Blick auf den Stapel von Akten, die Britta ihm dort aufgetürmt hatte.

»Schon die Zeitung gelesen?«, fragte er dann und warf die Tageszeitung auf Knysts Tisch. »Auf Seite eins – das sind wir. Man zieht ganz schön über uns her. Ich sage euch, diesen Fall sollten wir in Windeseile gelöst haben, bevor die Presse auf uns als Versager einprügelt.«

Die Zeitung hatte sich entfaltet und in großen dicken Lettern wurde die Leiche im Ferienhaus als Aufmacher missbraucht: Polizei und Staat machtlos. Schwedische Bürger dem hemmungslosen Treiben der Touristen ausgeliefert?

»Vor meinem Haus lauerten schon die ersten«, erzählte er zornig. »Als ich Lisa zum Kindergarten bringen wollte, sind sie regelrecht über uns hergefallen.«

Knyst neigte sich zum Fenster und warf einen Blick auf die Straße. »Und da unten steht ein Übertragungswagen vom Fernsehen. Wir werden wohl den Hinterausgang benutzen müssen, wenn wir das Gebäude unbehelligt verlassen wollen. Das ist doch einfach nicht zu glauben! Kann man sowas nicht verbieten lassen? Das ist doch Behinderung polizeilicher Ermittlungen!« Britta lehnte sich über Knysts Schreibtisch, um ebenfalls auf die Straße sehen zu können. Dabei dippte sie beinahe mit den Fransen ihres grellgelben Schals in seine Kaffeetasse. Entrüstet prustend zog Knyst die Tasse aus der Gefahrenzone und murmelte: »Die Kollegin wird von Tag zu Tag dreister. Erst versprüht sie großzügig ihre Viren, und nachdem das nicht den gewünschten Erfolg hatte, versucht sie jetzt offensichtlich mich verdursten zu lassen, in dem sie meinen Kaffee einfach aus der Tasse saugt. Raffiniert! Da haben wir wieder ein typisches Beispiel für die sprichwörtliche weibliche Tücke!«

Das Telefon auf Lundquists Schreibtisch klingelte herrisch.

»Wetten, das ist Kramp! Dieses autoritäre Klingeln – als ob selbst das Telefon weiß, wer mich da anruft!« Einen Moment lang ließ er seine Hand zögernd über dem Hörer schweben, dann griff er entschlossen zu und meldete sich:

»Lundquist. Ja, guten Morgen.« Er lauschte angespannt, dann antwortete er: »Natürlich, wenn du willst, kann ich schnell zu dir raufkommen. Gar kein Problem.« Bald vielleicht doch, schoss es ihm durch den Kopf, wenn ich im Rollstuhl sitze. Gab es überhaupt einen Fahrstuhl im Gebäude? Nun, spann er den Gedanken weiter, musste es ja wohl. Irgendwo.

Langsam legte Lundquist den Hörer wieder auf und sah seine Kollegen an: »Er wird versuchen, die Ermittlungen durch Kritik und Ermahnungen zu beschleunigen. Ich gehe jetzt zu ihm und zeige ihm, was wir schon haben, damit er einen Bericht an die Presse geben kann. Ich glaube, sie terrorisieren ihn schon seit heute Nacht.«

Lundquist packte mit starrer Miene die Aussage der Patterssons, den Bericht über die deutsche Familie Neumann und den Befund der Pathologie zusammen und ging damit in das Büro seines Chefs, das ein Stockwerk über ihrem lag.

»Was ist denn heute mit ihm los? Er ist so … anders. Sonst reagiert Sven doch auch nicht so gereizt, geradezu schlecht gelaunt.« Britta runzelte die Stirn und sah Knyst an, der nur mit dem Kopf schüttelte: »Ich weiß auch nicht. Vielleicht hat er wieder Kopfschmerzen. Er hat seit einiger Zeit Probleme damit.«

Als Britta gegangen war, griff er zum Telefon, um eine weitere Apotheke anzurufen.

Der Gang war schmal.

Jedenfalls nicht behindertengerecht.

Wenig Licht fiel herein.

Die Sonne schien zu dieser Jahreszeit nicht mehr warm und anheimelnd, sondern sandte kaltes Licht, das einen frösteln ließ. Langsam ging Lundquist an den vielen Türen vorbei, bis er zum Büro von Dr. Kramp kam. Er klopfte energisch an und öffnete schwungvoll die Tür, als er von drinnen das ›Herein‹ hörte.

Wie immer bei solchen Gelegenheiten saß der Leiter der Abteilung hinter seinem eindeutig überdimensionierten Schreibtisch, von dem er aber annahm, er spiegle seine persönliche Bedeutung wider, hatte vor sich einen Stapel Protokolle und Berichte liegen und hielt in der rechten Hand einen Kugelschreiber, den er über einer aufgeschlagenen Akte schweben ließ, um dem Besucher den Eindruck zu vermitteln, außerordentlich beschäftigt zu sein.

Nach der kurzen, von beiden Seiten eisigen Begrüßung wartete Lundquist höflich, bis Dr. Kramp mit einem Seufzer den Hefter vor sich zuschlug und den Stift aus der Hand legte. Der Leiter des Morddezernates, der etwa zehn Jahre älter als Lundquist war, rückte umständlich seine Brille mit dem futuristischen, metallisch glänzenden Designergestell zurecht, die ihm ein jugendlicheres und fortschrittsorientiertes Aussehen geben sollte, und seine kalten, blassgrauen Augen fixierten den Hauptkommissar durchdringend. Er war etwas kleiner als der Hauptkommissar, hatte eine athletische Figur, die er in einem Fitness-Studio in Form hielt und trug seine Haare modisch frisiert.

Ein leichtes Näseln verlieh seiner Stimme etwas Arrogantes, das hervorragend zu seinem Auftreten und seiner durchgestylten Erscheinung passte. Seine gepflegten Hände mit den polierten Nägeln griffen zu einem Stapel am äußeren Ende seines Schreibtisches und warfen Lundquist

mit einer schnellen Bewegung eine Zeitung zu. Geschickt fing der Ermittler sie auf und sah Dr. Kramp fragend an. »Na los, Sven. Schlag die Titelseite auf!«, forderte er ihn unfreundlich auf. »Lies laut vor, was da steht!«
»Schweden startet Hetzkampagne gegen Ausländer!«, las Lundquist die deutschsprachige Schlagzeile.
»Von der Art habe ich hier noch viel mehr!«, wütend zeigte Dr. Kramp auf den Stapel. »Alle sind im Tenor etwa gleich: ›Schweden macht Front gegen Tourismus‹. Und das steht auf der Titelseite einer deutschen Tageszeitung! Ständig klingelt bei mir das Telefon. Entweder ist dann ein Reporter dran, der nähere Auskünfte zu dem Mord von mir haben möchte oder ein Vertreter des Tourismusverbandes, der sich erkundigt, wie wir es zulassen können, dass der Ruf Schwedens als Urlaubsland gerade auch für die Deutschen derart in Verruf kommt. Das Ausland zeigt mit dem Finger auf uns, und ich weiß nichts Genaues über die Vorkommnisse, die dazu geführt haben! Das ist einfach ungeheuerlich, Sven! Der Außenminister ist sauer, weil das Gerede über die schwedische Ausländerfeindlichkeit und die unverhohlenen Verdächtigungen, die unsere Presse verbreitet, die Beziehungen zum Ausland beeinträchtigt, der Innenminister ist über die wachsende Ausländerfeindlichkeit in unserem Land besorgt und will wissen, warum er davon erst aus der Presse erfahren musste und wir uns nicht schon früher mit Hinweisen darauf an ihn gewandt haben! All das muss ich mir anhören und habe noch nicht einmal ein paar Basisinformationen, die ich weitergeben könnte, weil der ermittelnde Hauptkommissar es offensichtlich nicht für nötig hält, mich in Kenntnis zu setzen! Das ist einfach ungeheuerlich!«, er hob seine Stimme: »Warum finde ich keinen Bericht deiner Abteilung auf meinem Schreibtisch vor? Warum

wurde ich nicht sofort umfassend informiert, als absehbar
war, dass die Medien sich des Themas bemächtigen wollen? Du hättest mich gestern Abend auf jeden Fall anrufen
und mir das Wichtigste mitteilen müssen!«

Lundquist schwieg.
Ausnahmsweise hatte Kramp Recht, dachte er, er hätte ihn
noch am Abend informieren sollen. Nach seinem Besuch
bei Dr. Palm hatte er gar nicht mehr daran gedacht.
»Willst du dich nicht dazu äußern, Sven?« Lundquist entging der drohende Unterton nicht. Er bemühte sich Ruhe
zu bewahren und antwortete:
»Doch. Es tut mir Leid, dass die Presse das Thema so
hochgespielt hat. Natürlich hätten wir dich informieren
müssen. Wir sind bis spät in die Nacht noch Hinweisen
nachgegangen, haben die Aufgaben für den nächsten
Morgen verteilt, und darüber habe ich völlig vergessen,
mich bei dir zu melden«, presste Lundquist zwischen zu-
sammengebissenen Zähnen hervor.
»Du hast es vergessen!«, höhnte Dr. Kramp. »Dann hole
es jetzt gefälligst nach und zeig mir eure bisherigen Ergebnisse und Berichte! Vergessen, pah!«
Als Lundquist eine halbe Stunde später das Büro wieder
verließ, atmete er im Flur erleichtert auf. Dr. Kramp würde jetzt eine improvisierte Pressekonferenz abhalten und
die Medien beruhigen. Mit ein bisschen Glück konnten
sie in der Zwischenzeit ungestört durch seine Vorwürfe
weiter ermitteln!
Er warf einen Blick auf seine Armbanduhr: Schon neun
Uhr dreißig! Noch gut acht Stunden bis zu seinem Termin
bei Dr. Baum, dachte Lundquist und zuckte zusammen.
»Na, hat er ordentlich gemeckert? Konnte er so richtig
Dampf ablassen, uns Vorwürfe machen?« Knyst, der

wusste, dass die beiden Männer sich nicht verstanden, feixte Lundquist an. »Ich hoffe, du hast ihn mit ausreichend Futter versorgt!«

Vor zwei Jahren war es zwischen den beiden zu einer erbitterten, lautstark geführten Diskussion über die richtige Vorgehensweise in einem Entführungsfall gekommen. Nach dem missglückten Versuch, einer alten Dame in der Einkaufspassage Nordstaan die Handtasche zu entreißen, hatten Passanten die Verfolgung des Täters aufgenommen und ihn in der Fußgängerzone in einen Hauseingang getrieben.
Als ein unbeteiligtes Kind zufällig vorbeikam, ergriff der Täter den vierjährigen Jungen und drohte damit, ihn zu töten, sollte man ihn nicht unbehelligt ziehen lassen. Um seine Worte zu unterstreichen, bedrohte er das Kind mit einer Waffe, die er in der Anoraktasche versteckt hatte. Anwohner benachrichtigten die Polizei, die mit Blaulicht und Sirene vorfuhr und Scharfschützen vor dem Haus postierte. Als der Geiselnehmer das Polizeiaufgebot sah, zerrte er den Jungen in die oberen Stockwerke und nötigte ihn, sich in ein geöffnetes Hausflurfenster in der sechsten Etage zu setzen und die Beine nach draußen baumeln zu lassen. Er selbst hielt das weinende Kind um die Taille und kündigte an, wenn die Polizisten nicht abzögen, würde er den Kleinen einfach hinunterstoßen.
In der Dienststelle erörterte man derweil in einer eilig zusammengestellten Sondergruppe das weitere Vorgehen. Lundquist plädierte dafür, die Beamten abzuziehen und den Täter nach seinem Verlassen des Hauses zu verfolgen und später zu verhaften, während Dr. Kramp eher eine unnachgiebige Position vertrat und empfahl, den Scharfschützen Schießbefehl zu erteilen.

Er meinte, man dürfe sich von solchem ›Abschaum der Gesellschaft‹ nicht erpressen lassen, man müsse jetzt ein deutliches Zeichen für alle Folgetäter setzen. Lundquist gab zu bedenken, dass sie noch keinerlei gesicherte Informationen über den Geiselnehmer hatten. Er riet abzuwarten und einen Psychologen hinzuschicken, der mit dem Mann sprechen sollte. Dr. Kramp setzte sich mit seiner Entscheidung durch – schließlich war er Leiter der Sonderkommission und ließ weitere Scharfschützen auf den Dächern und in Wohnungen der umliegenden Häuser Posten beziehen.

Später wurde rekonstruiert, was sich vor dem Haus ereignet hatte. Ein übereifriger Polizist schoss vom Dach des Nebenhauses, wo er sich hinter dem Schornstein versteckt gehalten hatte, auf den Mann, als dieser sich neben dem Jungen im Fenster zeigte. Die Kugel bohrte sich in den Oberarm des Kidnappers, der einen lauten Schmerzensschrei ausstieß und seinen blutenden Arm heulend umklammerte.
Dabei ließ er das Kind los.
Der Junge stürzte in die Tiefe und schlug auf dem Asphalt auf.
Er war sofort tot.

Lundquist, dessen eigene Tochter damals gerade erst zwei Jahre alt gewesen war, hatte völlig die Beherrschung verloren, als die Nachricht ihn erreichte. Er warf Dr. Kramp offen Unfähigkeit vor und beschuldigte ihn, den Tod des Jungen verschuldet zu haben. Dr. Kramp verteidigte seine Entscheidung zur Erteilung des Schießbefehls mit dem Hinweis, dass »dieser verbrecherische Sumpf nicht gestärkt, sondern durch eindeutige Handlungen ausgetrocknet werden« müsse. Im Zuge der weiteren Ermittlungen stellte sich allerdings heraus, dass es sich bei dem Kidnapper um einen geistig behinderten jungen Mann handelte, der am Morgen seiner Gruppe bei einem Museumsbesuch verloren gegangen war.

In seinen Taschen wurde keine Waffe gefunden.

Er hatte den Besitz nur durch einen ausgestreckten Zeigefinger vorgetäuscht.

Befragungen in der Innenstadt ergaben, dass er stundenlang im Nordstaan herumirrte und dabei immer nervöser und unruhiger geworden war. Die Dame, die angegeben hatte, er wollte ihre Handtasche an sich reißen, musste schließlich einräumen, dass er sie angerempelt hatte. Und sie deshalb annahm, er wolle sie ausrauben. Er hatte ihr die Tasche demnach gar nicht entrissen. Im Gutachten des Psychiaters kam der Arzt zu der Feststellung, dass der Geiselnehmer durch die Tatsache, dass er seine Gruppe nicht mehr finden konnte, stark verunsichert gewesen sein musste. Er kannte sich in der Innenstadt nicht aus, war zu aufgeregt, um jemanden um Hilfe zu bitten. Als er ziellos durch das Kaufhaus lief, stieß er mit der alten Dame zusammen, die sich von ihm bedroht fühlte und laut um Hilfe rief. Passanten jagten den jungen Mann, der die Situation nicht mehr überschauen konnte. Auf die Frage, warum der Täter dann eine Geisel genommen hatte und Forderungen gestellt hatte, antwortete der Gutachter, in den Nachrichten am Abend zuvor sei genau so eine Szene gezeigt worden. Der Täter hätte in dieser für ihn völlig unverständlichen und verwirrenden Situation auf ein Verhaltensmuster zurückgegriffen, dass ihm bekannt vorkam.

Seit jener Zeit gingen sich Dr. Kramp und Lundquist aus dem Weg, wo es nur irgend möglich war. Sie sprachen nur das Nötigste miteinander, es sei denn, Dr. Kramp konnte in seiner Eigenschaft als Lundquists Vorgesetzter die Gelegenheit zu Kritik an dessen Arbeit nutzen.

Stöhnend plumpste der Hauptkommissar in seinen Schreibtischstuhl und fuhr sich seufzend mit beiden Händen übers Gesicht.
»Ich habe ihm die Berichte gegeben. Er kann jetzt seine Presseerklärung vorbereiten und versuchen, die Gemüter wieder zu beruhigen.«
»Ich habe hier den Plan über die Vermietungen des Ferienhauses«, lenkte Knyst das Gespräch wieder auf ihre aktuellen Ermittlungen. »Bernt hat es für uns schön sauber aufgeschrieben; demnach war die erste Familie über Pfingsten in dem Sommerhaus. Sie reisten am 30. Mai aus Dänemark an. Jacobsen heißen sie, wohnen in Aarhus. Sie hatten ihre drei kleinen Kinder dabei, alle noch nicht schulpflichtig. Die Jacobsens blieben für zwei Wochen, bis zum 13. Juni. Danach wohnte eine deutsche Familie dort. Familie Kirsten aus Freiburg in Süddeutschland. Sie haben einen Sohn im Alter von 14 Jahren und eine Tochter mit zehn Jahren. Die Kollegen haben uns noch kein Protokoll einer Vernehmung geschickt, aber versprochen sich damit zu beeilen. Die Kirstens reisten am 13. Juni gegen neunzehn Uhr an. Da die Jacobsens schon früh am Morgen aufgebrochen waren, stand das Haus also einige Stunden leer. Die deutsche Familie blieb bis zum 5. Juli.«
»Moment. Die dänische Familie reiste also am Morgen ab und am Abend zog schon die neue Familie ein. Wissen wir, wann Hilmarström vorbeikam, um zu überprüfen, ob auch alles sauber übergeben wurde?«, unterbrach ihn Lundquist.

»Ja, warte mal.« Knyst begann in dem Aktenstapel vor sich zu kramen. »Hier ist es. Hilmarström fährt während der Saison immer zum Bettenwechsel hin, um den Zustand zu kontrollieren. Du weißt schon, die Familien putzen schließlich nicht alle gründlich.«

»Fährt er an diesen Wechseltagen einfach irgendwann vorbei und überprüft das Haus? Dann wäre unser Täter aber ein ziemliches Risiko eingegangen, als er das Opfer im Dach versteckt hat.«

Ihm drängte sich die Vorstellung auf, wie ein Unbekannter mit seiner Leiche durch das Land fuhr, um bei einer günstigen Gelegenheit diese Fracht in einem Ferienhaus abzulegen. So konnte es nicht gewesen sein! Das war zu fantastisch!

»Ganz so ist es nicht. Hilmarström hat ausgesagt, dass er meist gegen elf, halb zwölf zum Haus fährt – dann ist er nämlich pünktlich zum Mittagessen wieder zurück. Darauf legt seine Frau wohl größten Wert.« Knyst feixte. »Sie ist wohl ziemlich herrisch.«

»Wenn also jemand das Haus beobachtet hätte, wäre er in der Lage gewesen herauszufinden, dass er nach dem Mittagessen oder direkt nach der Abreise der Gäste unbemerkt hätte in das Haus eindringen können.«

»Ja, schon. Es wäre aber eine längere Beobachtung notwendig. Und er ginge damit das Risiko ein, von der nächsten Familie überrascht zu werden. Die Touristen werden zwar immer aufgefordert, einen Anreisezeitpunkt zu nennen, aber meist kommen sie doch zu früh oder zu spät. Gerade aus Deutschland. Denk nur mal an die vielen Staus schon auf der Strecke bis zur Fähre.«

»Vielleicht hat er bei einer günstigen Gelegenheit aufgeschnappt, wie Hilmarström erzählt hat, er müsse sich immer bei den Kontrollen beeilen, denn sonst habe er

Schwierigkeiten mit seiner Inga. Dabei könnte er natürlich auch die Anreisezeit der neuen Gäste irgendwo erwähnt haben«, gab Lundquist dem Gedankengang eine neue Wendung.

»Wenn du in diese Richtung denkst, kommt eine der Sommerfamilien kaum in Frage, dann muss es jemand hier aus der Gegend gewesen sein. Und warum sollte jemand aus der Umgebung eine Leiche ausgerechnet in einem fremden Ferienhaus verstecken, wo wir so viel Wald drumherum haben? Nein, nein. Ein Einheimischer hätte tausend bessere Verstecke finden können!« Knyst schüttelte entschieden den Kopf.

»Na, ja. Wahrscheinlich hast du Recht. Dann lass uns auflisten, wann die einzelnen Familien in dem Haus gewohnt haben – Ole soll sicherheitshalber bei den Polizeistationen in der Umgebung von Hjortronbakken nachfragen, ob nicht eine ältere Verwandte vermisst gemeldet wurde.« Lundquist nahm einen Bleistift und griff nach einem Blatt Papier.

»Lies mir An- und Abreisedatum, den Namen und die Anzahl der Kinder vor.« Während er schrieb, murmelte er die Namen der Familien leise mit. Noch etwas mehr als sieben Stunden bis zu meinem Termin mit Dr. Baum, hämmerte es sacht hinter seiner Stirn. Er versuchte sich auf die Stimme seines Freundes zu konzentrieren.

»Die ersten waren die Jacobsens aus Dänemark. Sie reisten am 30. Mai an und blieben bis zum 13. Juni. Haben drei Kinder. Danach wohnten die Kirstens aus Deutschland in dem Haus. Sie reisten am 13. Juni spät abends an und blieben mit ihren zwei Kindern bis zum 5. Juli. Direkt im Anschluss bezog das Pärchen aus Italien das Sommarhuset. Sie machten einen kurzen Zwischenstopp auf ihrer Europareise. Die Martinellis hatten keine Kinder dabei und blieben nur bis zum darauf folgenden Wochenende. Nach ihrer Abreise am 11. Juli zog die Familie Neumann aus Deutschland ein. Sie haben ihren siebzehnjährigen, computerbesessenen Sohn mitgebracht und sich im Anschluss an ihren dreiwöchigen Aufenthalt in ihrem Reisebüro über den unzumutbaren Gestank in dem Ferienhaus beschwert. Sie blieben also bis zum 1. August. Danach rückte die Familie Pattersson mit ihren Kindern an, die wir ja schon kennen gelernt haben. Sie blieben drei Wochen. Am 22. August reisten sie wieder ab und machten der Familie Söderlund Platz, die auf ihrem Weg aus Nordschweden in Richtung Süden eine vierzehntägige Reiseunterbrechung machte, um die Gegend zu erkunden. Danach stand das Haus für fast eine ganze Woche leer, bevor Hilmarström zur Endreinigung vor der langen Winterpause anrückte. Er hätte es gerne noch für mindestens drei weitere Wochen vermietet, aber seine Kontaktfirma hatte für diesen Zeitraum keine Kunden mehr.«

»Das Haus war also ununterbrochen vermietet«, stellte Lundquist fest.
»Das heißt doch nicht, dass ununterbrochen jemand da war. Die Familien haben Ausflüge in die Gegend unternommen, einmal sogar bis Varberg ins Museum. Da sind sie den ganzen Tag unterwegs gewesen.«
»Hat Björn eigentlich mal überprüft, ob bei den Hilmarströms alle Verwandten wohlauf sind? Stell dir vor, er spielt uns Theater vor, und es handelt sich in Wirklichkeit um seine ganz private Leiche, die er dreist einem anderem unterschieben wollte.«
Björn, der jüngste Mitarbeiter der Abteilung fiel immer sofort durch seine Erscheinung auf. Er war stets ganz in schwarz gekleidet, trug eine runde Brille mit schwarzem

Gestell und hatte seine pechschwarzen Haare zu einem Igelschnitt stylen lassen. Das Auffallendste an ihm war jedoch seine unerschütterlich gute Laune.

Knyst rief ihn ins Büro.

Björn Ekhult betrat kurze Zeit später schwungvoll den Raum und fragte freundlich lächelnd: »Womit kann ich den Herrschaften dienen?«

»Lass das!«, fuhr Lundquist ihn ungeduldig an, was ihm einen eigenartigen Blick von Lars Knyst eintrug, aber Björns Lächeln nichts anhaben konnte.

»Was hast du über die Verwandtschaft von Gunnar herausgefunden?« Knyst bemühte sich um einen besonders freundlichen Ton.

»Alle gesund und munter. Es gibt eine alte Tante in der Nähe von Jönköpping, eine Schwester von Inga, die in Kalmar wohnt und einen kleinen Bruder von Gunnar, der in Malmö lebt und arbeitet. Seine Eltern und Schwiegereltern sind schon seit Jahren verstorben, sein Sohn ist Professor an der Uni und wohnt in Göteborg«, fasste Björn fröhlich die gesammelten Informationen zusammen.

»Also können wir ihn und Inga wohl von der Liste streichen. Es handelt sich demnach wohl doch um eine fremde Leiche. Wäre ja auch zu einfach gewesen «, murmelte Lundquist und fragte dann: »Habt ihr inzwischen neue Informationen von den Kollegen in Deutschland?«

»Ja. Diese Familie Kirsten aus Süddeutschland hat auf dem Buchungsvertrag mit dem Reisebüro angegeben, sie würden mit drei Erwachsenen und zwei Kindern anreisen. Wir haben bei Hilmarström nachgefragt, aber der kann dazu nichts sagen. Er überprüft nicht, ob wirklich so viele Personen in dem Häuschen wohnen, wie man ihm angekündigt hat. Er meint, es sei doch im Grunde völlig gleichgültig. Hauptsache sei, dass sie nicht allzu viel

Schaden anrichteten. Abgesehen davon wird die Miete nicht nach Anzahl der Personen festgelegt, sondern nach Dauer des Mietverhältnisses.«

»Aber er hat doch erzählt, er würde alle vierzehn Tage zum Mähen hinfahren. Da hat er doch vielleicht gesehen, ob die deutsche Familie eine ältere Dame mitgebracht hat oder nicht«, warf Lundquist gereizt ein.

»Schon. Wir haben ihn danach gefragt«, erklärte Ole Wikström, der sich ebenfalls ins Büro quetschte. »Er hat uns aber auch erzählt, dass er nach Möglichkeit dabei den Touristen aus dem Weg geht. Er meinte, manche Urlauber reagierten geradezu aggressiv, wenn plötzlich ein Fremder mit einem Rasenmäher im Garten auftauche. Doch er erinnert sich, in diesem Sommer einmal einer älteren Dame begegnet zu sein, die auf der Terrasse gesessen und gelesen hatte. Sie hat ihn keines Blickes gewürdigt und er wollte sie nicht ansprechen. Leider weiß er nicht mehr, zu welcher der Familien die Dame gehört hatte«, seufzte Ole und Björn zuckte bedauernd mit den Schultern.

Das unangenehme Schrillen des Telefons unterbrach ihn. Knyst meldete sich. Nachdem er seinem Gesprächspartner eine Weile zugehört hatte, angelte er nach Zettel und Kugelschreiber.

»Und da bist du ganz sicher? Wann war das genau? Aha, am Mittwoch, dem 17. Juni, eine Frau Helm.« Er dehnte sich noch ein Stück, um an die Zettelbox heranzukommen. Den Hörer presste er mit der Wange fest gegen die Schulter. Endlich war es ihm gelungen, einen der kleinen Notizzettel aus der Box zu fingern. Mit der Beute in der Hand ließ er sich erleichtert seufzend in seinen Schreibtischstuhl zurückfallen.

»Kannst du mir jetzt auch noch sagen, von wem das Rezept für Mogadan ausgestellt wurde? Dr. Bjerk aus Halmstad. Und das enthält den Wirkstoff, nach dem wir suchen? Aha. Prima! Vielen Dank, du hast uns sehr geholfen!« Er legte den Hörer zurück und strahlte die anderen triumphierend an. »Eine Frau Helm aus St. Peter im Schwarzwald in Deutschland hat am 17. Juni in der Apotheke in Hyltebruk ein Rezept für Mogadan eingelöst. Dr. Bjerk aus Halmstad hat es ihr ausgestellt. Sie gab an, das Medikament regelmäßig zu benötigen und erklärte, sie habe es bei der etwas hektischen Abreise zu Hause vergessen. Dr. Bjerk vergewisserte sich durch ein Telefonat mit ihrem Hausarzt, dass ihr Mogadan in regelmäßigen Abständen verordnet wurde und stellte ihr dann das gewünschte Rezept aus. Frau Helm löste es in Hjortethult ein, als ihre Familie im Supermarkt gegenüber einkaufte. Während die Apothekerin das Medikament raussuchte und in eine Tüte packte, erzählte ihr Frau Helm die ganze Geschichte«, schloss er.

»Björn, du informierst die Kollegen in Deutschland. Ich werde unterdessen über das Einwohnermeldeamt in St. Peter ein Foto von ihr anfordern. Antrag auf Amtshilfe haben wir doch schon gestellt, nicht wahr?« Lundquist begann auf seinem Schreibtisch nach einem Durchschlag des Antrags zu suchen. »Die Kollegen sollen unbedingt in St. Peter nachfragen, ob Frau Helm gut aus dem Urlaub zurückgekommen ist. Wie groß ist denn dieses St. Peter eigentlich?«, fragte er dann. Knyst zuckte mit den Schultern.

Björn wollte gerade zur Tür hinausstürmen, als er gegen Britta prallte.

»Die Annäherungsversuche der männlichen Kollegen dieser Abteilung werden wirklich von Tag zu Tag plumper!«, beschwerte sie sich mit einem missbilligenden Blick auf Björn, dann sprudelte sie los: »Die Sprechstundenhilfe von Dr. Afton aus Smalandsstenar hat mich gerade angerufen. Bei ihnen in der Praxis hat sich am 7. Juni, das war ein Montag, eine Signora Albertini vorgestellt. Sie gab an, ihr Schlafmittel verbraucht zu haben und nun ein neues Rezept zu benötigen, da sie noch weiter reisen wolle und erst in ein paar Wochen wieder zu ihrem Hausarzt gehen könne. Das könnte doch unser Opfer sein – oder?« Sie sah in die verblüfften Gesichter ihrer Kollegen.

»Da waren es schon zwei!«, stellte Björn trocken fest.

»Oh, möglicherweise hatten alle Familien eine Oma oder eine Schwiegermutter dabei und vergessen, es bei der Buchung anzugeben«, frotzelte Britta.

»Wir werden eben alle fragen müssen. Björn ruft die Kollegen in Deutschland an, und Britta bleibt an der Signora Albertini aus Italien dran«, verteilte Lundquist die Aufgaben und murmelte: »Ich dachte, die Familie heißt Martinelli«, während er eine Karte von Süddeutschland aus der untersten Schublade seines Schreibtisches hervorkramte. Er breitete sie auf dem Tisch aus und begann im Index nach St. Peter zu suchen. »A5, D7«, las er vor und Knyst fuhr die Koordinaten mit dem Finger nach. Dann beugten sich beide über das gefundene Planquadrat und kurz darauf rief Knyst: »Hier! Hier ist es!«, und tippte mit dem Zeigefinger auf einen kleinen Punkt.

»So klein ist es! Ich dachte immer, in Süddeutschland wohnen die Menschen in großen Städten!«, meinte Lundquist überrascht und fügte hinzu: »Da werden die Kollegen ja sicher schnell herausgefunden haben, ob Frau Helm gut aus ihrem Urlaub heimgekehrt ist oder nicht.«

»Es ist ein berühmter Touristenort, steht hier. Sieh mal! Dieses Fähnchen da steht für Sehenswürdigkeit. Ahh!

Eine Kirche«, fasste Knyst die Kurzbeschreibung zu St. Peter zusammen, die er auf der Rückseite der Karte gefunden hatte.

Nach dem Mittagessen versammelten sich alle Mitarbeiter aus Lundquists Abteilung im kleinen Konferenzraum, um ihre Ergebnisse zusammenzutragen. An der Stirnseite des Zimmers befand sich eine schwenkbare Tafel, deren Rückseite als Projektionswand für Dias oder Filme dienen konnte, rechts daneben ein Flipchart. An der Pinnwand, gegenüber der langen Fensterseite des schlauchartig geschnittenen Raumes hatte Bernt Örnebjerg den Plan mit den Reisedaten der Familien aufgehängt. Um die Namen Martinelli und Kirsten waren mit einem Textmarker dicke neongrüne Kreise gezogen worden, den Namen Neumann hatte Bernt violett unterstrichen.
Britta, Björn, Bernt, Ole und Lars Knyst hatten sich schon eingefunden, als Lundquist eintrat.
»So, dann wollen wir mal sehen, was wir schon haben. Vielleicht gelingt es uns, eine Art Ranking der Verdächtigen zu erstellen.« Er rieb seine Hände aneinander, als bemühe er sich darum sie zu wärmen. Dann trat er an die Pinnwand und meinte: »Am besten gehen wir die Familien nacheinander durch und tragen zusammen, was wir über sie in Erfahrung bringen konnten. Danach sehen wir weiter. Dr. Kramp«, er betonte den Namen so, als spräche er über eine ekelerregendes Insekt, »will täglich bis spätestens 15 Uhr einen aktuellen Bericht über unsere Ergebnisse. Seine Sekretärin wird ihn persönlich bei uns abholen.«
»Er hat wohl Sorge, der könnte sonst auf dem Weg zu seinem Büro verloren gehen, was?«

»Selbstverständlich wäre es ihm am liebsten, er würde den Täter zwischen den Aktendeckeln finden. Dann könnte er noch heute der Presse seinen großen Triumph über das infame Verbrechen präsentieren.« Lars machte keinen Hehl aus seiner Verärgerung. Dieser tägliche Bericht für Kramps Pressekonferenz bedeutete nur zusätzlichen Zeitverlust, der die Ermittlungen im schlimmsten Fall tatsächlich verzögern würde.

»Egal. Wir müssen ihn abliefern und Schluss«, beendete Lundquist das unzufriedenen Gemurre seiner Mitarbeiter und zeigte auf den obersten Name der Liste. »Haben wir inzwischen konkretere Auskünfte von den dänischen Kollegen?«, fragte er dann in die Runde.

»Ja, haben wir«, begann Bernt und führte aus: »Familie Jacobsen reiste mit ihren Kindern an. Keines davon geht schon zur Schule. Sie sind 1, 3 und 5 Jahre alt. Die Kollegen haben nachgefragt, ob ihnen ein eigenartiger Geruch aufgefallen sei, doch die Eltern meinten, außer dem normalen Ferienhausmief haben sie nichts bemerkt. Außerdem würden sie immer viel lüften und nach ganz kurzer Zeit hätte das Haus ohnehin nur noch nach Babykost und Babyöl gerochen. Auf die Frage nach der Stange mit dem Haken für die Dachbodenklappe gaben sie an, es sei keine im Haus gewesen.«

»Woher wissen sie das denn so genau?«, hakte Ole Wikström nach. Er war immer erstaunt, wenn jemand mit Sicherheit sagen konnte, wann und wo welcher Gegenstand gelegen hatte. Er selbst war so unglaublich schlampig, dass Suchen sich für ihn zur Daueraufgabe entwickelt hatte. Schlüssel, Geldbeutel, Sonnenbrille, Kugelschreiber – nie war etwas dort, wo er es vermutete. Böse Zungen behaupteten, Ole sei aus diesem Grund zur Polizei gegangen.

Suchen aus Berufung.

»Die Eltern überprüfen die Ferienhäuser, in denen sie wohnen wollen, immer erst gründlich auf eventuelle Gefährdungen für die Kinder. Einen langen Stock mit einem Metallhaken an der Spitze hätten sie dabei bestimmt nicht übersehen. Behauptete jedenfalls Frau Jacobsen, als die Kollegen danach fragten«, erklärte Bernt.

»Gut. Es hat also undefinierbar gerochen, und die Stange war schon bei der ersten Familie nicht mehr da«, fasste Lundquist zusammen.

»Vielleicht hat Hilmarström sich getäuscht und die Stange war in diesem Sommer gar nicht im Haus«, gab Britta zu bedenken. »Er hatte sie vielleicht über den Winter im Schuppen und hat sie dort ganz einfach vergessen.«

»Ja, wäre natürlich möglich. Das müssen wir klären. Wissen wir eigentlich auch etwas über die Verwandten der Jacobsens?«, fragte Knyst, während er sich Notizen machte.

»Ja. Seine Eltern wohnen in Aarhus und erfreuen sich guter Gesundheit. Ihre Eltern leben in Frederikshavn. Die Mutter ist krank, der Vater arbeitet als Abteilungsleiter in einem kleinen Fisch verarbeitenden Betrieb. Auch ihnen geht es soweit gut. Die dänischen Kollegen haben das alles gründlich für uns überprüft. Andere ältere Verwandte gibt es nicht«, schloss Bernt.

»Dann können wir die erste Familie wohl zunächst mal streichen. Weiter, was ist mit Familie Kirsten aus Süddeutschland?«, leitete Lundquist zum nächsten Punkt über.

»Da habe ich die deutschen Kollegen um Unterstützung gebeten«, begann Björn. »Sie haben mit der Familie gesprochen und sowohl nach dem Geruch als auch nach der Stange gefragt. Frau Kirsten meinte, man gewöhne sich schnell an den Ferienhausduft. Eine Stange für die Dachbodenklappe sei ihr nicht aufgefallen. Sie erzählte, dass sie wegen der Kinder viel unterwegs gewesen seien. Schon damit sich die beiden nicht ständig streiten konnten. Die Mutter ihres Mannes, Frau Helm, die ihre Familie in diesem Jahr wie immer begleitete, habe sich ihnen bei diesen Ausflügen nur selten angeschlossen. Die alte Dame genoss lieber die Ruhe im Garten und nutzte die Zeit zum Lesen, wenn der Rest der Familie nicht zu Hause war.«

»Wie alt sind denn die Kinder?«, wollte Britta Liliehöök wissen.

»Der Sohn ist vierzehn und die Tochter zehn.«

»Oh, bestes Zankalter demnach! Ich verstehe.«

»Ja. Besonders viel Krach gab es wohl um die Badezimmerbenutzung. Ruhe kehrte erst ein, als Frau Kirsten in der Küche einen weiteren Spiegel aufhängte, und sich nun jeder ausgiebig stylen konnte, ohne den anderen dabei zu behindern. Auf die Frage, wo sich Frau Helm jetzt aufhalte, antwortete die Familie auffallend zurückhaltend und vage. Herr Kirsten meinte dann, sie sei inzwischen bestimmt wieder in ihrer Wohnung in St. Peter im Schwarzwald anzutreffen.« Nach einer Pause und einem langen Blick in die erwartungsvollen Gesichter seiner Kollegen setzte er dann hinzu: »Das stimmt aber nicht!«

»Wieso? Wie meinst du das?«, fragte Bernt Ekhult verblüfft und strich über seinen raschelnden Dreitagebart.

»Die Kollegen aus St. Peter sind zur Wohnung von Frau Helm gefahren. Doch sie war nicht da. Sie bemerkten allerdings auch keinerlei Anzeichen für eine länger andauernde Abwesenheit, wie zum Beispiel einen vollen Briefkasten oder Ähnliches. Um sich zu vergewissern, klingelten sie bei einer Nachbarin von Frau Helm, einer Frau Schuster. Es stellte sich heraus, dass Frau Helm noch immer nicht von ihrer Reise im Sommer zurückgekehrt ist. Frau Schuster hat einen Schlüssel für die Wohnung und kümmert sich während der Abwesenheit ihrer Nachbarin um deren Blumen, den Garten und die Post«, zitierte Björn die Informationen aus dem Bericht der deutschen Kollegen.

»Sag mal, da wundert sich diese Frau Schuster gar nicht, wenn ihre Nachbarin so lange nicht wiederkommt? Sie ist doch seit vielen Wochen überfällig!« Lundquist war überrascht. »Also ich glaube, wenn unsere Nachbarin nicht aus den Ferien zurückkäme, würde meine Mutter sofort Alarm schlagen.«

»Na klar, die Mutter eines Polizisten!«, grinste Knyst und Björn fuhr fort: »Auch deine Mutter würde nicht Alarm schlagen, wenn sie einen Anruf der Familie bekäme, in dem man ihr erklärt, dass die liebe Nachbarin noch eine weitere kleine Reise unternehmen wolle.«

»Ach! So haben sie das gemacht?«, fragte Britta, nieste laut in ihr Taschentuch und zog dann ihre Sommersprossennase kraus, die nun schon fast so rot wie ihre Haare war.

»Ja. Frau Kirsten rief bei Frau Schuster an und bat sie, sich noch etwas länger um die Blumen ihrer Schwiegermutter zu kümmern. Frau Helm habe ihre Pläne geändert und sei, ohne ihrer Familie ein konkretes Ziel zu nennen, weitergereist. In die Wärme. Einen genauen Termin für ihre Rückkehr habe sie Frau Kirsten auch nicht genannt, aber angedeutet, dass sie längere Zeit fortbleiben wolle.«

»Und die Nachbarin hat sich nicht gewundert? Frau Helm verreist ohne Termin und Ziel zu nennen. Da hat sie sich keine Gedanken gemacht?« Britta war sprachlos.

»Nein. Diese Frau Helm muss eine sehr flexible Frau sein. Sie hat sich oft einfach so für irgendwelche Dinge entschieden, und sie dann in die Tat umgesetzt. Frau Schuster erzählte den Beamten, es sei nicht das erste Mal, dass Frau Helm sich spontan zu einer Reise entschloss. Sie sei immer für eine Überraschung gut. Das Einzige, was die Nachbarin verwundert hat, war, dass Frau Helm ihr nicht eine einzige Karte aus dem zweiten Urlaub schickte. Aus Schweden hatte sie geschrieben, aber seither nicht mehr. Doch Frau Schuster schiebt das auf die Lahmheit der Post, die sich bei Postkarten immer besonders viel Zeit mit der Zustellung lasse.«

»Sie hat also für alles eine Erklärung gefunden. Toll!« Lundquist schüttelte den Kopf.

»Dazu kommt, dass Frau Helm ein Rezept für Mogadan eingelöst hat. Ich würde sagen, die Familie ist ganz schön verdächtig.« Knysts Wangen hatten sich rosig verfärbt, wie immer, wenn er sich aufregte. Zu Björn gewandt fragte er: »Hat die deutsche Polizei auch nach dem Schlafmittel gefragt?«

»Ja, haben sie. Frau Schuster, die sich häufig mit Frau Helm über ihre und deren Krankheiten unterhält, bestätigte, dass ihre Nachbarin regelmäßig ein Schlafmittel einnimmt, um Ruhe finden zu können.«

»Am besten wäre, die Kollegen würden noch heute bei der Familie nachhaken, warum sie von einer weiteren Reise der Mutter erzählten. Sie scheinen ja auch in der Folgezeit nicht nachgefragt zu haben, ob sie wohlbehalten zurückgekehrt ist. Eigenartig, oder? Wer bezahlt die Miete der Wohnung in St. Peter, jetzt, wo Frau Helm nicht zu Hause ist, auch die Strom- und Wasserrechnung muss ja beglichen werden. Klären die Kollegen das?«

»Ja, das haben sie mir versprochen, und morgen kriegen wir vielleicht schon ihren Bericht per Fax.« Björn war zuversichtlich.

»Gut, dann also unsere italienischen Kurzurlauber.«

»Familie Martinelli ist auf Europareise. Die Mutter von Frau Martinelli, Signora Albertini, begleitet die beiden. Im Moment wissen wir nur, dass sie für eine Woche in dem Haus gewohnt haben, ohne Kinder reisen und Frau Albertini ein Rezept für ein Diazepinpräparat eingelöst hat. Die Verwandten in Florenz halten losen telefonischen Kontakt zu ihnen, wissen aber nicht, wo sie sich jetzt im Augenblick befinden. Die Martinellis melden sich bestimmt bald wieder und dann werden wir ihren Aufenthaltsort erfahren. So lange müssen wir uns gedulden«, erklärte Britta bedauernd.

»Nun, dann müssen wir in dem Hotel nachfragen, in dem sie zuletzt gewohnt haben. Vielleicht haben sie dort ihr nächstes Reiseziel genannt. Lass das klären!«

Britta nickte und machte sich eine Notiz, während Lundquist schon auf den nächsten Namen zeigte. Er sah dabei Knyst an, der ihn mit forschendem Gesichtsausdruck betrachtete.

Er merkt, dass ich nervös bin, schoss es Lundquist durch den Kopf, er kennt mich so gut, dass er spürt, dass etwas mit mir nicht stimmt. Entschlossen atmete er tief durch und straffte seine Schultern. Dann fuhr er fort: »Was hat nun die Vernehmung der Neumanns aus Cuxhaven ergeben? Ole?«

»Tja, das ist die Familie mit dem computerbesessenen Sohn, die sich nach ihrer Rückkehr über den unerträglichen Gestank im Ferienhaus beschwerte. Sie haben eine zahlreiche Verwandtschaft. Die Kollegen sind noch mit der Überprüfung beschäftigt. Aber eines ist jetzt schon klar: Bei denen hätte niemand unbemerkt ins Haus eindringen können«, verkündete Ole und warf mit einer schwungvollen Kopfbewegung seine blonde Lockenpracht zurück.

»Und warum nicht?«, wollte Bernt wissen.

»Weil dieser Computerfreak praktisch nie das Haus verlassen hat! Der hat die ganze Zeit nur an seinem Laptop gesessen und ›gearbeitet‹. Man stelle sich das nur vor! Der sitzt während der schönsten Wochen des Jahres, auf die sich die meisten Menschen jedes Jahr so unglaublich freuen, wo sie nach Möglichkeit nicht arbeiten gehen und sich frei nehmen, sitzt dieser Kerl im Haus und malträtiert seine Tastatur. Nein, also wisst ihr, das kann ich nicht verstehen!« Ole schüttelte energisch den Kopf.

»Du meinst, der Junge hat die gesamten Ferien in dem Haus verbracht?«, fragte Britta fassungslos und dachte an ihre eigenen Mittsommerunternehmungen und die vergangenen Ferien. Wie konnte man nur den ganzen Sommer vorbeirauschen lassen, ohne ihn zu genießen. Sie war sich zwar nicht oft mit Ole einig, doch in diesem Fall musste sie ihm zustimmen.

»Nun, nach ihnen kamen die Patterssons, die wir schon kennen. Ihre Zwillinge erzählten uns von dem Geruch auf dem Dachboden, der sie an den Gestank der toten Ratte in der Garage erinnerte, die ihre Katze dort früher mal deponiert hatte. Sie konnten aber der Ursache des Geruchs nicht nachstöbern, weil die Hornissen, die auf dem Dachboden ihr Nest gebaut hatten, sie nicht suchen ließen. Hat die Spurensicherung eigentlich in ihrem Bericht überhaupt ein solches Hornissennest erwähnt?« Ole nickte eifrig und Lundquist fuhr fort: »Na schön. Das alles legt ja wohl die Vermutung nahe, dass zu diesem Zeitpunkt die Leiche schon in der Truhe lag. Vorsichtshalber haben wir allerdings die Verwandten der Patterssons überprüft. Es gibt keinen, der etwa auf mysteriöse Weise vor einigen Wochen verschwunden ist. Bleiben demnach noch die Söderlunds.« Er sah in die Runde. »Aus der Akte habe ich entnommen, dass sie von Jokkmokk aus mit dem Wohnmobil in Richtung Süden unterwegs waren. Eine ältere Tante begleitet sie. Den Zwischenstopp in Hjortronbakken haben sie ihretwegen eingelegt. Die Tante sollte eine Pause haben und auch in der Gjuterie einkaufen können. Das war ihr offensichtlich wichtig. Das Ehepaar nutzte die Gelegenheit, um den Küstenabschnitt zwischen Varberg und Falkenberg zu erkunden, von dem sie gehört hatten, dass er sehr schön sei. So haben die Söderlunds ihre Tante oft allein im Sommerhaus zurückgelassen, weil der alten Dame die Fahrerei zu anstrengend war.«

»Die Nachbarn der Söderlunds, die sich während der Abwesenheit der Familie um deren Haus kümmern, wissen leider nicht genau, welche Route sie fahren wollten. Sie werden uns anrufen, sobald sie etwas von ihnen hören«, ergänzte Knyst.

»Demnach bleiben drei verdächtige Familien. Hilmarströms Verwandtschaft haben wir ja schon gecheckt. Er scheidet also aus«, stellte Bernt fest. Er schob die Ärmel seines etwas ausgeleierten Sweatshirts hoch. Sein rundes Gesicht hatte einen unzufriedenen Ausdruck angenommen. Auf seiner zu engen Jeans entdeckte er einen Fleck und begann geistesabwesend an der Stelle zu pulen, während die Gruppe weiterdiskutierte.

»Schon, aber die Pattersonschen Kinder haben den Geruch eindeutig zugeordnet. Wir müssen davon ausgehen, dass die Tote zu diesem Zeitpunkt tatsächlich schon in der Truhe verstaut worden war«, gab Britta zu bedenken.

»Schade, dass Dr. Mohl sich noch nicht genauer festlegen kann«, seufzte Ole.

»Dass die Kinder den seltsamen Geruch bemerkt haben, beweist letztlich nur, dass die Leiche zu diesem Zeitpunkt anfing zu verwesen«, gab Lundquist zu bedenken, »Es bedeutet gar nichts im Bezug auf den Zeitpunkt, zu dem sie in der Truhe versteckt wurde, oder zu dem sie ermordet wurde.«

Sie sahen sich an. Letztlich konnten sie die Familien gegen Ende der Saison nicht aus ihren Ermittlungen ausnehmen. »Unsere bisherigen Ergebnisse müssen für Dr. Kramp handlich und verständlich zusammengefasst werden. Er wird sich dann mit Freude wieder an die Presse wenden. Britta?« Sven Lundquist sah seine Mitarbeiterin freundlich an.

»Ihr Wunsch sei mir Befehl!«, stöhnte sie theatralisch und breitete ihre Arme in einer Geste der Hoffnungslosigkeit aus.

»Prima. Dann muss sie wenigstens für einige Zeit an ihrem Schreibtisch sitzen bleiben und kann ihre Viren nicht im gesamten Gebäude versprühen. Das ist die Chance für unser männliches Immunsystem, wieder die Oberhand zu gewinnen! Lasst uns diese Gelegenheit nutzen!«, lachte Björn Örnebjerg.

Die Aufgaben wurden neu verteilt und die Gruppe löste sich auf. Knyst blieb vor der Namensliste stehen und zog einen zweiten Kreis um den Namen Kirsten.

»Die erscheinen mir am verdächtigsten. Schwiegermütter, Stiefmütter oder Mütter sind ohnehin immer stark gefährdet. Es wäre direkt eine klassische Konstellation. Findest du nicht auch?«

»Ich weiß nicht. Mir geht das zu schnell. Außerdem hast du doch noch gar keine Schwiegermutter!« Lundquist trat zu ihm und deutete auf den Namen Martinelli. »Die kommen doch auch in Frage. Wir wissen noch nicht einmal, wo dieses Pärchen abgeblieben ist«, gab er zu bedenken.

»Nein, ich glaube nicht, dass die eine Leiche auf dem Dachboden zurücklassen würden.«

»Warum nicht?«

»Ich war vor zwei Jahren in Italien. Ich hatte den Eindruck, dass alle Generationen dort problemlos unter einem Dach zusammenleben.«

Lundquist schüttelte den Kopf:

»Du sprichst Italienisch?«, und als Knyst bedauernd mit dem Kopf schüttelte, meinte er grinsend: »Sonst hättest du sie mal fragen können, ob es ihnen wirklich nichts ausmacht mit der gesamten Verwandtschaft unter einem Dach leben zu dürfen. Vielleicht war die Harmonie, die du wahrgenommen hast, nur Schein und in Wirklichkeit haben sie sich ständig auf Italienisch zynische Gemeinheiten an den Kopf geworfen. – Wie gut ist eigentlich dein Deutsch? Vielleicht müssen wir uns mit den Kirstens unterhalten. Falls Frau Helm tatsächlich nicht wieder in St. Peter auftaucht.«

Knyst nickte: »Deutsch habe ich in der Schule gelernt. Schwierige Grammatik. Früher haben meine Eltern mich manchmal zu einem entfernten Verwandten in Flensburg mitgenommen. Wir sind jedes Jahr zwei Mal zu ihm gefahren: zu Ostern und zu Weihnachten. Da habe ich prima üben können. Vor einigen Jahren ist er dann leider gestorben. Unser Kontakt zu seinen Kindern war nie so richtig eng. Jetzt besuchen wir uns nicht mehr, sondern schicken uns zweimal im Jahr eine freundliche, nichts sagende Postkarte. Eigentlich ein bisschen schade!«

»Ich spreche im Grunde auch nur das Schuldeutsch. Aber vor ein paar Monaten habe ich an der Volkshochschule einen Konversationskurs besucht. Zu der Zeit, als ich glaubte, mir würde in der großen Wohnung die Decke auf den Kopf fallen. Solange mein Gegenüber deutlich spricht, ist es kein Problem.«

»Beruhigend zu wissen, dass wenigstens einer von uns

das Verhör mit der deutschen Familie führen kann. Für die Martinellis müssen wir eben einen Dolmetscher holen lassen.«

»Glaubst du wirklich, diese Kirstens könnten es gewesen sein? Lassen einfach die tote Mutter auf dem Dachboden zurück?«, meinte Lundquist nach einer Pause, in der sie den Zeitplan nochmals studiert hatten, zweifelnd.

»Ja, wie soll sie denn sonst dort hingekommen sein? Ich für meinen Teil bin fest davon überzeugt, dass wir unseren Täter in der deutschen Familie suchen müssen«, stellte Knyst fest.

»Ich habe auch keine bessere Idee. Eigentlich wissen wir viel zu wenig, um jemanden verdächtigen zu können. Sie haben in dem Haus gewohnt, die Mutter nimmt das Medikament und nun ist sie nicht zu Hause. Aber wo liegt das Motiv? Ein schrecklicher Urlaub?«, er runzelte die Stirn. »So ganz mag ich mich noch nicht davon verabschieden, dass auch ein Einheimischer in Frage kommen könnte.«

»Ein Einheimischer? Das hatten wir doch schon besprochen, oder? Warum sollte jemand hier aus der Umgebung sich die Mühe machen, eine Leiche auf dem Dachboden fremder Leute zu verstecken, wo er doch rings um sein Haus nur Natur findet. Im Wald wäre die Tote unter Umständen überhaupt nie entdeckt worden.«

»Ja, das klingt alles sehr logisch. Ich weiß. Dennoch habe ich das Gefühl, dass wir uns zu sehr zur Eile antreiben lassen und das schadet dem Denken. Stell dir vor, wir präsentieren diese Familie als Hauptverdächtige in dem Fall. Die ganze Presse wird sich draufstürzen, die Story erscheint in allen nationalen und internationalen Zeitungen und Magazinen. Und dann müssen wir einräumen, dass wir uns leider getäuscht haben!« Lundquist runzelte die Stirn und fuhr sich mit der Hand über die Augen.

»Das wäre freilich ganz schön peinlich«, reimte Knyst ungezwungen und lachte. Dann meinte er: »Das wird uns nicht passieren. Dr. Kramp würde glatt die Abteilung auflösen. Wir geben erst was an die Presse raus, wenn wir wirklich hundertprozentig sicher sind.«
Noch zweieinhalb Stunden bis zu seinem Termin mit Dr. Baum, stellte Sven Lundquist fest, als er wieder hinter seinem Schreibtisch Platz nahm.

»Vielleicht war es ja auch diese italienische Familie.« Inga diskutierte schon seit zwei Stunden am Telefon mit ihrer Freundin alle sich aus dem Sachverhalt ergebenden Möglichkeiten.

Gunnar stöhnte.

»Diese Familie mit dem Zirkusnamen. Was will man auch von solch fahrenden Leuten erwarten? Es ist wirklich eine Schande. Mein bedauernswerter Gunnar ist von dieser Geschichte wirklich völlig mitgenommen.« Hört, hört, dachte der Genannte, wenn es der Dramatisierung dient, bin ich plötzlich ›mein armer Gunnar‹.

»Stell dir nur vor, der arme Mann ist total verändert. Ja, glaub's mir nur, Birgitte, er liegt bloß noch rum – entweder auf der Couch oder im Bett. Dann schließt er sich jetzt andauernd im Bad ein. Das kann ja nicht normal sein! Und Erinnerungslücken hat er auch. Ja! Ich hab auch schon daran gedacht. Ja. Die Alzheimersche Krankheit, meinst du?« Inga warf einen prüfenden Blick in Gunnars Richtung und schüttelte dann mit dem Kopf. »Nein, das glaube ich nicht. Diese Leute verlieren doch auch ihre Erinnerung an alltägliche Dinge. Das klappt alles gut bei ihm. Ja, er weiß auch noch ganz gut, wo das Bier steht. Hmhm. Es ist mehr so die Erinnerung an das Auffinden der Toten. Ja. Er behauptet, er wüsste nicht, wer die Frau war. Hmhm. Also ich denke schon, dass diese Zirkusleute da ihre Finger im Spiel gehabt haben. Vielleicht wussten sie nicht, wohin mit der Toten, und schließlich hat die Truhe ja auch schon immer was von einem Sarg gehabt. Nein, Birgitte, nicht wie eine Schatzkiste. Es ist halt so ein plumpes Möbelstück mit Holzresten, aus denen ein Bild in den Deckel geklebt ist. Der Gunnar macht immer so einen Wind um diese ›Intarsien‹, aber ich glaube nicht, dass das Ding wertvoll ist. Wie die Italiener geheißen haben? Warte mal ...« Inga klemmte sich den Hörer zwischen Kinn und Schulter ein und suchte in Gunnars Schreibtisch nach der Liste der Mieter. Als ihr Mann protestieren wollte, gebot sie ihm mit einer energischen Handbewegung, ruhig zu sein. Und Gunnar fügte sich. Solange Birgitte mit Inga über die Tote diskutierte, ließ sie ihn wenigstens in Ruhe.

»So, jetzt hab ich die Liste gefunden. Warte ... ah, hier: Martinelli. Eine Familie Martinelli ist das gewesen. Du meinst, das ist nicht die Familie von dem Zirkus? Wie kommst du darauf? Ach so, du meinst die heißen Marinelli! Die sind dann bestimmt mit denen verwandt. Alles ein Schlag, sag ich immer. Oh, mein Auflauf brennt an! Ich rufe dich nachher noch einmal an!« Inga legte eilig den Hörer auf und hastete in die Küche, aus der es bedrohlich zu qualmen begonnen hatte.

Klar, dachte Gunnar, ob Meier oder Müller – hört man doch gleich, dass die verwandt sein müssen, kein Zweifel. Aber langsam machte er sich doch um den Geisteszustand seiner Frau Sorgen. War das noch normal, oder brauchte sie vielleicht dringend einen Arzt?

In dieser Nacht lag Lundquist lange wach, lauschte auf die Heimkehrer aus den Bars in der Nachbarschaft seiner Wohnung. Gedanken ließen sich nicht einfach so abschalten. Sie kamen ungebeten und ohne zu fragen, quälten ihr Opfer nachts über viele Stunden, zurrten sein Denken an sonst gut versteckten Problemen fest und raubten ihm den Schlaf.

Sein Termin mit Dr. Baum drängte sich zurück in sein Bewusstsein. Er hasste es, das Krankenhaus überhaupt betreten zu müssen. Zu viele schmerzliche Erinnerungen waren damit verknüpft.

Schon wenn man durch die automatische Tür in das große moderne Gebäude trat, wehte einen der typische Krankenhausgeruch an. In allen Gängen hatte er sich festgesetzt und sorgte dafür, dass selbst die Besucher schon nach kurzer Zeit anfingen sich krank zu fühlen. Das Neonlicht in den nüchternen, oft fensterlosen Fluren machte die Menschen unnatürlich blass und löste eine eigenartig gedrückte Stimmung aus.

Die Welt draußen schien unglaublich fern.

Ärzte, in ihren weißen Kitteln entpersönlicht und austauschbar, huschten die Gänge entlang, Schwestern schoben überdimensionierte unhandliche Betten mit bleichen Menschen darin durch die Stationen.

Lundquist spürte, wie seine Knie zu zittern begannen.

Der Weg zur Neurologie war leicht zu finden.

Im Wartebereich setzte er sich auf einen der kühlen Kunststoffsitze, die an langen Chromstangen befestigt waren, als müsse man selbst das Mobiliar an der Flucht hindern.

Während er nervös darauf wartete, von Dr. Baum aufgerufen zu werden, bekämpfte er seinen hartnäckigen, immer drängender werdenden Wunsch einfach davonzulaufen. Er rief sich zur Ordnung. Doch der Gedanke an Flucht blieb. Als Dr. Baum ihn zu sich ins Untersuchungszimmer bat, war Lundquist erleichtert. Besonders deshalb, weil der Arzt sich als sympathisch und unkompliziert erwies. Er hatte sich leise brummend die Aufnahmen angesehen, seinen Patienten auf einige Areale aufmerksam gemacht, in denen Veränderungen vorlagen, und war sich mehrfach mit der rechten Hand durch seine ohnehin schon wirr nach allen Seiten abstehenden Haare gefahren. Lundquist war von diesem Mann sehr angetan, der offen und völlig ungeschminkt über die Probleme sprach, die diese Erkrankung aufwerfen würde, wie auch über die Risiken der Therapie. Während er dem Patienten so genau wie möglich erklärte, was nun auf ihn zukommen würde, gestikulierte er viel mit seinen feingliedrigen Händen, die so gar nicht zu seiner kleinen, kräftigen Statur passten. Lundquist konnte sich gut vorstellen, dass solch zarte Hände notwendig waren, um kleinste Eingriffe oder hoch komplizierte Untersuchungen mit winzigsten Gerätschaften durchzuführen.
Die Interferondosis würde so hoch wie möglich gewählt. Dabei könne es allerdings zu Nebenwirkungen kommen, die Lundquist eventuell stark beeinträchtigen würden. In diesem Fall könne man die Dosis notfalls verringern und Medikamente geben, die manche der Beschwerden linderten. Er versprach, sofort mit Dr. Palm Kontakt aufzunehmen und schrieb ein Rezept für die ersten drei Medikamentengaben aus. Er riet seinem Patienten, den Umgang mit Spritze und Kanüle zu üben, damit er beim Verabreichen des Präparates nicht auf fremde Hilfe angewiesen wäre, verabschiedete sich dann von ihm und rief nach Schwester

Karin, die dem Hauptkommissar zeigen sollte, wie leicht es war, das Interferon unter die Haut zu spritzen.

Sven Lundquist starrte auf das Muster seines Bettbezugs und seufzte.
Trotz der Bemühungen der netten Schwester war er doch sehr ängstlich gewesen.
Er würde das Spritzen noch üben müssen.
Es war nicht jedermanns Sache, sich selbst eine Metallspitze in den Körper zu bohren, und sei sie noch so fein. Lundquist hatte schon immer die Diabetiker bewundert, die sich ihr Insulin selbst verabreichten und mehrmals am Tag einen dicken Blutstropfen aus dem Finger quetschten, um den Glukosewert zu bestimmen. Bis er die Technik beherrschte, würde Dr. Palm ihm die Spritze geben.

Nach dem Abendessen und dem Zubettbringen von Lisa hatte er sich zu seiner Mutter gesetzt und ihr von der Diagnose erzählt. Vielleicht, überlegte er jetzt, während er die Decke anstarrte, an der die Lichter der vorbeifahrenden Autos sich bewegende Lichtpunkte erzeugten, weil er die Last nicht ganz allein tragen wollte oder konnte. Die erwartete sentimentale Szene, die er so sehr gefürchtet hatte, war ausgeblieben. Frau Lundquist hatte ihn nur lange angesehen und dann nach seinen Zukunftsplänen gefragt. Er war angenehm überrascht gewesen und hatte gespürt, wie ihr Pragmatismus ihm dabei half, mit seinen Ängsten besser umzugehen. Es würde für die anstehenden Probleme auch Lösungen geben, versicherte sie ihm.
Er war ihr für diese Einstellung dankbar.

Da er nun doch nicht mehr einschlafen konnte, stand er auf und sah durch das Fenster auf die unbelebte Straße hinunter, durch die sich tagsüber unzählige Autos quälten. Seit dem Unfall seiner Frau lebten sie wieder direkt in der Stadt. Das kleine Häuschen in der Umgebung Göteborgs hatte er verkauft, um hier in der Stora Nygatan eine geräumige Etagenwohnung in einem der eindrucksvollen alten Häuser in der Nachbarschaft des Designmuseums zu erwerben. Seine Mutter war zu ihnen gezogen, damit sie sich besser um Lisa und den Haushalt kümmern konnte. Von hier aus waren Arzt und Kindergarten gut zu Fuß oder mit der Straßenbahn zu erreichen, und abgesehen vom Verkehr war die Lage ideal. Er starrte auf den regennassen Asphalt, in dem sich die Lichter der Straßenlaternen spiegelten.

Warum sollte jemand ein Mordopfer auf einem fremden Dachboden verstecken?

Wieso sie überhaupt verstecken, wenn man einen Suizid mit Schlaftabletten vortäuschen wollte?, wanderten seine Gedanken wieder zu der Toten aus dem Ferienhaus zurück. Schon möglich, dass der Täter sie einfach nur deshalb nicht im Wald vergraben hatte, weil er dazu nicht in der Lage war. Vielleicht, weil er körperlich einer solch anstrengenden Tätigkeit nicht gewachsen war, überlegte er weiter, weil der Täter eine zarte Frau oder ein untrainierter Mann war. Oder der Täter hatte eine Behinderung, eine Gehbehinderung zum Beispiel? Diesen Gedanken verwarf er allerdings sofort wieder. Immerhin hatte der Mörder es geschafft den leblosen Körper bis auf den Dachboden von Hilmarströms Sommerhaus zu schleppen. Möglicherweise lag es aber auch nur daran, dass der Mörder keinen Spaten hatte. Feriengäste führten schließlich nur selten einen im Gepäck mit.

Er würde Hilmarström fragen, ob in seinem Schuppen oder Keller Gartengeräte zu finden war, beschloss er.

Denkbar war ebenfalls, dass der Täter versucht hat, in einem der umliegenden Orte einen Spaten oder eine Schaufel zu kaufen.

Wäre es möglich, dass er nicht wusste, wo er einen bekommen konnte, weil er vermeiden wollte, in einem kleinen Geschäft einzukaufen, wo man ihn später identifizieren würde? Und er die Leiche deshalb einfach in der Truhe zurückließ? Wie weit war es von Gunnars Haus zum nächsten Baumarkt? Sven Lundquist straffte sich. Gleich morgen früh würde er in den Handwerker- und Gartencentern nachfragen lassen. Touristen mit ungewöhnlichen Einkaufswünschen blieben dem Personal mitunter erstaunlich lange im Gedächtnis.

Unzufrieden schüttelte er den Kopf und griff nach einem dicken Buch mit samtigem roten Einband, das aufgeschlagen auf seinem Schreibtisch gelegen hatte, nahm es mit hinüber zum Bett und knipste seine Nachttischlampe an. Dann schob er das dicke Kissen kuschelig zurecht und begann nachzulesen, wie andere Ermittler ihre Fälle untersuchten und zum Abschluss brachten. ›Tod auf dem Nil‹ begleitete ihn, bis der Wecker ihn unter die Dusche scheuchte.

»Hi, Hi Sven!«, begrüßte ihn Bernt aufgeregt, als er ihm im Flur der Dienststelle begegnete. »Diese Frau Helm, du weißt schon, die Schwiegermutter von Frau Kirsten, scheint tatsächlich verschwunden zu sein! Keiner hat seit den Sommerferien etwas von ihr gesehen oder gehört«, er keuchte atemlos und Lundquist, der wie immer den langen Gang mit raumgreifenden Schritten entlang stürmte, reduzierte sein Tempo schmunzelnd so weit, dass der Kollege mit den deutlich kürzeren Beinen besser folgen konnte.

»Was sagt denn die Familie dazu? Und wieso heißen die eigentlich Kirsten und nicht Helm, wenn es doch seine Mutter ist?«

»Also, sie heißen Kirsten, weil Frau Kirsten, eine angesehene Biologin, unter ihrem Namen bereits eine Reihe von wissenschaftlichen Artikeln publiziert hatte, als sie ihren Mann heiratete. Außerdem hieß Herr Kirsten vor der Ehe auch nicht Helm sondern Schanze. Er war nämlich schon einmal verheiratet und hatte auch in dieser ersten Ehe den Namen seiner Frau angenommen. Vielleicht gefällt ihm Helm einfach nicht. Frau Kirsten wollte natürlich ihren schon bekannten Namen behalten. Auch in Deutschland können die Ehepartner frei entscheiden, welchen Namen sie nach der Hochzeit tragen wollen. Herr Schanze wollte, dass alle Familienmitglieder denselben haben und so einigten sie sich also auf Kirsten.« Sie hatten Lundquists Büro erreicht und traten ein. Knyst saß schon hinter seinem Schreibtisch und trank Kaffee – schwarz und ohne Zucker.

»So ist das also. Bei diesen komplizierten Familienbanden blicke ich nie durch! Meine eigene Familie ist ausgesprochen übersichtlich«, stellte Lundquist fest, während er seinen Mantel über den Haken am Garderobenständer hängte. Über die Schulter fragte er spöttisch: »Und welche Erklärung bieten die Kirstens uns nun für das Verschwinden der lieben Anverwandten an?«

»Die Eheleute haben den deutschen Kollegen erzählt, Frau Helm habe bei einem Stopp an einem Rastplatz urplötzlich einen alten Streitpunkt wieder aufgenommen, nämlich die Diskussion über die Frage: Gehen wir hier schwedisch gutbürgerlich essen, oder halten wir den Kindern zuliebe bei McDonald's? Schnell mündete dieses Gespräch in einer giftigen Auseinandersetzung über Fragen der Aufzucht und Erziehung des Kirstenschen Nachwuchses im Allgemeinen.«

»Es ging im wesentlichen darum, dass Frau Kirsten ihre Kinder falsch erzog, ihnen zu viele Freiheiten ließ und sich nicht entschlossen genug durchsetzte«, fasste Knyst zusammen und fügte hinzu: »Es scheint kaum eine Familie zu geben, in der sich Mutter und Schwiegermutter über diesen Punkt einig sind.« Er schüttelte verständnislos den Kopf.

»Da kannst du ja noch gar nicht mitreden. Du hast noch keine Schwiegermutter und deine Gitte auch nicht!« Bernt grinste breit, dann fuhr er fort: »Normalerweise endeten solche Streitigkeiten bisher offenbar in der Regel damit, dass Herr Kirsten schlichtend eingriff, Frau Helm dann eine triumphierende Miene aufsetzte und Frau Kirsten sich für den Rest des Tages in eisiges Schweigen hüllte. Doch diesmal muss der Sohn irgendwie sein Stichwort verpasst haben.« Bernts Grinsen wurde noch breiter, als er sich diese Szene ausmalte.

»Und was ist dann passiert?«, wollte Knyst wissen und beugte sich gespannt über seinen Schreibtisch.

»Tja, ein Wort ergab wohl das andere, und plötzlich packte die alte Dame ihre Handtasche und einen Teil des leichten Handgepäcks und ließ das sprachlose Ehepaar zurück. Seither haben sie kein Sterbenswörtchen von ihr gehört.«

»Und an welcher Raststätte soll das gewesen sein?«, fragte Knyst

»Angeblich war es auf dem Parkplatz einer Rastanlage mit Restaurant vor Malmö, wenn man zur Fähre ab Trelleborg unterwegs ist. Wir sollten das schnell herausgefunden haben, denke ich«, meinte Bernt zuversichtlich.

»Aber die Familie wird doch wohl sofort eine Vermisstenanzeige aufgegeben haben. Welcher Polizeiposten hat die aufgenommen? Haben wir das Protokoll schon angefordert?« Lundquist zog die Augenbrauen hoch und sah seinen Mitarbeiter aufmunternd an.

»Da gibt es ein kleines Problem. So direkt nach ihr gesucht haben die Kirstens nämlich nicht«, erklärte Bernt.

Zwischen Lundquist Augen erschien eine steile Falte und Knyst lehnte sich auf seinem Stuhl zurück und verschränkte die Arme vor der Brust.

»Ach nee. Sie haben gar nicht nach ihr gesucht?«, fragte er.

»Ich glaube, diese Frau Helm ist eine sehr resolute Dame und ihr Sohn hat zu Protokoll gegeben, dass spontane Entschlüsse eine Spezialität von ihr seien. Er meinte, sie hätten beschlossen, die Entscheidung seiner Mutter zu akzeptieren.«

»Ach was. Die waren einfach nur froh darüber, dass sie nicht mehr weiterzanken konnte.«

»Vielleicht haben sie auch angenommen, sie würde trotz des Streits auf die Fähre gelangen und mit nach Hause fahren«, murmelte Lundquist, setzte sich hinter seinen Schreibtisch und schlug die Akte Kirsten auf, die er aus dem Stapel gezogen hatte. »Wollen wir nur hoffen, dass sie kein ›Sterbenswörtchen‹ gebraucht hat, weil sie noch gesund und lebendig ist«, setzte er mit intensiver Betonung hinzu und zeigte dann auf ein dicht beschriebenes Blatt in der Akte: »Prima! Die Kollegen aus Freiburg haben uns sogar ein Foto der Eheleute geschickt.« Er zog das Bild unter der Büroklammer heraus und reichte es an Bernt weiter: »Fahr doch mit dem Bild mal zu den Heimwerkermärkten und den Gartencentern in der Umgebung von Hjortronbakken. Frag doch nach, ob dieser Mann nicht vielleicht einen stabilen Spaten kaufen wollte, vielleicht erinnert sich jemand an ihn.«

»Wieso zu den Gartencentern?«, fragte Lars verblüfft.

»Wozu braucht ein Tourist im Ferienhaus einen Spaten?«
Dann lächelte er. »Oh, ich verstehe!«
»Gut.« Bernt nickte, schnappte sich das Bild und war
verschwunden.

»Hast du heute schon einen Blick in die Zeitung geworfen?«, fragte Lundquist und Knyst nickte bedächtig.
»Samthandschuhe bei der Mordermittlung! Was ist nur
los mit unserer Polizei? Ganz schön starker Tobak. Wenn
sich jetzt auch noch herausstellt, dass wirklich eine deutsche Familie den Mord begangen hat, werden sie auf uns
einprügeln und als nächstes den Tourismus verbieten
oder einen Auslandsführerschein für deutsche Urlauber
fordern.« Knyst war verärgert.
»Sag mal, du siehst heute ziemlich mitgenommen aus«,
setzte er hinzu und sah seinen Freund kritisch an.
»Geht schon«, antwortete Lundquist in mürrischem Ton.
»Ich habe mir so einen Herbstinfekt eingefangen. Einen
von denen, die ihre Opfer erst einige Zeit zappeln lassen,
bevor sie richtig zuschlagen.« Er zuckte leicht zusammen,
als er seinen eigenen Worten nachlauschte.
»Hoffentlich ist es nicht doch eines von Brittas ›Haus-
tieren‹. Steck mich bloß nicht an, Gitte würde sich echt
bedanken, wenn ich in meinem bisschen Freizeit auch
noch krank im Bett rumliegen müsste.« Knyst zog eine
Grimasse.
»Lars, sieh dir das an!« Sven Lundquist zeigte auf das
Vernehmungsprotokoll in der Akte aus Deutschland. Er
hatte nicht vor, das Thema Gesundheit zu vertiefen.
»Die Nachbarin von Frau Helm hat einem der Beamten
gegenüber erwähnt, dass Herr Kirsten seine Mutter stets
sehr freundlich behandelt habe. Besonders seit dem Tod
ihres Mannes vor ein paar Jahren. Müssen wir in dieser

Familie nur nach einem dieser berühmten klassischen Motive suchen?«, fasste er zusammen.

Knyst nickte bedächtig.

»Sven! Wir haben von vier Ärzten Hinweise auf pflegebedürftige Patienten im Raum Hjortronbakken bekommen. Sowie die Zentrale eine freie Streife meldet, schicken wir sie los, um die Leute zu überprüfen.« Torben zog seinen Kopf zurück und zog die Tür wieder zu.

»Gut. Wie immer im Stress und gehetzt!«, murmelte Lundquist, was Torben schon nicht mehr hörte, und suchte nach einem Ergänzungsbericht der Pathologie.

»Aha. Dr. Mohl hat wieder ein Häppchen für uns. Aus der Form und der Gestalt der Hände der Toten schließt er, dass sie Linkshänderin gewesen sein muss. Er schreibt, die Dosis des Schlafmittels habe nur ausgereicht, das Opfer tief schlafen zu lassen, sie war nicht tödlich. Zungenbein und Kehlkopf der Toten sind unverletzt. Sie wurde also nicht gewürgt. Aber er hat petechale Blutungen im Gesicht gefunden, besonders um die Augen herum.«

»Hat er auch geschrieben, woher die kommen?«, fragte Lars.

»Oh ja. Er ist sich jetzt völlig sicher, dass sie mit einem Kissen oder etwas ähnlichem erstickt wurde. Ah, und er hat eine Reihe von Untersuchungen durchgeführt und ist zu dem Ergebnis gekommen, dass die Frau schon seit etwa zwei bis drei Monaten tot sein muss.«

»Damit sind wenigstens die letzten Familien ausgeschieden und wir können die Fahndung auf die anderen konzentrieren«, stellte Knyst befriedigt fest.

Lundquist zog einen Stift aus dem Butler auf seinem Schreibtisch und markierte die Namen Söderlund, Pattersson und Neumann.

»Es sei denn, es stellt sich raus, dass sie die Leiche mit

in den Urlaub genommen haben. Doch das erscheint mir nicht sehr wahrscheinlich«, bestätigte Lundquist.

Das Telefon auf Knysts Schreibtisch klingelte übellaunig. Er hob den Hörer ab, meldete sich und hörte seinem unsichtbaren Gesprächspartner zu. Dann bedeckte er die Muschel mit der Hand und zischte Lundquist zu:

»Dr. Kramp. Er will dich sofort sehen und du sollst alle verfügbaren Akten mitbringen.«

Lundquist erhob sich müde. Laut sagte Knyst: »Er ist schon unterwegs.«

»Was will der denn schon wieder von dir?«, fragte er, nachdem er das Gespräch beendet hatte.

»Die Schlagzeilen«, antwortete sein Freund knapp und machte sich mit einigen Ordnern unter dem Arm auf den Weg.

Dr. Kramp ließ Lundquist diesmal lange warten, ehe er ihn ansprach. Der Hauptkommissar stand vor dem Schreibtisch seines Vorgesetzten, der missmutig knurrend die Akten durchblätterte, die Lundquist ihm übergeben hatte. Zwischen den Männern herrschte konsequentes, spannungsgeladenes Schweigen.

»So. Es gibt also tatsächlich Hinweise darauf, dass diese deutsche Familie Kirsten die Tote im Ferienhaus zurückgelassen hat. Sorg dafür, dass nichts nach draußen dringt, bis die Ermittlungen abgeschlossen sind! Das wäre ein gefundenes Fressen für die Presse! Was unternehmt ihr im Moment in dieser Angelegenheit?«, eröffnete Dr. Kramp mit verkniffener Miene und vor Wut gequetschter Stimme.

»Die deutschen Kollegen suchen zusammen mit uns nach der Vermissten. Nach Angaben der Familie hatte die alte Dame ihre Papiere bei sich. Frau Helm könnte also längst in ein Land ihrer Wahl ausgereist sein, ohne dass wir es bemerkt hätten. Wer weiß, wo sie jetzt schon sein könnte! Vorausgesetzt natürlich, sie ist nicht unsere Leiche.« Lundquist bemühte sich um einen betont sachlichen Tonfall.

»Ich kann dir genau sagen, wo sie sich jetzt befindet: im Kühlraum der Pathologie! Die deutsche Polizei sucht eine Frau, die in dem Haus Urlaub gemacht hat und wir haben eine Leiche ohne Namen. Natürlich ist sie unsere Tote – du glaubst doch nicht etwa an diese Lügenmärchen!« Dr. Kramps Stimme war ätzend.

»Ich bin mir da nicht so sicher. Wenn wir uns zu früh festlegen, entkommt uns am Ende der wahre Täter. Nach wie vor halte ich es für möglich, dass wir den Mörder hier in der unmittelbaren Umgebung von Hjortronbakken finden könnten.«

»Papperlapapp. So ein Unsinn. Warum sollte jemand aus dieser Gegend seine Leiche bei Hilmarström in eine Truhe legen! Das ist einfach lachhaft und wenn du etwas genauer darüber nachdenkst, erkennst du das auch!« Jetzt war Dr. Kramps Blick eisig.

»Wir sollten Streifenwagen losschicken, um die Angehörigen pflegebedürftiger alter Damen zu überprüfen, die um Hjortronbakken herum versorgt werden müssen. Nur um wirklich sicher zu gehen.«

»Wir werden keine polizeilichen Kräfte wegen der Hirngespinste eines Ermittlungsleiters vergeuden! Kein Einheimischer deponiert eine Leiche in einem Ferienhaus! Er vergräbt sie, versenkt sie in einem unserer Seen, wirft sie ins Meer! Nein, nein! Das ist blanker Unsinn! Wir handhaben die Angelegenheit so, wie ich es für richtig halte – auch wenn es dir nicht passt. Der Chef bin ich! Und dir, Sven, gebe ich genau sieben Tage. Für die Zeit halte ich dir die Presse vom Leib. Aber danach – danach ist deine Schonzeit abgelaufen. Ich werde dich den Medien zum Fraß vorwerfen und mit unbändigem Vergnügen dabei zusehen, wie man dich in der Luft zerreißt. Im Interesse des Ansehens der Abteilung versteht sich!«, drohte Dr. Kramp und funkelte Lundquist triumphierend an.

»Da dieser Fall von nationaler Brisanz ist, habe ich mich dazu entschlossen, zwei Kollegen nach Deutschland zu schicken. Auch um der Presse zeigen zu können, wie sehr wir um rasche Aufklärung bemüht sind. Untätigkeit soll uns keiner vorwerfen können. Gerade, weil der Täter ein Ausländer ist! Wo kommen wir hin, wenn Touristen ihre

Mordopfer bei uns ungestraft in Ferienhäusern deponieren! Du fliegst mit Knyst nach Frankfurt. Dort werdet ihr euch mit Kollegen der deutschen Polizei treffen, die euch bei der Aufklärung unterstützen. Während du in Deutschland ermittelst, wird deine Abteilung Kontakt mit dir halten und weiter versuchen, die italienische Familie«, er begann hektisch in den Unterlagen zu blättern, »Albertini, Martinelli – oder wie auch immer – zu erreichen. Sollten sich hier neue Aspekte, auch in Bezug auf deine alberne Idee, der Täter stamme aus dieser Gegend, ergeben, wird man dich natürlich sofort verständigen.« Dr. Kramp lehnte sich weit über seinen Schreibtisch und zischte: »Denke nur immer daran – du hast genau eine Woche – ab jetzt! Ich kann dir nur raten, diese Zeit sinnvoll zu nutzen! Ansonsten bleibt mir nur die Möglichkeit, unfähige Mitarbeiter aus dem Dienst zu entfernen.«
Lundquist war darum bemüht, sich seine Verärgerung nicht anmerken zu lassen.
Diese Genugtuung wollte er ihm nicht gönnen. Schnell überschlug er seinen geplanten Tagesablauf und suchte nach dem günstigsten Reisetermin. Wenn alles klappte, konnten sie sogar noch die Nachmittagsmaschine erreichen.
Knyst würde mit Sicherheit wenig begeistert sein.
Soweit Lundquist sich erinnerte, hatte Lars Freundin Gitte heute Geburtstag. Die tolle Party würde wohl ohne ihn stattfinden müssen! Wo die beiden sich doch sowieso schon dauernd wegen der Dienstzeiten in den Haaren hatten, dachte Lundquist bekümmert, und beeilte sich in sein Büro zurückzukommen.
»Wir fliegen nach Deutschland! Der Abteilung bleibt eine Woche für die Aufklärung des Ferienhausmordes. Und macht euch keine Illusionen! Die Lage ist ernst!«

»Verdammter Mist! Gitte war vielleicht sauer, das kann ich dir sagen! Dienstreise ins Ausland – auch noch ausgerechnet an ihrem Geburtstag! So eine Scheiße!«, fluchte Knyst, als sie sich später am Flugplatz beim Einchecken trafen.
»Daran wird sie sich wohl gewöhnen müssen.«
»Prima«, knurrte Knyst übellaunig, »was glaubst du wohl, wie oft ich diesen verflucht blöden Satz schon zu hören gekriegt habe, hä? Deine Weisheiten nutzen mir herzlich wenig!«, er zog einen Flunsch wie ein bockiges Kind.
»Sorry – war gedankenlos«, gab Lundquist bereitwillig zu. Er dachte zurück an die vielen Diskussionen, die er im Laufe der Jahre mit seiner Freundin und später mit seiner Frau geführt hatte. Anne hatte sich nie mit geplatzten Verabredungen und gebrochenen Versprechungen abfinden können. Vielleicht hatte sie anfangs noch gehofft, nach Lisas Geburt würde sich alles ändern – und musste schmerzlich erkennen, dass ihr Mann auch als Vater seine Arbeitszeit nach den Verbrechen richten musste. Selbst an Weihnachten war es ihm nicht immer möglich gewesen, bei seiner Familie zu sein, und immer häufiger hatte es ernsthafte Diskussionen gegeben.
Lundquist seufzte deprimiert.
Es war müßig sich darüber Gedanken zu machen
Anne war tot.
Seine Mutter, die mit der Berufsentscheidung ihres Sohnes, Polizist zu werden, nie einverstanden war, hatte heute vor seiner etwas überstürzten Abreise ebenfalls keinerlei Verständnis gezeigt.
»Das kann doch nicht dein Ernst sein!«, hatte sie ihn an-

gefaucht. »Gestern erzählst du mir von deiner schweren Erkrankung und heute soll ich akzeptieren, dass du notfallmäßig im Ausland ermitteln willst! Vom drohenden Pflegefall zum Starermittler!«

Er versuchte ihr zu erklären, warum es wichtig war nach Deutschland zu reisen, doch sie hatte sich schon so in Rage geredet, dass seine Worte sie nicht mehr erreichen konnten. Lundquist war froh, dass Lisa nichts davon zu hören bekam – sie spielte bei einer Freundin und würde erst in einer halben Stunde wieder nach Hause kommen. »Als ob es nicht auch andere fähige Polizisten bei euch gäbe! Tu doch nicht immer so, als wäre man dort auf dich angewiesen! Du hast eine ausgewachsene Profilneurose, mein Lieber«, zischte Helene Lundquist aufgebracht. Die Diskussion endete wie alle ähnlichen, die sie im Laufe der Jahre geführt hatten: »Ja, wenn dein Vater noch lebte, der würde dir schon den rechten Weg weisen!« Die Stimme seiner Mutter zitterte vor Zorn.

Ein wenig schuldbewusst dachte der Hauptkommissar daran, wie er nach diesem abschließenden Satz einfach das Zimmer verlassen hatte, um seine Tasche zu packen. Aber was sollte er noch sagen? Dass die Reise zu einem denkbar ungünstigen Moment anstand, wusste er schließlich selbst und konnte es auch körperlich deutlich wahrnehmen.

Das Medikament bearbeitete seine Magenschleimhaut und tobte in seinem Inneren wie ein eingesperrtes Tier. Wellen von Übelkeit sorgten für Schweißausbrüche und in kürzer werdenden Abständen wischte er sich die kalten Perlen von Stirn und Oberlippe. Mochten die anderen Passagiere und die Crew es später ruhig für Flugangst halten.

Unauffällig vergewisserte er sich, dass in der Außentasche

an seinem Reisegepäck eine Tüte für den ›Fall der Fälle‹ steckte.

Als er den gezackten Rand erspähte, seufzte er erleichtert. Als Mensch, der immer gerne alles im Griff hatte, litt er besonders unter der Unberechenbarkeit seines Körpers – aber wenigstens war er vorbereitet.

Sven Lundquist entspannte sich etwas.

»Hoffentlich kommt sie nicht auf die Idee, sich von einem ihrer vielen Freunde trösten zu lassen!«, drang Lars, Stimme schneidend in seinen grauen Gedankendunst ein.

»Weißt du, was sie mir zum Abschied gesagt hat? In ihrem Leben gäbe es immer noch genug richtige Männer, denen ihr Geburtstag wirklich wichtig wäre. Und sie würde mit denen feiern! Sie könnte problemlos auf meine Anwesenheit verzichten und es wäre an der Zeit, sich endlich von mir und meiner pathologischen Arbeitsbegeisterung, die zudem auch noch ziemlich morbide sei und phasenweise schon fast an Nekrophilie grenze, zu emanzipieren. Stell dir das mal vor!«

Knyst pumpte vor Empörung wie ein Maikäfer.

Lundquist versuchte krampfhaft ein leichtes Grinsen zu unterdrücken. Das war natürlich hart für einen Mann wie Knyst, der so unverschämt gut aussah, dass die Frauen auf der Straße sich nach ihm umdrehten ... und die eigene Freundin drohte, sich mit einem anderen zu trösten!

Zielsicher hatte Gitte ihn an seinem empfindlichen Punkt getroffen!

»Das hat sie doch ganz sicher nur im ersten Zorn dahin gesagt. Inzwischen ist ihre Wut bestimmt verraucht und es tut ihr Leid, dass sie dich so unfreundlich verabschiedet hat. Vielleicht macht sie sich sogar schon Sorgen darüber, ob sie in der Lage sein wird, sich wieder mit dir auszusöhnen. Stell dir nur mal vor, wir stürzen ab und sie kann dir niemals erzählen, wie sehr sie euren dummen Streit bedauert! Frauen denken manchmal so«, versuchte Lundquist seinen Freund aufzumuntern.

»Meinst du das ernst oder ist das nur so ein Spruch aus der Klamottenkiste der Ehelichen?« Knyst schichtete die Stirn in dicke Skeptikerfalten.

Weil das so unglücklich klang, legte Lundquist viel Überzeugung in seinen Ton: »Na, ernst natürlich.«

Während eine unangenehm schnarrende Stimme aus dem Lautsprecher ihren Flug aufrief, überlegte Lundquist. Das Ergebnis war ernüchternd. Die meisten seiner Kollegen waren inzwischen geschieden. Manche sogar mehrfach. Viele hatten aber auch einfach gar keine Partner gefunden oder sich zumindest nicht dauerhaft gebunden, die meisten aus Angst, dass die Ehe doch nicht auf Dauer halten würde. Andere wieder – und das hielt Lundquist für die schlechteste aller Lösungen – lebten neben einem entfremdeten Menschen her, mit dem sie sich nur noch Adresse, Briefkasten und Namen teilten. Doch er wusste auch, dass einige der Kollegen selbst diese Situation noch erträglicher fanden, als Abend für Abend in eine leere Wohnung zu kommen und gar keinen Kommunikationspartner vorzufinden.

Er seufzte.

Der Mensch hatte so viele technische Möglichkeiten erfunden um Kontakt zu anderen herzustellen, und doch gab es gerade in der modernen Gesellschaft immer mehr Vereinsamte. Umgeben von Menschen und doch letztlich allein. Das war schon seltsam, fand er. Er wischte sich mit der Hand über die Oberlippe – er war auch einer von den Einsamen, stellte er dann nüchtern fest.

Knyst und Lundquist rückten in der Reihe derer, die den Gepäckcheck durchlaufen mussten, weiter auf. Ihr leichtes ›Sturmgepäck‹ stellten sie auf ein Laufband, das die einzelnen Koffer und Taschen durch einen Scanner zog. Knysts Tasche durfte anstandslos passieren, er selbst wurde mit einer Detektorschlaufe ›abgetastet‹ und wartete dann auf seinen Kollegen.

Die kleine, dunkelhaarige, etwas pummelige Frau hinter dem Scanner hatte das Band angehalten und starrte angestrengt auf ihren Monitor. Freundlich fragte sie:
»Hast du einen kleinen runden Metallgegenstand im Gepäck?«
»Nein. Nicht das ich wüsste«, antwortete Lundquist völlig überrascht und runzelte etwas unwillig die Stirn.
»Vielleicht eine kleine runde Pillendose? Etwa so groß?« Sie deutete die ungefähre Größe mit Daumen und Zeigefinger an.
»Nein. Meine Medikamente reisen lieber sicher im Blister und in Pappschachteln. Da liegen sie bequemer«, gab Lundquist leicht gereizt zurück.
»Na, wenn das so ist, dann werden wir doch einfach ‚mal nachsehen!«, informierte ihn die freundliche Stimme unbeeindruckt und ließ entschlossen das Band zurückfahren.
Lundquist war die ganze Situation äußerst peinlich.
Einige Mitfluggäste stöhnten leise aber vernehmlich auf, als die Frau, die einem Schild nach, das auf ihrem üppigen Busen prangte, ›Herta‹ hieß, mit geschulten Fingern den Reißverschluss seiner Tasche öffnete.
Nach und nach förderte sie seinen Rasierapparat, ein kleines Radio und ein Diktiergerät zu Tage. Aber ein kleiner, runder, metallischer Gegenstand fand sich nicht.

Während Lundquists Hände feucht wurden und er förmlich spürte, wie eine ungesunde Röte seinen Hals und sein Gesicht überzog, ließ Herta sich nicht aus der Ruhe bringen. Geduldig scannte sie die Elektrogeräte einzeln und betrachtete jeweils sorgfältig das Bild auf ihrem Monitor, schaltete die Geräte ein und aus. Doch auch nachdem sie den Inhalt seiner Tasche fast vollständig überprüft hatte – eine kleine runde Dose ließ sich einfach nicht entdecken. Zum Schluss blieb nur noch ein niedlicher Plüschteddy übrig. Lundquist nahm ihn in die Hand und schaute ihm verblüfft in die unergründlichen, schwarzen Knopfaugen.

»Hey, wer bist du denn?«

»Unbekannter Mitreisender?«, Herta schmunzelte.

»Gehört meiner Tochter. Ich habe gar nicht gewusst, dass er in meiner Tasche steckte. Den hat sie mir sicher reingeschmuggelt«, Lundquist war gerührt und hörte selbst, wie unsicher seine Stimme klang. Nimm dich zusammen, du sentimentaler Hauptkommissar, wies er sich zurecht.

»Ganz schön schwer, der Süße«, meinte Herta nachdenklich und schickte den kleinen blinden Passagier mitleidslos allein ins Dunkel des Kastens.

»Da – siehst du?«, triumphierend drehte sie den Monitor so, dass auch Lundquist das Bild erkennen konnte. »Eine runde Dose!«

Und tatsächlich: Deutlich sah man einen runden schwarzen Bereich.

»Was ist das? Im Teddy?«, fragte Lundquist verblüfft, während er sich schon ausmalte, was für Schlagzeilen das gäbe, wenn man ihn beim Einchecken am Flughafen als Drogenkurier enttarnte.

Auch Knyst beugte sich nun neugierig über den Monitor.

»Sag mal, wieso hat denn der Teddy von deiner Tochter eine Dose im Bauch?«, fragte er staunend.

»Damit er besser sitzen kann«, erklärte Herta bereitwillig, fügte fachkundig und guter Dinge hinzu: »Manche der Plüschtierhersteller füllen diese Dosen mit kleinen Bleikügelchen, andere nehmen Kiesel dazu« Sie drückte Lundquist das Plüschtier mit einem breiten Lächeln in die Hand.
Verlegen stopfte er den Bären in die Tasche zurück und zog den Reißverschluss mit einem harten Ruck zu.

Direkt vor dem großen Fenster, von dem aus man aufs Rollfeld hinaus sehen konnte, fanden sie einen Sitzplatz. Langsam beruhigte sich Sven Lundquists Puls wieder, er spürte, wie die Hitze aus seinem Gesicht verschwand und der unangenehme Druck hinter der Stirn nachließ. Vor der nächsten Reise würde er sein Gepäck sorgfältig inspizieren, nahm er sich vor und fragte sich im selben Moment, wie viele Reisen er wohl überhaupt noch unternehmen könnte. »Pessimist!«, schimpfte seine innere Stimme.
Lars seufzte, stand auf, ging einige Minuten unruhig hin und her und meinte schließlich, er wolle sich vor dem Flug noch etwas die Füße vertreten. Lundquist nickte seinem Freund zu und beobachtete durch die großen Fenster, wie eine winzige Chartermaschine startete. Wohlig lehnte er sich zurück und genoss den Blick über Rollfeld und Startbahn. Schon als Kind hatte er voller Begeisterung den Flugzeugen nachgesehen und eine Zeitlang hatte er sogar Pilot werden wollen.
Lundquist ließ seine Gedanken treiben.
Kurze Zeit später zuckte er heftig zusammen, als Knyst sich schwer in den Stuhl neben ihm fallen ließ.
»Sie geht nicht ans Telefon!«, murmelte er und Lundquist hörte die Verbitterung deutlich heraus. Ein ungewohnter Ton bei seinem sonst meist unbeschwerten Freund.

»Wenn wir zurück sind, müsst ihr miteinander sprechen. Über das, was ihr von einer Beziehung und vor allem voneinander erwartet.« Na hör dich bloß mal an, Lundquist, dachte er, mein Gott, bist du alt geworden! Wer spricht schon in so schulmeisterlichem Ton mit seinem Freund! Schauderhaft!

»Na, du bist gut; wie denn?«, brauste Lars dann auch erwartungsgemäß auf, »Weihnachten habe ich mit Sicherheit auch wieder Dienst. Ich gehöre nämlich zu den unverheirateten Kollegen ohne Familie!«, schnaubte er entrüstet und setzte desillusioniert hinzu: »Dr. Kramps Dienstplanung verhindert allerdings auch höchst erfolgreich, dass ich eine gründe!«

Der Flug verlief ruhig und die beiden schwiegen sich beharrlich an. Lundquist kämpfte tapfer gegen eine an- und abschwellende Übelkeit, eine der zu erwartenden Nebenwirkungen seiner ersten Interferondosis. Dr. Palm hatte ihn schon darauf vorbereitet, und so befand sich in seinem Gepäck auch ein Medikament, das ihm im Notfall helfen würde. Grippesymptome könnten sich einstellen, hatte der Arzt gewarnt, Müdigkeit, Gliederschmerzen, Abgeschlagenheit. Lundquist beschloss, nicht zu tief in sich hinein zu horchen – wer weiß, was sich sonst noch an Missempfindungen einstellte! Dennoch konnte er nicht verhindern, dass seine Nase anfing zu laufen. Einige der Fluggäste sahen ihn abweisend und misstrauisch an, als er immer häufiger zum Taschentuch greifen musste. Sie hatten wohl Angst vor Ansteckung. Tja, Brittas Virus oder Nebenwirkung? Lundquist wusste es nicht. Hatte er sich nicht schon vor der Spritze vergrippt gefühlt – oder spielte ihm jetzt auch noch seine Erinnerung einen Streich? Knyst ächzte und atmete schwer, dann strich er sich mit seinen Händen durchs Haar. Die wohlgefälligen Blicke der Stewardessen bemerkte er nicht – oder reagierte jedenfalls nicht darauf. Verdrossen blätterte er in einer deutschen Zeitung, aber Lundquist hatte nicht den Eindruck, dass sein Freund tatsächlich darin las. Aggressives Verbinden von Buchstaben ohne Sinnentnahme, diagnostizierte der Freund.

»Weißt du, was Gitte heute für ihre Geburtstagsgäste kocht? Jede Menge Köttbullar*! Sie hat das Rezept von ihrer Oma. Manche servieren die Bullar ja mit Sahnesoße, aber Gittes Oma hat immer Petersilienkartoffeln und Preiselbeeren dazu gemacht. Damals haben sie die noch selbst gesammelt und eingekocht – heute kauft Gitte sie im Glas. Sind auch gut.« Er verstummte, starrte auf die Zeitung, als könne er sich nicht mehr erinnern, was er damit vorgehabt hatte, knüllte sie zusammen und setzte zornig hinzu: »Bestimmt wird sie nie wieder Annalenas Köttbullar für mich machen! Scheiße! So wie es aussieht, wird sie sogar nie mehr mit mir sprechen!«

In der großen, modernen Abflughalle sahen sie sich nach ihrer Landung in Frankfurt suchend nach den Kollegen aus Süddeutschland um. Zwei Beamte der Mordkommission sollten sie erwarten und in den Schwarzwald bringen.
Schnell hatte Knyst zwei der ebenfalls wartenden Herren ausgemacht, die auch ein wenig unschlüssig und verloren herumstanden. Beide trugen einen grauen Trenchcoat, ihr Haar war streng gescheitelt und der linke hatte sich eine eindeutig dienstlich aussehende Aktenmappe unter den Arm geklemmt.
Knyst stieß Lundquist mit dem Ellbogen in die Seite und deutete mit einem leichten Kopfnicken auf die beiden.
»Die zwei da! Jede Wette! Das sieht man doch schon von

weitem. Jetzt weiß ich auch, warum die Bösen in den deutschen Krimis immer gleich erkennen, dass sie es mit Polizisten zu tun haben!«, flüsterte er und griff nach seiner kleinen Nylonreisetasche. »Mein Gott – sehen die vielleicht verklemmt aus. Und mit denen sollen wir eng zusammenarbeiten? Das kann ja heiter werden!« Er seufzte entnervt und sie gingen auf die beiden Herren zu.

In diesem Moment sprach sie ein junger Mann mit schulterlangen Zottelhaaren an.
Über seiner verwaschenen Jeans trug er mehrere Pullover unterschiedlichster Farben und in verschiedenen Stadien der Alterung. An seiner linken Schulter baumelte eine zerschlissene Lederjacke lässig herunter.
»Entschuldigt bitte, ihr seid doch bestimmt die Kollegen von der schwedischen Polizei, gell?«
Während Knyst verstört in das verlebte Gesicht mit ungepflegtem Dreitagebart starrte und, weil er vor lauter Verblüffung kein Wort herausbrachte, nur zustimmend nickte, streckte sein Gegenüber leutselig die Hand zur Begrüßung aus. Knyst schlug überrumpelt ein. Lundquist vergaß seine Übelkeit und versuchte, sein breites Grinsen hinter einem Taschentuch zu verbergen. Wie gut, dass wir als aufgeklärte Menschen und global denkende und handelnde Europäer keinerlei Vorurteile mehr haben, dachte er ironisch.

»Ja – also. Mein Name ist Volker. Ich bearbeite den Fall ›Frauenleiche im Ferienhaus‹. Und das …«, damit trat er einen Schritt zur Seite und stellte seinen Kollegen vor, »das ist mein Kollege Karl.«
Bei der nun folgenden allgemeinen Vorstellung und Begrüßung bemerkte Lundquist amüsiert die Erleichterung

bei Knyst, als er feststellen durfte, dass Karl, der fortgeschrittenen Alters war und eine beginnende Glatze hatte,
sehr viel mehr seinem Bild eines deutschen Polizisten im
gehobenen Dienst entsprach.

Als sie gemeinsam auf der Rolltreppe ins Untergeschoss
standen, konnte Knyst seine Neugier nicht mehr zügeln
und fragte in sorgfältig moduliertem Deutsch: »Das ist
wirklich ganz erstaunlich, dass du uns gleich erkannt hast
bei dem Gewusel hier. Woher wusstest du, dass wir die
Richtigen sind?«

»Ach, das ist eigentlich kein Problem gewesen!«, beschied
ihm Volker jovial mit einer entspannten, wegwerfenden
Handbewegung: »Ihr seht einfach genau wie schwedische
Polizisten aus. Das erkenne ich sofort, gell!«

Das verdutzte Gesicht seines Freundes würde Sven
Lundquist für immer im Gedächtnis bleiben.

Die Kollegen aus dem Schwarzwald waren mit dem Zug
gekommen. So nahm die Gruppe die nächste S-Bahn zum
Hauptbahnhof und suchte sich dann im Zug Richtung
Basel ein gemütliches Abteil. Sie wollten die Fahrt nutzen
und sich gegenseitig über die recherchierten Ergebnisse
informieren, und so war es ihnen nur recht, dass der Zug
diesmal gähnend leer war. Mit ein bisschen Glück würde
das auch so bleiben, meinte Karl, unter der Woche sei der
ICE weniger ausgelastet – aber an den Wochenenden plat-
ze er immer aus allen Nähten.

»Ja, stimmt schon«, bestätigte Volker, »aber Zugfahren ist
immer noch schneller, weil du mit dem Auto nur noch im
Stau festhängst, gell. Ich hab schon mal sieben Stunden gebraucht, um von Frankfurt nach Freiburg zu kommen.«

Lundquist lehnte sich in seinem Sitz zurück. Volker
bemühte sich offensichtlich um ein gut verständliches

Hochdeutsch. Allerdings sprach er manche Worte in einem ungewohnten Tonfall, der offenbar regionaltypisch war. Knysts manchmal in dicken Falten liegende Stirn bedeutete wohl, dass er nicht alles verstehen konnte. Das würde sich geben. Es war eine Frage des Sich-hinein-Hörens.

Als der Zug sich mit einem unsanften Ruck in Bewegung setzte, der Lundquists latente Übelkeit wieder zu neuem, intensiven Leben erweckte, zog Karl einen Stapel eng beschriebener Seiten aus der Aktentasche, die ordentlich auf seinen Knien lag. Lundquist schielte auf die Papiere und war erleichtert: Die Vernehmungsprotokolle waren hochdeutsch. Das konnte er ohne Schwierigkeiten lesen.
Volker fischte aus der Mitte des Stapels eine blassgrüne Akte, schlug sie auf und begann darin zu blättern. Als er die gesuchte Stelle gefunden hatte, deutete er mit ausgestrecktem Zeigefinger auf die aufgeschlagene Seite und meinte: »Seht ihr, das ist das Protokoll der Vernehmung der Familie. Wir haben sie einzeln befragt, weil wir dachten das wäre geschickt – so konnten sie sich nicht gegenseitig im Auge behalten, und niemand hat gehört, was der andere ausgesagt hat. Aber sie sind trotzdem bei ihrer Version der Geschichte geblieben. Offenbar hat es schon die ganze Zeit über Schwierigkeiten mit Frau Helm gegeben. Sie haben sich schon in dem Ferienhaus dauernd gezankt. Also ich versteh ja nicht, warum die Kirstens sie mit in Urlaub nehmen, wenn sie doch schon vorher wissen, dass es bloß wieder Streit gibt, gell.«
»Eventuell mussten sie die alte Dame mitnehmen, egal ob sie wollten oder nicht – so eine Art Tradition?«, fragte Lundquist, der erleichtert feststellte, dass man sich mit viel Konzentration langsam an diesen Sprechrhythmus gewöhnen konnte. Im Grunde gefiel ihm die Art, wie Volker sprach.

Es klang irgendwie gemütlich und auch ein bisschen so, als gäbe es die schrecklichen Dinge des Lebens gar nicht wirklich, als wären sie nicht ernst – eher eine Romanhandlung in einem Buch, das man jederzeit beiseite legen konnte, ohne deswegen ein schlechtes Gewissen haben zu müssen.

Vielleicht macht es das Leben erträglicher, dachte er und erinnerte sich an ein Gespräch mit Dr. Palm, der behauptet hatte, die Menschen im Süden seien von Natur aus fröhlicher. Das gelte auch schon für die Menschen im Süden Deutschlands. Weil Lundquist ihn sehr skeptisch angesehen hatte, begründete er diese These dann noch ausführlich mit statistischen Daten über Sonnenscheintage und Sonnenscheindauer – und zum Schluss mit dem Weinanbau. Und natürlich schrieb er auch dem Weingenuss einen gewissen Effekt zu.

»Ja – das ist wohl so. Sie haben Frau Helm schon seit vielen Jahren immer in den Urlaub mitgenommen. Frau Kirsten hat ausgesagt, das sei nötig gewesen, weil die alte Dame sonst keine Verwandten gehabt hat«, antwortete Volker gedehnt. »Aber das ist nicht wahr, gell«, setzte er hinzu und brachte seinen schwedischen Kollegen wieder in die Realität zurück.

»Ja«, ergänzte nun Karl, »das war gelogen. Wir haben nämlich einen Neffen gefunden, der allerdings vor einigen Jahren nach Australien ausgewandert ist, weil es ihm in Deutschland zu ›kleinkariert und spießig‹ zuging. Das hat er jedenfalls so bei einem Telefonat, das wir mit ihm geführt haben, als Grund angegeben.«

»Genau!«, mischte sich nun Volker wieder ein. »Er hat allerdings von seiner Tante nichts gehört. Sie sind vor sieben Jahren im Streit auseinander gegangen, und seit der Zeit hat er weder Post von ihr bekommen noch hat er mit ihr gesprochen. Und auch jetzt ist sie nicht plötzlich vor seiner Tür aufgetaucht.«

»Frau Kirsten hat doch ausgesagt, Frau Helm sei nach einem Streit auf der Heimfahrt plötzlich ausgestiegen und verschwunden. Warum hat die Familie diesen Vorfall eigentlich nicht der schwedischen Polizei gemeldet?« Knyst sprach mit deutlichem Akzent und machte zwischen den einzelnen Worten lange Pausen, als müsse er sorgfältig überlegen, wie er sich am verständlichsten ausdrücken konnte.

»Das haben wir die Leute natürlich auch gefragt«, übernahm diesmal Karl den Berichtsfaden. »Herr Kirsten gab zu Protokoll, seine Mutter sei eine außerordentlich selbstständige Dame und sie hätte es ihnen mit Sicherheit sehr übel genommen, wenn die Polizei eingeschaltet worden wäre. Seiner Meinung nach gab es dafür auch gar keinen Grund, denn Frau Helm war ja nicht einfach unter dubiosen Umständen verschwunden, sondern sie hatte das Fahrzeug aus freien Stücken verlassen. Etwas überstürzt, ja, das wolle er schon zugeben, aber auf gar keinen Fall in einem Zustand geistiger Verwirrtheit oder etwa als Opfer einer Entführung. Er sah keinerlei Grund die schwedischen oder deutschen Behörden zu bemühen, nur weil seine Mutter aus einer Laune heraus ihre Pläne änderte. Er formulierte es ganz genau so: ›In meinen Augen ergab sich keinerlei Veranlassung oder Begründung dafür, die Ermittlungsbehörden von der spontanen Änderung der Urlaubsplanung meiner Mutter zu unterrichten‹«, zitierte Karl in blasiertem Ton.

»Wo er Recht hat, hat er Recht!«, kommentierte Volker Karls Zusammenfassung und zog eine kleine Zellophantüte aus einer der Außentaschen seiner abgetragenen Lederjacke. Er öffnete sie knisternd und bot reihum kleine, in Fett gebackene und mit Zucker bestreute Teigkügelchen an.

»Das sind Mutzenmandeln*. Eigentlich gibt es die erst zur Fasenacht, aber mein Bäcker backt die auch schon früher. Er hat so viele Kunden, die diese kleinen Dinger zum Fressen gern haben. Und die haben wohl alle naselang gefragt, wann er wieder verkauft – und da hat er sie eben gebacken. Probiert mal, die schmecken prima!«

Knyst, der furchtbar gerne naschte, ließ sich nicht zweimal bitten.

»Die Kalorien kann ich ja zu Hause wieder abtrainieren. Und wenn ich schon mal im Ausland bin, probiere ich auch die Küche! Ist ja meist sehr lecker!«, lachte er.

Sven Lundquists gute Erziehung kämpfte mit seinem rebellierenden Magen. Er lauschte in sich hinein und stellte erleichtert fest, dass die Übelkeit, wie von Dr. Palm vorhergesagt, schon nachließ. Neugierig probierte er von dem duftenden Gebäck.

Zu seiner Überraschung schmeckten diese Mutzenmandeln, offensichtlich eine echte Spezialität, wirklich sehr gut und er beschloss, auf jeden Fall für Lisa davon etwas mitzubringen.

Noch immer kauend fragte er:

»Diese Nachbarin hat sich tatsächlich nicht darüber gewundert, dass Frau Helm nicht von ihrer Reise zurückkam? Hier in Deutschland wohnen doch die Menschen selbst auf dem Land enger zusammen als bei uns in Schweden – sie muss es doch auf jeden Fall bemerkt haben!«

»Sie hat es natürlich schon bemerkt. Aber weil es eben nicht das erste Mal ist, dass Frau Helm ihre Reisepläne spontan ändert, hat sie nur die Blumen weiter versorgt und sich weiter keine Gedanken gemacht.« Karl seufzte. »Vor einem dreiviertel Jahr zum Beispiel war sie schon einmal verschwunden ohne ein Wort zu sagen. Frau Schuster, so heißt die Nachbarin, fand lediglich am frühen Morgen einen Zettel an ihrer Wohnungstür mit der Bitte, sie möge sich doch freundlicherweise wie gewohnt um die Blumen und den Garten kümmern. Später stellte sich dann heraus, dass Frau Helm mit einem wesentlich jüngeren Mann auf die Malediven geflogen war. Ein paar Wochen später war sie genauso überraschend, wie sie abgereist war, auch wieder da.« Ein nachsichtiges Lächeln flog über Karls Gesicht. »Bei dem Mann habe es sich um einen Künstler auf der Suche nach Unterstützung gehandelt – so hatte sie es jedenfalls ihrer Nachbarin erzählt.«

Lundquist putzte sich umständlich die Nase und dachte darüber nach, welche Strategien die Menschen so anwandten, um wenigstens für eine kurze Zeitspanne ihr Leben mit einem anderen zu teilen.

»Da kommt doch der Verdacht auf, dass Frau Helm einsam war und ihre Spontaneität nur der Versuch ist, für einige Zeit nicht ganz so allein zu sein«, meinte Knyst nachdenklich. Lundquist warf ihm einen prüfenden Blick zu. Dachte sein Freund etwa schon über seine eigene Zukunft nach, sollte Gitte wirklich ernst mit ihrer Drohung machen? Eine Polizistenzukunft ohne feste Beziehung, immer nur auf der Suche nach einem vorrübergehenden Fixpunkt im Leben?

»Den Neffen in Australien, die anderen Verwandten – sie kann alle nicht leiden und die mögen sie auch nicht. Was für eine traurige Situation. Kein Wunder, dass sie versucht hat, dem von Zeit zu Zeit zu entfliehen!«, fügte Lundquist hinzu und versuchte gleichzeitig, in ihm aufsteigende Bilder von einem einsamen, verbitterten Mann im Rollstuhl zu verdrängen, der von den meisten seiner früheren Freunde gemieden wurde und auf die Unterstützung seiner kleinen Familie angewiesen war. Würde auch er bald nur noch lästig sein? Vor seinen Augen begannen kleine Flimmerpünktchen zu tanzen, er kramte nach einem neuen Taschentuch und war erleichtert, als sich die Aufmerksamkeit nun wieder auf Knyst richtete.

»Aber irgendwie bringe ich eine entschlossene, streitbare alte Dame nicht in Übereinstimmung mit dem vernachlässigten Körper, den wir bei Gunnar Hilmarström gefunden haben«, wandte Lars gerade ein und erkundigte sich dann: »Wir beide haben euer Fax nicht mehr zu Gesicht bekommen, deshalb muss ich jetzt noch mal fragen. Wie werden denn die Rechnungen von Frau Helm beglichen? Also ich meine Strom, Wasser, Müll und so etwas?«

»Das haben wir schon überprüft. Frau Helm hat alles von ihrem Konto abbuchen lassen. Per Einzugsermächtigung. So musste sie nicht zur Bank gehen, grad bei Eis und Schnee, gell. Das läuft einfach weiter, bis es jemand kündigt. Das ist ja der Grund dafür, dass wir manchmal den verstorbenen Rentner erst Monate nach seinem Tod in der Wohnung finden. Miete und so weiter wird pünktlich bezahlt und keiner fragt nach, wenn der alte Mann seit längerem nicht mehr gesehen wurde, gell. Das fällt den Nachbarn immer erst auf, wenn wir ihn dann schon gefunden haben, weil sich jemand über die Maden im Hausflur oder den Gestank aus der Wohnung beschwert hat«, erklärte Volker und klang deprimiert.

»Und andere Kontobewegungen? Hat sie vielleicht ihre Scheckkarte irgendwo benutzt?«, wollte Lundquist wissen.

»Nein, jedenfalls bisher nicht. Nur die Familie Kürsten hat Geld abgehoben. Angeblich dürfen sie das, sie verfügen über eine Vollmacht, haben auch eine EC-Karte zum Konto und kennen die PIN. Frau Kirsten hat gesagt, sie darf

Geld vom Konto ihrer Schwiegermutter abbuchen, wenn zum Beispiel eins der Kinder Geburtstag hat, wegen der Geschenke und so – und die Tochter ist letzte Woche elf Jahre alt geworden.«

»Aber wie ist das denn zu verstehen? Es ist doch sehr unwahrscheinlich, dass sie die ganze Zeit ohne Geld ausgekommen sein soll! Von irgendetwas muss sie doch Nahrungsmittel und so weiter bezahlen.«

»Ja – schon. Wenn sie so etwas noch braucht«, meinte Karl lapidar und setzte hinzu: »Wir haben aber auch dafür eine mögliche Erklärung von der Familie Kirsten bekommen. Offenbar haben sie immer eine passende Antwort für uns parat. Angeblich führte Frau Helm stets größere Mengen Bargeld mit sich. Und zwar nicht zu knapp. Herr Kirsten sprach von rund zweitausend Euro, die sie in einem Gürtel direkt am Körper trug. Sie misstraute der Bank und wollte im Falle einer unvorhersehbaren Situation oder einer akuten Bedrohung wenigstens über ausreichende finanzielle Mittel verfügen. Bar, versteht sich. Sie misstraute auch der Regierung, hielt alle ›dort oben‹ für unfähig. Außerdem besteht ja die Möglichkeit, dass sie irgendwo ein anderes Ferienhaus gemietet hat oder in einem Hotel wohnt, wo sie Extras auf die Rechnung setzen lassen kann. Dann zahlt sie bequem beim Auschecken mit ihrer Karte.«

»Oder sie lag seit Wochen tot in einem schwedischen Ferienhaus!«, konterte Volker.

Knyst lehnte sich zurück und sah aus dem Fenster.
Die Landschaft gefiel ihm ganz gut: Weideflächen für Vieh, wie in Schweden, aber dahinter durchaus schon Bergland mit Waldbestand. Hier würde er gerne mal Ferien mit Gitte machen, dachte er und seufzte bedrückt.
»Hätte ihr nicht einfach ein Foto von eurer Toten schicken

können? Wäre doch erheblich weniger Aufwand gewesen, als gleich zwei Ermittler auf Dienstreise zu schicken? Und billiger!«

»Tja, das hat mehrere Gründe. Zum einen hätte euch ein Foto nur wenig genützt. Die Tote war im fortgeschrittenen Stadium der Verwesung, wie unser Rechtsmediziner das nennt. Zum anderen ist dieser Fall sehr brisant. Unser Abteilungsleiter möchte der Presse zeigen, dass weder Kosten noch Mühen gescheut werden, um den Mord so schnell wie möglich aufzuklären«, grinste Lundquist. »Der Fall wirbelt bei uns ziemlich viel Staub auf!«

»Wie wäre es mit einer kleinen Kaffeepause – oder gibt es das etwa in Deutschland nicht?«, schlug Knyst vor und sah aufmunternd in die Runde.

»Und ob! Prima Idee!«, stimmte Karl zu und auch Lundquist und Volker waren sofort einverstanden. Die deutschen Kollegen packten ihre Unterlagen ein und gingen an den gespenstisch leeren Abteilen vorbei in Richtung Bistrowagen.

Lundquist kämpfte mit einer Packung Taschentücher, die sich nicht ohne Widerstand in die Jackentasche verbannen lassen wollte, stolperte und fing seinen drohenden Sturz an Knyst ab, der vor ihm ging. »Entschuldige! Probleme mit dem Geradeauslaufen«, versuchte er zu scherzen.

»Geht's? Bis auf deine Nase ist alles in deinem Gesicht ganz schön blass. Behalte bloß deine Erreger bei dir – und sei es noch so nobel, mit seinem Freund alles zu teilen!« Knyst musterte seinen Freund mit kritischem Blick.

»Es ist nichts, nur die allgemeinen Krankheitserscheinungen bei einem Befall durch Brittas Virus: schwacher Magen, niedriger Blutdruck, Durchblutungsstörungen und sogar ein kleines Humpeln.« Lundquist grinste leicht gequält. »Sieht so aus, als würde sich Brittas männervernichtender

Erreger bei Vertretern der Spezies über dreißig auf den Kreislauf auswirken.«

Im Bistrowagen saßen sich die vier Kollegen bei Cappuccino und Croissants gegenüber. Sven Lundquist erfuhr, dass Karl eine Frau und drei Kinder hatte (es ging also doch, Beruf und Familie dauerhaft unter einen Hut zu bringen!), in St. Georgen wohnte und leidenschaftlicher Schachspieler war, dass Volker trotz seiner dreiundvierzig Jahre noch immer nicht die Richtige gefunden hatte und deshalb bei seiner Mutter wohnte, bis eben irgendwann einmal die Frau fürs Leben erscheinen würde.
Der Noch-Single Knyst wurde von den Kollegen über das schwierige Wesen der Frau im Allgemeinen und der Freundinnen im Besonderen aufgeklärt, bekam neben einer Reihe sinnloser Ratschläge auch einige hilfreiche Tipps, wobei sich Karl als sehr kompetent in vielen Fragen der weiblichen Psyche erwies.
Wie sich dann herausstellte, waren seine drei Kinder allesamt Mädchen.
»Vier Frauen zu Hause zu haben, das ist doch sicher eine echte Herausforderung! Mann, wie kommst du da klar?«, wollte Lars von Karl wissen.
»Ach, das ist nicht wirklich ein Problem. Die meisten Streitereien haben die Damen untereinander. Und es hat auch Vorteile: Man bekommt zum Beispiel jeden Abend ein leckeres Essen, weil jede der anderen beweisen will, dass sie noch besser kochen kann. Außerdem siehst du ja an deinem Kollegen, dass es funktioniert. Er wohnt schließlich auch mit zwei Frauen unter einem Dach.«
Lars warf seinem Freund einen raschen Seitenblick zu.
»Sieh ihn dir an! Es scheint ihm nicht zu bekommen!«, lachte er dann.

Als sie in gelösterer Stimmung zu ihren Plätzen zurück-kehrten, verlangsamte der Zug bereits, um gemächlicher durch die Vororte der Schwarzwaldmetropole zu rollen. Volker hatte die Gäste aus Schweden über die Namen der Berge informiert, die sie durch das Zugfenster ge-sehen hatten und die beiden zeigten sich gebührend beeindruckt.

»Wir habe euch im Intercity-Hotel direkt am Bahnhof untergebracht. Da müsst ihr das Gepäck nicht so weit durch die Stadt schleppen und von dort fahren auch die Busse in die Umgebung ab. Von dem Hotel aus seid ihr auch ganz schnell zu Fuß in der City. Wir habe viele schö-ne Kneipen, in denen man gemütlich sitzen kann.«

Nach dem Aussteigen wies Volker auf einen großen, modernen Gebäudekomplex hin: »Da, das ist das Hotel. Leider nicht mehr ganz neu. Schöne Zimmer hat's und auch einen großen Frühstücksraum.«

Erleichtert ließ Lundquist sich mit einem tiefen Seufzer in einen weichen Sessel fallen. Die deutschen Kollegen würden erst in ungefähr einer halben Stunde wiederkom-men, um mit ihnen zu Frau Schuster in den Schwarzwald zu fahren. Eine kurze Pause nur. Müde, dachte er, ich bin einfach nur müde. Bestimmt, weil ich mich ständig so konzentrieren muss, um den Gesprächen folgen zu können.

Er drehte den Sessel so, dass er aus dem Fenster auf das Treiben vor der großen Halle gegenüber sehen konnte. Hohe Säulen ragten vor dem Portal in den dämmrigen Himmel und ein Gewirr von Brücken und Straßen ließ ihn staunen.

Wie groß war dieses Freiburg eigentlich?

Als Lars an seine Tür klopfte, erhob er sich schwerfällig, öffnete und bat ihn unten zu warten. Dann wusch
er sich das Gesicht mit so kaltem Wasser, dass es auf
der Haut prickelte und nahm nun doch, mit dem albernen Gefühl,unterlegen zu sein, seine Tabletten gegen
Übelkeit.
»Ein Indianer kotzt nicht!«, murmelte er dem blassen
Gesicht mit der rot-glühenden Clownsnase im Spiegel
trotzig zu und grinste es herausfordernd an. Dann öffnete
er energisch die Tür und trat auf den Gang hinaus.

Volker lenkte den großen, dunkelblauen Audi zügig aus der Stadt hinaus. Er fuhr dabei über Schleichwege, weil die Straßen um diese Zeit hoffnungslos verstopft seien, wie er erklärte.

»Verkehrschaos pur!«, nannte er das. Schon bald hatten die beiden schwedischen Ermittler die Orientierung völlig verloren. Das Auto fuhr leise und gleichmäßig, wofür Lundquist sehr dankbar war. Knyst, der an schnellen Autos immer ein besonderes Interesse hatte, saß vorne neben Volker und diskutierte mit ihm über Höchstgeschwindigkeit und neue Bremssysteme oder Stabilisationstechniken nach den Erfahrungen der Autohersteller mit dem ›Elchtest‹.

Lundquist hörte nur mit halbem Ohr zu.

Anders als in Schweden führten hier die Bundesstraßen offensichtlich nicht an den Ortschaften vorbei, sondern mitten hindurch.

»Wie kommen die Leute von der einen Seite denn zu ihren Verwandten auf der anderen?«

»Ja, ohne Ampel geht hier gar nichts. Da kämen die Kinder nicht zur Schule und Einkaufen wäre ein Problem. Das Schlimmste aber sind die Abgase. Mit einem Kinderwagen würde ich hier nicht spazieren gehen!«, schimpfte Volker.

»Für Touristen ist es natürlich ganz schön, wenn sie vom Auto aus die Orte anschauen können. Aber für die Menschen, die hier leben, ist es sehr unangenehm. Eine echte Belastung«, bestätigte Karl.

Der schwedische Hauptkommissar registrierte die Unmenge von Fahrzeugen und Menschen. Selbst in den kleinsten Orten herrschte noch ein Gedränge wie in Göteborg am Wochenende oder in der Hauptsaison, wenn die Stadt von Urlaubern überschwemmt wurde. Selbst der letzte verwunschene Winkel schien touristisch erschlossen zu sein.

»Dass euer Wald mal schwarz war, muss auch schon länger her sein, oder?«, fragte er, wies mit dem Finger in den lichten Wald und Karl antwortete:

»Ja, ja. Leider. Eine der Ursachen ist sicher die Abholzung, ihr habt ja auch viele holzfressende Glashütten und Papierfabriken in Schweden, und außerdem wird hier mancherorts noch immer nur mit Holz geheizt. Ein weiterer Grund ist die zunehmende Umweltverschmutzung. Der saure Regen ist in Schweden doch sicher auch ein großes Problem.«

Lundquist und Knyst nickten zustimmend.

»Es ist aber nicht nur das. Auch die vielen Touristen, die unbedingt etwas geboten bekommen müssen. Natur pur – das ist denen heute einfach zu langweilig. Da brauchst du als Attraktion eben eine Sommerrodelbahn, gell. Und die Straße möglichst bis vor die Tür und von dort bis zur Piste. Zu Fuß gehen ist doch völlig out.«

Volker passte seine Fahrweise zunehmend seinem aggressiven Ton an und Lundquist bedauerte, gerade dieses Thema angeschnitten zu haben.

»Und dann gab es hier vor ein paar Jahren einen heftigen Orkan. Der hat ganze Berghänge entwaldet und insgesamt so viele Waldschäden verursacht, dass die Forstleute noch immer mit dem Aufräumen beschäftigt sind. Manche Höfe, die bis dahin völlig von Wald umschlossen waren, liegen seitdem ungeschützt auf einem nackten Berghang. Es war einfach unvorstellbar!«, Karl schüttelte bekümmert den Kopf.

»In Schweden ist der Wald an manchen Stellen so dicht, dass man nicht zwischen den Bäumen hindurch sehen kann. Da ist es wirklich schwarz. Und viele Leute glauben auch heute noch an Trolle, die in den Tiefen des Waldes wohnen und den Menschen fiese Streiche spielen. Wart ihr schon einmal in Schweden?« Amüsiert hörte Lundquist Knysts Begeisterung. »Hin und wieder trifft man auf einen einsam am Wegrand stehenden Briefkasten. Das ist dann oft der einzige Hinweis darauf, dass irgendwo in dieser Gegend auch Menschen leben. Das ist wirklich Natur pur. Ihr solltet mal Urlaub bei uns machen«, fuhr Lars fort, ohne eine Antwort der deutschen Kollegen abzuwarten.

Ja, sein Freund würde mit Sicherheit einen guten Mitarbeiter im Fremdenverkehrsamt abgeben, wenn es ihnen nicht gelänge, den Fall schnellstmöglich aufzuklären und Dr. Kramp seine Drohung wahr machte.

Karl bemerkte die angespannte Körperhaltung seines Kollegen und meinte beruhigend: »Volker ist wohl der größte Michael-Schumacher-Fan unter der Sonne. Der kennt hier auf der Strecke jeden Zentimeter. Kein Grund zur Besorgnis.«

Auch das noch, stöhnte Lundquist innerlich gequält auf. Ein Formel-1-Fan!

Knyst unterbrach seine private Touristenwerbung, drehte sich um und warf einen kritischen Blick auf das grünliche Gesicht Lundquists. »Ich glaube, Sven hat schon den ganzen Tag Probleme mit dem Magen.«

Entgegenkommend grunzte Volker und lockerte den Druck aufs Gaspedal.

»So, da ist es ja schon«, verkündete er kurze Zeit später. »Das ist St. Peter. Jetzt müssen wir bloß noch um drei Ecken, und schon sind wir da.«

Sie hielten vor einer gepflegten Fachwerkvilla mit grünen, Blumen verzierten Fensterläden und einem liebevoll angelegten Garten. Das Gebäude selbst war weiß gestrichen, die Fachwerkbalken dunkel gebeizt, damit sie sich deutlich abhoben. Das trutzige Schieferdach wirkte wie eine viel zu große Mütze und war an den beiden Seiten so tief hinuntergezogen, dass es beinahe den Boden berührte. Knyst hatte den Eindruck, das Haus trüge schwer an seinem Dach und war sicher, dass die Menschen in solchen Häusern regelmäßig von Albträumen heimgesucht wurden, in denen Dächer ganze Häuser und deren Bewohner mühelos unter sich begruben. Fast schien es ihm, als könne man die Wände leise unter dem Gewicht ächzen hören. Er schüttelte sich.

»Diese Dachform?«, beantwortete Karl die Frage von Lundquist: »Ja, die ist typisch für unsere Gegend. Wir haben manchmal in den Wintern viel Schnee. Die Dächer müssen die Last tragen können. Darum braucht man eine möglichst große Fläche.«

Beim Klingeln stellte sich heraus, dass die Nachbarin von Frau Helm nicht neben, wie Lundquist vermutet hatte, sondern über ihr wohnte. Frau Schusters großzügige Wohnung verfügte über einen Balkon, an dessen Geländer viele Blumenkästen hingen. Ein rot-grünes Blütenmeer ergoss sich selbst um diese Jahreszeit noch über die Brüstung und erfüllte das Wohnzimmer mit dem typischen Duft von Geranien. Die zierliche ältere Dame war sichtlich aufgeregt, als sie die vier Herren bat, Platz zu nehmen und ihnen Getränke anbot. Volker hatte die ›Herren von

der schwedischen Polizei‹ vorgestellt, und Lundquist war
Frau Schuster sehr dankbar dafür, dass auch sie sich um
eine besonders deutliche Aussprache bemühte.
»Ja, aber die Polizei aus St. Peter war doch schon bei mir.
Ich hab den beiden Beamten doch alles erzählt«, meinte
sie mit leisem Vorwurf in der Stimme, als Volker ihr er-
klärte, warum sie gekommen waren.
»Schon – aber die Kollegen möchten sich ihr eigenes Bild
machen. Und ...«, setzte er jovial hinzu, »vielleicht fällt
Ihnen ja auch noch etwas ein.«
»Wie kann ich also weiterhelfen?«
Karl übernahm die Einleitung des Gesprächs:
»Frau Schuster, aus unseren Unterlagen geht hervor, dass
Ihre Nachbarin durchaus häufiger unterwegs war, ohne
Sie zuvor in Kenntnis zu setzen. Das ist doch so richtig?«
»Ach ja«, die alte Dame schmunzelte nachsichtig. »Sie
verreist eben gerne. Alles bis ins Detail vorausdenken
heißt den Urlaub planen, und Planung ist das Ende einer
jeden Lebensfreude, sagt sie immer. So verzichtet sie eben
darauf. Natürlich führt so eine Haltung auch schon mal
zu Unstimmigkeiten und Verärgerung – aber das legt sich
meist schnell wieder.«
»Welche Art von Unstimmigkeiten?«, hakte Karl nach.
»Nicht der Rede wert. Manche Menschen fühlen sich
eben gleich verletzt, wenn Absprachen nicht eingehalten,
oder Aufgaben einfach delegiert werden, ohne die Betrof-
fenen vorher um ihre Hilfe gebeten zu haben – all diese
Kleinigkeiten.«
»Und das führt zu Streit mit den Nachbarn und der
Familie?«
»Nun ja. Das bleibt dann eben manchmal nicht aus. Sie
nennt es ihre ›liebenswerten Schrullen‹. Aber die machen
sie mitunter bei Damen unseres Alters etwas unbeliebt. In

der Regel kann sie die Wogen sehr schnell glätten. Weil sie eben wirklich liebenswerte Seiten hat.«

Sie warf einen unruhigen Blick in die Runde: »Aber – sehen Sie – ich verstehe diese ganze Aufregung gar nicht. Wollen Sie mir nicht erklären, was eigentlich los ist?«

»Woher wussten Sie denn, dass Frau Helm verreist war – wenn sie doch nicht Bescheid gesagt hat?«, fragte Karl ruhig weiter und ignorierte die Frage der alten Dame.

Sie haben ihr von der Leiche nichts erzählt!, wurde Lundquist plötzlich klar. Vielleicht, weil sie Frau Schuster nicht beunruhigen wollten. Er fühlte sich trotzdem mit einem mal sehr unbehaglich. Bleibt nur zu hoffen, dass Frau Helm nicht unsere Tote ist – dann war es ja möglicherweise gar nicht falsch, die sympathische Nachbarin nicht mit ihrem Leichenfund zu belasten. Aber, wenn doch ... Lundquist suchte nach einem Taschentuch und tupfte sich vorsichtig die schmerzende Nase.

»Ach – sie braucht sich doch bei mir nicht abzumelden! Ich habe schon immer respektiert, dass sie sich frei und ungebunden fühlen will. Wenn sie für einige Zeit verreist, klebt sie mir einen Zettel an die Tür – so einen bunten Haftzettel. Dann weiß ich, dass ich Blumen und Garten versorgen soll«, Frau Schuster lachte leise.

»Auf diesen Zettel schreibt sie aber nicht, wohin sie fährt und wann sie wiederkommt?«, vergewisserte sich Knyst. Frau Schuster warf ihm einen mütterlichen Blick zu.

»Sie sprechen aber gut Deutsch«, lobte sie den jungen Mann, der prompt rot wurde. »Nein – sie hasst es sich festzulegen. Sie schreibt mir immer eine Karte aus dem Urlaub. Das vergisst sie nie. Und als Dankeschön bringt sie mir auch schon mal etwas von ihren Reisen mit«, erklärte die Nachbarin geduldig. »Hören Sie – ich glaube, sie wird sich furchtbar aufregen, wenn sie nach ihrer Rückkehr erfährt, dass die Polizei sich nach ihr erkundigt hat – oder suchen sie sogar nach ihr?«, meinte sie beunruhigt.

»Haben Sie auch in diesem Sommer Post von ihr bekommen?«, fragte Karl unbeirrt weiter, ohne auf ihre Frage einzugehen.

»Ja – selbstverständlich. Sie hat mir eine Reihe von Karten geschickt. Möchten sie die gerne sehen?«

Ehe einer der Männer noch antworten konnte, war sie schon aufgestanden und zur Tür gehinkt. Im Licht der Deckenlampe blitzte an ihrem rechten Bein eine glänzende Metallschiene auf.

»Sie hatte Polio, als sie acht Jahre alt war. Seit dieser Zeit kennt sie auch Frau Helm. Praktisch eine Sandkastenbeziehung. Irgendwann kam Frau Helm dann auf die Idee, ihre Freundin in dieses große Haus aufzunehmen – und ich denke, damit sind beide ganz gut gefahren«, fasste Karl flüsternd für die Kollegen aus Schweden zusammen.

Lundquist zuckte mit den Schultern. »So richtig viel werden wir von ihr wohl nicht erfahren können. Es ist deutlich, dass sie ihre Freundin sehr schätzt. – Aber, habt ihr Frau Schuster denn nichts von der Leiche in der Truhe erzählt?«

»Nein! Stell dir nur mal vor, es handelt sich um falschen Alarm. Das wäre ein Spektakel – obwohl, ich glaube schon, dass unsere Frau eure Leiche ist. Schließlich verschwinden ja nicht so viele Frauen in dem Alter spurlos – und noch viel weniger liegen plötzlich tot in einer Truhe auf dem Speicher!«, meinte Volker, der bisher überraschend schweigsam war.

»Ich hielt es auch für besser, die alte Dame nicht so zu erschrecken, bevor wir nicht wirklich völlig sicher sind. Das hatte ich den Kollegen von hier auch so gesagt und sie um Diskretion gebeten. Wir haben sie nur darüber informiert, dass Frau Helm im Streit das Auto der Familie verlassen hat und nun keiner weiß, wo sie sich aufhält.«

»Vielleicht kann sie nach so einem Schreck ja auch gleich gar nichts mehr erzählen, gell«, gab Volker zu bedenken. Von draußen, aus der Tiefe der Wohnung hörten sie Geschirrgeklapper. Frau Schuster traf offensichtlich größere Vorbereitungen in der Küche.

»Ja, so ist das bei uns im Badischen. Es gehört einfach dazu. Man sitzt zusammen und trinkt ein Schlückchen Wein. Ist das bei euch in Schweden nicht auch so?«, fragte Volker augenzwinkernd.

»Doch, schon. In Schweden trinken wir auch gerne«, bestätigte Knyst, der gedankenverloren sein Handy anstarrte, als sei es an allem Unglück der Welt Schuld. »Akku fast leer«, murmelte er, »und ein Netz habe ich auch nicht!«, zischte er vor sich hin und Karl, der von den Partnerschaftsproblemen des schwedischen Kollegen nichts wissen konnte, sah den jungen Mann überrascht an.

»Das sind die Berge. Hier ist der Empfang mancherorts einfach Glückssache«, erklärte er und meinte dann beruhigend: »Die Kollegen in der Zentrale wissen ja wo wir sind, die rufen uns dann über Festnetz an.«

»Ja, prima. Und alle anderen glauben, wir hätten das Ding einfach abgeschaltet. Um uns in Ruhe amüsieren zu können«, knurrte Knyst.

Karl zog eine Augenbraue hoch, enthielt sich aber jedes weiteren Kommentars.

»Wird es nicht noch schwerer für uns, ihr von der Leiche zu erzählen, wenn wir jetzt nicht mehr polizeilich sondern gemütlich mit Frau Schuster zusammensitzen?«, fragte Lundquist und putzte sich schon wieder die Nase.

»Aaah!«, kommentierte Volker trocken die Bedenken des Kollegen und setzte dann launig hinzu: »Gott sei Dank ist das bei uns im Badischen eben anders. Wir sehen manches nicht so eng.«

Lundquist zwinkerte seinem Freund viel sagend zu, und Knyst grinste.

Als Frau Schuster mit einem Tablett in der Tür erschien, sprang Volker sofort eilfertig herbei und nahm es ihr ab. »Aber – das wäre jetzt nicht nötig gewesen!«, heuchelte er schwachen Protest.

Die alte Dame hatte auch, wie versprochen, die Postkarten mitgebracht. Sie zeigten allesamt typisch schwedische Ansichten und enthielten auf ihrer Rückseite nur wenig Liebenswürdiges über Frau Helms Verwandte, aber viele freundliche, fast warmherzige Worte an die Adressatin.

So beschrieb Frau Helm auf der Rückseite einer Karte mit einem friedlich badenden Elch, wie sie einen heftigen Streit über die Benutzung des Badezimmers vom Zaun gebrochen habe, deutliche Kritik an der mangelhaften Erziehung der Kinder geübt hätte, einen Ausflug zum Strand und einen Besuch in einem Wassererlebnispark verhinderte – kurz: Eine Sammlung von Geschichten, die zeigte, wie sehr und vor allem wie gern sich die alte Dame mit ihrer Familie gestritten hatte.

Während sie die Karten herumreichte, fragte Karl: »Schreibt Sie Ihnen eigentlich immer gleich am Anfang des Urlaubs, oder mindestens zwei Karten pro Woche? Was ich meine ist – gibt es eine Art Systematik?«

»Nein«, kam die prompte Antwort. »Sie hasst alle geregelten Dinge, wie gesagt. Ich habe nie irgendein System bemerkt.« Frau Schuster runzelte nachdenklich die Stirn und fügte dann abschließend hinzu: »Das ist doch eigentlich auch nebensächlich. Sehen Sie – die Karten brauchten doch oft mehrere Wochen um mich zu erreichen. Aus

Mallorca dauert schon allein die Zustellung ungefähr drei Wochen. Wenn sie da nach zwei Wochen eine Karte schreibt, kommt sie eben frühestens fünf Wochen nach ihrer Abreise hier an. Als sie damals in Kaschmir war, kam die Karte erst, als sie schon längst wieder zurück war.« Leutselig fügte sie hinzu: »Das war damals, als sie mit diesem netten älteren Herrn, den sie beim Golfspielen kennen gelernt hatte, verreist war. Der war immer so freundlich und konnte so viele unterhaltsame Geschichten erzählen – wer hätte nur gedacht, dass das so ein Hallodri war!«, sie seufzte.

Lundquist sah sie einen Moment verwirrt an.
Hallodri. Was sollte denn das bedeuten? Sie bemerkte seinen ratlosen Gesichtsausdruck und erklärte entschuldigend: »Wie unhöflich von mir. Ein Hallodri war er, ein Heiratsschwindler, ein Hochstapler. Eines Tages zeigten sie in den Spätnachrichten sein Foto. Gerade noch rechtzeitig. Friederike – Frau Helm – hatte noch nicht allzu viel Geld in diese Beziehung investiert. Aber geärgert hat sie sich gewaltig. Allerdings mehr über ihre Leichtgläubigkeit, als über seine Tricks! ›Versuchen kann man's ja mal – aber reinfallen darf man nicht auf so was‹ hat sie damals gesagt.«
Knyst war immer noch mit dem Lesen der Urlaubsgrüße beschäftigt. »Ich verstehe das einfach nicht«, meinte er kopfschüttelnd, »wie kann man nur so eine querulantische Frau mit in den Urlaub nehmen?«
»Ach, junger Mann, die haben sie doch nur des Geldes wegen mitgenommen«, seufzte Frau Schuster. »Da ging es nicht darum, einer alten Frau aus Liebe einen Familienurlaub zu ermöglichen oder sie einzuladen, weil sie vielleicht einsam war – da ging es immer nur ums Geld.

Und weil sie das weiß, hat sie sich durch ihre Zankerei für die niedrigen Beweggründe ihrer Familie gerächt!«

»Ich höre immer Geld!«, schaltete sich nun Volker wieder ein. »Was denn für Geld?«

»Aber ich dachte, das sei klar«, Frau Schuster nickte bestätigend mit dem Kopf. »Frau Helm ist eine sehr reiche Frau. Und da die Familie Kirsten ihre einzigen hier lebenden Verwandten sind, werden sie wohl auch die Haupterben sein!«

»Warum händ se denn des dene Beamte net glei g'sagt, als die neulich hier g'wese sin?«

»Weil se mich net g'frogt händ!«, zischte Frau Schuster Volker an und stellte damit ihre Dialektfähigkeit eindrücklich unter Beweis.

Dann fuhr sie in wohlgesetztem Hochdeutsch fort: »Der alte Helm hatte eine kleine Fabrik für Präzisionsteile unten in Freiburg. Kurz bevor er in ›Rente‹ ging – bei Selbstständigen ist das ja ein bisschen anders – hat er den Betrieb an einen der größeren in der Stadt verkauft. Dabei hat er ein gutes Geschäft gemacht, denn seine kleine Firma hatte weltweit einen sehr guten Ruf. Leider ist er dann ziemlich schnell gestorben – er hatte ein Lymphom – und seine Frau wurde eine noch gut erhaltene, reiche und lebenslustige Witwe. Ihr gehört nicht nur dieses Haus, sondern sie hat noch mehrere Mietshäuser in der Stadt unten, und das Gelände hier gehört ihr in alle Richtungen bis zum Horizont.«

Frau Schuster klang, als wäre sie sehr stolz auf ihre Freundin.

»Und Sie? Gehört Ihnen die Wohnung hier?«, wollte Karl wissen.

»Nein. Ich zahle Miete. Aber Friederike, Frau Helm, ist äußerst entgegenkommend bei der Bemessung der Kosten.

Meine Rente ist nur klein. Davon hätte ich die ortsübliche Miete niemals bezahlen können«, räumte Frau Schuster bereitwillig, wenngleich ein wenig verlegen ein.

»Dann hat die Familie Kirsten sie nur in Urlaub mitgenommen, um sich das Erbe zu sichern?«, fragte Karl nochmals nach.

»Ja. Und Frau Helm weiß das, wie gesagt. Natürlich kann sie diese Leute auch auf den Pflichtteil setzen und den Hauptteil ihres Vermögens anderen vermachen – davor haben die Kirstens die meiste Angst. Deshalb versuchen sie sich immer wieder mal einzuschmeicheln. Aber bei einer Frau wie Frau Helm ist das gar nicht so einfach.« Frau Schuster lachte leise vor sich hin. »Manchmal hat sie gesagt, ich verprasse noch so viel ich kann und um den mickrigen Rest sollen sie sich dann getrost prügeln! Wissen Sie, sie gehört nicht zu den älteren Damen, die sich im Alter plötzlich wieder der Kirche zuwenden oder alles dem Tierschutzverein hinterlassen. Dazu ist sie dann doch zu familienbewusst. Aber einen großen Teil ihres Geldes wird sie wohl noch durchbringen können, und das gönne ich ihr von Herzen!«

Hoffentlich ist es nicht schon zu spät zum Verprassen, dachte Lundquist besorgt. Er würde dieser Dame mit den vor Bewunderung leuchtenden Augen nur ungern mitteilen müssen, dass ihre Freundin eines gewaltsamen Todes gestorben war.

»Das bedeutet doch auch, dass für die Familie Kirsten mehr Geld im Spiel ist, wenn Ihrer Freundin nur wenig Zeit bleibt um es zu ›verprassen‹, nicht wahr?«, Lundquists Müdigkeit und dumpfe Abgeschlagenheit waren wie weggeblasen.

»Wollen Sie damit andeuten, die liebevolle Ehegattin des

Sohnes hätte die unbeugsame Schwiegermutter vertrieben? Oder gar noch Schlimmeres? Nein! Die Kirstens sind zwar schwierige Leute und Frau Helm ist auch nicht immer einfach im Umgang, besonders mit ihrer Verwandtschaft – aber so etwas? Nein! Das ist völlig ausgeschlossen!«, bekräftigte sie noch einmal, erhob sich dann etwas schwerfällig und humpelte aus dem Zimmer.
Die vier Männer sahen sich betreten an.
»Damit wäre das Motiv ja wohl endgültig geklärt«, meinte Knyst zufrieden und träumte sich schon ins nächste Flugzeug nach Göteborg – zurück zu Gitte. Mit frischen Brötchen zum Frühstück und einem riesigen Blumenstrauß an ihrer Tür. Alles Weitere würde sich finden.
»Motiv hätten wir, Leiche haben wir auch – jetzt müssen wir der Familie den Mord nur noch nachweisen. Aber das wird wohl kein so großes Problem sein«, behauptete Volker selbstbewusst.

Lundquist schüttelte nachdenklich den Kopf.
Bei Volkers Überlegungen fehlte noch eine Kleinigkeit: der Beweis dafür, dass Leiche und Vermisste wirklich identisch waren.
Frau Schuster kehrte mit einer großen Pralinenschachtel unter dem Arm zurück. Lundquist tupfte wieder an seiner Nase und erschauerte. Bloß nicht noch etwas zu essen und schon gar nichts Süßes nach dem Wein!
Doch seine Sorge erwies sich als unbegründet.
In der Metallschachtel befanden sich Fotos. Fotos ohne Ende, wie es schien. Von Urlaubsfahrten, von Tagesausflügen, Frau Helm in Kaschmir, Frau Helm an der deutschen Nordseeküste, Frau Helm in Ägypten, Frau Helm auf Kreta. Frau Helm in …
Und auch manches Bild von Frau Helm mit Familie Kirs-

ten im heimischen Garten vor dem Haus. Zwei ansehnliche Kinder hatten ihre Großmutter um die Hüfte gefasst. Ein zu gut genährter Mann umarmte seine dralle Frau. Sie schienen zu lachen und zu scherzen, gemeinsam Spaß zu haben. Sah so eine Mörderfamilie aus? Er nahm weitere Schnappschüsse aus der Kiste und starrte forschend in die Gesichter. Mörder sahen eben aus wie alle anderen – vielleicht auch wie diese freundliche, zufriedene Familie. Lundquist ertappte sich dabei, wie er seine Unterlippe blutig biss.

Sollte er wirklich glauben, dass diese vier Menschen gemeinschaftlich einen Mord begangen hatten, dass zumindest alle den Tod der alten Dame zu verschleiern suchten? Wie lange dauerte es in Deutschland, bis man eine verschwundene Person für tot erklären lassen konnte? Wie viele Jahre würden sie auf ihr Erbe warten müssen? Oder konnten sie mit EC-Karte und Pin einfach die Konten leer räumen? Das würde er noch mit den Kollegen klären müssen. Und obwohl sich das Netz jetzt fest zusammenzuziehen schien, hatte er noch immer das bohrende Gefühl, auf der falschen Fährte zu sein.

Die Rückfahrt nach Freiburg verlief sehr schweigsam. Gedankenversunken stierten sie vor sich hin. Ab und zu seufzte der eine oder andere – und Volker knurrte immer wieder zornig: »Da hat sie das doch einfach nicht erwähnt, weil sie keiner danach gefragt hat! Das ist doch nicht zu fassen! Das glaubst du doch einfach nicht! Sie hätte doch wissen müssen, dass das eine wichtige Information ist! Gottverdammichnochemol!«

Sven Lundquist versuchte die Angaben von Frau Schuster zu ordnen und mit den Informationen, die er über die Tote aus dem Ferienhaus hatte, in Übereinstimmung zu bringen. Wenn man den Worten von Frau Schuster glauben konnte – und es gab keinen Grund zu zweifeln –, war Frau Helm eine beeindruckende Frau. Sie hatte deutliche Schwächen im sozialen Miteinander, stellte andere gerne vor vollendete Tatsachen, stieß Geplantes plötzlich über den Haufen – und zeigte ein genüsslich biestiges Verhalten ihren geldgierigen Verwandten gegenüber. Alles in allem keine ganz einfache Persönlichkeit! Lundquist schmunzelte. Irgendwie wurde ihm diese Frau Helm immer sympathischer. Er konnte sich problemlos ausmalen, wie diese energische Frau mit spitzen Bemerkungen, harscher Kritik und feindseligem Verhalten ihre Angehörigen ›bestrafte‹.

Aber war das ein ausreichendes Mordmotiv und ... um wie viel Geld ging es dabei tatsächlich?

Im Pathologiebericht von Dr. Mohl war doch von schon länger andauernder Pflegebedürftigkeit die Rede gewesen, von allgemeinen Zeichen von Vernachlässigung am

ganzen Körper, überlegte Lundquist. Ob sie wohl erst in Schweden krank geworden ist? Dann war sie sicher eine extrem schwierige Patientin, die immer einen Grund zum Nörgeln und Mäkeln fand. Er konnte sich sogar vorstellen, dass sie es ganz abgelehnt hatte, sich von ihren Angehörigen pflegen zu lassen – schon aus Angst vor Gift im Essen etwa. Aber mit Sicherheit würde sie die Situation genutzt haben, um die gesamte Reisezwangsgemeinschaft ordentlich zu tyrannisieren!
Hätte sie nicht auf ihren Karten an die Freundin ihren angeschlagenen Gesundheitszustand erwähnt? Oder war sie zu stolz? ›Auch eine Indianerin kennt keinen Schmerz‹? Eine Frau, die hart gegen sich selbst und andere war?
Lundquist sah zum Fenster hinaus.

Sein blasses Gesicht spiegelte sich in der dunklen Scheibe, während draußen die Baumstämme wie dunkle Stangen vorbeihuschten. Hin und wieder konnte er auch den steilen Abgrund dicht neben seiner Tür erahnen.
Ihn schauderte.
Wenigstens lebten hier im Schwarzwald keine Elche, die plötzlich als todbringendes Hindernis die Straße blockierten. Die großen Hirsche, die es in dieser Gegend angeblich gab, waren wohl eher scheu.
Ob er wohl auch bald ein nörgelnder Pflegefall werden würde?, schweifte sein Denken plötzlich ab. Die Rolle des Pflegebedürftigen war ihm fremd, er mochte sie nicht. Würde er je lernen, damit so umzugehen, dass er für die anderen nicht zur unerträglichen Belastung wurde.
Rasch versuchte er die Bilder, die sich ihm unbarmherzig aufdrängten, zu verscheuchen, putzte sich die Nase und fragte dann in die Stille des Autos: »Wenn die Kirstens

nun einfach das Konto leer räumen, könnt ihr gar nichts dagegen tun, oder?«

»Sollten sie tatsächlich eine Vollmacht besitzen – nein.«

»Das heißt, sie wären im Moment in der Lage, das gesamte Vermögen von Frau Helm auf einem geheimen Konto unterzubringen. Selbst wenn sie dann des Mordes überführt würden, wäre das Geld in ihrem Besitz!«

»Hm!«, grunzte Volker misslaunig.

»Das werden wir überprüfen. Bisher waren es nur kleine Beträge, die mit der Zweitkarte abgebucht wurden«, murmelte Karl beunruhigt.

»Angenommen, die Kirstens haben ihre Oma tatsächlich ermordet – können sie dann nach deutschem Recht trotzdem erben?«

»Nicht«, versicherte Karl sofort, »wenn wir der Familie den Mord an Frau Helm nachweisen können. Dann erben sie keinen Cent. Ich glaube, in dem Fall würde wohl unser Wahlaustralier erben.«

»Was aber, wenn Frau Kirsten die Tat begangen hat und die anderen nichts davon gewusst haben? Erbt er dann?«

»Das ist eine gute Frage – ich kann sie dir auch nicht so einfach beantworten«, Karl zog die Stirn hoch. »Aber dann müssten sie uns ihre gemeinsam zu Protokoll gegebene Geschichte gut erklären können!«

»Ich glaube nicht, dass das klappt. Da könnten ja die Erbschleichermörder sich ohne Probleme aus der Affäre ziehen. So nach dem Motto: Wir morden gemeinsam, danach gehst du für ein paar Jahr in den Knast, und wenn du entlassen wirst, dann leben wir in Saus und Braus! Das gibt's doch bestimmt nicht, oder?«, polterte Volker entrüstet von der Vorstellung, dass Straftäter so, nur leicht geschoren, davon kommen könnten.

»Vielleicht würde Frau Kirsten auch noch mildernde Umstände bekommen, weil ihr Opfer sich ihr gegenüber so biestig verhalten hat. Bei guter Führung wäre sie ganz fix wieder draußen«, spann Knyst den Faden weiter.

»Und selbst wenn sie keine mildernden Umstände bekäme, wäre sie doch schnell wieder draußen, nicht wahr? So nach sechs oder sieben Jahren können sie hier entlassen werden, oder?«, fragte er dann weiter.

»Manchmal schon!«, fauchte Volker. »Da jagen wir die durch die Gegend, schnappen sie, geraten bei der Verhaftung vielleicht noch selber in Gefahr – und dann kriegen die nur so ein paar läppische Jahr. Und der andere, also das Opfer, das ist eben leider tot und wird auch in ein paar Jahr nicht lebendig. Das erkläre mal den Angehörigen!«

»Und dann verkaufen sie ihre Geschichte an Presse und Fernsehen und verdienen auch noch Geld damit. Manchmal geht es sogar so weit, dass sich die Mörder nach der Haft als Opfer darstellen und tatsächlich noch bedauert werden wollen. Dabei wird leider viel zu oft vergessen, dass es um Tote geht«, Karl schüttelte verständnislos den Kopf.

»Wenigstens kommen sie erst mal alle hinter Gitter – egal ob sie berühmt sind oder nicht. Aber weißt du, das ist Polizistenmeinung. Viele Politiker sind eher der Auffassung, wir sollten lieber nicht strafen. Aber denen fehlt der Kontakt zum Verbrechen. Täter, Opfer, Angehörige sind für die nur Begriffe aus dem Fernsehen. Die möchte ich mal an einem Tatort erleben, wenn alles nach Blut riecht, oder Verwesung, wenn du eine Leiche findest, die schon seit Wochen in einem Waldstück vergraben war. Auf der die Maden in Scharen kriechen. Dann würde so manch ein Politiker die Sache anders beurteilen«, fauchte Volker.

»Resozialisierung ist das Zauberwort. Zumindest, wenn es sich nicht gerade um einen Sexualstraftäter handelt,

oder einen Päderasten«, setzte Karl hinzu.
Lundquist und Knyst sahen sich an.
Offensichtlich gab es hier wie anderswo dieselben Diskus-
sionen.

»Scheiße!«, fluchte er leise, als er über den versteckten hinteren Zufahrtsweg seinen Hof verlassen wollte. Er zischte es nur leise und undeutlich, weil er wusste, dass seine Mutter, die in ihrem Sonntagskleid in aufrechter Körperhaltung neben ihm auf dem Beifahrersitz saß, nicht duldete, wenn er fluchte.

Als Kind hatte sie ihn schon immer herb bestraft, wenn ihm solch ein verpöntes Wort unbedacht entfuhr. In seiner Not hatte er sich unverfänglich klingende Phantasiewörter ausgedacht, die er ungefährdet benutzen konnte. So etwas wie Pilzhusten, Mitternachtsregen, Mäusedonner und viele andere. Natürlich hörte man seinem Tonfall die fluchende Absicht manchmal sehr deutlich an – aber an dem Wort selbst war nichts auszusetzen. Es hatte für alle anderen einfach keinerlei Bedeutung.

Er warf einen raschen, prüfenden Blick auf die stille Gestalt neben ihm. Sie würde ihn nie mehr für irgendetwas strafen können! Mit dieser Gewissheit breitete sich plötzlich ein Gefühl unbändiger Freiheit und Leichtigkeit in ihm aus – nie mehr, endlich Ruhe vor ihr!

Mit der flachen Hand hieb er immer wieder auf das Lenkrad seines Saab und schrie das verbotene Wort heraus, bis ihm die Stimme versagte: »Scheiße! Scheiße! Scheiße! Gottverdammte Scheiße! Warum zum Teufel kommt ausgerechnet jetzt jemand bei mir vorbei! Monatelang kein Aas – aber jetzt! Scheiße!«

Doch im Grunde wusste er natürlich, wer Schuld daran war, dass ausgerechnet in diesem brisanten Moment seine Pläne durchkreuzt wurden!

Sie!

Sie war Schuld.

Selbst im Tod gelang es ihr, in seinem Leben herum zu pfuschen.

»Ha! Diesmal nicht! Du hast mich unterschätzt – schon immer. Ich bin viel schlauer, als du denkst!«, giftete er in Richtung Beifahrersitz.

Im Rückspiegel erkannte er gerade noch, wie das große rote Auto seiner nördlichen Nachbarin langsam über den Hof rollte und vor seiner Haustür anhielt.

Seine Gedanken überschlugen sich hektisch: Waren alle Türen und Fenster verschlossen? Konnte jemand von außen etwas von seiner Tat bemerken, hatte er wirklich ordentlich alle Spuren beseitigt?

Normalerweise bekam er keinen Besuch.

So hatte er sich abgewöhnt die Türen zu verschließen. Viele seiner Nachbarn verhielten sich ebenso – manche, weil sie ohnehin niemanden erwarteten und abschließen eine unsinnige Arbeit gewesen wäre, andere, besonders die Älteren, weil sie hofften gefunden zu werden, falls sie ärztliche Hilfe benötigten.

Seine Finger, die sich schmerzhaft um das Lenkrad gekrampft hatten, lockerten sich wieder, als er sich endlich daran erinnerte, wie er beide Eingangstüren verriegelt und gesichert hatte – manchmal veranlasste einen das Unterbewusstsein doch zu äußerst sinnvollen Taten, dachte er zufrieden und entspannte sich zunehmend.

Möglicherweise hatte seine Nachbarin seinen Saab vom Hof fahren sehen. Aber selbst wenn, kam ihm in den Sinn, dann konnte er es, wenn er es geschickt anfing, sogar zu seinem Vorteil nutzen.

Das einzige Problem war die Leiche.

»Eben!«, murmelte er vor sich hin. »Das Problem bei einem Mord ist eben immer die Leiche!«
Er warf der Toten einen vorwurfsvollen Blick zu.

Eine rasche Lösung musste her. Er konnte nicht riskieren, dass Margaretha misstrauisch wurde oder gar irgendetwas entdeckte. Der Gedanke daran, dass Fremde auf seinem Hof herumliefen, versetzte ihn trotz aller beruhigender Überlegungen in leichte Panik. Erst musste das mit der Nachbarin geklärt werden, dann konnte er in aller Ruhe weiter seinen genialen Plan umsetzen. Schließlich hatte er den ganzen Tag Zeit dazu.
Die Leiche musste er also irgendwo sicher ›zwischenlagern‹, wo sie keinen Schaden nehmen würde und von niemandem zufällig entdeckt werden konnte. Später würde er sie dann einfach wieder abholen und da weitermachen, wo er gestört worden war.
Die Idee gefiel ihm ausnehmend gut.
Die Frage, die er vordringlich klären musste, war, wo sie sauber und unversehrt bleiben würde, bis er sich ihr wieder widmen konnte.
Den Koffer konnte er schon mal zum Bahnhof bringen, das war überhaupt kein Problem.
Schwierigkeiten machte mal wieder nur seine Mutter.
Nach der nächsten Biegung tauchte die geschwungene Zufahrt zum Sommerhäuschen von Inga und Gunnar auf ...

Lundquist schreckte auf, als der schwere Wagen vor dem Hoteleingang zum Stehen kam.

Die Augen brannten und er fühlte sich wie nach einer Achterbahnfahrt. Neiderfüllt beobachtete er, wie sein Freund geschmeidig aus dem Auto glitt, voller Elan und ohne jedes Anzeichen von Müdigkeit. Ob die Physiotherapie bei mir wohl auch ein kleines Wunder vollbringen kann?, dachte er schuldbewusst. Wie lange mochte es wohl dauern, bis all die unsportlichen Jahre ausgemerzt waren? Ihm schien, als habe er bei der Verteilung der ›inneren Schweinehunde‹ im Bezug auf sportliche Betätigung einen ganz besonders großen abbekommen – schicksalhafte Verkettung unglücklicher Umstände.

»Wann sollen wir uns morgen treffen, um die Akten fertig auszuwerten?«, unterbrach Karl seine Überlegungen: »Wie wäre es so gegen neun?«

Die beiden Schweden nickten zustimmend.

»Wir holen euch dann am Hotel ab und fahren ins Büro. Dann können wir in aller Ruhe besprechen, wie wir weiter vorgehen wollen«, fügte Volker hinzu.

Am Empfang händigte man ihnen nicht nur ihre Zimmerschlüssel aus, sondern hielt auch einige Briefumschläge mit eingegangenen Mitteilungen für sie bereit.

Während Knyst nur einen erhielt, bekam Lundquist gleich einen ganzen Stapel Post zugereicht.

»Musst du aber viele Frauenherzen gebrochen haben, da kann ich ja nur vor Neid erblassen. Und dabei bist du noch nicht einmal seit 24 Stunden von zuhause weg.

Alle Achtung«, flachste Knyst etwas verkrampft, während er Mitleid heischend seine einzelne Nachricht vorwies.

Lundquist seufzte: »Wie gerne würde ich dich bemitleiden! Aber leider muss ich mit Bedauern feststellen, dass die meisten Nachrichten von Dr. Kramp stammen. Nichts mit Liebesgeflüster, fürchte ich«, kommentierte er, während er die Umschläge flüchtig durchging.

Im Fahrstuhl öffnete Lars Knyst seine Post und Lundquist spürte, wie sein Freund sich verkrampfte. »Unangenehme Nachrichten?«, erkundigte er sich vorsichtig.

Knyst schüttelte nur wortlos den Kopf und atmete tief durch. Beim Verlassen des Fahrstuhls fragte er:

»Ist dein Handy geladen?« Lundquist nickte. Sein Freund schluckte hart, schloss sein Zimmer auf und meinte, indem er auf das Papier in seiner Hand zeigte: »Kannst du es mir wohl mal eben für ein Gespräch mit Gitte leihen?«

Lundquist brütete gereizt vor sich hin.

Sein Gefühl sagte ihm, dass die Tote nicht mit der vermissten Frau Helm identisch sein konnte – doch Dr. Kramp hielt nichts von Intuition, schon gar nicht von der seines Hauptkommissars. Er wollte hieb- und stichfeste Beweise – und schlimmer war, dass entgegen seiner Intuition auch noch alles darauf hindeutete, dass Frau Helm mit hoher Wahrscheinlichkeit tatsächlich ihre Leiche war: Motiv, Möglichkeit – alles vorhanden. Und doch ... es blieben Zweifel.

Im Sessel vor dem Fenster blätterte er seine Post durch. Es waren insgesamt sechs Mitteilungen. Allein drei Faxe von Dr. Kramp, eine Nachricht von Dr. Palm, eine von seiner Mutter und eine vom Ermittlungsteam.

Noch während er die misslaunigen Anweisungen Dr. Kramps überflog, die ihn zu sorgfältiger und zügiger, aber möglichst unauffälliger Ermittlung aufforderten, ihn eindringlich davor warnten, etwa Informationen an die Medien zu geben und ihn darauf hinwiesen, dass nur eine rasche Ermittlung des ausländischen Täters die Gemüter zu Hause wieder beruhigen konnte, brachte Lars das Mobiltelefon zurück. Um jeder Frage auszuweichen, hob er schon beim Eintreten abwehrend die Hände hoch, legte das Telefon nur wortlos auf den Tisch, um danach sofort zu verschwinden.

Das sieht wirklich nach einer ernsten Krise aus, dachte Lundquist bekümmert.

»Wie nicht anders zu erwarten!«, kommentierte Lundquist die Ratschläge Dr. Kramps, die besagten, man müsse den Menschen zeigen, dass nicht jeder einfach nach Schweden kommen könne, um dort zu tun und zu lassen wonach ihm der Sinn stünde, und überlegte, ob er sie nicht einfach zerreißen und wegwerfen sollte. Er entschied sich aber dann doch, sie aufzubewahren. Seine Mutter und Lisa schickten Grüße – das würde er auch aufheben. Dr. Palm bat um Rückruf. Er wollte wissen, wie sein Patient das Medikament vertrug, und schließlich bat das Ermittlungsteam in Schweden um die neuesten Ergebnisse der Ermittlungen im Ausland.

Lundquist beschloss zunächst sein Team anzurufen. Es war zwar schon 22 Uhr – aber wahrscheinlich würde er doch noch jemanden erreichen.

Träge griff er nach seinem Mobiltelefon.

Er ließ den Apparat im Konferenzraum lange Klingeln, hatte jedoch keinen Erfolg. Auch sein Versuch, Britta über ihre Durchwahlnummer zu erreichen schlug fehl. Erst als er sich zu Ole durchgewählt hatte, wurde der Hörer abgenommen.

»Hi, hi – Sven hier. Offenbar seid ihr auch während meiner Abwesenheit nicht vom Arbeitseifer verschont geblieben.«

»Na, aber! Wir waren so emsig mit Ermitteln beschäftigt, dass wir erst jetzt dazu kommen, den Bericht für morgen früh zu schreiben.« Ole seufzte theatralisch und setzte hinzu: »Das Los hat mich getroffen. Ich hatte noch nie Glück bei solchen Sachen.«

»Ich habe eine Nachricht von euch. Gibt's was Neues?«

»Wir wollten dich auf dem Laufenden halten und dein Handy war nicht erreichbar. Funkloch?«

»Gebirge. Und?«, fragte Lundquist gespannt.

»Tja, also diese Substanz wird offensichtlich recht häufig verordnet. Fast alle Apotheken hier in unserer Gegend haben es im Sommer auch schon mal an Fremde verkauft. Im Raum Hjortronbakken bekommen es einige Familien mit Pflegebedürftigen regelmäßig. Ich habe den Apotheker der Marien-Apotheke gefragt, warum es so häufig eingesetzt wird, und er meint, es sei eben sehr zuverlässig und es käme nur ausgesprochen selten zu Unverträglichkeiten. Pflegebedürftige seien oft nicht mehr zeitlich und räumlich orientiert und es käme schon vor, dass sie nachts baden wollen, im Haus herumgeistern oder etwas zu essen haben möchten, weil sie glauben, es sei Mittagszeit. Oder sie laufen weg – ich habe auch schon mal vor ein paar Monaten mitten in der Nacht einen verwirrten alten Mann an der Bundesstraße aufgelesen. Der spazierte da im Schlafanzug rum. Ich habe ihn überredet, ins Auto zu steigen und über Funk nach dem nächsten Pflegeheim gefragt. Die haben sich gefreut, als ich den Nachtwanderer wieder zurückbrachte – allerdings hatte noch keiner überhaupt bemerkt, dass er fehlte!«

»Und mit der Tablette schlafen sie nachts durch – und der

Pflegende hat auch mal eine ruhige Nacht. Ich verstehe schon. – Die Liste mit den Namen der pflegebedürftigen Personen, die zu Hause versorgt werden, ist fertig? Und in den Pflegeheimen habt ihr auch nachgefragt?«, wollte Lundquist dann wissen. Ole bestätigte das. Sie hatten die Namen der Kunden und Patienten von den Ärzten und Apotheken in der Umgebung bekommen – und aus den Pflegeheimen der Umgebung wurde niemand vermisst.

»Wir versuchen gerade herauszufinden, wie schwierig es ist, sich diese Medikamente auch ohne Rezept zu verschaffen – ich bin nicht sicher, ob es in Hjortethult einen schwunghaften Handel mit illegal beschafften Schlafmitteln gibt – aber wenn, werden wir es rauskriegen!«, versicherte Ole fest überzeugt.

»Ihr habt doch unauffällig eine Streife zu den Familien mit pflegebedürftigen Angehörigen im Umkreis geschickt? Sie sollen vorsichtige Fragen stellen und einen Blick auf die zu pflegende Person werfen, Stimmungen registrieren – du weißt schon. Aber leise – nicht auszudenken, was unsere Chefetage unternimmt, wenn klar wird, dass wir hinter dem Rücken des Leiters in eine von ihm als unsinnig eingestufte Richtung ermitteln!«, warnte Lundquist.

»Na, dass heißt dann wohl, dass die vermisste Frau aus Deutschland nicht die Tote von Gunnars Dachboden ist – wie?«, fragte Ole in unbekümmertem Plauderton, als ginge es nur um die Farbe eines T-Shirts.

»Ich weiß es nicht. Eine Leiche in dem Haus, das die Kirstens in den Ferien bewohnten, eine verschwundene Angehörige im passenden Alter ... und wir haben ein Motiv gefunden, dass die Familie der Vermissten ganz schön belastet.«

»Geld? Sex, Lustmord oder Mord aus Eifersucht können wir wohl ausschließen, oder?« Ole gähnte.

»Eine dicke Erbschaft – und es ist gut möglich, dass die

Familie die alte Dame daran hindern wollte, den zu erwartenden Geldsegen zu verringern, indem sie es für sich selbst ›verprasste‹. Allerdings scheint diese Frau Helm sehr aktiv und lebenslustig gewesen zu sein. Da bleibt letztlich auch Raum für jedes andere Motiv. Nur wird dann die Reaktion der Familie noch unverständlicher«, erklärte der Hauptkommissar und fragte dann: »Bist du nur wegen des Berichts so lange im Büro geblieben, oder hattest du noch andere Gründe dafür?«

»Ich habe mir mal die Unterlagen aus den umliegenden Krankenhäusern angesehen – besonders aus den geschlossenen Psychiatrien, in Deutschland heißt das Maßregelvollzug. Da gibt es ein paar, die man von uns aus durchaus noch bequem mit dem Wagen erreichen kann«, begann Ole zögernd. »Aber bisher konnte ich noch keine Eintragungen finden. Keine Berichte über entlaufene Serientäter, pathologische »Erlöser« oder dergleichen. Aber das kommt ja vielleicht noch. Ich habe noch nicht alles Material durchgesehen«, schloss der junge Mann hoffnungsfroh.

»Na gut. Bleib dran. Und denk bitte daran, die Streife zu behutsamem Vorgehen zu ermahnen. Die Familien sollen diskret befragt werden. Da sollen sich die Kollegen eben was einfallen lassen. Erhebung zur Verbesserung der Situation Pflegender oder was auch immer. Ach, und ich wollte noch fragen, wie es Britta geht?«

»Nachdem wir uns als weitgehend resistent erwiesen haben, scheinen ihre Viren jetzt klein bei zu geben und treten wohl den Rückzug aus ihrem bisherigen Lebensraum an. Heute ging es ihr schon viel besser«, gab Ole kichernd Auskunft und meinte dann entrüstet: »Aber du schniefst schon die ganze Zeit und hörst dich so richtig vergrippt an. Dabei hat sie uns doch versichert, ihre Erreger seien nur für Junggesellen gefährlich, wobei sie gefährlich gesagt und wahrscheinlich eher tödlich gehofft hat!«

»Ich werde mich bemühen, möglichst viele der kleinen Biester im Ausland zurück zu lassen. Um Schaden vom schwedischen Volk abzuwenden. Eine beinahe patriotische Geste«, versprach Lundquist und freute sich darüber, dass es ihm gelungen war, auf den lockeren Ton seines Kollegen einzusteigen.

»Ich melde mich morgen wieder bei euch. Ansonsten bin ich natürlich über mein Handy zu erreichen.«

»Bevor du jetzt auflegst, Sven – ich muss dir leider noch sagen, dass die Presse hier weiter ordentlich viel Wind um diesen Ferienhausmord macht. Die haben sich direkt festgebissen. Wahrscheinlich können sie mit ihren schrillen Schlagzeilen die Auflagenstärke ganz schön hoch treiben. Inzwischen fühlt sich beinahe jeder berufen, in der Öffentlichkeit irgendwelche Statements abzugeben und unsere Politiker, Stars und Sternchen dürfen ihre Meinungen über die Sender verbreiten. Du, ehrlich gesagt glaube ich, dass es für uns nicht leicht wird, besonders dann nicht, wenn wir den Fall am Ende etwa gar nicht aufklären.« Kriminalinspektor Ole Wikström klang mit einem Mal besorgt.

»Ich mag mich ja irren, Ole«, murmelte Lundquist nachdenklich, »aber ich kann einfach nicht glauben, dass eine Urlauberfamilie so ohne weiteres eine Leiche auf dem Dachboden eines Ferienhauses zurücklässt!«

»Zugegeben, es klingt schon seltsam. Aber stell dir mal vor, Hilmarström hätte die Tote nicht gefunden. Er hat uns ja erzählt, dass er nur deswegen nach jedem Mieter den Dachboden kontrolliert, weil da mal diese Katze eingesperrt gewesen ist. Möglicherweise hätte die Leiche bis zur Entrümpelung des Dachbodens dort in der Truhe unentdeckt liegen bleiben können. Und selbst dann wäre sie vielleicht nicht gefunden worden, weil keiner in die Truhe guckt, denn etwas wirklich Wertvolles wäre doch bei Gunnar nicht zu erwarten«, gab Ole zu bedenken.

»Ja, die Chance hätte tatsächlich bestanden«, räumte Sven Lundquist ein. »Wer weiß, vielleicht liegen in Hunderten von Ferienhäusern unentdeckte Leichen auf den Dachböden«, flachste er und konnte dabei ein ungutes Gefühl nicht ganz unterdrücken. Wenn sich die These von der zurückgelassenen Toten bestätigte, würde das mit Sicherheit weit reichende Konsequenzen für Mieter und Hausbesitzer haben.

Dann setzte er wieder ernsthaft hinzu: »Aber zuhause wäre die alte Frau doch vermisst worden. Man hätte sich schon eine besonders gute Erklärung ausdenken müssen, um das plötzliche Verschwinden nach den Ferien plausibel zu machen.« Wie Familie Kirsten es getan hatte, dachte er dabei und betastete vorsichtig seine geschwollene Nase.

»Stell dir nur mal vor, irgendein Antiquitätenhändler hätte nach vielen Jahren die alte Truhe geöffnet – mit wenig Hoffnung darin etwas Erwähnenswertes zu finden! Der hätte vielleicht Augen gemacht!«, malte Ole sich die Szene weiter lustvoll aus. »Und die Polizei könnte bei der Identifizierung nur auf einen Zufall hoffen.«

Lundquist schmunzelte.

Er beendete das Gespräch und ging ins Bad.

Der Gang war zu eng und das Waschbecken für einen Rollstuhlfahrer unerreichbar, registrierte er.

Ob es wohl in diesem Hotel auch Zimmer mit behindertengerechter Ausstattung gab?

Rasch zog er der Toten die Kleider wieder aus.

Die jahrelange Übung hatte ihn darin sehr geschickt werden lassen. Auch unter diesen erschwerten Bedingungen und einer zunehmenden Starre des Körpers würden weder an ihrem Köper noch an der Kleidung Schäden zu erkennen sein.

In einer Zeitung hatte er gelesen, dass der Polizei schon einzelne Fasern am Körper einer Leiche verraten konnten, wo sie gelegen hatte.

Fasern aus Gunnars Haus wären für seinen Plan sicher wenig hilfreich.

Er musste also die Kleidung seiner Mutter möglichst fusselsicher aufbewahren. Den Körper würde er wohl am besten einfach abwaschen, wenn es dann soweit war.

Entschlossen stopfte er die Kleider der Toten in eine ICA-Tüte, die er im Kofferraum gefunden hatte und stellte sie neben dem Koffer ab. Er hatte mit Bedacht gerade diesen ausgewählt. Es war ein alter Lederkoffer mit abgestoßenen Ecken, der früher schon Reisebegleiter seiner Mutter war. In besseren Tagen. Überall klebten mehr oder weniger gut erhaltene Papierfetzen mit Hinweisen auf exotische Reiseziele. Besonders stolz war seine Mutter immer auf den Aufkleber von den Vereinigten Emiraten gewesen.

Er erinnerte sich an die Reisegeschichten, die sie früher so gerne zum besten gegeben hatte, zum Beispiel die, in der ein arabischer Scheich sie für viel Geld ihrem Mann abkaufen wollte, weil er sich eine hellhäutige Frau für seinen Harem wünschte. Sie beschrieb mit leuchtenden Augen die ganze Feilscherei, wie der Scheich immer mehr Geld

geboten – am Ende fast vier Millionen Kronen – und wie
der Vater erst unentschlossen getan und dann aber doch
abgelehnt hatte. Später, als sie ihren heranwachsenden
Sohn für seine aufbrechende Männlichkeit hatte strafen
wollen, erzählte sie auch, auf welche Weise der Vater von
ihr den Dank einklagte, dafür, dass er ausgerechnet für
eine Frau wie sie auf so viel Geld verzichtet hatte. Und so
hatte er begonnen sich für seine sexuellen Gefühle und
Träume zu verachten.

Und noch etwas später verfluchte er seinen Vater dafür,
dass er sie nicht an den Scheich verkauft hatte.

Fast zärtlich strich er über das raue, brüchige Leder.

Der Gedanke an das Leid, das ihm durch eine andere, bessere, Entscheidung seines Vaters erspart geblieben wäre,
ließ wieder Tränen in seine Augen steigen.

Es war vorbei.

Energisch wischte er sie mit dem Handrücken weg und
griff zornig nach der nackten Toten, um sie durch den Flur
hinauf zu tragen. Stark wie ein Bär, schaffte er es ohne
Schwierigkeiten die Leiche über die steile Stiege auf den
Dachboden zu befördern. Er wusste, dass um diese Zeit
niemand in diesem Haus zu erwarten war und er sich in
aller Ruhe nach einem geeigneten Versteck für sein Problem umsehen konnte.

Das Versteck, das er brauchte, sollte seine Mutter nur für
kurze Zeit aufnehmen. Er würde später am Abend wiederkommen und sie endgültig auf die Reise schicken. Außerdem sollte es so leicht zugänglich sein, dass er sie jederzeit
wieder abholen konnte, ohne irgendwelche verräterischen
Spuren auf dem Dachboden noch an der Leiche zu hinterlassen. Allerdings sollte es auch bequem für die Tote sein.
Nicht etwa, damit seine Mutter gut liegen könne, nichts
lag ihm ferner, als daran auch nur einen einzigen Gedan-

ken zu verschwenden, sondern damit keinerlei interpretierbare Druckspuren an ihrem Körper entstehen könnten, die später in irgendeiner Form berechtigte Zweifel an den Todesumständen würden aufkommen lassen, wenn man sie fand.

Schon nach kurzer Suche hatte er sich entschieden.

Die wundervolle Holztruhe in der hinteren Ecke schien ihm ideal für seine Zwecke.

So, als hätte das Schicksal sie extra für ihn hier bereitgestellt – quasi als Entschädigung für den Überraschungsbesuch auf seinem Hof, der den ursprünglichen Plan durcheinander gebracht hatte. Vorsichtig öffnete er den schweren Deckel und warf einen prüfenden Blick hinein. Perfekt!

Während er mit der linken Hand einige der Decken ausräumte, hielt er mit der anderen den erkaltenden Körper umklammert, wobei er ständig darum bemüht war, nicht zu viel Druck mit den Fingern auszuüben, um keine Marken zu hinterlassen. Dass seine Fingerabdrücke vielleicht später an ihrem Körper gefunden werden würden, wäre ohnehin zu erwarten. Schließlich pflegte er seine Mutter schon ewig. Ewig!

Er ließ das Wort in seinem Inneren nachhallen.

E-W-I-G!

Doch nun war es damit auf ewig vorbei!

E-W-I-G!

Das klang ausgesprochen gut, fand er und seine Stimmung hellte sich zusehends auf.

Er zog die Unterlage glatt und ließ den Leichnam vorsichtig hineingleiten. Bevor er möglichst fusselarme Tücher auswählte, um sie damit abzudecken, warf er ihr einen letzten hasserfüllten Blick zu.

Nach getaner Arbeit schloss er zufrieden den Deckel.

Liebevoll fuhr er mit dem Finger über die kunstvollen Intarsien.

»Fast wie ein edler Sarg. Ich hoffe, du weißt das zu schätzen! Und das lass dir gesagt sein, dies hier ist überhaupt eine äußerst kostspielige Unterkunft. Du weißt ja selbst, wie viel Gunnar als Miete dafür einstreicht!«, er lachte höhnisch auf. »Nicht, dass wir uns das nicht auch mal hätten leisten können, in so einem Haus Urlaub zu machen. Überhaupt mal Urlaub zu machen. Aber du hast ja immer das Geld »zusammenhalten« müssen. Gerade so, als ob wir Hungerzeiten ins Auge blicken würden! Allen Spaß hast du aus meinem Leben verbannt! Du hattest den Tod schon viel früher verdient!«

So vorsichtig wie er eingedrungen war, verließ er das Haus auch wieder. Er war sicher, dass niemand merken würde, dass ein Unbefugter das Ferienhäuschen betreten hatte. Typisch für Gunnar, dachte er grinsend, irgendein Fenster oder eine Tür übersah der alte Schussel immer!

Als er sich noch einmal umdrehte und einen letzten Blick über die Schulter warf, konnte er seine ausgelassene Stimmung nur noch mit Mühe verbergen. Auf dem Rückweg zu seinem Haus summte er sogar leise vor sich hin.

Das Telefon neben seinem Bett schrillte laut und gebieterisch.

Für einen kurzen Moment hatte Sven Lundquist Schwierigkeiten sich zu orientieren, dann hob er hastig ab und meldete sich. Am anderen Ende der Leitung begrüßte ihn die freundliche Stimme des Weckautomaten, die ihm einen guten Morgen wünschte und ihn daran erinnerte, dass er um 7 Uhr geweckt werden wollte. Lundquist bedankte sich artig und amüsierte sich über sich selbst. Wie viele der anderen Gäste mochten wohl wie er freundlich dem Automaten antworten? Ein besonderer Gag wäre ja, wenn der Programmierer die Reaktion der Gäste schon berücksichtigt und eine entsprechende Antwort eingegeben hätte. Das würde die Geweckten gehörig verblüffen!

Schwer ließ er sich auf sein Kissen zurückfallen. Schade, dass er nur zum Arbeiten nach Deutschland gekommen war. Und dann auch noch wegen eines solch unübersichtlichen Falles!
Er schüttelte sich.
Kurze Zeit später trieb ihn der Gedanke an den Termin mit den deutschen Kollegen aus dem Bett. Er lauschte in sich hinein und stellte fest, dass Übelkeit und Gliederschmerzen weitgehend verschwunden waren. So müsste er sich wenigstens nicht den ganzen Tag Duelle mit seinem widerspenstigen Magen liefern.
Das Gesicht, auf das er im Spiegel traf, war ungesund bleich, durchscheinend, hohläugig und sah unausgeschlafen aus.

Er sah schnell wieder weg.

Den Anblick würden die anderen ertragen müssen, nicht er.

Kaum hatte er seine Schuhe angezogen und war drauf und dran den Raum zu verlassen, klingelte das Telefon erneut.

»Hi, Guten Morgen. Hier ist Britta«, meldete sich eine noch leicht angekratzte Stimme.

»Hi, auch guten Morgen! Ist was passiert?«

»Noch nicht, aber das kommt schon noch! Ich nehme nicht an, dass du schwedische Zeitungen bekommen kannst, oder?«, fragte sie.

»Keine Ahnung. Ehrlich gesagt habe ich es gar nicht erst probiert. Zu müde. Haben wir wieder mal eine schlechte Presse?«, fragte er in scherzhaftem Ton zurück.

»Schlechte Presse! So kann man das auch nennen. Dr. Kramp wütet durchs ganze Haus. Schwört, unsere ganze Abteilung aufzulösen und den ein oder anderen bei lebendigem Leib über dem offenen Feuer zu rösten. Dabei, glauben wir, hat er speziell an dich gedacht!«, berichtete Britta weiter, doch Lundquist war der ernsthafte Unterton nicht entgangen.

Die Situation war offensichtlich deutlich eskaliert.

»Na, dann muss es ja wirklich ziemlich schlimm sein! Na los, lies schon vor, was die lieben Leser in Schweden Neues über den Mord erfahren haben!«, forderte er.

»Vorlesen dauert zu lange, ich fasse zusammen: Sie schreien nach schärferen Gesetzen gegen die Ferienhausmieter aus dem Ausland. Im Grunde wollen sie so was wie tägliche Kontrollen – praktisch ihre Vollzähligkeit überprüfen. Freiwillige sollen in den Gegenden patrouillieren, in denen Ferienhäuser siedlungsähnlich beieinanderstehen.

Gibt es so was bei uns überhaupt? Und schon das Wort ›siedlungsähnlich‹, einfach grässlich!«, Britta machte eine Pause.

»Kommt noch mehr davon, oder war das jetzt alles?« Sollte ein Schimmer von guter Laune beim Duschen aufgekommen sein, so verschwand er nun wie ausgeknipst. Vorsichtig betupfte er mit einem Taschentuch die schmerzende Nase.

»Es kommt noch besser! Die Polizei soll bei der Ein- und Ausreise besonders die deutschen Touristen gründlich überprüfen. Einige fordern, dass sie ein amtliches Dokument bei sich führen müssen, aus dem genau hervorgeht, aus wie vielen Personen die Urlaubergruppe besteht. Kramp schäumt!«, schloss Britta die Aufzählung.

»Das ist der GAU«, kommentierte Lundquist betreten.

»Kramp ist mitverantwortlich für diese Entwicklung. Er wollte von Anfang an unbedingt eine Touristenfamilie als Täter! Es durfte ja um Himmels Willen kein schwedischer Mörder frei rumlaufen, der Leichen in Ferienhäusern versteckt!« Lundquist merkte, wie er sich mehr und mehr in Rage redete.

»Was kann ich ihm denn jetzt sagen?«, Britta suchte offenbar nach ein paar Informationen, die alle Wogen wieder glätten helfen würden.

Aber damit konnte Lundquist nicht dienen.

»Dass wir die Zeugin befragt haben, aber nach wie vor Unklarheit darüber besteht, ob die Tote mit der Verschwundenen identisch ist. Sag ihm, dass wir uns gleich noch einmal mit den überaus kooperativen Kollegen der deutschen Polizei treffen werden, um das weitere Vorgehen zu besprechen. Das hat er nun davon! Wenn er sich nur nicht von Anfang an so festgelegt hätte! Und auch noch öffentlich!«, brach es aus ihm hervor.

Unbeherrscht schlug er mit der Faust auf den kleinen Nachttisch.

»Das brauchst du ihm natürlich nicht zu sagen«, fügte er nach einer kurzen Pause, in der Britta ihn laut bis zehn zählen hörte, etwas freundlicher hinzu.

»Wenn ich ihm sage, dass ihr euch noch nicht sicher seid, regt er sich sowieso noch mehr auf.« Britta putzte sich laut die Nase.

»Schlecht für uns, aber ich kann nun mal nicht extra für ihn die Tatsachen verändern. Wir sind eben noch nicht sicher!«

»Gut, ich sag's ihm. Wann sehe ich euch wieder, falls ich das Gespräch mit Dr. Kramp überleben sollte?« Lundquist konnte ihr breites Lächeln durch die Leitung hören.

»Spätestens morgen. Die genaue Zeit kann ich dir vielleicht später noch mitteilen, am besten wahrscheinlich per SMS. Und vielen Dank für die Informationen! Wir werden versuchen, so schnell wie irgend möglich Klarheit zu bekommen. Dr. Mohl soll sich mit der Genanalyse beeilen. Wir bringen auf jeden Fall Untersuchungsmaterial von der deutschen Vermissten mit. So dauert es zwar etwas länger – aber wir kriegen mit Sicherheit raus, ob sie es ist. Keine Panik«, beendete Lundquist in väterlich beschwichtigendem Ton das Gespräch.

Nach einem raschen Blick auf die Uhr beeilte er sich, zum Frühstück nach unten zu kommen.

Lars Knyst saß an einem freundlich gedeckten Tisch und sah mindestens so übernächtigt aus wie Lundquist.

»Na, Gift im Kaffee? Und der Kellner hat ein unverrückbares Alibi? Oder warum starrst du diese unschuldige, aufputschende Flüssigkeit derart missmutig an?«

»Lass mich! Mir ist nicht zum Scherzen!«, brummte Knyst und würdigte seinen Freund keines Blickes.

»Mir eigentlich auch nicht«, bekannte Lundquist und setzte sich. »Möchtest du darüber reden?«, fragte er dann und musste trotz seiner eigenen schlechten Laune über diese therapeutische Phrase grinsen.

»Ach, es ist nichts!«, Knyst machte eine wegwerfende Handbewegung: »Nur Liebeskummer!« Er versuchte dabei ein möglichst gleichgültiges Gesicht zu machen, was ihm aber nicht überzeugend gelang.

Als Lundquist nicht reagierte, setzte er trotzig hinzu: »Gitte ist tatsächlich auf der Suche nach einem Ersatz für mich! So, jetzt ist es raus und du weißt Bescheid! Sie will mich nicht mehr sehen, hat die Schnauze voll von mir und meiner ›Unzuverlässigkeit‹! Sie will einen Partner, der für sie da ist – und nicht einen, der dauernd durch das Telefon weggerufen werden kann, mit dem eine verlässliche Freizeitplanung nicht möglich ist, der an den Familienfeiertagen arbeiten muss! Sieht so aus, als wäre wirklich Schluss. Gut, vielleicht kann ich noch mal mit ihr reden, wenn wir wieder zu Hause sind. Aber es sieht nicht gut aus, das ist mal sicher.«

Knysts Augen begannen feucht zu schimmern und er wandte hastig das Gesicht ab.

Lundquist konnte sich gut vorstellen, wie das Gespräch abgelaufen war.

Wie all die Telefonate von irgendwo mit Anna.

Hilflose Versuche, das Fehlen bei Feiern oder im Theater zu entschuldigen, zu rechtfertigen. Mit dabei immer dieses Gefühl, schuld an der Situation zu sein. Hin- und hergerissen zwischen dem Wunsch, die Zeit mit der Familie zu verbringen und dem Wunsch, dem Opfer, zu dem sie gerufen worden waren, wenigstens einen letzten Dienst erweisen zu können. Seinen Mörder zu fassen. Ein unlösbarer Konflikt.

Er seufzte mitfühlend, enthielt sich aber jeden Kommentars. Zu solchen Dingen konnte man auch als Freund nur wenig sagen.

»Soll ich dir was mitbringen oder meinst du, der kalte Kaffee da reicht bis zum Mittagessen? Wer um die Liebe einer Frau kämpfen muss, der sollte sehen, dass er bei Kräften bleibt«, frotzelte er dann freundschaftlich und meinte anschließend wieder ernst: »Wenn ich dir erst erzählt habe, was die Presse in Schweden so fordert, wirst du froh sein, eine gute Grundlage geschaffen zu haben!«

Mit einem schiefen Grinsen erhob sich Knyst ebenfalls und gemeinsam bedienten sie sich am Buffet.

Heiße Würstchen und ziemlich feuchtes Rührei, entschied Lundquist, waren wohl nicht das Richtige für seinen Magen und so beschied er sich mit Brötchen ohne Butter mit Käse. Auf den Kaffee konnte er allerdings auf gar keinen Fall verzichten. Den brauchte er unbedingt, um sich am Morgen in ›Arbeitsschwung‹ zu bringen. Entgegen seiner Gewohnheit würde er dieses Mal einen ordentlichen Schuss Milch hineingeben.

Die Auswahl am Buffet war recht ansprechend, aber die Bedienung, die ihnen die Thermoskanne mit Kaffee an den Tisch brachte, dagegen eher unfreundlich fast schon genervt. Lundquist hatte den Eindruck, dass sie die Gäste im Frühstücksraum als schreckliche, unzumutbare Belastung empfand.

Lundquist säbelte missmutig an seinem Brötchen herum und belegte dann die eine Hälfte mit einer Scheibe milden Käses. Er warf einen misstrauischen Blick in Knysts Richtung, aber falls der gemerkt hatte, dass sein Freund seinen Kaffee mit Milch auffüllte, so ließ er sich das nicht anmerken.

»Sie ist es nicht. Ich habe fast die ganze Nacht darüber

nachgedacht. Es ist nicht unsere Frau«, knurrte Knyst lustlos kauend.

»Ja. Das sehe ich auch so«, bestätigte Lundquist. »Diese Frau war – oder ist es wahrscheinlich noch – sehr selbstständig. Sie hat sich von niemandem Vorschriften machen lassen und trifft ihre Entscheidungen spontan und entschlossen. Der vorläufige Befund aus der Pathologie klingt für mich eher nicht nach eigenem Einkommen und großer Entscheidungsfreiheit. Da kann ich mich natürlich täuschen. Es ist nur der Eindruck, den ich habe. Ach, übrigens …« Und dann erzählte er Knyst von dem Gespräch mit Britta. »Ist doch immer und überall dasselbe! Sowie etwas passiert, glauben die Menschen, man muss nur mal eben schnell die Kontrollen verschärfen und schon kann gar nichts mehr schief gehen. Da können wir uns auf eine Menge Ärger gefasst machen, wenn wir zurück kommen.« Lundquist war genervt. Immer wieder hatte die Polizei dieselbe Diskussion am Hals, regelmäßig musste in Pressekonferenzen darauf hingewiesen werden, dass private Wehren nur ein hohes Risiko, aber keine erhöhte Sicherheit boten, und die bestehenden Gesetze völlig ausreichend waren.

Pünktlich um 9 Uhr stand Volker in der kleinen Empfangshalle und betrachtete die Auslagen in den beiden schmalen Glasvitrinen.

»Guten Morgen!«, schmetterte er den beiden schwedischen Kollegen gut gelaunt entgegen und schüttelte ihnen kräftig die Hand. Er wirkte ausgeschlafen und energiegeladen. Beneidenswert, dachte Lundquist gereizt.

»Ihr habt wohl nicht so gut geschlafen, gell?«

Sie nickten ihm zu.

»Und deine Nase ist auch ganz rot. Vielleicht sollten wir

erst schnell bei einer Apotheke vorbeifahren?«, meinte er mit einem mitleidigen Blick auf Lundquist, der sich schon wieder die Nase putzte.

Aber der schwedische Hauptkommissar schüttelte den Kopf: »Nein, das ist nicht nötig. So lange die Taschentücher ausreichen, gibt es keine Probleme. Bei Familienvätern scheint die Grippe nicht so schlimm zu wüten, die unverheirateten Männer trifft sie eindeutig härter«, stellte er beruhigend fest.

»Alles klar! Dann fahren wir jetzt ins Büro und dann sehen wir weiter. Ach übrigens, habt ihr heute schon Nachrichten gehört?«

Die beiden Schweden schüttelten den Kopf und Volker meinte: »Ich hab gedacht, das gibt's nur in Krimis und die Autoren denken sich das nur aus! Aber nein! Es ist wie bei uns. In den Nachrichten haben sie gebracht, dass eure Presse mehr Kontrolle und schärfere Gesetze fordert! Das ist genau wie bei uns. Und da kannst du den Leuten tausendmal erzählen, dass der eine Fall, der in den letzten hundert Jahren vorgekommen ist, dadurch auch nicht hätte verhindert werden können!«

»Eben. Jetzt tun sie gerade so, als würden wir ständig zurückgelassene Leichen in Ferienhäusern finden! Dabei ist das der erste so gelagerte Fall«, bestätigte Knyst.

»Bei uns haben jetzt sogar die Politiker kürzlich die populistische Diskussion über Sexualstraftäter neu angezettelt, die sich erst an Kindern vergreifen und sie dann umbringen. Sie haben gefordert, man sollte solche Bösewichter für alle Zeit wegsperren. Therapie nützt da nichts, besser man führt gleich eine medikamentöse Zwangssterilisation durch. Text für Stammtische. Ohne Frage ist jeder so gelagerte Fall eine Katastrophe. Aber eine Diskussion wurde losgetreten, das glaubt ihr nicht!« Volker schüt-

telte bekümmert den Kopf. »Und alle meinen immer, die Polizei sollte mehr Präsenz zeigen, mehr Einsätze fahren, mehr Streife losschicken. Bei euch ist es bestimmt wie hier: Geld wollen sie nicht dafür bezahlen!«
Während Volker sich immer mehr in Wut geredet hatte, waren sie bei seinem Wagen angekommen, den er ganz in der Nähe geparkt hatte.
»Reine Glückssache!«, informierte er die Kollegen hoch erfreut darüber, die Windschutzscheibe ohne Bußgeldbescheid vorzufinden. »Es ist nämlich gar nicht so einfach hier einen Parkplatz zu finden. Die Kollegen sind unerbittlich, wenn sie Strafzettel verteilen. Da kennen die nichts.« Er verzog das Gesicht.
»Strafzettel?« Knyst sah seinen Freund ratlos an.
»Strafzettel. Felparkeringslapp«, half Lundquist aus, und Volker meinte, es sei für einen Polizisten eine besonders wichtige Vokabel und man sei gut beraten, sie in jeder Sprache zu beherrschen.

Die Fahrt dauerte nur ein paar Minuten und Lundquist gewann den Eindruck, dass sie den Weg auch gut zu Fuß hätten bewältigen können. Volker war offensichtlich ein unheilbarer Fall von Autoliebhaber. Unterwegs machte er sie auf einige besondere Gebäude aufmerksam und zeigte Ihnen, welche Straße sie später nehmen müssten, um einen Abstecher in Freiburgs berühmte Innenstadt zu machen und das Münster besichtigen zu können.
In dem hellen und geräumigen Büro, das sie kurze Zeit später betraten, erwartete Karl sie bereits. Er begrüßte die Kollegen freundlich und bat sie auf extra bereitgestellten Stühlen Platz zu nehmen. Zwei große Schreibtische, die aussahen, als seien sie von IKEA, dominierten den Raum, dessen Schmalseite aus einem überdimensionier-

ten Fenster bestand. Die Herbstsonne schien herein und ließ die Schlieren von vorausgegangenen Putzversuchen besonders deutlich hervortreten. Obwohl es noch relativ früh am Morgen war, hatte sie den Raum schon stark aufgeheizt. Lundquist schniefte und suchte in der Hosentasche nach seinen Taschentüchern. Die Wärme ließ ihn schwitzen und er fühlte sich betäubt und lustlos. Reiß dich zusammen, rief er sich zur Ordnung, du kannst dich hier nicht so gehen lassen!

Die beiden Schreibtische waren an den Schmalseiten von Aktentürmen begrenzt. Wenn Volker oder Karl dort saßen und arbeiteten, waren sie von der Tür aus gar nicht zu sehen.

»Wie bei uns!«, feixte Knyst und zwinkerte den Kollegen zu. Ihm machte die Temperatur nichts aus, und seine nahezu unerschütterliche positive Grundstimmung hatte er offensichtlich auch wiedergefunden.

»Ja, über Arbeitsmangel können wir uns tatsächlich nicht beklagen«, bekräftigte Karl und seufzte theatralisch.

Volker nahm einen der Aktendeckel vom Stapel auf seinem Schreibtisch. Er lehnte sich auf seinem Stuhl weit zurück, legte den Ordner geschlossen auf seinen Schoß, verschränkte die Arme hinter dem Kopf und fragte dann: »Also, was meint ihr ... ist Frau Helm eure Ferienhaustote oder eher nicht?«

»Das können wir noch nicht mit Sicherheit sagen«, antwortete Knyst, zog seine Jacke aus und warf sie nachlässig über die Lehne des Stuhls auf dem er saß.

»Schon – das ist mir klar. Aber was für ein Gefühl habt ihr denn dabei? Vom Instinkt her? Haltet ihr es für wahrscheinlich oder denkt ihr, es ist eher unwahrscheinlich?« Volker ließ einfach nicht locker.

»So gesehen halten wir es eher für unwahrscheinlich«, stellte Knyst klar.

»Aber – wo ist sie dann? Sollen wir glauben, dass sie einfach noch Urlaub macht? Irgendwo?«

Lundquist hätte gerne geantwortet, dass sie da nun wirklich nicht helfen konnten.

Wenn es nicht ihre Tote war, würden die deutschen Behörden eben nach der Frau aus St. Peter suchen müssen. Nach dem, was sie über sie gehört hatten, standen ihre Chancen nicht schlecht, gesund und munter zu sein.

»Tja, die Situation ist schon eigenartig«, sagte er stattdessen, »Motiv ist da, Gelegenheit wohl auch, vielleicht auch genügend Entschlossenheit bei der Familie Kirsten. Schließlich ist Frau Helm nicht gerade eine umgängliche und nette alte Dame. Trotzdem habe ich Zweifel. Für mich passt das, was wir über Frau Helm gehört haben, einfach nicht zu der Frau, die wir gefunden haben. Von der habe ich ein ganz anderes Bild. Natürlich kann ich mich auch täuschen.« Er holte tief Luft und begann nervös an seinem Kragen zu nesteln. Dann fragte er gehetzt: »Entschuldigung – aber kann man dieses Fenster da öffnen oder ist es verriegelt?« Karl sprang sofort auf und riss das Fenster weit auf. »Offensichtlich hielt man uns nicht für suizidgefährdet, als man uns dieses Büro zuwies. Wir können es öffnen. Die Kollegen von der Sitte haben diesen Vorteil nicht.«

»Die Nase ist dicht«, entschuldigte sich Lundquist, stand auf und stellte sich rasch direkt ans Fenster in den leichten Luftzug und atmete tief ein. So schlimm ist Brittas Infekt jetzt auch wieder nicht, schoss es ihm durch den Kopf. Schöner Ermittlungsleiter! Du lässt dich gehen!, höhnte eine böse Stimme tief in seinem Inneren, bist ein Suselchen! Er hätte schwören können, dass sie Ähnlichkeit mit der von Dr. Kramp gehabt hatte.

Vielleicht wäre es doch verantwortungsvoller, die Leitung der Ermittlungen abgeben?

War er womöglich gar nicht mehr wirklich in der Lage, die Arbeit an dem Fall mit dem notwendigen Engagement durchzuführen? Konnte es sein, dass er ein Risiko für den Erfolg der Nachforschungen darstellte? War auf seinen sonst so sicheren Instinkt kein Verlass mehr?

Umständlich entfaltete er ein neues Papiertaschentuch und putzte sich zur Straße gewandt ausgiebig die Nase.

Danach setzte er sich in Gedanken ein Ultimatum.

Wenn er nicht bis morgen Abend einen sinnvollen Ermittlungsansatz gefunden hätte, würde er mit Dr. Kramp über seine Ablösung sprechen!

Als er sich wieder zu den Kollegen umdrehte, fing er den besorgten und etwas ratlosen Blick Knysts auf. Lundquist würde ihn einweihen müssen – und zwar schon sehr bald.

Es war unfair den Freund im Unklaren zu lassen, fast schon ein Vertrauensbruch.

Heute Abend, nahm er sich vor. Wenn es sich ergab.

Der schwedische Ermittler kehrte zu den drei anderen an die Schreibtische zurück.

»Tut mir Leid«, entschuldigte er sich, »die ganze Abteilung hat die Grippe.«

»Ist schon in Ordnung. Aber steck uns bloß nicht an, gell. Nachher seid ihr längst wieder daheim, über die Grenze entkommen, und wir sterben hier wie die Fliegen an eurer heimtückischen, schwedischen Virusgrippe!«, malte Volker scherzhaft genüsslich ein Horrorszenario aus.

»Wir wissen leider bisher nur ziemlich wenig über die Tote. Und es wird etwas länger dauern, bis wir genauere Erkenntnisse bekommen. Gerade wegen des Zustands der Leiche. Vor einer Woche bis zehn Tagen können wir kaum damit rechnen. Aber aus dem Obduktionsbericht geht immerhin eindeutig hervor, dass sie wohl längere Zeit vor ihrem Tod schon auf Pflege angewiesen war. Der Körper zeigte deutliche Spuren von ›Verwahrlosung‹, wie das unser Rechtsmediziner nennt«, kam Knyst wieder zum Thema zurück.

»Was bedeutet verwahrlost in dem Zusammenhang konkret? Wie stark war sie verwahrlost und wie schnell geht das?«, wollte Karl wissen und formulierte damit die Frage, die auch die schwedischen Kollegen schon beschäftigt hatte.

»Wir müssen also klären, wie schnell ein Körper diese Anzeichen oder diesen Zustand von Vernachlässigung erreichen kann. Ob zum Beispiel auch eine längere Erkrankung während der Ferien ausgereicht hätte«, stellte Karl fest und notierte sich diesen Punkt sorgfältig auf einem Notizblock. »Einen Dekubitus hatte sie auch, nicht wahr?«

Lundquist registrierte mechanisch die akkurate Handschrift und schmunzelte leicht. Er hätte es auch nicht anders erwartet.

»Möglich wäre doch auch, dass Frau Helm schon vor Antritt der Reise gesundheitlich angeschlagen war. Sie hat die Familie auch zu den Ausflügen nicht begleitet.«

»Stimmt. Aber Frau Schuster hat nichts davon erwähnt.« Volker runzelte die Stirn. »Vielleicht auch nur, weil niemand sie danach gefragt hat! Wie bei der Sache mit dem Geld!«, murrte er gallig.

»Ist in der Akte eigentlich auch das Foto, das wir gestern von Frau Schuster bekommen haben?«, fragte Knyst und Volker reichte es ihm hinüber.

»Das könnt ihr behalten. Ich habe gleich eine Kopie davon gemacht.«

Lundquist nickte ihm dankend zu.

»Die Haare aus der Bürste sind schon im Labor. Aber auch bei uns dauert die genetische Analyse etwas länger. Wenn wir sie haben, brauchen wir sie nur noch mit euren Ergebnissen zu vergleichen und können dann eine sichere Aussage über die Identität machen«, erklärte Karl.

»Eigentlich ist Zeit ja nicht unser größtes Problem. Immerhin hat die Frau ja schon ziemlich lang auf diesem Dachboden gelegen. Eine heiße Spur werden wir also nicht verlieren. Das größte Problem ist wohl eher, das ihr schnell den Erfolg braucht, wegen eurer Presssepanik, gell.«

Volker hatte Recht.

Es war undenkbar, einfach die Hände in den Schoß zu legen und eine Woche lang untätig auf das Ergebnis der DNA-Analysen zu warten. Gegen die Kirstens konnten die deutschen Kollegen ohne konkreteren Tatverdacht auch nicht weiter ermitteln. Zumindest nicht öffentlich. Und nicht auszudenken, was Dr. Kramp sagen würde, wenn die Analyse dann am Ende der Woche keine Übereinstimmung ergäbe.

Es wäre allemal besser, eine andere Möglichkeit zu finden ihr Rätsel zu lösen.

»Die Frau, die uns Frau Schuster geschildert hat, war oder ist eine schwierige Persönlichkeit, aber fit. Ich sehe das genau wie Sven. Ihre Karten aus Hjortronbakken, Jönköpping und Halmstad sind klar und verständlich, ihre Angaben sind detailliert und ich muss zugeben, dass sie auf mich nicht wie Postkarten einer Verwirrten, Depressiven oder Kranken wirken. Abgesehen davon, dass sie auch mit keinem Wort eine Erkrankung erwähnt. Meint ihr nicht, wenn sie krank geworden wäre, hätte sie zumindest am Rande davon erzählt? So undenkbar scheint es nicht, dass sie eben wirklich einfach auf und davon ist. Hatte genug von ihrer geldgierigen Verwandtschaft«, fasste Karl seine Sicht auf den Fall zusammen.

»Solange wir nicht ausschließen können, dass unsere Tote eure Vermisste ist, besteht Tatverdacht gegen die Familie Kirsten. Und es ist durchaus denkbar, dass sie eine Karte geschrieben hat, auf der sie ihre Erkrankung erwähnt. Oder sogar mehrere. Die hätte doch aber einer der Familie zum Briefkasten bringen müssen, wenn sie so krank war, dass sie im Bett bleiben musste. Was, wenn derjenige dann die Karte einfach nicht eingeworfen hat? Das wäre doch möglich. Bevor wir unsere Tote nicht zweifelsfrei identifiziert haben, oder Frau Helm sich zur Freude oder zum Entsetzen aller überraschend wieder einfindet, bleiben die doch in eurem Visier?«, vergewisserte sich Lundquist.

»Ja, logisch. Wir lassen die schon nicht einfach untertauchen. Heute früh waren wir schon bei Herrn Kirsten und haben uns die Kontoauszüge seiner Bank geben lassen. Er behauptet, dieses Gerede von Geld sei nur eine fixe Idee seiner Mutter gewesen. Übrigens ist sie seine Stiefmutter. Sein Vater hat sie geheiratete, als Herr Kirsten ein knappes Jahr alt war. Die leibliche Mutter ist kurz nach der Entbindung verstorben.«

»Stiefmutter? Möglicherweise war die emotionale Bindung an diese Frau nicht so groß, wie sie an eine leibliche Mutter gewesen wäre?«

»Möglich. Wir haben ihn danach gefragt. Er meint, für ihn sei sie die einzige Mutter. Er liebe sie, was aber nicht bedeuten müsse, dass sie immer nur in Harmonie lebten. Frau Helm habe seit einigen Jahren die Sorge, plötzlich verarmt in einem Pflegeheim aufzuwachen. Das habe schon paranoide Züge, meint der Sohn. Er besitze ein florierendes Unternehmen und sei auf das Geld seiner Mutter nicht angewiesen, ja nicht einmal daran interessiert. Danach gab er uns die Auszüge, damit wir seine Behauptung überprüfen konnten«, erzählte Volker weiter.

»Ja, und was habt ihr festgestellt?«

»Sie haben nur zwei Abhebungen vom Konto der Mutter getätigt. Und es stimmt – ihm geht es finanziell sehr gut.«

Wieder eine Sackgasse, Lundquist fluchte tonlos.

»Eins wollte ich schon die ganze Zeit fragen: Wieso seid ihr so sicher, dass die Leiche von einer der Feriengastfamilie dort oben verstaut worden ist? Müsstet ihr den Täter nicht eher in Schweden suchen?«, Volker sah Lundquist erwartungsvoll an.

Der schwedische Hauptkommissar seufzte: »Weil unser Chef der Meinung ist, jemand aus der Umgebung hätte einen viel besseren Ort finden können, um eine Leiche verschwinden zu lassen, als ausgerechnet Hilmarströms Dachboden. Und es ist doch auch zugegebenermaßen ein blödes Versteck gewesen. Schließlich hätte auch jemand dem Geruch nachspüren können und dann wäre das Opfer schon vor Monaten wieder aufgetaucht.«

»Es ist eigentlich eine schöne Schlagzeile: Feriengäste finden verweste Leiche auf Dachboden! Hat auch einen guten Gruselfaktor – gell?« Mit lustig blitzenden Augen sah Volker die Kollegen an.

Er hätte sie ja lieber einfach in einen großen Plastiksack gesteckt und vergraben.

Aber die Suche nach einem geeigneten Versteck, und vor allem das Ausheben der Grube, hätten viel zu lange gedauert. Schließlich wusste man nie, in welcher Tiefe man plötzlich auf Granit stoßen würde, und dann musste man eine neue Stelle suchen. Außerdem hätte das Loch so tief sein müssen, dass nicht aus Versehen eine rumstreunende Rotte Wildschweine sie ausgraben konnte oder vielleicht ein Fuchs den Sack ausbuddelte, aus Freude über leichte Beute. Die Leiche musste völlig unversehrt bleiben. Das war schließlich unverzichtbarer Bestandteil des Plans. Hoffentlich hatten die Kinder nicht zu viel Zeit gehabt auf seinem Hof herumzustöbern. Wer weiß, ob Margaretha sie wirklich im Griff hatte. Er warf einen Blick auf seine Uhr. Keine Viertelstunde hatte er für die Aktion benötigt. Rekordzeit. Waren die Jungs womöglich irgendwie ins Haus gelangt? Er konnte es nicht leiden, wenn andere in seinen Sachen herumstöberten.

Damit war jetzt endgültig Schluss.

Niemandem würde er das mehr erlauben!

Nie mehr!

Und spätestens heute Abend würde er seine Mutter wieder abholen und auf eine Reise ohne Wiederkehr schicken, dachte er zufrieden. Dann könnte er sein Leben ganz neu gestalten und all das nachholen, was sie ihm unmöglich gemacht hatte.

Flüchtig beunruhigte ihn der Gedanke an die einsetzende Leichenstarre.

Möglicherweise könnte sie ihm größere Schwierigkeiten beim erneuten Ankleiden des Körpers bereiten. Kein wahrer Grund zur Besorgnis. Notfalls müsste er der Toten eben ein paar Knochen brechen. Darauf kam es jetzt auch nicht mehr an. Sie würde schließlich ohnehin nicht mehr allzu viele intakte Knochen haben, wenn man sie fand. Oder konnte man nachweisen, dass die Frakturen nicht gleich alt waren? Ach, er machte eine wegwerfende Handbewegung, das würde sich schon alles finden.
Der große Saab rumpelte auf den Hof zurück.
Wie er sich das schon gedacht hatte, wartete Margaretha noch immer neben ihrem Auto. Schließlich wussten alle Nachbarn, dass er nie längere Zeit unterwegs war. Seine mäkelnde Mutter hatte ihn in den zurückliegenden Jahren für alle offensichtlich hervorragend dressiert.
Die beiden Jungs konnte er nicht entdecken. Wahrscheinlich waren sie zum Hühnerhaus gegangen und piesackten den Hahn. Nun, das Tier war wehrhaft genug, sich die Brüder vom Hals zu halten.
Als er ausstieg, erkannte er sofort, dass Margaretha geweint hatte.
Ihre Hände zitterten und zerknüllten gnadenlos ein Papiertaschentuch, dass nur noch ein unförmiger Klumpen zu sein schien. Froh, dass der langärmlige Pullover die tiefen Kratzspuren verdeckte, die seine Mutter ihm zugefügt hatte, legte er tröstend den Arm um ihre schmalen Schultern und streichelte mit der Hand, die seine Mutter erstickt hatte, zärtlich ihren Oberarm. Welch eine Ironie, dachte er dabei. Die Hände des ›Muttermörders‹ als Quell des Trostes für eine Mutter, registrierte er amüsiert. Tja, Gottes Wege sind unergründlich!, wie der Herr Pfarrer immer sagte.
Er spürte, wie sie mit aufsteigenden Tränen kämpfte, tapfer

versuchte, sie zu unterdrücken. Die junge Frau schluckte ein paar Mal hart.

»Nanu, Margaretha – was ist passiert? So aufgelöst kenne ich dich gar nicht«, begann er in sanftem Ton. Mit erstickter Stimme begann sie zu erzählen:

»Stell dir nur vor, mein Vater hatte einen schrecklichen Unfall – in seinem Stall. Und jetzt liegt er im Krankenhaus. Ich weiß mir einfach keinen Rat mehr!«

Bei dringend notwendigen Reparaturarbeiten hatte sich offenbar plötzlich eine Klappe zum Heuboden gelöst. Der Riegel war wohl nicht richtig zurückgeschoben worden, und bei der Erschütterung durch die Baumaßnahmen an der einen Pferdebox war mit einemmal die schwere Klappe heruntergeschwungen und hatte ihren Vater hart am Kopf getroffen. Er war sofort bewusstlos, und blutete heftig. Ihre Mutter war durch das Rumpeln aufmerksam geworden und in den Stall gelaufen. So hatte sie ihn gefunden, blutüberströmt und bewusstlos von Heu fast vollständig begraben. Natürlich hatte sie sofort die Ambulanz verständigt. Nun war der Vater im Krankenhaus in Jönköping, lag auf der Intensivstation, nachdem man ihn zwei Stunden lang operiert hatte. Die Ärzte rieten der Familie, in den ersten Tagen nah bei ihm zu bleiben. Sein Zustand sei sehr instabil.

»Das ist ja furchtbar! Wie kann ich dir helfen?« Er war in der ganzen Gegend dafür bekannt, dass man auf seine Hilfsbereitschaft jederzeit zählen konnte.

»Du weißt doch, dass mein Mann zur Zeit auf Montage ist und ...« Margaretha sah ihn flehentlich an.

»Und?«

»Die Jungs. Ich weiß nicht, wo ich die beiden so schnell unterbringen soll. Ich kann sie doch nicht ins Krankenhaus mitnehmen, dazu sind sie noch zu klein«, erklärte sie und als die Brüder laut johlend zum Auto gestürmt kamen, fügte sie kleinlaut hinzu: »Und wohl auch zu lebhaft. Sie sind eben auf dem Hof ziemlich frei aufgewachsen ...«

Er war in die Hocke gegangen und hatte in jedem seiner starken Arme einen der Jungs aufgefangen und dann mühelos seine sich windende Beute hochgehoben.

Lachend fragte er: »Du willst die Jungs bei mir lassen, ja?«

»Prima!«, johlten die beiden gleichzeitig, während Margaretha mühsam lächelte.

»Per und Arne! Jetzt hört doch mal auf! Man versteht ja sein eigenes Wort nicht mehr!« Dann versicherte sie: »Es wäre auch nur für ein bis zwei Tage, ich übernachte in einem Hotel in der Nähe des Sjukhuset, bis ich meine Schwiegermutter verständigt habe. Sie wird dann die beiden Rabauken übernehmen. Kann ich dir das zumuten?«

»Klar! Mache ich doch gerne. So kommt wenigstens etwas Leben hier in die Bude. Ist sonst immer so schrecklich still hier bei uns.«

So eine Scheiße, dachte er.

Jetzt würde er seine Pläne verschieben müssen! Andererseits, konnte er denn diese Bitte ablehnen? Es war nie gut, die Nachbarn zu enttäuschen. Wer weiß, vielleicht konnte er Margarethas Aussage später bei der Klärung der Angelegenheit mit der Versicherung gut gebrauchen. Sie würde einen prima Leumundszeugen abgeben. Außerdem wäre es so ungewöhnlich, wenn er jetzt ablehnte, dass Margaretha sich sicher daran erinnern würde – später. Und dem Dorfklatsch wollte er auch keine neue Nahrung bieten. Nein, er konnte jetzt keine Unruhe unter den widerlichen, tratschsüchtigen Weibern im Ort riskieren!

Vorsichtig setzte er Per und Arne, die angefangen hatten, ihn mit ihren kleinen Fäusten zu traktieren und dabei eine

Art Indianergeheul anstimmten, wieder auf dem Hof ab. Sofort stürmten sie los und verschwanden Richtung Stall. Na gut, so lange sie nicht anfingen im Haus herumzustöbern, würde es keine ernsthaften Probleme geben.

»Und deine Mutter? Sie erträgt ja nicht einmal Radio oder Fernsehen. Wird sie sich nicht über das Geschrei der Kinder aufregen?«

»Nein. Ich glaube nicht. Es geht ihr im Moment viel besser – stell dir nur vor, sie schmiedet sogar Reisepläne.« Vielleicht, überlegte er, war es ganz gut, das an dieser Stelle einfließen zu lassen. Margaretha würde das später zu Protokoll geben.

Er musste das Reiseunternehmen anrufen und die Reise einfach umbuchen. Auf einen späteren Termin. Dann würde sie eben erst in zwei Tagen ›fahren‹.

Kein Problem.

Außerdem – er unterdrückte ein diabolisches Grinsen – wäre der Zustand ihres Leichnams ohnehin für Rückschlüsse auf den Todeszeitpunkt denkbar ungeeignet.

Schnell hatte er die aufgeregte junge Frau davon überzeugt, dass sich weder für ihn noch für die Jungs irgendwelche Schwierigkeiten ergeben würden. Dankbar lächelnd hob Margaretha die Reisetasche aus dem Kofferraum, küsste die herbeigerufenen Kinder zum Abschied, versprach anzurufen, drückte ihm noch einen Zettel mit ihrer Handynummer in die Hand und fuhr dann in einer Staubwolke davon.

Als sie den Wagen nicht mehr sehen und die gerufenen Verhaltensregeln nicht mehr hören konnten, wog er die pralle Tasche, deren Nähte den Inhalt ächzend zusammenhielten, nachdenklich in der Hand. Plötzlich keimte in ihm der Verdacht auf, ›zwei Tage‹ könnte womöglich nur ein Synonym für einen viel längeren Zeitraum sein.

Schnell schüttelte er diesen erschreckenden Gedanken ab. Doch noch an diesem Nachmittag wurde ihm klar, dass er keine Chance hatte, seinen Plan in die Tat umzusetzen, solange die Kinder auf dem Hof waren. Ständig waren sie um ihn herum, fragten ihn Löcher in den Bauch und tauchten immer überraschend da auf, wo er sie am wenigsten vermutete. Er würde nicht unbemerkt vom Hof kommen, geschweige denn seine Mutter von Gunnars Dachboden holen und an einer für seine Überlegungen günstigen Stelle platzieren können. Auch nicht in der Nacht, stellte er ernüchtert fest, als Per und Arne beschlossen in seinem Bett zu schlafen, damit sie in der fremden Umgebung keine Angst zu haben bräuchten.

Zu diesem Zeitpunkt ging er noch davon aus, dass er ausreichend Zeit hätte, dass er alles wie geplant – nur eben zwei, drei Tage später – durchführen könnte.

Als Margaretha am nächsten Abend anrief und erzählte, es gehe ihrem Vater unverändert schlecht und ihre Schwiegermutter könne die Kinder erst Ende der Woche übernehmen, nahm er auch noch nicht an, dass sich durch die zwei Tage mehr ernsthafte Gefährdungen für ihn ergeben könnten.

Doch am dritten Tag nach Ankunft der Jungs geschah das, was er als allerletzten gemeinen Coup einer tyrannischen Toten empfinden musste.

Die ersten Feriengäste dieses Sommers zogen in Gunnars Ferienhaus ein.

»Angenommen, unsere Tote ist nicht diese Frau«, dabei zeigte Knyst mit dem Finger auf die Fotografie, die er während des Gesprächs in den Händen hin und her gedreht hatte, »und Frau Helm hier tatsächlich einfach vor dem Familienstress geflohen ist ... dann müssen wir wieder ganz von vorne anfangen!« Er stöhnte und dachte dabei an die vielen Überstunden, die sich dann wieder zusätzlich belastend auf sein Liebesleben auswirken würden. Und das gerade zu einer Zeit, in der er jede Minute brauchen würde, um zu versuchen, seine Beziehung zu Gitte wieder zu kitten.

»Ermitteln wir hier weiter oder verlassen wir uns auf unsere Intuition? Denn, wenn wir hier nicht weiter machen ...«, Lundquist ließ den Satz unvollendet.

Sein Handy brummte laut in der Jackentasche und er fummelte es nervös und linkisch ans Tageslicht. Entschuldigend sah er die Kollegen an. Mitten in Gesprächen oder Überlegungen an jedem beliebigen Ort konnte man von diesem elektronischen Quälgeist gestört werden.

»Lundquist.«

Britta meldete sich und sprudelte sofort los: »Hi, Sven. Du glaubst nicht, was hier abgeht! Kramp braucht dringend einen Zwischenstand – meint er jedenfalls –, um die Presse mit neuem Futter zu versorgen, damit sie nicht mehr so einen Mist über zusätzliche Kontrollen und so veröffentlichen. Und die italienische Familie hat sich bei den Kollegen in, warte mal, ich finde die Notiz jetzt gerade nicht ... gemeldet. Ist ja auch eigentlich egal, wo das war. Also, die Beamten haben die Ausweise kontrolliert

und die weitere Reiseroute notiert, falls wir noch Fragen haben. Dann haben sie uns angerufen und bestätigt, dass die Familie vollständig ist und sie keine Zweifel an der Echtheit von Personen und Papieren haben.«
Lundquist nutzte die Pause, die Britta einlegen musste, um Luft zu holen.
»Ok. Die sind dann also auch raus. Bleibt demnach noch unsere Weltenbummlerfamilie. Habt ihr eigentlich schon damit angefangen die Familien in der Nähe von Gunnars Sommerhaus unauffällig zu kontrollieren?«
»Ja. Wir sind dran. Knut und Jan haben das übernommen. Aber das wird wohl noch einige Zeit dauern. Du wolltest das ja ›unauffällig‹.« Britta nieste und putzte sich die Nase.
»Oje. Ausgerechnet die beiden!«, Lundquist runzelte gequält die Stirn.
»Na ja – sie fahren ohnehin dort Streife und wir haben eben gedacht, es ist so wirklich am unauffälligsten. Sie können dann die Sache sozusagen im Vorbeigehen erledigen. Vielleicht sehen sie die Personen auch zufällig, dann brauchen sie in manchen Fällen gar nicht zu fragen«, rechtfertigte Britta die getroffene Festlegung.
»Ist ja in Ordnung, Britta. Ihr habt das völlig richtig entschieden. Es ist bestimmt gut, wenn die beiden das wirklich unauffällig machen. Wir müssen einfach abwarten, was dabei herauskommt« Er putzte sich ebenfalls die Nase und schniefte dann: »Gibt es einen neuen Bericht aus der Gerichtsmedizin?«
»Ja. Sie haben am ganzen Körper der Frau Seifenreste gefunden, auch im Intimbereich. Es hat sich also jemand die Mühe gemacht sie nach der Ermordung zu waschen. Und zwar sehr sorgfältig. Und sie muss sich ganz schön gewehrt haben. Mehrere Fingernägel sind abgebrochen

und einige wurden wahrscheinlich erst nach der Tat ziemlich lieblos mit einem Knipser gestutzt. Dadurch, dass die Einrisse so tief waren, konnte man sie noch feststellen.«

»Ja. Dr. Mohl hat die beschädigten Nägel schon bei unserem ersten Termin erwähnt. Hautpartikel?«

»Nein. Nicht ein Fitzelchen. Offensichtlich hat der Täter auch daran gedacht und ihr die Fingernägel gründlich und wenig rücksichtsvoll gereinigt. Dr. Mohl glaubt, er benutzte erst einen Nagelreiniger und im Anschluss noch Seife und eine harte Nagelbürste.«

»Andere Abwehrspuren?«, wollte Lundquist wenig hoffnungsvoll wissen.

»Bis auf die abgebrochenen und tief eingerissenen Nägel keine. Der Mörder hat offensichtlich nicht auf ihr gekniet, als er sie erstickt hat. Es finden sich keinerlei Blutergüsse auf ihren Oberarmen oder Druckstellen an den Lenden. Dr. Mohl meint, es sei gut möglich, dass der Täter während des Mordes neben ihrem Bett stand. Bleibt festzuhalten, dass er ziemlich erfolgreich versucht hat alle möglichen Hinweise zu beseitigen.« Flapsig fügte sie hinzu: »Aus seiner Sicht ein durchaus verständliches Verhalten. Wer will schon der Polizei mit deutlichen Spuren die Arbeit erleichtern. Immerhin zeigen wir schon den Kleinsten im Fernsehen, was man bedenken muss. Und mal ehrlich, wo bleibt denn sonst für uns die Spannung?«

»Ja, dieser Aspekt scheint auch mir klar einleuchtend«, gab Lundquist ihr lachend Recht.

Doch dann wurde er sofort wieder ernst.

»Wir werden ihn trotzdem kriegen«, stellte er beinahe beschwörend fest. »Sein eklatanter Mangel an Kooperationsbereitschaft wird ihm nichts nützen!«

Er beendete das Telefonat, das er auf Schwedisch geführt hatte und wandte sich den anderen wieder zu, die sich in der Zwischenzeit flüsternd unterhalten hatten. Rasch fasste er die neuen Ergebnisse auf Deutsch zusammen.

Dabei spielte er abwesend mit der Fotografie, die Frau Helm vor ihrem Haus in St. Peter zeigte.

Lars hatte sie ihm gegeben, als er versuchte zu erklären, warum sie seiner Meinung nach nicht die Tote von Hilmarströms Dachboden sein konnte. Während er sprach, betrachtete er immer wieder die Frau, die lasziv am Rahmen der Eingangstür ihres Hauses lehnte, umgeben von einem Meer bunter Blumen und kräftig grünen Bäumen.

Die Haare hatte sie streng zurückgekämmt, schlank war sie und mit einem sicher teuren, klassisch geschnittenen Kostüm in kräftigem Rot bekleidet. Ihr herbes Gesicht zeigte einen entschlossenen aber auch irgendwie unzufriedenen Ausdruck. Sie wirkte ungeduldig, so, als hätte der Fotograf viel zu lange gebraucht um dieses Bild zu arrangieren. Die Sonne fiel günstig über ihr Gesicht und milderte die Falten, fast wie ein Weichzeichner. Sie trug nur wenig Schmuck. Lundquist fiel nur ein großer Rubin an ihrer Hand auf, ihre Uhr war sportlich, aber nicht protzig, ein Collier war nicht zu entdecken, auch kein Armband.

»Der Stein hier ist doch sicher wertvoll?«, fragte Knyst, der seinem Freund über die Schulter gesehen hatte.

Er reichte Volker die Aufnahme.

»Schon«, bestätigte Volker. »Ich vermute, das ist ein Rubin, und bei der Größe ist er ganz sicher viel wert. Aber wenn ihr das genau wissen wollt, können wir auch schnell mal in der Abteilung für Eigentumsdelikte nachfragen«, bot er an.

»Keine schlechte Idee. Möglicherweise ist er ja irgendwo in der Szene aufgetaucht. Ihr wisst schon ... vielleicht ist er ihr abgenommen worden und jetzt im Umlauf«, führte Karl den Gedankengang von Volker weiter aus.

Lundquist steckte sein Taschentuch in die Jackentasche.

»Kann ich bitte das Bild noch mal sehen?« Lange und intensiv studierte er die Frau, während seine Kollegen ihn überrascht und mit fragenden Gesichtern dabei beobachteten.

»Sagt mal, diese Haare. Als das Bild gemacht wurde, war Frau Helm doch schon weit über sechzig, oder?« Die Kollegen sahen sich verblüfft an, wussten nicht, in welche Richtung Lundquists Frage zielte.

»Wenn sie da schon nicht mehr ganz jung war, dann sind die Haare auf dem Bild doch sicher gefärbt. Was meint ihr?«, konkretisierte der Schwede.

»Und?« Karl verstand diesen neuen Ansatz nicht. Hatten die Kollegen aus Schweden jetzt plötzlich was gegen gefärbte Haare? Anderer Kulturkreis eben, obwohl sie auch Europäer sind. Er zuckte mit den Schultern und fuhr fort: »Was ist denn schon dabei. Viele Frauen in dem Alter färben sich die Haare. Jedenfalls in Deutschland. Warum sollte ausgerechnet eine so aktive und gepflegte Frau wie Frau Helm da eine Ausnahme machen?«

Volker war sofort nach Lundquists Frage aufgesprungen und hatte damit begonnen in dem Aktenstapel an der Seite des Schreibtisches zu kramen. Er suchte in verschiedenen Aktendeckeln, grunzte unzufrieden und verfiel in eine für ihn ungewohnte Hektik, was die anderen amüsiert belächelten. Karl und Lars sahen sich an und signalisierten sich gegenseitig, dass ihnen nicht ganz klar war, was diese plötzliche Betriebsamkeit ausgelöst hatte.

»Keiner hat etwas dagegen, wenn sie sich die Haare färbt«, grummelte Volker in genervtem Ton, fast vollständig hinter den Akten verborgen.

»Aber die Tote aus dem Ferienhaus hatte lange, graue Haare«, erklärte Lundquist.

»Bist du da ganz sicher?« Knyst runzelte die Stirn und Karl rieb sich nachdenklich das sorgfältig rasierte Kinn.

»Ich glaube, Volker sucht gerade nach dem Bericht.«

»Ja ... und da ist er auch schon!«, triumphierend hielt der Badener einige eng beschriebene Seiten hoch, wedelte damit und warf sie schwungvoll auf den Tisch, damit alle hineinlesen konnten. Sofort beugten sich vier Köpfe über die Papiere. Karl fand die Stelle als erster.

»Hier! Hier steht es!« Er zeigte hektisch mit dem Zeigefinger auf die entsprechende Zeile. »Die Tote hatte ca. 60 cm langes, weiß-grau meliertes Haar, das ungepflegt und verfilzt war. Wir fanden sowohl Nissen, als auch abgestorbene Läuse darin. Eventuell war noch kurze Zeit vor ihrer Ermordung eine Antilausbehandlung durchgeführt worden«, las er den anderen vor.

Es stimmte also.

Lundquist zuckte zusammen, als Volker ihm kraftvoll auf die Schulter schlug.

»Ey, Sherlock! Jetzt müssen wir nur noch klären, wie alt das Foto ist, und ob Frau Helm ihr Haar noch immer regelmäßig färben ließ.«

»Färben! Nicht tönen!«, flüsterte Karl noch schnell seinem Kollegen zu, der bereits den Telefonhörer in der Hand hatte, mit der anderen im Befragungsprotokoll blätterte und dabei kraftvoll die Nummer von Frau Schuster in die Tasten meißelte.

»Hä?«

»Du musst fragen, ob sie die Haare hat färben oder tönen lassen«, erklärte Karl, »eine Tönung kann man entfernen. Da gibt es jetzt Mittel, die ziehen die Farbe einfach komplett wieder raus. Und eine Tönung wäscht sich wieder aus, aber eine echte Färbung, die muss man rauswachsen lassen.«

Als die anderen ihn bewundernd ansahen«, wegen der Spe-
zialkenntnisse, die er auf diesem Gebiet zu haben schien,
wurde Karl verlegen und murmelte etwas von ›Frauen-
haushalt‹ und meinte entschuldigend, es bliebe eben nicht
aus, dass man auch als männliches Mitglied in solche
Techniken wie Haarefärben oder Haaretönen eingeweiht
würde.
»Hoffentlich ist sie auch zu Hause.« Knyst flüsterte bei-
nahe andächtig. Erleichtert seufzten sie kollektiv, als sie
Volker sagen hörten: »Ja, guten Morgen, Frau Schuster.
Hier ist noch mal die Kriminalpolizei Freiburg.« Er mach-
te eine Pause.
»Ja. Genau. Wir sind schon gestern bei Ihnen gewesen.«
Wieder eine Pause. »Wir hätten jetzt noch ein, zwei Fra-
gen. Sie wissen doch bestimmt, ob Frau Helm sich die
Haar gefärbt hat?«
Er lauschte.
»Aha. Ja. Und welche Farbe?«
Die drei anderen sahen sich an.
Also doch! Volker blinzelte den Kollegen zu. Manchmal
war Intuition eben doch richtig! Karl stieß seinen Kolle-
gen an.
»Aha. Und das ist gefärbt, nicht getönt? Wir fragen das
so genau, weil man ja eine Tönung auch wieder entfer-
nen kann ...« Danach bedankte er sich und beendete das
Gespräch.

»Sie hat ihre Haare schon seit einigen Jahren in einem
›mittelbraunen Ton mit rötlichem Einschlag‹ – so hat
das Frau Schuster beschrieben – gefärbt«, und mit einem
raschen Blick auf Karl fügte er hinzu: »Nicht getönt. Gefärbt. Frau Schuster hat mir erklärt, die Tönerei sei ihrer
Freundin auf die Nerven gegangen, weil die Farbe sich

ja nach jedem Waschen ändert. Und drum hat sie färben lassen.«

»Damit ist jedenfalls klar, dass unsere Leiche nicht eure Frau Helm ist«, stellte Lundquist fest. Er fuhr sich mit beiden Händen übers Gesicht und setzte sich. »Das heißt, wir fangen mit den Ermittlungen wieder fast bei null an.«

»Und wir müssen ganz eindeutig unsere Frau Helm woanders suchen!« Volker klang wenig begeistert.

»Und wir müssen so schnell wie möglich zurück. Ihr habt ja gehört, was bei uns los ist. Wir nehmen den nächsten erreichbaren Flug.«

Lundquist hatte es jetzt eilig.

Sie würden die Ermittlungsfäden aufgreifen und daraus ein komplett neues Band knüpfen müssen, an dessen Ende diesmal hoffentlich der richtige Täter zappeln würde. Es war klar, dass Dr. Kramp von den Ermittlungsergebnissen nicht begeistert wäre. Obwohl er vielleicht inzwischen doch insgeheim hoffte, einen Schweden als Täter präsentieren zu können, angesichts der Eskalation zu Hause. Immerhin blieb nicht mehr viel Zeit, das Bild im Ausland wieder gerade zu rücken. Die ersten Ferienhausbuchungen gingen schon Anfang Dezember ein. Bis dahin musste für alle Urlauber deutlich werden, dass Schweden ein sehr gastfreundliches Urlaubsland war. Auch für potenzielle Gäste aus Deutschland.

Er, Sven Lundquist, sollte in der Lage sein, all die anstehenden Aufgaben zu lösen.

Ein guter Ermittler war immer mit allen fünf – notfalls sechs oder gar sieben Sinnen bei der Arbeit – und was war mit ihm? Jemand würde die Ermittlungsgruppe ›retten‹ müssen, bevor Dr. Kramp zu dem Ergebnis kommen konnte, es sei besser, sie aufzulösen und eine völlig neue zusammenzustellen.

Lundquist wühlte unter den Papieren auf Volkers Schreibtisch sein Handy hervor.

Volker telefonierte mit der Reiseauskunft des Frankfurter Flughafens und erfuhr, dass die Kollegen mit der Maschine um 16:30 Uhr nach Göteborg fliegen könnten. Lundquist nickte ihm bestätigend zu und hörte, während er schon Brittas Nummer in seinem Mobiltelefon aufrief, wie Volker zwei Plätze reservierte und danach sogar noch die Zugverbindung für sie klärte.

Britta war froh, dass ihr Chef so schnell wieder zurückkommen würde. Er hörte die Erleichterung deutlich heraus.

»Wie soll ich dieses niederschmetternde Reiseermittlungsergebnis Dr. Kramp beibringen?«, wollte Britta wissen. »Er wird toben!«

»Ehrlich gesagt, kann ich dir da auch keinen Rat geben. Am Besten versuchst du es mal mit weiblichem Charme!«

»Ich glaube nicht, dass er meine spröde Art zu schätzen weiß.«

»Heute Abend, 20 Uhr ist Besprechung. Wir werden uns gegenseitig auf den neuesten Stand bringen und die Richtung für weitere Ermittlungen festlegen. Kannst du das bitte an alle weiterleiten?«

»Wenn ich die Zusammenkunft mit Dr. Kramp überlebe!«

Als er sein Mobiltelefon wieder in die Jackentasche steckte, fiel ihm ein, dass er eigentlich Dr. Palm anrufen wollte. Das würde eben warten müssen, beschloss er, seufzte tief und putzte sich schon wieder die Nase.

Volker sah ihn nachdenklich an, zog dann seine Schreibtischschublade auf und fingerte aus der Tiefe ein Röhrchen ASS ans Licht. Lundquist stimmte dankbar zu, als er ihm anbot, eine der Sprudeltabletten für ihn aufzulösen. Dann würde wenigstens dieses dumpfe Gefühl aus dem Kopf verschwinden, das so starke Nebelwolken erzeugte, dass es manchmal einen auftauchenden Gedanken so stark verschleierte, dass Lundquist ihn nicht mehr wiederfinden konnte.

Warum hatte er so lange gebraucht, um zu erkennen, dass die Haare von Frau Helm gefärbt waren? Es hätte ihm schon viel früher auffallen müssen! Es war unentschuldbar, dass er nicht sofort diese Frau ausgeschlossen hatte, nachdem er das erste Vernehmungsprotokoll in die Hände bekommen hatte!

Seine Intuition würde ihnen nun viel Wartezeit ersparen, neue Ermittlungen konnten sofort eingeleitet werden, sicher, aber warum war er nicht gleich darauf gekommen! Die Medien würden sich nun um eines ihrer Lieblingsthemen, die Verbesserung der inneren Sicherheit, betrogen sehen, von der Reaktion Dr. Kramps ganz zu schweigen.

»Der Fall hat ja bei euch zu Hause für ganz schön viel Wirbel gesorgt«, unterbrach Karl Lundquists Überlegungen. »Gestern kam ein Bericht im Fernsehen über die Reaktionen in Schweden auf den grausigen Fund und auch über Presseberichte bei uns.«

Lundquist schwenkte das Glas mit der sich sprudelnd auflösenden Tablette und starrte die Flüssigkeit dabei mit so bösem Blick an, dass Volker beruhigend meinte: »Nur keine Angst! Ich habe kein Gift mit rein getan, gell.«

»Euer Dr. Kramp hat ein Interview gegeben und dabei deutlich gemacht, dass Schweden nicht untätig zusehen wird, dass Verbrecher, egal woher, ihre Untaten ungestraft in eurem Land begehen können«, führte Karl weiter aus, während Lundquist die Arznei mit einem Schluck austrank und dann angewidert das Gesicht verzog.

»Dieser Idiot von Kramp!«, murmelte er undeutlich vor sich hin und Knyst meinte: »Er ist leider manchmal etwas sehr voreilig und informiert die Presse dadurch schon mal zu früh. Dr. Kramp will immer im besten Licht dastehen, und dazu gehören eben auch superschnelle Ermittlungserfolge.«

»Die er dann als seine persönlichen Erfolge verbucht, wenn's stimmt und uns dafür den Kopf abhackt, wenn der erste Ermittlungsansatz eben nicht gestimmt hat.«

»Es ist eben bei euch wie überall«, meinte Volker philosophisch.

»Er hat in dem Gespräch mit dem Reporter die Meinung vertreten, es sei letztlich nicht so schlimm, wenn sich dieser tragische Todesfall negativ auf den Tourismus aus Deutschland auswirke. Er hat behauptet, die Deutschen wären nur eine verschwindend kleine Anzahl im Vergleich zu den Touristen aus anderen Ländern«, erzählte Karl weiter.

»Das zeigt nur wieder eines ganz deutlich: Man sollte sich unbedingt erst einmal gründlich informieren, bevor man sich der Presse stellt. Er hatte offenbar keine Ahnung von den aktuellen Tourismuszahlen!«, Knyst ärgerte sich jetzt wirklich. So unwissend konnte man doch gar nicht sein!

Volker, der leise in sein Telefon gesprochen hatte, um die anderen nicht zu stören, legte nun auf und warf einen triumphierenden Blick in die Runde.

»Na, hast du was ganz heißes herausgefunden Du strahlst so!«, meinte Karl ermunternd und schon sprudelte es aus Volker heraus:

»Also, das ist unser Labor gewesen. Ich hab gedacht, wir klären das noch bevor ihr wieder abreist – das mit der Verwahrlosung. Und ich hab's geklärt: Die Tote kann unmöglich in so einen Zustand durch kurze Erkrankung gekommen sein. Die Gerichtsmedizin meinte, die Frau hat nie und nimmer nur ein paar Tage krank im Bett gelegen. So sieht man nicht mal nach zwei Wochen schlampiger Pflege aus. Diese Folgen der Vernachlässigung sind über einen längeren Zeitraum entstanden. Besonders die Kontrakturen seien ein deutlicher Hinweis.«

»Prima. Dann konnten wir wenigstens eine Frage beantworten.« Knyst freute sich.

Nun war endgültig klar, dass sie den Mörder in Schweden würden suchen müssen.

»Wir haben doch noch Zeit bis zu eurer Abfahrt. Die Identitätsfrage konnten wir wenigstens im Negativverfahren klären. Ich finde, wenn ihr schon mal hier in Freiburg seid, dann solltet ihr auch ein paar schöne Ecken der Stadt zu sehen kriegen, bevor ihr wieder zurück müsst«, fragend sah Karl in die Runde.

»Gerne«, stimmten die beiden Gäste zu und Volker war von der Idee sofort begeistert.

Beim Aufstehen sah Lundquist sein Gesicht für einen Moment in der Glasscheibe erscheinen. Toll, dachte er ironisch, so eine feuerrotglühende Nase in vampirblassgrünem Gesicht gibt einem Menschen schon einen ganz besonderen Touch. Vorsichtig betastete er die Nase, die sich auch geschwollen anfühlte und jetzt, wo er wusste, wie sie aussah, auch prompt anfing zu brennen. Weichei, schimpfte er lautlos.

Es war ausgesprochen angenehm, an die frische Luft zu kommen und Lundquist warf Karl einen dankbaren Blick zu.

Beim Überqueren des Parkplatzes vor dem Gebäude der Kriminalpolizei strauchelte Lundquist, konnte aber einen Sturz abfangen.

Volker meinte mitfühlend: »So ein Virus ist schon ein gemeines Vieh – der belastet auch den Kreislauf. Wir gehen nicht so weit und unterwegs trinken wir schön Kaffee, dann kommst du wieder in die Spur. Es ist ja auch kein Wunder, wenn du die ganz Nacht nicht richtig schlafen konntest.«
Lundquist nickte nur und hoffte, dass der andere die Verzweiflung in seinen Augen nicht bemerken würde.
Wie lange konnte er überhaupt noch gehen?
Doch Volker hatte keine Zeit etwas zu bemerken.
Er mutierte wieder zum Stadtführer und begann mit seinen Ausführungen fast direkt vor der Einfahrt zu dem Dienstgebäude, das sie gerade verlassen hatten. Sie hatten sich nach rechts gewandt und nach nur wenigen Schritten eine großangelegte Kreuzung erreicht.
»Das ist unser Theater.« Volker musste wegen des Verkehrs laut rufen, damit die anderen ihn verstehen konnten und wies dabei mit einer weit ausholenden Geste auf das sandfarbene Gebäude, das etwas erhöht auf einem Hügel stand, auf der gegenüberliegenden Straßenecke.
»Und leider klebt seit einiger Zeit ein völlig unpassender Neubau dran.« Karl grunzte ungehalten: »Ein Kino! Das, was ihr hier seht ist einfach nur eine architektonische Katastrophe! Eine Beleidigung für das Auge und den guten Geschmack.«
Die Gäste aus Schweden begannen die tiefen Gräben zu ahnen, die sich bei dieser Architekturdiskussion auftun konnten und sahen sich schmunzelnd an. Wer hätte das von Karl und Volker gedacht.
»Die Konservativen wollen eben immer, dass alles so bleibt wie's schon immer war. Bloß kein Fortschritt und etwa Erneuerung, gell?«, feixte Volker mit einem Seitenblick auf Karl, der aber so tat, als könne sich das Gesagte mit keiner noch so kleinen Silbe auf ihn beziehen.

Karl führte die kleine Gruppe nach links und nach einigen Kurven standen sie auf dem Rathausplatz. Volker erklärte den Besuchern das Glockenspiel, leitete die Gruppe dann in Richtung Schlossberg und bog dann mit ihnen in eine Gasse ab, die so schmal war, dass Lundquist, wenn er die Arme seitlich ausstreckte, mit den Händen die gegenüberliegenden Wände der Häuser berühren konnte. Ein schmaler Bogen überspannte die Gasse. Karl erklärte ihnen umständlich, dass dieser Bogen verhindern sollte, dass die Häuser sich zueinander neigten. Er war also keine Dekoration, sondern statische Notwendigkeit der Architektur.

Überall war die malerische Altstadt von Gräben durchzogen, in denen klares Wasser floss. Weil es in diesem Herbst noch so warm war, konnten sie auch einige Kinder beim barfüßigen Durchwaten der im Mittelalter als Abwasserkanäle genutzten ›Bächle‹ beobachten und andere, die kleine Schiffe dort fahren ließen.

»Für eine Großstadt wirkt das hier alles sehr idyllisch«, meinte Knyst und führte weiter aus: »Keine Leute in Hetze, kein Gehupe, keine Abgase ... hier wirkt nichts nach Stress.«

Sie gelangten über das grobe Kopfsteinpflaster auf dem Münsterplatz zum wundervoll restaurierten, alten Kaufhaus und bestaunten das gewaltige Sandsteinmünster, das zwar den 2. Weltkrieg nahezu unbeschadet überstanden hatte, aber jetzt ein Opfer von saurem Regen und aggressivem Taubenkot wurde.

»Leider könne mir uns jetzt nur da ins Café setze und was trinke. Ins Münster rein könne mir leider nicht. Das ist im Moment nur mit einer Führung erlaubt«, schnaubte Volker verächtlich und Knyst lächelte amüsiert über den Eifer des Kollegen seine schöne Stadt zu präsentieren.

»Warum? Normalerweise sind solche Kirchen doch für Besucher offen?«, wollte Lundquist wissen.

»Ach ...«, begann Karl seine Erklärung etwas zögerlich, »da hat sich mal im Sommer jemand splitterfasernackt ausgezogen. Irgendein armer Verwirrter, Protestler oder Wichtigtuer. Und jetzt meinen die Leute eben, das sei ein Sakrileg und deshalb darf man nur noch in Begleitung rein.«

»Als ob Adam und Eva nicht auch völlig nackt g'wese wäre. Ich glaub ja nicht, dass der Anblick den liebe Gott so erschüttert hat, dass man glei so drastische Maßnahmen ergreife muss.« Volker war zornrot geworden, und Karl versuchte ihn abzulenken, indem er zielstrebig auf eines der Cafés zusteuerte, die noch Stühle draußen stehen hatten. Sie suchten sich einen etwas abgelegenen Tisch in der Sonne, bestellten ihre Kännchen Kaffee und beobachteten die vielen Menschen auf dem Marktplatz.

Lundquist war fasziniert von dem Treiben auf diesem lebendigen, bunten Markt.

»Ein El Dorado für Taschendiebe«, flüsterte Knyst ihm ins Ohr, der offenbar auch in einem solchen Moment den ›Polizeiblick‹ nicht ausschalten konnte.

»Sieh mal«, lästerte Volker genüsslich, »das ist ja mal 'ne auffällige Haarfarbe. Wenn deine Freundin so lila Haare hat, dann findest du sie auch im größten Einkaufsgetümmel ganz prima wieder.« Dabei wies er mit seinem stoppeligen Kinn auf eine Gruppe junger Leute, die vor einem der Stände mit Grillwurst Halt gemacht hatten.

»Studenten!«, klärte er dann die anderen mit einer lässigen Handbewegung auf. »Die meinen in dem Alter noch, sie können machen, was sie wollen. Aber jetzt stell dir bloß vor, ich würde morgen so zum Dienst komme. Ha, das gäbe ein Affentheater!«

»Das wäre eine schöne Zwickmühle fürs Amt.« Volker lachte. »Aber vielleicht würde sie mich suspendiere und ich hätt so lang frei, bis die Farbe rausg'wachse ist. Natürlich bei vollen Bezügen, gell«, träumte er, schloss die Augen und lehnte sich entspannt zurück.

Doch Karl meinte trocken: »Die würden dir einfach die bunten Haare abrasieren und dich als V-Mann in die Skinheadszene abkommandieren.«

Lundquist spürte, wie er sich in der Wärme und der gelösten Atmosphäre langsam von seinen Problemen entfernen konnte.

»Lars, du bist ja so still. Ist was?«, Volker lehnte sich zu seinem schwedischen Kollegen hinüber und sah ihn besorgt an.

»Du weißt schon. Das, was immer mit Polizisten und Beziehungen ist. Knatsch!«, antwortete Lars bereitwillig und fragte sich im selben Moment irritiert, warum er eigentlich ausgerechnet Volker davon erzählte, der ja wohl von ihrem Quartett derjenige mit der geringsten Erfahrung auf diesem Gebiet zu sein schien.

»Ich denke, ihr solltet den Frauen in eurem Leben etwas aus Freiburg mitbringen. Etwas, das es in Schweden nicht gibt.« Volker überlegte einen Moment, dann strahlte er plötzlich. »Ich weiß! Ein Steiff-Tier! Was zum Kuscheln. Das kommt immer gut, gell?«

Karl nickte.

Und so dauerte es nicht lange, bis Knyst und Lundquist mit haarigen Begleitern ausgestattet waren.

»Für den Riesenbären wirst du wohl einen eigenen Sitzplatz buchen müssen!«, feixte Volker und begutachtete das Plüschtier. Knyst lächelte selig. Auf dem Schild über den Tieren hatte gestanden »Sag's mit Liebe – sag's mit Steiff«.

Er nahm das als gutes Omen für den Erfolg seiner
Versöhnungsmission.

»Was ist denn nun mit der alten Frieda?«
Inga fragte das bestimmt schon zum hundertsten Mal. Sie
hatte sich neben Gunnar auf die Couch gesetzt. Er wurde
von einer Duftwelle überspült, die ihm den Atem raubte,
einer Mischung aus Badezusatz und Bodylotion, nahm er
an. Ingas Haare waren auf große Wickler aufgedreht und
unter ihren Augen hatte sie eine dicke blau-grüne Creme-
schicht aufgetragen.
»Ich meine ja nur, es ist doch eigenartig, dass Margaretha
überall erzählt hat, die alte Frieda wolle in Urlaub fahren.
So ein ausgemachter Blödsinn! Wie soll das denn gehen?
Sie ist schließlich ein Pflegefall! Und wieso hat keiner außer Margaretha davon gewusst? Überhaupt, dann müsste
sie doch auch längst schon wieder zurück sein. Doch man
hört nichts von ihr. Gar nichts. Paula hat neulich sogar bei
ihr angerufen. Erst war dauernd besetzt und dann ging
keiner mehr ran. Das ist doch irgendwie merkwürdig. Das
muss doch selbst jemandem wie dir auffallen! Da frage ich
mich eben: Was mag da nur los sein?«
Ihr Mann betrachtete sie missmutig.
Vielleicht, dachte er, waren Frauen ja gar keine Menschen,
sondern eher Aliens.
Überbleibsel aus der frühen Besiedelungsphase der Erde
durch Außerirdische.
Wie sonst konnte man sich erklären, dass sie sich ständig selbst verunstalteten, dafür auch noch gelobt werden
wollten und eine Frage mit solcher Ausdauer so lange
stellen konnten, bis sie endlich die Antwort bekamen, die
sie hören wollten.

Gunnar seufzte genervt.

»Was soll schon los sein mit ihr? Sie ist ein alter Drachen«, blaffte er gereizt. »Der Junge kann einem leidtun.«

»Wenn du mal ganz genau nachdenkst, es dir noch mal ganz genau überlegst – sah die Tote dann nicht doch aus, wie die alte Frieda?«, drängte sie ihren Mann und sah ihn dabei mit neugierig aufgerissenen Augen erwartungsvoll an.

»Herrgott, Inga! Ich versuche nach Möglichkeit, diesen Anblick zu vergessen und du versuchst ständig, mich zu zwingen daran zu denken. Das ist gemein. Seit ich diese Frau gefunden habe, kann ich kein Auge mehr zutun«, lamentierte er mit weinerlicher Stimme. »Lass das Thema endlich fallen. Such dir ein Neues! Die Tote eignet sich nicht für deine Kaffeekränzchengespräche!«

Inga sah das allerdings völlig anders.

In diesem letzten Satz offenbarte sich doch die ganze Ignoranz des Mannes weiblichen Treffen gegenüber. Natürlich eignete sich das Thema vorzüglich für ihr Kaffeekränzchen. Ihre Freundinnen fragten nach nichts anderem mehr. Schon viele OOOHHHS und AAAAHs hatte sie auf ihrem Unterhaltungswertkonto verbuchen können. Besonders, nachdem sie nun wusste, dass die Tote gar keine Urlauberin aus dem Häuschen war. Jan, der freundliche Polizist, den sie manchmal beim Einkaufen traf, hatte ihr gerade heute Morgen berichtet, dass man sich da in der Ermittlungsgruppe inzwischen ganz sicher war.

Die Tote stammte demnach wohl doch aus der Gegend! War möglicherweise gar eine flüchtige Bekannte! Das war doch nun wirklich eine kolossal aufregende Entwicklung! Wenn nur sie die Leiche entdeckt hätte! Gunnar hatte gar nicht richtig hingesehen! Und jetzt wich er auch noch jedem Gespräch über Einzelheiten seines Fundes beharrlich aus. Dabei könnten doch bestimmt wichtige Hinweise für die Polizei einfach verloren gehen. Nicht auszudenken, wenn der wichtigste Tipp zur Identifizierung von Opfer oder gar Täter ausgerechnet von ihr, Inga Hilmarström, käme!

Aber Männer waren ja so entsetzlich sensibel! Und immer im falschen Moment! Eine Frau – und da war sich Inga völlig sicher – hätte in solch einer Situation vollkommen anders reagiert. Sie, an Gunnars Stelle, hätte sich die Leiche erst einmal gründlich angesehen. Schon um auszuschließen – oder sicher zu sein – dass es sich um jemanden handelte, den sie kannte.

»Nun sei doch nicht so zimperlich!«, wies sie ihren Mann zurecht. »Wie kann ein so gestandener Mann wie du nur so furchtbar mimosenhaft sein!«, fügte sie nach kurzem Überlegen unbarmherzig hinzu.

Doch Gunnar blieb unnachgiebig.

Behauptete steif und fest, sich an überhaupt keine Ähnlichkeit mit irgendwem erinnern zu können – schon gar nicht an Ähnlichkeit mit Frieda. Während er sich dann tiefer in seine warme Strickjacke kuschelte, die wollenen Hausschuhe von den Füßen wackelte und dann die Beine unter eine dicke Fleecedecke schob, wurde ihm klar, dass er allein schon deshalb keine Ähnlichkeiten feststellen konnte, weil er nicht einmal eine vage Erinnerung an all die lebenden Damen aus dem Bekanntenkreis seiner Frau hatte. Wie sollte er wissen, ob die Tote einer Frau ähnelte, die seit Jahren niemand mehr zu Gesicht bekommen hatte? Das war schlicht zu viel verlangt! Für ihn war es eben einfach nur Ingas Kränzchen – und wenn das Kränzchen bei ihnen einfiel, machte Gunnar sich immer rechtzeitig von dannen.

Behaglich ruckelte er seinen massigen Körper auf der

Couch zurecht und warf einen letzten ungehaltenen Blick auf seine verunzierte Frau, empfahl ihr ein weiteres Mal, sich mit einem weniger albtraumträchtigen Sujet zu befassen und schaltete kurz entschlossen zu den Sportnachrichten um.
Inga war viel zu sehr in Gedanken versunken, um es überhaupt zu bemerken, geschweige denn zu kritisieren.

Nach drei Tagen hatte sie die Jungs noch immer nicht abgeholt und inzwischen gingen ihm die zwei Rabauken ziemlich auf die Nerven. Tag und Nacht beschäftigten sie ihn, fragten ihn nach den unmöglichsten Dingen und er war gezwungen, sie ständig im Auge zu behalten, damit sie nicht verbotene Bereiche des Hauses auf ihren Abenteuerstreifzügen erkundeten. Wo er ging oder stand – selbst beim Pinkeln – redeten sie aufgeregt auf ihn ein, wollten so Vieles über sein Leben auf dem Hof wissen. Da er sie auch nachts beaufsichtigen wollte, schliefen sie alle drei in seinem breiten Bett. Sicherheitshalber lag er in der Mitte und hatte je einen Arm um eines der Kinder geschlungen. So merkte er stets sofort, wenn einer von ihnen sich plötzlich bewegte, oder gar Anstalten machte aufzustehen.

Sein Problem wurde langsam drängend.

Er konnte schließlich nicht warten, bis die Leiche anfangen würde zu verwesen.

Außerdem musste er sie noch ein Stück transportieren, und natürlich durfte die Polizei später nicht merken, dass sie schon viel länger tot war.

Er würde maximal noch einen Tag warten können, entschied er.

Am Nachmittag beschloss er, mit den Jungs zu einem weiträumigen Spaziergang aufzubrechen, um dabei unauffällig die Lage sondieren zu können. Er führte die beiden an seine Lieblingsplätze im Wald, zeigte ihnen die Reste des Baumhauses, das er in einem anderen, fast vergessenen Leben gebaut hatte und freute sich über ihre kindliche Be-

geisterung, mit der sie sofort versuchten, die im Laufe der Jahre entstandenen Schäden zu reparieren. Ob er wohl als Kind auch noch so unbeschwert hier getobt hatte – oder war er schon immer eher still und ängstlich gewesen?
Er konnte sich beim besten Willen nicht an eine unbeschwerte Zeit erinnern!
Auf dem Rückweg, den er kaum erwarten konnte, führte er die Jungs an Gunnars Ferienhaus vorbei – und sah sofort das fremde Auto mit dem ausländischen Kennzeichen in der Auffahrt stehen!
Die Saison hatte in diesem Jahr wohl deutlich früher als gewöhnlich begonnen!

Scheiße – sein großartiger Plan, seine genialen Überlegungen – alles umsonst! Bei dem Gedanken wurden ihm die Knie weich, und er musste mit aller Kraft gegen die aufsteigenden Tränen ankämpfen. Er würde sich zusammenreißen müssen, versuchte er sich klar zu machen, die Jungs durften schließlich nichts merken!
Und als sie später die Auffahrt zu seinem Hof erreichten, tröstete er sich mit dem Gedanken, dass er jetzt zwar auf das Geld von der Versicherung würde verzichten müssen – aber frei war er dennoch. Doch jetzt kam es noch mehr als zuvor darauf an, die beiden Wildfänge nicht merken zu lassen, dass in den verbotenen Räumen niemand mehr wohnte.
Die Leiche musste nun eben warten, bis ihm ein neuer Plan eingefallen war.
Daran, dass ihm ein Neuer einfallen würde, bestand für ihn kein Zweifel.

Dr. Kramp öffnete die Tür zum Besprechungsraum mit energischem Schwung.

»Aha. Da sind ja unsere Heimkehrer«, begann er bissig-ironisch. »Bestimmt habt ihr euch hier versammelt, um Ermittlungsergebnisse mit dem Staatsanwalt«, er nickte in Richtung Hendrik Bengtson, »und mir zu besprechen«, fügte er dann unterkühlt hinzu, zog sich einen Stuhl heran und nahm provokant Lundquist gegenüber Platz.

Die Ermittlungsgruppe war inzwischen vollständig um den langen Arbeitstisch im Besprechungsraum versammelt. Lars Knyst stand mit einem dicken Filzstift am Flipchart, Sven Lundquist saß in der Mitte der Breitseite und die Kollegen sowie der Staatsanwalt hatten sich mit ihren Unterlagen bunt im Raum verteilt. Britta duftete leicht nach Eukalyptus und Menthol und hatte ihre große Taschentücherbox so vor sich stehen, dass auch die männlichen Kollegen bequem zugreifen konnten. Ole trug einen langen, bunten Schal um seinen dünnen Hals, behauptete aber steif und fest, der sei nur als Abschreckung für die Viren gedacht, er sähe seine Gesundheit durch den engen Kontakt zur Kollegin nicht ernsthaft gefährdet. Bernt war trotz des Misserfolgs der »Deutschlandmission« und der Tatsache, dass die Ermittlungen nun wieder ganz neu auf den Weg gebracht werden mussten, guter Dinge und strahlte jede Menge Optimismus aus.

Das wäre eigentlich meine Aufgabe, dachte Lundquist, ich müsste dem Team neue Zuversicht vermitteln und mit neuen Ideen der Sache eine Richtung geben.

Durch das überraschende und ungebetene Erscheinen

von Dr. Kramp, den alle um diese Zeit längst außer Haus vermutet hatten, breitete sich eine fast körperlich wahrnehmbare Spannung im Raum aus.
Lundquist spürte Knysts Hand auf seiner Schulter.
Er überlegte, wie er auf diese eindeutige Provokation Dr. Kramps reagieren sollte, merkte, wie der Ärger seinen Magen mühelos erreichte. Doch dann atmete er tief durch, lehnte sich zurück und nickte seinem Vorgesetzten kurz zu, bevor er seinen Blick wieder dem Flipchart zuwandte.
Die bisherigen Ergebnisse der Ermittlungen waren erschreckend schnell zusammengetragen.
Knyst fasste das Gespräch mit Frau Schuster zusammen, berichtete von Motiven und Möglichkeiten der Familie Kirsten und erläuterte dann, warum auch diese Familie ausschied.
»Damit wäre klar, die verschwundene Frau aus St. Peter ist nicht identisch mit dem Opfer in der Truhe.«
Der Hauptkommissar hatte den Eindruck, ein kollektives, frustriertes Seufzen ginge durch sein Team.
»Wir konzentrieren die Suche nach dem Mörder auf die Gegend um den Fundort. Ich halte es für ziemlich unwahrscheinlich, dass jemand mit einer Toten im Auto eine weite Strecke fährt, um sie in einem zufällig leer vorgefundenen Ferienhaus abzulegen. Ich gehe davon aus, dass der Täter nahe an Hilmarströms Haus wohnt. Ihm waren die Abläufe der Vermietung bekannt, er richtete sich darauf ein. Vermutlich ging er davon aus, dass die Leiche nie entdeckt würde!« Lundquist stand neben dem Flipchart. Selbstbewusst und überzeugend.
Es galt diese Stimmung aufzufangen und eine Demotivation seiner Mitstreiter zu vermeiden.
Lundquist wusste: Es gab nichts Schlimmeres als das Gefühl, nun endgültig das Ende einer Sackgasse erreicht zu

haben und vor einer unüberwindlichen Mauer zu stehen. Doch, wies er sich zurecht, noch schlimmer war, wenn der Leiter der Ermittlungen zu sehr mit seinen eigenen Problemen beschäftigt war oder seine gravierenden gesundheitlichen Probleme verschwieg, obwohl sie sich auf die Arbeit des gesamten Teams auswirken konnten!

Kriminalinspektor Ole Wikström begann unruhig auf seinem Stuhl hin und her zu rutschen.

Nach einem raschen Seitenblick auf Lundquist, als wolle er sich vergewissern, dass er seine Ergebnisse auch vor Kramp und dem Staatsanwalt mitteilen dürfe, zählte er die Familien auf, die inzwischen von der Streife besucht worden waren. Dr. Kramp sog hörbar Luft durch die Nase ein – sein Körper straffte sich voller Empörung und für einen Moment sah es so aus, als habe er die Absicht wütend dazwischen zu fahren. Doch dann atmete er vernehmlich aus und trommelte nur mit den Fingern arrhythmisch auf der Tischplatte.

»Die Streife hat all die Familien besucht, bei denen wir von einer Rezeptierung des Präparats über Ärzte und Apotheken wussten. Aber überall trafen Jan und Knut die Familien vollzählig an.« Ole warf schwungvoll einen verrutschten Zipfel des malerischen Schals über seine Schulter. »Wir haben auch schon angefangen in den Arztpraxen und Polikliniken nachzufragen, ob vielleicht Ärztemuster oder einzelne Blister weitergegeben wurden – aber bisher konnten wir daraus noch keinen wirklich konkreter Hinweis ableiten«, schloss er.

»Die italienische Familie hat sich bei den Kollegen in Uppsala gemeldet. Bloß gut, dass wir die Aufforderung, sich mit der Polizei in Verbindung zu setzen, auch auf Englisch übers Radio verbreitet haben! Die Ausweise wurden überprüft – alle Angaben waren korrekt. Damit sind die wohl auch aus dem Rennen ...«, seufzte Britta Liliehöök und Dr. Kramp warf ihr einen zornigen Blick zu.

Knyst zog einen breiten, quietschenden Filzstiftstrich durch die Namen Martinelli und Kirsten.

»Wir ermitteln hier in einem brisanten und leider äußerst öffentlichkeitswirksamen Mordfall und veranstalten keinen sportlichen Wettkampf. Achtet in Zukunft alle besser auf eure Wortwahl!«, wies Dr. Kramp Britta donnernd zurecht, die gerade zu einer passenden Antwort ausholen wollte, als Ole sich einmischte: »Also bleibt nur noch die Familie in Jokkmokk – oder eben der große Unbekannte hier aus der Gegend.«

»Bis morgen bekommen wir den Bericht von Dr. Mohl, der uns zeigen wird, wie lange es konkret dauert, bis ein Körper einen solchen Zustand der Vernachlässigung erreichen kann. Dann wissen wir wenigstens über welchen Zeitraum wir nachdenken müssen. Klar ist, dass eine Vernachlässigung bei einer akut aufgetretenen Erkrankung nicht in Frage kommt«, stellte Lundquist fest und begann dann die Aufgaben für den nächsten Tag zu verteilen.

»Bernt, wir brauchen entweder ein Foto von der Frau aus Jokkmokk oder – falls das nicht gelingt – wenigstens Auskunft von ihren Nachbarn oder Freunden darüber, ob sie gefärbte Haare hat und wie groß sie ist. Dann hätten wir doch schon mal einen Anhaltspunkt.«

»Ole und Britta, ihr fragt noch mal intensiver bei den Ärzten und Apothekern nach, ob sie nicht vielleicht doch aus Kulanz auf irgendeine Geschichte hin dieses Medikament ausgehändigt haben. Entweder als Packung oder eben als Teil einer Packung. Es wird manchem vielleicht schwer fallen, das zuzugeben, weil nicht klar ist, ob sie damit nicht in den Fall verwickelt werden. Da muss es euch eben gelingen, ihr Vertrauen zu gewinnen, damit sie sich aussprechen können.« Die beiden nickten.

»Hier ist die Adresse der Familie in Jokkmokk.« Britta reichte Bernt den Zettel rüber.

Schweigen breitete sich im Raum aus, so als warte die Gruppe auf etwas.

Unstet ließ Dr. Kramp seinen Blick von einem zum anderen schweifen, dann stieß er seinen Stuhl hart zurück, stand ruckartig auf und verließ grußlos den Raum.

»Mann, ist der mies drauf«, machte Britta sich nun Luft. »Wenn wir all seine Worte so auf die Goldwaage legen würden!«

»Urteile nicht zu hart«, mischte sich nun Staatsanwalt Bengtson zum ersten Mal an diesem Abend ein, stützte die Ellbogen auf und verschränkte die Finger leicht ineinander. »Die Situation ist wirklich nicht gerade angenehm und schließlich steht Dr. Kramp seit Tagen permanent im Licht der Öffentlichkeit. Ständig lauern ihm Journalisten auf, blockieren sein Telefon und nerven seine Familie. Ich glaube, wir sollten alle etwas mehr Verständnis aufbringen – auch wenn mir, wie uns allen, klar ist, dass er die Lage selbst mit verschuldet hat.« Er machte eine Pause und sah in die Runde. Britta hatte betreten den Kopf gesenkt und starrte auf die Tischplatte. Dann griff sie in ihre Taschentuchbox und nieste gedämpft.

Henning Bengtson warf Lundquist einen aufmunternden Blick zu und meinte dann: »Na, was ist das mit dem großen Unbekannten hier aus der Gegend? Gibt es da konkretere Hinweise oder ist alles nur Vermutung? Und was sollte das vorhin mit der Streife?«

Bereitwillig erklärte Lundquist, was ihn dazu veranlasst hatte, an einen Täter aus der Gegend zu glauben, warum

Dr. Kramp diese Idee von Anfang an verworfen hatte und warum sie die Streife zur unauffälligen Ermittlung und Überprüfung geschickt hatten.

»Und warum schickt ihr ausgerechnet Jan und Knut?«, wollte der Staatsanwalt dann wissen, und nun war es an Ole betroffen auszusehen.

»Weil sie dort ihre Streife ohnehin fahren. Sie kennen die Menschen, können sich mit ihnen gut über ihre alltäglichen Probleme unterhalten. Außerdem sind sie in ihrem Distrikt ausgesprochen beliebt«, antwortete Ole leise.

»Waren das nicht die beiden, die einem Einbrecher geholfen haben, seine Beute aus einem Computergeschäft in seinen Transporter zu verladen?«

»Ja, das ist schon wahr. Der junge Mann hatte ihnen verzweifelt und völlig aufgelöst erzählt, er hätte einen Wasserrohrbruch im Keller und müsse nun ganz schnell all seine empfindlichen Geräte in Sicherheit bringen. Die Helfer vom Havarieservice könnten erst in einer halben Stunde da sein. Da haben Jan und Knut eben mit angefasst – der junge Mann tat ihnen Leid. Er hatte behauptet, von dem finanziellen Schaden würde er sich nie mehr erholen können, wenn es ihm nicht gelänge, alle Geräte zu retten.«

»Aha«, meinte Bengtson nur, dann verabschiedete er sich freundlich von den Teilnehmern der Ermittlungsrunde und verließ den Raum.

»Wann sehen wir uns morgen wieder?«, wollte Bernt wissen

»Ich denke, bis 16 Uhr müssten wir neue Ergebnisse zu besprechen haben. Treffen wir uns also um die Zeit hier – okay?«, Lundquist sah seine Mitarbeiter an. »Bis dahin gehen wir wie folgt vor ...«

Eine halbe Stunde später nickten sie sich zum Abschied zu und die Runde löste sich auf.

Lundquist und Knyst blieben allein zurück.

»Na, keine Lust nach Hause zu gehen?«, fragte Knyst seinen Freund und sah ihn nachdenklich an.

»Und selbst? Noch schnell Kräfte sammeln?«, fragte der Hauptkommissar zurück und schmunzelte.

Dann rafften auch sie ihre Unterlagen zusammen, und während Lundquist schon in Richtung Büro über der, Gang ging, betrachtet Knyst die Liste der durchgestrichenen Namen auf dem Flipchart.

»Sehr unwahrscheinlich, dass es nun ausgerechnet diese Familie aus Jokkmokk gewesen sein sollte. Aber natürlich können wir sie nicht einfach ausschließen – trotzdem, ich glaub's nicht«, murmelte er vor sich hin, während er die Tür hinter sich zuzog.

Lundquist betastete vorsichtig die leicht angeschwollene Einstichstelle an seinem linken Oberarm. Der Schmerz zog sich wie ein langer, dünner Faden bis zu seinem Ellbogen hinunter und verdämmerte dort als diffuses, unangenehmes Gefühl. Vielleicht entwickelte er eine Allergie? Ob wohl bald überall an seinem Körper solch rote Pusteln aufblühen würden – wie auf dem Foto in der Fachzeitschrift, die er in Dr. Palms Wartezimmer durchgeblättert hatte? Aber bei einem körpereigenen Wirkstoff sollte es doch keine allergische Reaktion geben, oder doch?
Einfach abstoßend, Lundquist schüttelte sich.
Er trat ans Fenster und versuchte in der Dunkelheit etwas zu erkennen. Doch er sah nur sein eigenes, graues Gesicht in der Scheibe. So einen schrecklichen Ausschlag, fiel ihm jetzt ein, hatte er als Kind auch einmal gehabt, damals, zur Einschulung – vor ..., Gott, so lange war das schon her?
Seine Mutter hatte umsichtig alle erdenklichen Vorbereitungen getroffen: Die Kleidung war gekauft, eine Art Jeansanzug, dessen Einzelteile man auch später noch unabhängig voneinander würde tragen können – darauf hatte sein Vater bestanden. Die prall gefüllte Schultüte lehnte schwer in einer Ecke im Wohnzimmer, gleich neben dem dunklen Plüschsofa und dem stets blank gewischten Glastischchen mit Goldrahmen.
Da eine Einschulung etwas ganz besonderes war, durfte sie dort auf diesen wichtigen Tag warten, obwohl sie in ihrer bunten und fröhlichen Unbekümmertheit eigentlich in dieser Spießeridylle völlig unpassend wirkte. Die ganze Verwandtschaft war eingeladen worden und beim Metz-

ger lag schon der Festtagsbraten bereit – und ausgerechnet da wurde er krank!

»Masern!«, diagnostizierte der eilig herbeigerufene Hausarzt Dr. Palm. Natürlich wurde strenge Bettruhe verordnet, der Raum sollte abgedunkelt werden und es durften keine Besucher kommen, die noch nie Masern hatten.

Sven Lundquist verpasste nicht nur die Einschulung und das große Fest – er fehlte gleich noch die erste Schulwoche. Er erinnerte sich noch gut daran, wie entsetzlich peinlich ihm die ganze Angelegenheit war. Er hatte das ganze schöne Fest verpatzt! Nicht, dass seine Mutter etwa ein böses Wort darüber verloren hätte. Zu keiner Zeit. Aber er spürte dennoch ihre unterdrückte Wut, ihre Unzufriedenheit. Er war Schuld, da gab es keinen Zweifel. Bestimmt zwanzig Mal am Tag entschuldigte er sich mit Tränen in den Augen und genau so oft wurde ihm versichert, Krankheiten kämen nun mal uneingeladen und meist zum völlig falschen und unpassendsten Zeitpunkt. Aber all diese Versicherungen konnten sein schlechtes Gewissen nicht vertreiben.

Und dann dieses entstellte Aussehen! Damals lag er in der Dauerdämmerung, war froh darüber, dass ihn fast niemand besuchte, weil er sich wegen der roten Pusteln so sehr schämte.

Lundquist zuckte zusammen, als die Tür zu seinen Büro mit einem Ruck geöffnet wurde.

Ertappt fuhr er herum.

»Nanu – Lars! Ich dachte du wärst schon mit deinem bärigen Diplomaten bei Gitte!«

»Ja, eigentlich bin ich das auch. Aber uneigentlich wollte ich dich noch fragen, ob es etwas gibt, das wir besprechen sollten, bevor ich in die Arme meiner Liebsten eile und versuche, sie davon zu überzeugen, dass es sich trotz allem lohnt an mir festzuhalten. Immerhin hat sie mir erlaubt vorbeizukommen. Ein Hoffnungsschimmer also. Aber irgendetwas stimmt doch nicht mit dir – und behaupte jetzt bloß nicht wieder, ich würde mir das einbilden«, herausfordernd sah er seinen Freund an.

Lundquist ließ sich schwerfällig in seinen Schreibtischstuhl plumpsen.

»Kann sein, du glaubst, es wäre mir gar nicht aufgefallen, dass ich plötzlich immer mit dem Wagen fahren kann, du dir ständig über die Augen fährst, du dir Milch in den Kaffee kippst, du dauernd stolperst ...«, unsicher verstummte Knyst und zog sich seinen Stuhl heran. Er setzte sich. Legte seine Unterarme auf die Oberschenkel und betrachtete angelegentlich seine großen, starken Hände. Schweigen machte sich breit, schob sich zwischen die Freunde und drängte sie auseinander, sein giftiger Schleier machte sogar das Atmen schwer.

»Okay. Wenn du nicht darüber sprechen möchtest, ist das schließlich auch völlig in Ordnung. Wahrscheinlich war es blöde von mir überhaupt zu fragen. Es gibt nichts Schlimmeres als Leute, die versuchen, in die Privatsphäre anderer einzudringen. Es tut mir Leid.«

Knyst seufzte enttäuscht, strich sich die Hose über den Oberschenkeln glatt und stand dann entschlossen auf.

»Geht mich ja auch wirklich gar nichts an«, murmelte er dann bedrückt, nahm sein Sakko von der kleinen Garderobe und klemmte sich den Teddy wenig rücksichtsvoll unter den Arm.

Die Hand schon auf der Klinke, verabschiedete er sich mit einem leisen ›Gute Nacht‹ und war fast auf dem Gang, als die leise Stimme von Sven Lundquist ihn zurückholte.

»Ich habe Multiple Sklerose.«

Die Worte waren kaum zu verstehen gewesen, es schien, als spräche Lundquist mehr zu sich selbst.

Ganz langsam kehrte Knyst in den Raum zurück, legte den Teddy achtlos auf seinem Schreibtisch ab und zog wie in Zeitlupe das Sakko wieder aus. Mechanisch hängte er es über den Bügel zurück in die Garderobe.

»Scheiße«, er spuckte das Wort förmlich aus, drehte sich dann zu seinem Freund um und flüsterte ein weiteres Mal »Scheiße, Mann!«.

Sie sahen sich schweigend an.

Lundquist konnte das Gefühl der Hilflosigkeit, das in Knyst aufstieg, körperlich spüren. Ich hätte es für mich behalten sollen, dachte er, doch einen Freund, der glaubte, er habe kein Vertrauen mehr zu ihm, wäre für ihn noch schwerer zu ertragen gewesen, als ein hilfloser Freund.

»Ziemlich egoistisch von mir, dich jetzt damit auch noch zu belasten. Gerade jetzt, wo du mit Gitte ...« Lundquists Stimme klang brüchig.

»Seit wann weißt du das denn schon?«, fragte Lars betroffen ohne auf die Feststellung seines Freundes einzugehen.

»Seit ein paar Tagen.«

»Und wie ...?«

»Lars, ich kann jetzt wirklich nicht! Versteh das doch! Ich kann jetzt einfach nicht!« Sven Lundquist schlug plötzlich die Hände vors Gesicht. Fassungslos starrte Knyst ihn einen Moment stumm an, dann trat er hinter ihn und legte ihm tröstend seine kraftvollen Hände auf die Schultern.

»Sie machen eine Therapie mit mir und mein Arzt ist zuversichtlich, dass es damit gelingen wird, die Krankheit zumindest aufzuhalten«, flüsterte Lundquist.

»Kann ich irgendetwas tun?«, Knyst kämpfte erfolgreich gegen die aufsteigende Verzweiflung, die konnte er jetzt nicht brauchen. Dazu war später noch Zeit, wenn er allein war. Er konnte aber nicht verhindern, dass seine Stimme belegt klang.

»Okay. Du kannst wirklich etwas für mich tun. Ich kann im Moment nicht gut Auto fahren. Ich habe Doppelbilder und das ist beim Fahren nicht ganz ungefährlich. Weißt du, es wäre schön, wenn du unauffällig den Chauffeur spielen könntest. Und natürlich sollen die anderen vorläufig nichts erfahren – ich werde mir für das Team eine harmlose Erklärung ausdenken.«

Knyst nickte.

»Das Medikament hat ein paar Nebenwirkungen. Muskelschmerzen, Müdigkeit und leider auch Übelkeit. Mein Arzt hat mir aber versichert, dass ich mit fortschreitender Therapie auch mit den Nebenwirkungen besser klar kommen würde.« Lundquist seufzte tief.

Knyst spürte, dass seinen Freund noch etwas anderes beschäftigte und schwieg deshalb abwartend.

»Vielleicht wäre es aber doch am besten, wenn ich die Leitung der Ermittlungen an Dr. Kramp zurückgäbe. Lars, es ist so ein heikler Fall. Wenn ich jetzt versage, die Truppe auf die falsche Fährte hetze ... nicht auszudenken! Ich könnte ganz Schweden damit schaden!«

»Wieso? Hat dein Arzt angedeutet, dass du nicht arbeiten sollst, oder dass du deinen Aufgaben nicht mehr gewachsen sein könntest?«

Lundquist schüttelte müde den Kopf.

»Dann wäre das doch kompletter Blödsinn!«, Knyst polterte entrüstet los. »Kommt gar nicht in Frage, dass du einfach so die Leitung abgibst! Mensch, du bist doch nicht allein. Ich bin doch auch noch da! Und die anderen würden ihre Einwände schon deutlich vortragen, wenn sie das Gefühl hätten in die Irre geschickt zu werden! Schließlich werten wir doch jeden Tag alle gesammelten Infos aus.

Und bei der Besprechung bringt sich sowieso jeder ein.«
»Aber ich gebe die Impulse. Und vielleicht ...« Lundquist
ließ den Satz unvollendet zwischen ihnen schwingen.
Stille breitete sich im Raum aus. Sie kannten sich schon so
lange, dass eine Fortführung nicht notwendig war. Knyst
wusste, dass sein Freund sich darauf verlassen würde, dass
er ihm rechtzeitig deutlich sagen würde, dass seine Arbeit
unter seinem gesundheitlichen Zustand zu leiden begann.
Er wusste auch, dass es keinen Sinn hatte zu versuchen
weiter in Lundquist zu dringen. Er würde heute Abend
einfach mal im Internet nach den Informationen suchen,
die er glaubte haben zu müssen, um seinem Freund besser
zur Seite stehen zu können.
Nach einer längeren Pause sahen sich die beiden an, nickten sich in stummem Einverständnis zu, griffen nach ihren
Teddys und Jacken und verließen gemeinsam das Büro.

Wenig später setzte Knyst den Hauptkommissar vor dessen Wohnung ab.
»Toi, toi, toi.« Sven Lundquist strich dem Teddy für Gitte
aufmunternd über die gestickte Nase. »Mach deine Sache
gut!«
Lars Knyst grinste etwas verlegen.
Wer wusste schon, was ihn heute noch bei Gitte
erwartete.
»Egal was sie mit mir macht, selbst wenn sie mich ver-
prügelt und wie einen armen Hund auf die Straße jagt.
Morgen um 7:30 Uhr hole ich dich hier wieder ab. Aber
eigentlich setze ich große Hoffnungen in diese unterstüt-
zende Pelzdiplomatie.« Knyst lächelte unsicher.
Lundquist sah dem Wagen noch nach, bis die Rücklichter
aus seinem Blickfeld verschwanden.
Dann wandte er sich um und ging mit schweren Schritten

auf seine Haustür zu. Schon beim Betreten des Hausflurs stieg ihm der Duft von frisch gebackenen Lebkuchen in die Nase. Eindeutig nach dem alten Familienrezept der Lundquists.

Er lächelte.

Also wollte nicht nur er ein Friedensangebot machen.

Lisa stürmte ihm begeistert entgegen und warf sich jubelnd in seine Arme, als er zur Wohnungstür hereinkam. Er drückte sie an sich und ließ sich von ihrem lebhaften Geplapper aus dem Alltag lösen.

»Der Kai hat der Maike einen Ball weggenommen, Julius hat Brenda gebissen, weil sie ihm kein Stück Schokolade abgeben wollte, Oma war einkaufen und hat sogar Vanillepudding mitgebracht ...«

Seine Mutter stand im Rahmen der Küchentür. Die Arme vor der Brust verschränkt wartete sie ab, bis die wichtigsten Dinge des Tages erzählt waren.

»Möchtest du was essen, Sven?«, fragte sie dann leise. »Ich habe Lachs gemacht. Du weißt schon, nach Tante Hedwigs Rezept.«

Und während Lisa mit ihrem neuen Teddy im Bett von einem neuen spannenden Tag träumte, saß ihr Vater gemütlich bei Kerzenschein und leiser Musik in der Küche und wurde liebevoll mit Gravad Lax in Sauce* versorgt.

Hoffentlich hat Gitte einen ähnlichen Empfang für Lars vorbereitet, überlegte er und drückte seinem Freund kräftig die Daumen.

Endlich kehrte wieder Ruhe in sein Leben ein!

Die Jungs waren abgeholt worden!

Margarethas Vater ging es endlich besser, aber in seiner eigenen Angelegenheit konnte er im Augenblick leider gar nichts unternehmen. Dummerweise hatte Hilmarström sein Häuschen in dieser Saison gut vermieten können. Ihm schien, als gäbe es in diesem Sommer nur ›fliegende Wechsel‹. Am Morgen verschwanden die Gäste und am Nachmittag, kurz nach der Inspektion durch Gunnar, rückten schon die nächsten Mieter an.

Natürlich hatte er mehrere Versuche unternommen, unbemerkt in das Haus zu gelangen, um die Leiche abzutransportieren – aber er musste bald einsehen, dass es ihm unmöglich war genau abzuschätzen, wann die Mieter zurück kamen oder ob noch jemand im Haus war.

Wie zum Beispiel dieser lästige Computersohn, der das Haus praktisch nie verließ. Warum der überhaupt in Urlaub gefahren war?

Wenn er nur hätte einbrechen wollen, wäre ihm schon, für den Fall man hätte ihn überrascht, eine plausible Ausrede eingefallen – aber wie sollte man erklären, warum man sich mit einer Frauenleiche über der Schulter in einem fremden Ferienhaus aufhielt?

Und ihm war bewusst, dass sich mit zunehmender Dauer ihres Aufenthalts in Gunnars Truhe der Zustand der Leiche dramatisch verschlechtert haben musste.

Seinen genialen Plan konnte er endgültig vergessen!

Wie hatte er auch nur so blöd sein können!

Statt die Jungs zu übernehmen, hätte er lieber seine Mutter wegschaffen sollen!

Dazu war es jetzt zu spät.

Einen Moment dachte er darüber nach, ob es nicht das Beste wäre, seine Mutter einfach vermisst zu melden. Vielleicht konnte er glaubhaft machen, dass sie in einem unbewachten Moment in geistiger Verwirrung vom Hof gelaufen sei. Der Gedanke war durchaus verlockend: Die Polizei würde überall im Wald erfolglos nach ihr suchen und nach einiger Zeit aufgeben. Vielleicht würde eine Spur Misstrauen aufkommen, würde der eine oder andere annehmen, er könnte etwas nachgeholfen haben – aber das müssten sie ihm schließlich erst einmal nachweisen.

Am Ende der Saison wäre es ein Leichtes, unbemerkt die Leiche zu holen und irgendwo im Wald zu beerdigen. Selbst wenn sie dann dort gefunden würde ... stopp! Sollte die Polizei glauben, sie habe sich selbst vergraben? Nein, kein guter Plan. Und wenn er sie nur ablegte? Einfach unter einem Baum? Nein, die Beamten wüssten, dass die Leiche bei ihrer ersten Suche dort nicht gelegen hatte und man würde anfangen nachzuforschen. Mit der Dosis Schlafmittel in ihrem Körper hätte sie niemals in den Wald laufen können! Schon geriete er in den Kreis der Verdächtigen, wenn es außer ihm überhaupt noch andere gab! Außerdem bestand das Risiko, dass eine der Gastfamilien die Tote in der Truhe fand – und wie sollte sich die Polizei dann wohl erklären, dass seine tote Mutter völlig unbekleidet unter Decken auf Gunnars Dachboden in einer Truhe mit gesichertem Außenriegel lag? Da würde er auch wieder in einen gewissen Erklärungsnotstand geraten, die Gerichtsmedizin würde sich mit ihrem Körper befassen und dabei eben das Schlafmittel ... Wie er es auch drehte und wendete, wahrscheinlich war es jetzt doch das Beste, sich ruhig zu verhalten.

Ihm würde schon eine Lösung für sein Problem einfallen. Das wichtigste war schließlich, dass er die alte Hexe endlich los war!

Gunnar stellte ächzend die schweren Einkaufstüten auf den Boden, fingerte dann in seiner Jackentasche nach dem Haustürschlüssel und schob ihn beim dritten Versuch mit vom Tragen der schweren Tüten zitternden Händen endlich ins Schloss.

»Typisch!«, maulte er leise vor sich hin: »Erst schickt sie mich das ganze Zeug einkaufen, und dann hat sie es noch nicht einmal nötig, mir die Tür aufzumachen!« Er hatte es zweimal lange durchdringend klingeln lassen – aber vielleicht, dachte er erbost, hing die gnädige Frau ja schon wieder am Telefon um die neuesten Klatsch- und Tratschgeschichten zu hören, und um einige wesentliche Details bereichert weiterzutratschen.

Ob das wohl wirklich eine typisch weibliche Eigenart war? Neulich hatte er gelesen, es sei ein Gen identifiziert worden, dass für dieses Getratsche verantwortlich war. Es gab also so etwas wie ein Tratsch-Gen! Und das Verblüffendste war, die Forscher glaubten, dass die Träger dieses Gens früher tatsächlich einen Selektionsvorteil dadurch hatten, dass sie Gerüchte über andere verbreiteten. Also, bei meiner Inga gibt's dieses Gen bestimmt, dachte er, vielleicht gleich doppelt, und stieß die Tür mit dem Fuß weit auf, bückte sich und hob die beiden Tüten wieder hoch.

»Hallo! Ich bin wieder daha!«, rief er in den Flur, warf den Schlüssel auf das Garderobenschränkchen und streifte die Schuhe von den Füßen. Inga konnte Straßenschmutz auf ihren Böden überhaupt nicht leiden.

Gunnar hatte keine Antwort auf seine Begrüßung erhalten und lauschte nun überrascht in die Stille.

Keine Stimme am Telefon, kein Staubsauger, keine Talk-
show zu irgendeinem weltbewegenden Thema wie: ›Meine
Zahnpasta hat Streifen. Ist das ein böses Omen?‹
Alles war ruhig. Leblos. Ungewöhnlich.
Er zuckte mit den Schultern und schleppte die Einkäufe in
die Küche. Misslaunig begann er, die vielen Lebensmittel in
den Vorratsschränken zu verstauen.
Erst als er die Milch in den Kühlschrank stellte, entdeckte
er den Zettel, den Inga dort für ihn mit einem Klebestreifen
befestigt hatte.
»Musste wegen einer unaufschiebbaren Angelegenheit
noch schnell weg. Essen für dich steht im Ofen!«, las Gunnar etwas ratlos. Was sollte das denn nun schon wieder für
eine unaufschiebbare Angelegenheit sein? Aus dem Alter, in
dem eine Freundin plötzlich ein Baby bekam, waren die Damen aus Ingas Bekanntenkreis schon lange raus! Vielleicht
musste überraschend irgendwo ein Enkelchen gehütet werden. Aber warum hatte sie dann nicht einfach geschrieben,
wo sie war? Wenn es darum ging, ihm etwas mitzuteilen,
war Inga immer so entsetzlich sparsam mit Informationen,
dachte er ärgerlich, sonst quatschte sie doch auch immer
über Gott und die Welt, und für ihn konnte sie sich nicht
einmal dazu durchringen einen Namen zu nennen.
Endgültig schlecht gelaunt warf er einen wenig hoffnungs-
vollen Blick in den Ofen.
Doch sofort hellte sich seine Miene wieder auf.
Inga hatte doch tatsächlich sein Lieblingsgericht gekocht!
Elchgulasch* mit Spirelli und saftigem Gemüse! Schnell
überlegte er: war heute etwa *so* ein Tag? Hochzeitstag? Geburtstag? Namenstag? – nein, schüttelte er dann entschieden den Kopf. Falsche Jahreszeit. Alle ihre Festtage lagen im
Frühling und im Sommer – nun kamen nur noch Nikolaus,
Weihnachten und Sylvester.

Wollte sie sich auf diese Weise einfach nur dafür entschuldigen, dass sie ihn in letzter Zeit so unfreundlich und wenig rücksichtsvoll behandelt und mit dieser widerlichen Leichengeschichte so traktiert hatte? Schließlich ging Liebe ja durch den Magen!
Erwartungsvoll stellte er den Teller in die Mikrowelle.
Eigenartig war es auf jeden Fall!
Es war wirklich überhaupt nicht ihre Art – fast, als hätte sie ein schlechtes Gewissen!
Seltsam.

Als es plötzlich an der Tür klingelte, fuhr er heftig zusammen.

Wer konnte das sein?

Er erwartete doch nie jemanden. Schnell warf er einen Blick durch das Küchenfenster auf den Hof.

Direkt vor seiner Tür stand ein Streifenwagen!

»Jetzt haben sie dich am Arsch!«, murmelte er leise und versuchte, die aufsteigende Panik zu unterdrücken, während er fieberhaft über einen Ausweg nachdachte. »Damit hast du schließlich rechnen müssen!«, schimpfte er mit sich, spülte sich den Teig von den Händen ab und rief: »Augenblick – ich komme schon!«

Er versuchte zu sehen, wer vor der Tür stand und erkannte Jan und Knut, die verlegen mit den Füßen auf dem Abtreter scharrten.

Was nun?

Vor ein paar Tagen hatte er endgültig beschlossen, seine Mutter von Gunnars Dachboden zu holen. Die Saison war ohne Entdeckung vorüber gegangen und er war durchaus der Meinung, man solle sein Glück nicht allzu sehr strapazieren. Aber es war wie verhext! Als er sich dem Haus näherte, hatte er schon Gunnars Volvo in die Auffahrt biegen sehen. Entnervt hatte er auf dem nächsten Waldweg angehalten und war dann zum Sommerhaus zurückgelaufen, um Hilmarström zu beobachten.

Diesmal würde er nicht ohne die Leiche hier weggehen!

Er müsste nur warten, bis Gunnar wieder verschwunden war und dann sofort seine Mutter aus der Truhe bergen. Von seinem Beobachtungsplatz aus konnte er dem dicken

Mann dabei zusehen, wie er mit angewiderter Miene Essensreste zusammenklaubte und überall gründlich putzte und saugte. Als er schon glaubte, Gunnar sei nun endlich fertig, lief der plötzlich noch mal ins Haus zurück.

Als Hilmarström dann zum zweiten Mal vor der Haustür erschien, wusste er sofort, dass das Spiel vorbei war.

Gunnar hatte die Truhe geöffnet!

Mit tief empfundener Schadenfreude weidete er sich an dem Anblick des sich erbrechenden Dicken, der durch die grünliche Gesichtsfarbe und die plötzlich in dunklen Höhlen liegenden Augen einen beinahe marsianischen Eindruck machte.

Allerdings konnte er nicht verhindern, dass auch seine Knie weich wurden.

Es war vorbei!

Alles endgültig aus!

Du hast alle Spuren mit größter Sorgfalt vernichtet, versuchte er sich Mut zu machen und kicherte albern, überschwemmt von einem Gefühl irrwitziger Hoffnung, als er Hilmarström in sein Auto steigen sah. Wenn er jetzt zur Polizei fuhr, hatte er noch eine winzige Chance!

Er würde schnell die Leiche holen und Gunnar würde für die Streife wie ein Depp dastehen!

Doch noch während diese Idee durch seinen Kopf schoss wurde ihm zweierlei klar: Die Leiche war inzwischen sicher schon so verwest, dass sich Bestandteile ihres Körpers in den Decken der Truhe nachweisen lassen würden. Ausreichend Material für eine Genanalyse. Und er konnte wohl kaum die Leiche samt Truheninhalt verschwinden lassen.

Zweitens konnte er von seinem Versteck aus beobachten, dass Hilmarström nach vergeblichen Versuchen seinen alten Wagen zu starten, nun ein Mobiltelefon benutzte.

Wie lange mochte es nun dauern, bis sie wussten, wer die Tote war?

Und dann war er der einzige Verdächtige.

Es klingelte ein zweites Mal an der Tür – nachdrücklicher. Jetzt kommen sie um dich zu verhaften, schoss es ihm durch den Kopf. Beim Verlassen der Küche kam er an seinem Metzgerbeil vorbei, nahm es langsam vom Haken und ließ es nachdenklich über die Innenseite seiner linken Hand gleiten, während er fröhlich: »Ja, immer mit der Ruhe! Alter Mann ist doch kein D-Zug!«, in Richtung Tür rief.

Ob ein Mord oder mehr – darauf kam es jetzt schließlich nicht mehr an, oder?

Auf dem Weg zur Tür drängelte sich der kleine Welpe, der seit ein paar Tagen sein bester Freund war, eng an seine Beine und behinderte ihn beim Laufen. Er riss die Tür mit einem so entschlossenen Ruck auf, dass der kleine Hund nur mit knapper Not zur Seite fliehen konnte, und die beiden Polizisten einen erschrockenen Satz vom Treppenabsatz machten.

Irritiert fixierten sie das große Beil in seinen kräftigen Händen.

»Ich habe gerade Koteletts gehackt und das Fleisch ausgebeint. Heute Abend gibt es mal wieder was Deftiges«, erklärte er mit harmlosem Gesichtsausdruck. Schließlich war im ganzen Ort bekannt, dass er gut kochen konnte. »Ich werde Pytt i panne* zaubern und dazu ein paar saftige Stücke Fleisch braten. Bei der Arbeit auf dem Hof hat man am Abend richtig Hunger!«

»Ja, äh – schön«, stotterte Jan. »Wir waren gerade hier in der Gegend unterwegs und als wir an deiner Einfahrt vorbei kamen, dachten wir ...«, stammelte er hilflos weiter.

»Dachten wir, wir schauen mal rein und fragen, ob du vielleicht Hilfe bei irgendwas brauchst«, beendete Knut den Satz und setzte hinzu: »Wir wissen doch alle, dass es nicht so einfach ist, wenn man Angehörige zu Hause pflegen muss. Vielleicht können wir etwas für dich erledigen? Medikamente aus der Apotheke holen oder bei Vivo einkaufen? Apropos – wie geht es deiner Mutter denn?« Knut warf seinem Kollegen einen bauernschlauen Blick zu und zwinkerte ihm verschwörerisch mit dem linken Auge zu. Tja, so raffiniert konnte er Informationen aus den Leuten herauskitzeln, so machte man das!

»Die Polizei, dein Freund und Helfer, was?«
Es dauerte einige Herzschläge bis er begriff: Die beiden wollten ihn gar nicht verhaften! Sie erkundigten sich bloß nach seiner Mutter – nein, wie aufmerksam, dachte er höhnisch. Er würde einfach auf ihr lockeres Geplauder einsteigen und wäre sie mit Sicherheit schnell wieder los!
»Das ist aber außerordentlich nett von euch, mir eure Hilfe anzubieten«, er konnte nur hoffen, dass die beiden zu blöd waren, um den Spott zu bemerken, der wie Fett aus seinem Tonfall triefte. »Meiner Mutter geht es zurzeit ganz gut.«
»Weißt du, wir staunen immer wieder, wie du das so machst. Den Hof, die Pflege und das alles! Deine Mutter ist doch bestimmt mächtig stolz auf dich.« Jan zeigte sich beeindruckt.
Knut bückte sich ungelenk, um den inzwischen neugierig herangekommenen Welpen zwischen den Schlappohren zu kraulen.
»Hübsches Tierchen«, lobte er mit Kennerblick. »Guter, kräftiger Bau, glänzendes Fell, gesunde Neugier und schon jetzt ganz schön selbstbewusst. Sieh mal – der traut

sich ja was! Knurrt mich an, obwohl ich ihn mit einem ungeschickten Hieb meiner großen Pranken erledigen könnte!«

»Nimm's bloß nicht persönlich. Vielleicht mag er nur keine Uniformen. Kommt ja schließlich selten jemand in so einem Aufzug hier bei uns vorbei«, ging er auf das Gespräch ein und fragte sich, was zum Teufel die beiden denn nun eigentlich von ihm wollten.

»Erlaubt sie dir nun doch endlich einen Hund, was? Ich weiß doch, dass du schon seit vielen Jahren einen wolltest, und sie es dir nie gestattet hat, weil die Tiere nur ›haaren, fressen und ruhestörenden Lärm verursachen‹, wie sie das formulierte.« Knut spielte immer noch mit dem kleinen Hund: ›Nur Lärm und Dreck und hohe Kosten, das waren ihre Worte, nicht?‹

»Ja. Sie war immer dagegen. Aber in letzter Zeit ist sie nicht mehr so hart in ihren Urteilen. Die neuen Medikamente beruhigen sie wohl etwas«, abwartend sah er von Jan zu Knut. »Wenn ich sonst nichts für euch tun kann ... Meine Küche wartet«, meinte er dann und hob entschuldigend die Hände hoch, wobei es für einen Moment so aussah, als schwinge er das Beil in Richtung der beiden Polizisten.

»Nee, nee – is' schon klar. Wir wollten nur unsere Hilfe anbieten. Du bist also sicher, dass du nichts brauchst?«

»Ja. Aber vielen Dank!«

Knut rappelte seinen massigen Körper mühsam wieder hoch, warf einen letzten verliebten Blick auf den Hund. Dann verabschiedeten sich die Polizisten und Jan meinte: »Na gut. Dann fahren wir eben zurück zum Revier. Vielleicht erwischen wir vor Feierabend noch ein paar Temposünder.« Erwartungsfroh rieb er sich die Hände. In einer mächtigen Staubwolke verschwand der Streifenwagen durch die Ausfahrt auf den Hauptweg.

Kopfschüttelnd sah er den Polizisten nach, bückte sich, hob zärtlich den Welpen hoch, drückte ihn liebevoll an sich und kehrte in die Küche zurück, um das Beil wieder an seinen Platz zu hängen.

Jan nahm einen langen Computerausdruck aus dem Handschuhfach und ließ seinen Kugelschreiber suchend über der Liste kreisen. Zufrieden grunzend hakte er einen weiteren Namen ab.

»Hast du auch gesehen, wie gut auf dem Hof alles in Schuss ist?« Knut brummte anerkennend. »Auch drinnen – alles pikobello – soweit man sehen konnte.« Knut war ehrlich tief beeindruckt. Er erinnerte sich noch gut an den Zustand seiner eigenen Wohnung, als Mareile, seine Frau, für ein paar Tage ins Krankenhaus musste. Blinddarm. Damals war er überrascht, wie schnell so eine kleine Wohnung im Chaos versinken kann – auch Mareile hatte nicht schlecht gestaunt, als sie wieder nach Hause kam!

»Die Mutter kann wirklich zufrieden sein. Wir haben in den letzten Tagen so viele schlampige, ja dreckige Häuser gesehen, in denen die armen Pflegebedürftigen ziemlich lieblos behandelt werden. Aber hier ist alles anders – es ist auch nett, dass sie ihm nun endlich einen Hund erlaubt. Sie muss sich ja nicht um das Tier kümmern und das bisschen Bellen kann so schlimm nicht sein!«

»Vielleicht erkennt sie langsam, was sie an ihm hat. Man hat doch schon an der Haustür das Gefühl, in eine liebevolle Atmosphäre einzutauchen. Gerade so, als würde man spüren, dass sie sich von Herzen zugetan sind.« Jan konnte seine Rührung kaum verbergen und Knut nickte zustimmend: »Ja – so was trifft man heute eben nur noch ganz, ganz selten«, seufzte er dann melancholisch.

Am nächsten Morgen erwarteten Lars Knyst und Sven Lundquist im Präsidium gleich mehrere Überraschungen: Dr. Kramp, der noch nie gefehlt hatte, schon weil er der festen Überzeugung war, die ganze Polizeiarbeit bräche ohne ihn innerhalb kürzester Zeit zusammen, war krank gemeldet. Der Fall blieb also bis auf weiteres in Lundquists Händen. Dr. Kramp hatte keine Neuverteilung der Kompetenzen angeordnet. Vielleicht lag es aber auch daran, dass Staatsanwalt Bengtsson sich zunehmend in die Ermittlungen einschaltete, und Dr. Kramp dadurch in seiner eigenen Einflussnahme etwas behindert wurde.

Lundquist und sein gesamtes Team atmeten auf.

Zum Zweiten stand Ole schon vor ihrem Büro und trat ungeduldig von einem Fuß auf den anderen, während er eine Mappe unruhig hin- und herschwenkte.

»Das ist ein psychologisches Gutachten!«, rief er ihnen zu, als sie um die Ecke bogen.

»Der Profiler hat also mal wieder zugeschlagen!«, Knyst gab seiner Stimme einen dumpfen, dräuend tiefen Klang und ließ die Worte unheilvoll vibrieren.

»Wie aus dem Vampirfilm neulich.« Ole Wikström lachte, verzog plötzlich das Gesicht zu einer Grimasse, begann furchtbar zu niesen, drückte Knyst hastig die Mappe in die Hand und floh zu seinem Schreibtisch und den Taschentüchern zurück.

»In drei Tagen ist das Schlimmste überstanden! Halte durch!«, rief Lundquist ihm nach und betastete seine noch immer leicht schmerzende Nase.

Dann grinste er: »Ein neues Opfer.«

Über den langen Flur konnten sie Ole immer noch wie einen Elefanten prusten und trompeten hören. Eilig flohen die Hauptkommissare in ihr eigenes Büro und schlossen die Tür.

»Taugt wohl nicht viel als Virensperre«, stellte Knyst nach einem kritischen Blick auf den breiten Türspalt über dem Boden fest. Aber offenbar war seine Abwehrlage besser als die mancher Kollegen – schließlich hatte er sich auch bei seinem Freund nicht angesteckt.

Er reichte Lundquist die Mappe.

»Ich dachte immer, man könne nur bei Serientätern ein Profil erstellen. Bei der Fortbildung vor einem Jahr hat der Psychologe uns erklärt, nur Mehrfachtäter hinterließen an den unterschiedlichen Tatorten relevante Details, die Aussagen über sie selbst zulassen würden.«

»Ja. Daran kann ich mich auch erinnern. Aber in dem Buch über Morde in Amerika, das ich gerade gelesen habe, weißt du, von diesem bekannten Profiler – wie hieß denn der noch gleich – ah, ja John Douglas, da haben sie auch bei Einzeltaten Profile erstellt. Könnte doch sein, dass sie inzwischen über verfeinerte Analysemethoden verfügen.« Lundquist schlug die Akte auf und begann zu lesen. »Ekbjerk schreibt, dass er sich normalerweise nicht in Ermittlungen einmischt. Es sei durchaus problematisch, bei einem Einzeltäter Aussagen zu machen und sie seien deshalb auch relativ vage. Hier steht: ›Die Umstände lassen doch gewisse Rückschlüsse auf den Hintergrund der Tat zu und daraus resultierend auch über die psychische Verfassung des Täters‹«, las er vor. »Er hat mit Dr. Mohl gesprochen und dann versucht, ein Profil für uns zu entwerfen, das uns den Mörder greifbarer machen soll, vorstellbarer. Ekbjerk glaubt, der Mörder sei mit der Pflege der alten

Dame offenbar überfordert gewesen, vielleicht war er der permanenten Boshaftigkeit durch die Pflegebedürftige ausgesetzt, möglicherweise war sie dement. Chronischer Stress durch erzwungenen, weitgehenden oder gar vollständigen Verzicht auf ein eigenes Privatleben. Er meint auch, dass besonders häufig Frauen gezwungen sind ihren Beruf aufzugeben, um dann die häusliche Pflege zum Beispiel der verhassten Schwiegermutter zu übernehmen, zum einen, weil der Mann meist den besser bezahlten Job hat und zum anderen, weil in unserer Gesellschaft eben doch noch immer dieses tief verwurzelte Rollenklischee gelebt wird, dass die Frau in ein Hausmütterchendasein zwingt.« Lundquist trat ans Fenster und blinzelte ins Tageslicht.

Oh Gott, dachte er, so werde ich auch enden.
Nörgelig und ungerecht – hoffnungslos und wehrlos der Pflege durch meine Mutter ausgeliefert! Lisa wird sich von mir abwenden und nur noch das Kind ihrer Oma sein – was für eine niederschmetternde Perspektive! Tränen brannten plötzlich in seinen Augen, er versuchte hastig sie wegzureiben.
»Wie kannst du eigentlich lesen, wenn du ständig Doppelbilder hast? Ist das nicht furchtbar anstrengend?«, Knyst war neben ihn getreten, legte ihm eine große Pranke auf den Unterarm und nahm ihm mit der anderen Hand den Hefter ab.
»Geht schon. Man gewöhnt sich ganz gut dran«, murmelte Lundquist.
»Dr. Ekbjerk ist über davon überzeugt, dass der Täter wohl einiges an Kraft aufwenden musste, um die Frau zu ersticken – bei der massiven Gegenwehr. Auch hat es ziemlich lange gedauert – Ersticken ist nicht gerade eine besonders

schnelle Tötungsmethode. Er tippt daher auf einen frustrierten Mann, wahrscheinlich unverheiratet, möglicherweise, weil er die Pflege übernehmen musste. Trotzdem wurde die Leiche beinahe liebevoll in diese Truhe gebettet, was auf eine tiefe emotionale Bindung schließen lässt – obwohl er durch die besonderen Umstände auf so vieles verzichten musste. Kein Privatleben, also auch kein erfülltes Sexleben – da ist Aggressionspotential drin«, schloss Knyst mit Kennermiene, was Lundquist amüsiert schmunzeln ließ.

Klar, für seinen Freund war ein Mord in solch einer Situation durchaus erklärbar.

Lundquist kehrte zu seinem Schreibtisch zurück und dachte laut, während er nach Papier und Stift angelte: »Wir müssen unsere Pflegefallliste nach Personen abklopfen, die von Männern gepflegt werden – oder von starken alleinstehenden Frauen.« Dann sah er zu Knyst auf, der noch immer am Fenster stand und ein leises Zischen von sich gab.

»Steht da sonst noch was Wichtiges?«

»Ja. Dr. Ekbjerk warnt uns ausdrücklich. Seiner Meinung nach ist der Täter potentiell gefährlich. Er hat gemordet, um frei zu sein – wenn ihn nun jemand entdeckt und diese Freiheit wieder infrage stellt, könnte es sein, dass er einen weiteren Mord begeht. Er wird versuchen, sich dieses neue Glück um jeden Preis zu erhalten.«

»Die Zweierstreife, die zur Überprüfung unterwegs ist, weiß, dass wir den Mörder durch diese Kontrollen finden wollen, nicht wahr?«, fragte Lundquist plötzlich beunruhigt.

»Klar, die wissen Bescheid. Jan und Knut. Um die brauchen wir uns nun bestimmt keine Sorgen zu machen. Knut ist stark wie ein Bär und Jan weiß sich auch zu verteidigen.

Da sind Wikinger unter den Vorfahren.« Knyst zwinkerte seinem Freund zu.

»Hat er auch eine Theorie darüber, ob die Tote in der Truhe das erste Opfer unseres Täters ist? Oder glaubt er an weitere, vielleicht gar noch unentdeckte Opfer?«, erwartungsvoll sah Lundquist zu, wie sein Freund in der umfangreichen Akte blätterte.

»Nein – darüber schreibt er nicht wirklich etwas. Aber wenn du mich fragst – für möglich würde ich das schon halten. Vielleicht hat er ja erst den Vater getötet und als die Pflege der Mutter zu anstrengend wurde, hat er eben auch hier eine Lösung herbeigeführt. Wäre doch denkbar, oder?« Lundquist wiegte skeptisch den Kopf.

»Und Großmutter und Großvater erst, nicht zu vergessen die lästigen Geschwister und weitere schmarotzende Anverwandte«, spann Britta, die gegen Ende der Ausführung den Kopf ins Büro gesteckt hatte, den Faden munter weiter. »Wir suchen also in Wirklichkeit keinen Einzeltäter sondern einen Massenmörder!«, stellte sie abschließend fest.

Lundquist lachte.

Britta und ihre Freude an ausgelassenen Wortplänkeleien brachte deutlich mehr Leichtigkeit in den oft belastenden Arbeitsalltag. Nur gut, dachte Lundquist, dass wir uns durchsetzen konnten, denn Dr. Kramp hatte zunächst Bedenken gehabt und versucht, die Versetzung einer Frau in ›seine‹ Männerabteilung zu verhindern. Er hatte behauptet, eine Frau brächte Unruhe ins Team und würde folgerichtig die Arbeit eher stören, denn befruchten – und Liebeleien am Arbeitsplatz seien der Atmosphäre nicht dienlich. Mit dem letzten Einwand hatte er natürlich völlig Recht. Allerdings spielte das bei Britta gar keine Rolle. Sie war emanzipiert und hielt ihre Kollegen durch ihre

spitzen Kommentare auf Distanz. Ihr klarer Kopf war
ein Gewinn für die Arbeit, ihre rasche Auffassungsgabe
und ihre Fähigkeit, Dinge auf den Punkt zu bringen oder
plötzlich von einer völlig neuen Seite zu beleuchten, waren längst für das Team zur Bereicherung geworden.
Jetzt hatte sie einen Stapel Tageszeitungen unter dem
Arm und sah munter von einem zum anderen, während
sie weihevoll mit erhobenem Zeigefinger erklärte: »Dies
Bündel aktueller Tagesinformation bekam ich heute Morgen vom Chef persönlich. Ein Anruf in frühester Stunde
beorderte mich zu seinem Hause. Dort wies er mich an,
den Herrn Hauptkommissar und sein Team damit zu versorgen, und er empfiehlt besonders die Kommentare ihrer
geschätzten Aufmerksamkeit.«
Lundquist schüttelte energisch den Kopf, hob abwehrend
die Hände und deutete dann auf Knysts Schreibtisch.
Lars stöhnte gequält auf: »Gnade. Nicht schon wieder auf
meinen Tisch!«
Doch Britta Liliehöök lächelte boshaft und packte die
Presse erbarmungslos auf einen Stapel Akten. »Er lässt
den Herren gleichfalls ausrichten, sie mögen sich nicht der
trügerischen Sicherheit hingeben, dass die Entscheidung
über eine Neuverteilung der Ermittlungskompetenz sich
nun nicht mehr stelle, nur – und jetzt wörtlich«, Britta
grinste, »weil der Herr Staatsanwalt offensichtlich einen
Narren an Sven Lundquist gefressen hat.«
»Hört, hört«, gab Lars hinter den Zeitungen von sich.
Im Rausgehen wandte Britta sich noch einmal um.
»Die Apotheken haben übereinstimmend erklärt, dass es
schon mal vorkommt, dass sie einzelne Blister an Kunden
abgeben. Besonders, wenn diese auf der Durchreise sind
und behaupten, sie hätten ihr Medikament vergessen. Die
Apotheke notiert zwar, dass ein Medikamentenstreifen

entnommen wurde, aber nicht, wann und an wen er verkauft wurde.«

»Schlecht!«, stellte Lundquist fest. »Dann könnte unser Täter auch von Apotheke zu Apotheke gefahren sein, um eine ausreichende Menge des Wirkstoffs zusammen zu bekommen! Wir hätten damit keine Chance mehr festzustellen wer gesammelt hat – richtig?«

Britta nickte zögernd. »Nicht wenn der Kunde bar bezahlt hat, das stimmt. Aber wenn er seine Karte benutzt hat, liegt der Fall anders. Da wird der Name registriert.«

»Gut – finde raus, ob in mehreren Apotheken zur gleichen Zeit einzelne Blister mit derselben Karte bezahlt wurden. Findest du einen Namen, gleichen wir den mit unserer Liste ab. Und, Britta ... wir suchen vermutlich nach einem männlichen Täter.«

»Wen wundert das?«, gab Britta schnippisch zurück. »Wenn schon Massenmörder, dann natürlich männlich!«

»Wir gehen die Liste noch mal durch und suchen nach Personen, die von Männern betreut werden. Vielleicht finden wir da einen Ansatz«, meinte Lundquist.

»Aber der Betreuer muss nicht notwendigerweise auch der Täter sein«, gab Knyst zu bedenken. »Ein Liebhaber oder ein Freund kämen auch in Betracht.«

»Oder ein anderer männlicher Verwandter, der mit der Pflege gar nichts zu tun hatte – aber für einen Teil der Kosten aufkommen musste«, überlegte Britta.

»Ja, stimmt. Aber wir suchen trotzdem erst mal nach einem männlichen Betreuer – dann sehen wir weiter«, legte Lundquist fest, und Britta stürmte voller Tatendrang wieder in ihr Büro zurück.

Lundquist zog den neuesten Bericht des Rechtsmediziners unter einigen Akten hervor und begann darin zu blättern, Knyst seufzend die erste der Zeitungen von seinem Stapel, suchte den Kommentar und begann nach kurzer Zeit so gequält zu stöhnen, dass Lundquist ihm mitleidsvolle Blicke zuwarf.

»Mein Gott – wären wir nur halb so schlecht, wie die hier schreiben – Schweden wäre längst im Sumpf aus Verbrechen und Korruption untergegangen. Was glauben die eigentlich, warum so relativ wenige Menschen pro Jahr getötet werden – schließlich finden wir in der Regel den Täter. Solche Vollidioten!«, Lars Knysts Stimme wurde immer lauter vor Zorn. Sein jungenhaftes Gesicht rötete sich in heiliger Wut und ließ ihn wie einen fanatischen Rächer aussehen. Selbst seine Haare standen ihm vor Erregung störrisch in allen Richtungen vom Kopf ab.

Mit ärgerlichen, ruckartigen Bewegungen faltete er die Zeitung zusammen und schleuderte sie in den Mülleimer neben seinem Schreibtisch.

Ole, der gerade in diesem Moment seinen Schopf zur Tür hereingesteckt hatte, riss ihn erschrocken wieder zurück, als ihm die geladene Atmosphäre bewusst wurde.

Lundquist, der Dr. Mohls Bericht durcharbeitete, sah auf und warf dem jungen Kollegen einen beruhigenden Blick zu.

»Pressestimmen!«, meinte er dann mit einem Nicken in Knysts Richtung und ein verstehender Ausdruck glomm in Oles Augen auf.

»Was gibt's?«, aufmunternd sah Lundquist Ole an.

»Äh – ja«, räusperte sich Ole. »Ich will ja nicht eure Hoffnungen noch weiter sacken lassen – aber haben wir eigentlich schon bedacht, dass der Täter das Präparat gar nicht in der Apotheke besorgt haben muss?«

Lundquist setzte sich auf und Knyst zog die linke Braue hoch.

»Ich ... also«, stammelte der junge Mann. »Jetzt guckt

doch nicht so! Da bleiben mir ja die Sätze im Hals stecken und in meinen Hirnwindungen entsteht ein vielleicht nie wieder gut zu machender Schaden durch den plötzlichen Gedankenrückstau!«, meinte er dann schnoddrig.

»Der böse Blick – das kommt davon, wenn man zuviel Zeitungskommentare liest. Sorry!«, lachte Knyst. »Hoffentlich werde ich den bis heute Abend wieder los – schließlich ist so was ganz schön beziehungsschädigend«, fügte er mit gespielter Besorgnis hinzu.

»Okay. Also nicht. Ich sage nur – Internet!« Ole gab dem Wort eine fast mystische Betonung, die an okkulte Sitzungen mit Tischerücken und magischen Glaskugeln denken ließ.

Lundquist schlug mit der flachen Hand auf seinen Schreibtisch und fluchte herzhaft. Oles Überlegungen waren berechtigt!

»Du meinst, er hätte sich das Medikament auch online bestellen können? Dann wäre es ihm sogar ins Haus oder an ein Postfach geliefert worden – ohne direkten Kontakt mit einem Menschen.«

»Geht das denn überhaupt mit verschreibungspflichtigem Zeug?«, wollte Lars wissen.

»Klar«, erklärte Ole unbekümmert. »Erstens muss es nicht überall auf der Welt verschreibungspflichtig sein und zweitens wissen doch gerade wir ganz genau – auf skrupellose Typen trifft man überall, oder?«

»Gut, nicht nur, dass der Täter das Medikament auch in einer anderen Gegend besorgt haben kann, nun ist es auch noch möglich, dass er es in einem anderen Land bestellt hat. Damit sinken unsere Chancen, über diesen Weg an ihn heranzukommen gegen Null«, stellte Lundquist trocken fest. Eine Welle der Entmutigung schlug über ihm zusammen. Drohte ihn mit sich fortzureißen.

»So schlimm ist es vielleicht gar nicht.«

Ole und sein Optimismus. Lundquist sah etwas genervt auf.

»Ach?«, fragte Knyst und warf einen raschen Seitenblick auf seinen Freund.

Sven mochte sich jetzt mies fühlen, überlegte er, kaum haben wir einen Zipfel, kommt einer und reißt ihn uns wieder aus der Hand. Das Telefon auf seinem Schreibtisch klingelte. Knyst nahm den Hörer ab, lauschte kurz und lehnte sich dann mit entspanntem Gesichtsausdruck in seinem Stuhl zurück.

Gitte.

Ob er wohl heute Abend lieber Fisch oder Fleisch essen wolle, oder vielleicht beim Italiener und danach … man würde sehen. Beinahe zärtlich legte Knyst den Hörer wieder auf die Gabel zurück.

»Wir könnten zum Beispiel mal überprüfen, welche unserer ›Pflegefamilien‹ einen Internetanschluss hat. – So viele werden das gar nicht sein. Und dann fragen wir sie eben mal beiläufig nach Computerkenntnissen.« Ole klang zuversichtlich.

Als Lundquist noch darüber nachdachte, ob sich aus dieser Idee ein Ermittlungsansatz formen lassen würde, erschien plötzlich Bernts Kopf über Oles Schulter. »Tschuldigung. Die Pforte hat eben angerufen: Gunnar Hilmarström steht völlig aufgelöst unten und will unbedingt mit einem aus dem Team sprechen. Seine Frau Inga ist offensichtlich verschwunden.«

»Verschwunden?«, hinter Lundquists Stirn breitete sich plötzlich ein heftiger Schwindel aus, als er von seinem Stuhl aufsprang. Ein Überbleibsel von Brittas Infekt. Unauffällig versuchte er sich an der Schreibtischkante abzustützen. Er schwankte leicht und hoffte, dass er der einzige im Raum war, dem das auffiel. »Okay. Geh ihn bitte holen«, wies Lundquist Bernt an, der daraufhin eilig zum Aufzug hastete.

»Ich setze mich mit ihm ins Vernehmungszimmer 12 und versuche herauszufinden, was Ingas Verschwinden nun wieder zu bedeuten hat. Danach treffen wir uns alle im Besprechungsraum und diskutieren, wo wir nun weiter ansetzen wollen.« Lundquist spürte, wie der Schwindel abflaute und das Rauschen in seinen Ohren wieder nachließ. Zu seinem Freund, der immer noch in weite Ferne entrückt zu sein schien, meinte er: »Lars, versuche doch auch die beiden von der Streife aufzutreiben. Die sollen auch an der Besprechung teilnehmen. Denn wenn Inga wirklich verschwunden ist, müssen wir Knut und Jan ohnehin in die Suche miteinbeziehen. Da sparen wir Zeit, wenn sie gleich mit dabei sind.«

Knyst, der heilfroh war, den kritischen Pressestimmen zu entkommen, griff wieder zum Telefon und suchte mit der freien Hand im internen Telefonverzeichnis die Nummer der Rufzentrale.

Wie aus heiterem Himmel hatten sie plötzlich das Gefühl, dass nun endlich Bewegung in die Angelegenheit käme. Gott sei Dank, dachte Sven Lundquist, alles ist besser, als dieses ratlose Auf-der-Stelle-Treten der letzten Tage.

Gunnar Hilmarström machte einen noch verstörteren Eindruck auf Lundquist, als bei ihrer ersten Begegnung und der Ermittler begann sich zu fragen, ob der Vermieter wohl grundsätzlich ein bisschen neben sich stand.

Nachdem er den älteren Herrn ins Zimmer 12 bugsiert und auf einem Stuhl niedergedrückt hatte, sprudelte es auch schon aus Gunnar heraus. Er berichtete, wie er die Wohnung nach dem Einkaufen verlassen vorgefunden hatte, das Elchgulasch im Backofen und von Inga keine Spur.

»Nur ein Zettel am Kühlschrank wegen des Essens – kein Wort von einer Übernachtung irgendwo, keine Silbe davon, wo sie hingehen wollte. Nichts!«, jammerte er. Er erzählte von seiner in Sorge verbrachten Nacht, von den Anrufen bei den Damen des Kaffeekränzchens, von denen auch keine wusste, wohin Inga so plötzlich hätte gehen wollen.

»Hat sie das denn schon einmal gemacht – so einfach für ein paar Tage verschwinden – das kommt bei manchen Frauen doch schon mal vor?«, unterbrach Lundquist Gunnars Redeschwall behutsam.

»Meine Inga doch nicht!«, empörte sich Hilmarström.

»Ist sie denn noch nie für ein paar Tage weggefahren?«, hakte der Hauptkommissar nach.

»Na, das schon! Zu ihrer Schwester nach Stockholm. Aber wir haben das sonst immer abgesprochen. Damit ich auch nichts verkehrt mache, wenn sie nicht da ist. Mit ihren Pflanzen, da ist sie zum Beispiel sehr pingelig.«

Wie mochte es wohl um das Gedächtnis dieses Mannes bestellt sein, fragte sich Lundquist.

Vielleicht hatte er nur vergessen, dass Inga mit ihm über ihre Reisepläne gesprochen hatte?

»Hast du denn bei ihrer Schwester angerufen?«

»Natürlich. Aber dort ist sie nicht.«

»Fehlt etwas von ihrer Kleidung – oder ist ein Koffer verschwunden?«

»Nein. Das habe ich natürlich zuerst überprüft. Es fehlt nur ihr hellblauer Mantel.«

»Hattet ihr vielleicht in letzter Zeit ein bisschen Streit miteinander? Wenn Frauen sich unverstanden fühlen, handeln sie mitunter impulsiv.«

Gunnar zauste sich mit beiden Händen zerstreut durch die Haare.

Lundquist sah, dass sie heftig zitterten.

Danach flatterte Gunnars Rechte über den zuckenden Mund.

Der Hauptkommissar wartete schweigend.

Er wusste genau, dass der Mann ihm etwas erzählen würde, das war nur eine Frage der Zeit.

Hilmarström begann sich die Augen zu reiben.

War es möglich, dass Inga ihren Mann so Knall auf Fall verlassen hatte?, überlegte Lundquist und behielt sein Gegenüber fest im Blick. Hatte sie einfach genug von ihm? Und – kam es wirklich in diesem Alter noch vor, dass eine Frau ihre Sachen packte und nach so vielen gemeinsamen Jahren ihren Mann einfach verließ? Halt!, nahm er seine Gedanken wieder fester an die Leine, Inga hatte ja gerade nicht gepackt! Und bestimmt hätte sie auch ihr Kränzchen informiert – wenigstens das nächste Treffen abgesagt. Inga war in solchen Dingen eher korrekt, mutmaßte Lundquist, er würde Gunnar nach den Damen des Kränzchens fragen müssen.

»Wenn wir Inga finden sollen, müssen wir schon ein bisschen genauer wissen, was passiert ist«, mahnte er leise und in verständnisvollem Ton.

»Ach!«, seufzte Gunnar. »Das ist mir ein bisschen peinlich.«

»Wir haben für vieles Verständnis – und wir haben schon beinahe alles mal gehört«, beruhigte ihn der Ermittler.

»Was soll ich sagen?« begann Hilmarström erneut. »Meine Inga ist halt einfach eine schrecklich neugierige Person. Und jetzt – mit der Leiche auf unserem Dachboden – da ist sie richtig manisch geworden. Sie konnte an gar nichts anderes mehr denken, über nichts anderes mehr reden.« Er machte eine Pause, seufzte erneut.

»Sie wollte dauernd ihre sinnlosen Fragen beantwortet haben, und zum Schluss hat sie sogar angefangen wahllos alle möglichen Leute zu verdächtigen. Ich meine, das geht doch zu weit! Man kann doch nicht einfach über fremde Menschen herumerzählen, sie seien Mörder, nur weil man deren Mutter, Oma oder Tante seit einiger Zeit nicht mehr gesehen hatte!«, Gunnar redete sich bei diesem Thema offensichtlich leicht in Rage.

»Inga hatte also einen konkreten Verdacht?«, interessiert beugte Lundquist sich weit vor und stützte seine Ellbogen auf den kleinen Tisch.

»Ach was – Verdacht! Getratscht hat sie halt! Und am Morgen hab ich ihr dann gesagt, dass ich nicht will, dass sie weiter über die Tote oder ihren vermeintlichen Mörder Gerüchte in die Welt setzt. Tja, und da ist sie schrecklich wütend geworden«, beendete Gunnar kleinlaut seinen Bericht.

»Hältst du es für möglich, dass sie eine Freundin besucht hat, um sich auszuquatschen, sich über ihren uneinsichtigen Ehemann zu beschweren? Dann haben sie vielleicht ihren Kummer über die Männer im Allgemeinen und

die Ehemänner im Besonderen gemeinschaftlich in einer
Flasche Glögg* ertränkt und deine Inga schläft nur ihren
Rausch aus?«, bot Lundquist seinem Gegenüber eine Er-
klärung an, während in seinem Kopf ein völlig anderes,
Besorgnis erregendes Szenario ablief.
Konnte es sein, dass Inga zufällig auf die Spur des tatsäch-
lichen Täters geraten war?
Dann schwebte sie jetzt unter Umständen in Lebensgefahr! Deutlich sah er das psychologische Gutachten vor
sich: Der Täter wird, um sich und seine Tat zu decken,
wieder morden!
In seinen Ohren begann es so laut zu rauschen, dass er Hilmarströms Antwort beinahe nicht mehr verstehen konnte.
Gunnar erklärte, er habe alle ihm bekannten Kaffeekränz-
chendamen angerufen – aber Inga sei bei keiner von ihnen
aufgetaucht.
»Bei ihrer Schwester ist sie nicht, unser Sohn ist an Problemen dieser Art nicht interessiert und sonst gibt es niemanden, an den sie sich wenden kann! Vielleicht ist sie in den
Wald gefahren um sich ihre Wut über mich abzulaufen. Sie
könnte gestürzt sein und liegt jetzt irgendwo da draußen
hilflos, einsam ...« Gunnar schluchzte unterdrückt.
Lundquist sah Inga eher in den Händen des Mörders.
Schlaglichtartig tauchten Bilder vor seinen Augen auf, die
er nicht sehen wollte, Inga erdrosselt, erstochen in einer
Blutlache ... Mein Gott, hoffentlich kommen wir nicht zu
spät!
»Wen hatte sie denn zuletzt besonders in Verdacht?«,
Lundquist bemühte sich, seine Stimme unter Kontrolle zu
halten, während in seinem Kopf ein Horrorstreifen nach
dem anderen ablief.
»Sie hat gnadenlos alle reihum verdächtigt. Zum Schluss
auch unseren Nachbarn da draußen, beim Ferienhaus. Sie

wollte wissen, ob ich eigentlich kürzlich mal die alte Frieda
John gesehen hätte. Als ob irgendjemand die alte Frieda
sehen würde – die alte Giftspritze liegt doch die meiste
Zeit in ihrem Bett und schikaniert ihren bedauernswerten
Sohn. Das hat sie schon mit ihrem Mann so gemacht. Er
war wirklich ein armes Schwein. Und nun ist der Sohn
dran.« Hilmarström schüttelte den Kopf.

»Ihr werdet meine Inga doch jetzt suchen, nicht?«, fragte
er dann leise und Lundquist sah, das sich Gunnars Augen
mit Tränen füllten.

Tröstend legte er dem besorgten Mann die Hand auf den
Unterarm.

»Wir werden jetzt sofort besprechen, wie wir vorgehen
wollen. Sag mal – traust du ihr zu, dass sie angefangen hat
Privatdetektiv zu spielen?«

Hilmarström zuckte zusammen und seine Augen weiteten
sich vor Schreck.

»Aber, aber das wäre doch unglaublich gefährlich!«, stammelte er entsetzt. »Was, wenn sie dabei in ein Wespennest
gestochen hätte? Aber«, fügte er beinahe tonlos mit zitternden Lippen hinzu, »zuzutrauen wär's ihr wohl. Besonders wenn sie das Gefühl hätte, dem anderen haushoch
überlegen zu sein.«

Lundquist sprang auf, nickte dem verstörten Vermieter zu
und verließ eilig den Raum. Die Tür hatte er schon fast
hinter sich zugezogen, da steckte er seinen Kopf noch
einmal in den Raum und fragte: »Du hast gesagt, sie ist
vielleicht in den Wald gefahren, ist das richtig?«

Gunnar nickte.

»Dann hat sie wohl ein eigenes Auto?«

Wieder nickte Gunnar stumm.

»Was für eine Marke?«, drängte Lundquist ihn ungeduldig.

»Einen Fiesta. Grün. HNP-358.«

Mit einem leisen Klicken fiel die Tür ins Schloss.
Gunnar hörte, wie der Hauptkommissar mit langen, eiligen Schritten über den Gang hastete. Dann war alles still – nur sein eigenes und das Atemgeräusch des Polizisten, der sich zu ihm gesetzt hatte, waren zu hören.

Lars Knyst war es gelungen, das Team in Rekordzeit im Besprechungsraum zu versammeln. Auch Jan und Knut waren durch die Einsatzzentrale von ihrer Streife zurückbeordert worden, saßen nun etwas verlegen zwischen den Kollegen und fühlten sich augenscheinlich unbehaglich.

»Weißt du, was wir hier sollen?«, flüsterte Knut seinem Partner zu und drehte dabei unruhig seine Mütze zwischen den Händen.

Jan schüttelte verhalten den Kopf.

»Mann, hoffentlich haben wir nicht wieder was verbockt!«, seufzte er dann und beide begannen fieberhaft, sich die letzten Tage ins Gedächtnis zu rufen. Hatten sie etwa wieder einmal dem Falschen geholfen?

Der Raum füllte sich nach und nach. Das allgemeine Durcheinander von Stimmen schwoll zu einem Raunen an, aus dem man hin und wieder Brittas Stimme und Oles Niesen heraushören konnte.

Jan sah sich aufmerksam im Zimmer um und versuchte Hinweise zu entdecken, die ihm die Ursache der allgemeinen Aufgeregtheit erklären könnten. Den Fotos an der Pinnwand und der Liste mit durchgestrichenen Namen am Flipchart konnte er immerhin entnehmen, dass das Team noch immer intensiv mit dem Ferienhausmord beschäftigt war. Er schnappte auch mehrfach den Namen Hilmarström auf, wusste selbstverständlich, dass Gunnar der Besitzer des Ferienhauses war – aber das, kombinierte Jan, konnte nicht der Grund für die Aufregung sein. Schließlich war das allgemein bekannt.

Doch als er auch den Namen Inga hörte, klärte sich für Jan alles.

»Ey, Knut!«, aufgeregt stieß er seinem Partner den Ellbogen in die Seite: »Ich sag dir was – der Gunnar hat die Alte auf dem Dachboden eben doch selbst ins Jenseits befördert und nun hat er die Inga gleich hinterher geschickt, weil sie ihm auf die Schliche gekommen ist.«

Knut, der sich in Gedanken mit der Frage beschäftigt hatte, ob er bei Gelegenheit mal den Sohn der alten John fragen sollte, woher er den niedlichen Welpen bekommen hatte und ob sich Mareile eventuell mit einem solchen Hausgenossen würde anfreunden können, wo sie doch so pedantisch auf Sauberkeit im ganzen Heim bedacht war, dass es einen Mann schon grausen konnte, sah Jan erschrocken an.

»Das ist doch nicht dein Ernst! Der Gunnar?«

»Na klar! Und jetzt wollen die von uns wissen, ob uns, als wir an den Fundort der Leiche gekommen sind, etwas aufgefallen ist!«

»Tststs – der Gunnar. Wie man sich doch in den Menschen so täuschen kann. Ich hätte gewettet, dass der keiner Fliege was zuleide tun kann, und jetzt das. Der Gunnar – ein Mörder«, kopfschüttelnd überdachte Knut die Neuigkeit. Dann fragte er zweifelnd: »Bist du sicher?«

»Klar! Und wenn man's mal im Nachhinein bedenkt, ist es ja schon komisch, dass einer erst das ganze Haus blitzblank putzt, wo er doch eine Leiche gefunden hat. Und dann ruft er zum Schluss die Polizei an!«

Als Knut gerade einwenden wollte, er würde sich anders an die Sache erinnern, wurde die Tür schwungvoll aufgerissen.

Plötzlich kam Leben in das Team.

Stühle wurden qietschend geschoben, das Raunen wurde

lautes Gemurmel, alle setzten sich und Lundquist nickte einmal kurz in die Runde.

»Inga Hilmarström ist seit gestern verschwunden. Ihr Mann war einkaufen und kann über den genauen Zeitpunkt ihres Verschwindens keine Angaben machen. Sie hatte vorgekocht und so nahm er an, sie würde spätestens zum Abendessen wieder zurück sein.«

Jan stieß Knut wieder an und zwinkerte ihm vielsagend zu.

»Streit?«, fragte Britta knapp.

»Ja. Inga hat ganz offensichtlich privat unseren Mörder gesucht«, informierte Lundquist weiter.

»Hatschi! Was, wenn sie ihn gefunden hat?«, nieste Ole und putzte sich die Nase.

»Tja – genau das ist der Punkt. Im psychologischen Gutachten wird der Täter als sehr gefährlich eingestuft. Dr. Ekbjerk hält einen weiteren Mord nicht für ausgeschlossen – also, gibt es neue Informationen zu den Familien mit pflegebedürftigen Angehörigen?«

Sven Lundquist sah in die Runde und fixierte dann die beiden Streifenpolizisten.

»Inga hat offensichtlich als letzten Kandidaten für ihre Verdächtigenliste den Ferienhausnachbarn ausgesucht. Der pflegt wohl schon seit Jahren seine alte Mutter. Den werden wir uns mal genauer ansehen. Wart ihr auch bei Lasse John?«

»Ja!«, hätten sie nicht gesessen, Jan hätte bestimmt versucht stramm zu stehen, so militärisch prompt, knapp und zackig kam die Antwort.

»Und?«

»Liebender Sohn, der sich aufopferungsvoll um seine bettlägerige Mutter kümmert. Sehr freundliche Atmosphäre auf dem Hof«, meinte Jan und Knut nickte bestätigend.

»Ja – wirklich. Sie hat ihm jetzt auch einen Hund er-laubt, und er wirkte ausgeglichen und zufrieden.«
»John – John – John ...«, murmelte Bernt Örnebjerk und begann in einem Stapel Papier zu wühlen. »Moment, ich hab's gleich – da war was ...«
»Such weiter.« Lundquist schob seinen Stuhl zurück, stand auf und trat an das Flipchart. »Wir können aufhören, den Täter irgendwo im Land oder gar Ausland zu suchen. Er ist hier, und möglicherweise hat er Inga in seiner Gewalt. Wir können sie nur retten, wenn wir ihn in kürzester Zeit finden.« Er sprach eindringlich und Knyst bemerkte erleichtert, dass alles Zögerliche und Unsichere von ihm abgefallen zu sein schien.
Er war entschlossen und voller Tatendrang.
»John! Hier! Der Hausarzt hat bestätigt, dass Frau John von ihm regelmäßig den gesuchten Wirkstoff als Schlafmittel verschrieben bekommen hat. ›Wegen anhaltender Schlaf-losigkeit‹ hat er ihr das Zeug immer wieder verordnet.«
»War er mal wieder bei ihr – vor kurzem?«, fragte Britta und Bernt blätterte ein paar Seiten weiter.
»Nein. Er erhielt wohl einen Anruf, dass es der Patientin im Augenblick viel besser ginge und sie gar den Wunsch geäußert habe, auf eine betreute Seniorenreise zu gehen«, las Bernt zusammenfassend vor.
»Und da hat er nicht mehr nachgefragt?«, Britta war überrascht.
»Nein. Er meinte, er bedaure es nicht, die Dame im Mo-ment nicht besuchen zu müssen, sie sei nämlich eine fürchterliche Xanthippe«, Bernt räusperte sich. »Er hat auch gesagt, er bewundere den Sohn, der es nun schon so lange mit dieser extrem schwierigen Persönlichkeit aus-gehalten habe. Eine Ruhepause von seiner Mutter sei ihm zu gönnen!«

Lundquist wartete. Als niemand sich dazu äußerte, stellte er fest: »Vieles würde hier passen – aber da die Streife die Dame bei bester Gesundheit angetroffen hat und der Sohn guter Dinge war, müssen wir sie wohl streichen. Wer bleibt noch?«

»Familie Nissan«, warf Ole ein, »Familie Nissan hat auch dieses Schlafmittel verschrieben bekommen. Frau Nissan hat ihren Beruf als Kindergärtnerin aufgegeben, um ihre Schwiegermutter zu versorgen, die nach einem Schlaganfall halbseitengelähmt ist und nicht mehr sprechen kann. Krista Nissan ist seit einigen Jahren ans Haus gebunden, weil man die alte Dame nicht alleine lassen kann. Das Schlafmittel wurde vom Hausarzt für Ulf Nissan verschrieben, der angab nicht ruhig schlafen zu können, weil seine Mutter manchmal nachts laut schreie. Er sei dann morgens immer sehr müde, wenn er zum Dienst müsse.«

»Wir haben aber eine Frauenleiche und keine Männerleiche im mittleren Alter«, stellte Britta trocken klar und Knyst grinste, als er Oles verwirrtes Gesicht sah.

»Sie meint, in diesem Fall hätte man den Mann umbringen sollen! Wegen seines Mangels an Einfühlungsvermögen in die Ehefrau.«

»Oh. – Ja, klar«, murmelte Ole betroffen.

»Bei denen war ich übrigens selbst. Liegt auf meinem Heimweg«, meinte Bernt. »Alle waren wohlauf.«

»Darf ich?«, Dr. Ekbjerk streckte seinen Kopf durch die Tür und warf einen neugierigen Blick in die Runde.

Sven Lundquist nickte ihm stumm zu und sah Bernt auffordernd an.

»Wir haben noch die vier Familien mit Internetanschluss. Johns haben auch einen, aber die scheiden ja aus. Bleiben noch drei: Krug, Svensson und Klaus.«

Knut rutschte nervös auf seinem Stuhl hin und her.

Jan informierte die Kollegen, dass auch bei den drei Familien alle Mitglieder vollzählig angetroffen worden waren. Lundquist fühlte, wie eine bleierne Schwere versuchte, sich in seinem Körper und seinem Gemüt auszubreiten. Hoffnungslosigkeit kroch lautlos in sein Denken.

Er setzte sich.

»Was bleibt noch?«, fragte er leise.

Es wurde still.

»Die Läuse!«, Britta dachte laut. »Die Läuse!« Verständnislos sah Bernt die Kollegin an. »Vielleicht hat einer der Ärzte was gegen die Läuse verschrieben! So ein giftiges Shampoo vielleicht!« Britta gestikulierte aufgeregt.

»Was für Läuse denn? Wie kommst du jetzt darauf?«, fragte Ole.

»Na, Mensch! In den Haaren der Toten wurden doch tote Läuse und Nissen gefunden!«, Britta stöhnte ungeduldig.

»Stimmt! Gute Idee!«, Lundquist nickte und Britta schoss davon, um das telefonisch zu klären.

Knut begann sich in immer kürzeren Abständen zu räuspern. Jan warf ihm einen drohenden Blick zu.

»Die Apotheken hatten nur drei Kartenzahlungen im letzten Sommer bei der Ausgabe von Einzelblistern. Die Apotheke in Hjortronbakken nur eine. Und die stammte von der Familie Pattersson. Die sind schon gecheckt und die anderen Kartenzahlungen sind von Leuten, die nur auf der Durchreise waren«, fasste Ole zusammen.

Wieder ein möglicher Ansatzpunkt, der zu nichts führte.

»Lasse John, hm. Das ist ja interessant«, murmelte Dr. Ekbjerk und Lundquist warf ihm einen fragenden Blick zu.

»Ich weiß nicht, ob das für eure Ermittlungen hilfreich ist, schließlich habt ihr die Familie wohl von der Liste der Verdächtigen gestrichen – aber Lasse John befand sich vor ein paar Jahren zur stationären Therapie im psychiatrischen Krankenhaus. Nach einem Suizidversuch. Er hatte eine größere Menge Schlafmittel eingenommen und sich in die Badewanne gelegt. Eine Nachbarin, die nach ein bisschen Zucker fragen wollte, fand ihn dort und verständigte einen Rettungswagen. Ich glaube mich erinnern zu können, dass seine Mutter die Sanitäter behinderte und vehement verlangte, der Junge solle zu Hause bleiben. Schließlich sei das alles kein Grund für eine Einweisung ins Krankenhaus«, begann Dr. Ekbjerk.

»Und was dann?«, wollte Lundquist wissen.

»Wir warteten, bis die Wirkung des Schlafmittels nachgelassen hatte und führten mit ihm eine Reihe therapeutischer Gespräche. Eine Analyse wurde nicht durchgeführt, weil seine Mutter ihre Zustimmung verweigerte und der junge Mann nichts ohne ihre ausdrückliche Erlaubnis tat«, er seufzte tief. »Es war furchtbar, mit ansehen zu müssen, wie der arme Kerl litt. Seine Mutter hat absolute Gewalt über ihn, bestimmt jeden seiner Schritte. Sie behandelt ihn wie einen billigen, nichtsnutzigen Sklaven und er begegnet ihr mit einer Art viehischer Unterwürfigkeit. Es war uns allen klar, dass er das nur aushalten konnte, weil er sein gesamtes aggressives Potential unterdrückte. So etwas geht nicht gut aus. Die Psyche nimmt unweigerlich Schaden.«

»Was könnte passiert sein, wenn die Aggression sich Bahn gebrochen hat?«, Sven Lundquist beugte sich dem Arzt entgegen.

»Tja, das lässt sich nur schwer einschätzen. Zum einen könnte es weitere Suizidversuche gegeben haben oder andere autoaggressive Aktionen. Zum Beispiel Selbstverletzungen. Selten kann es in solchen Fällen aber auch dazu kommen, dass der ›Sklave‹ sich aggressiv gegen seinen Unterdrücker wendet. Ich selbst bin bei Lasse John immer davon ausgegangen, dass er sich irgendwann gegen den unglaublichen Druck wehren wird, irgendwann seine Freiheit erobern will. Gleichgültig welche Mittel er dazu einsetzen müsste. Er ist ein Bündel unterdrückter und verdrängter Wut, bereit zu platzen.«

Lundquist seufzte.

Das wäre das perfekte Profil!

Aber dieser junge Mann schied ja nach der Überprüfung als Täter aus.

»Ich gehe davon aus, dass Inga sich in Lebensgefahr befindet. Schließlich vermisst Gunnar sie schon seit gestern Abend – und jetzt ist schon später Vormittag. Wenn sie wirklich dem Mörder in die Hände gefallen ist, hatte der auf jeden Fall genug Zeit sich einen Plan auszudenken – und vielleicht auch genug Zeit ihn umzusetzen. Wenn wir nicht ganz schnell eine zündende Idee haben, wird sie wohl das nächste Opfer werden. Hoffentlich ist es nicht schon zu spät – und hier nebenan sitzt ein sehr besorgter Ehemann ...«

»John!«, die Tür wurde aufgerissen. »Der Hausarzt von Frieda John hat bestätigt, dass er der alten Dame immer wieder ein Shampoo gegen Läuse verschreiben musste«, sprudelte Britta Liliehöök atemlos hervor und sah Lundquist auffordernd an. »Es sei sowohl ihm, wie auch dem Sohn schleierhaft, wie eine Frau, die die meiste Zeit bettlägerig ist, sich überhaupt irgendwo Läuse holen konnte. Sie ging ja auch praktisch nicht mehr zum Friseur und Besucher gab es auch keine.«

»Knut, habt ihr die alte Frieda tatsächlich gesehen – von Angesicht zu Angesicht gesehen, meine ich, als ihr bei Lasse John auf dem Hof wart?«, fragte Lundquist lauernd in Richtung der beiden Streifenpolizisten.

Und als Jan für seinen Kollegen antworten wollte, hob

Lundquist die Hand und donnerte plötzlich unvermittelt
los: »Überlege dir jetzt gut, was du sagst!«
Knut sah verstört in die blitzenden Augen des Ermitt-
lungsleiters und begann zu zittern.
»Antworte! Hast du die Frau mit eigenen Augen gese-
hen?«, der drohende Unterton ließ die Stille im Raum
unerträglich werden.
Knut wusste, dass sie ihn nun alle anstarrten.
Er begann zu schwitzen.
Selbst zwischen den Haaren bildeten sich kleine
Rinnsale.
Nervös wischte er sich mit der Hand die salzigen Per-
len von der bebenden Oberlippe und flüsterte beschämt:
»Nein.«
Empörte Beschimpfungen der Kollegen prasselten wie
Schläge auf ihn nieder – Lundquist sorgte mit einer
Handbewegung für Ruhe.
»Also Lasse John. Lars, ruf die Einsatzzentrale an, wir
brauchen drei weitere Streifenwagen. Ohne Sondersignal.
Sie sollen möglichst unauffällig zu Johns Hof fahren und
dort auf uns warten. Einer vom hinteren Teil her, damit er
uns nicht womöglich entkommt. Die Polizisten sollen ihre
Schusswaffen bereithalten. – Britta fährt mit Ole, Bernt
auch, Lars mit mir. Jan und Knut bleiben hier in der Ob-
hut von Björn. Keine Alleingänge – wenn er unser Mann
ist, ist er unberechenbar und äußerst gefährlich!«

Was mache ich nun mit ihr?, grübelte Lasse und warf einen hasserfüllten Blick auf die bewusstlose Inga. »Umbringen ist schon klar – aber wie?«, murmelte er.

Er wiegte nachdenklich den Kopf von einer Seite zur anderen.

Wenn er ihr den Schädel einschlug, würde das bloß eine Riesensauerei geben, die er wieder beseitigen musste – das ging nicht. Er wollte nicht schon wieder hinter einer Weibsperson herputzen.

Die Zeiten waren vorbei.

Was für eine blöde Idee auch, einfach bei ihm zu klingeln, überlegte er und schnalzte abschätzig mit der Zunge.

Er hatte ihren grünen Fiesta auf dem Hof gesehen und als sie dann scheinheilig fragte, ob sie denn wohl mal die alte Dame besuchen könne, sie wolle sich nach dem Urlaub erkundigen, war ihm sofort bewusst, dass die alte Schnepfe ihn hochgehen lassen wollte. Freundlich bat er sie in Haus und brachte sie dann mit einem perfekt gezielten Schlag auf den Hinterkopf zur Strecke.

Das war ein Schlag, da konnte er wirklich stolz auf sich sein, fand er und grunzte.

Langsam schwankte sein Körper im Rhythmus des Kopfes mit.

Ja, ja, umbringen natürlich – aber wie?

Wenn er es so aussehen lassen könnte, als hätte Inga einen Unfall gehabt – das wäre natürlich genial, dachte er zufrieden und spürte, wie ein ungeheurer Energieschub durch seinen Körper fuhr. Doch dann fiel ihm ein, dass Inga vielleicht jemanden über ihren Plan informiert haben könnte.

Ach, egal! Wenn noch eine von den alten Ziegen kommt, erledige ich sie eben gleich mit Inga zusammen. Ja – der Gedanke gefiel ihm.

Es gab sowieso viel zu viele davon!

Der kleine Welpe stupste die reglose Frau mit der Nase an und warf seinem Herrchen neugierige Blicke zu. Als Lasse sich zu ihm hinunter beugte, um ihn zu streicheln, fiel sein Blick ins Badezimmer.

Das ist doch überhaupt die Idee, schoss es ihm durch den Kopf.

Auskühlen – Schließlich konnte man nach einem Sturz über Nacht im Freien einfach erfrieren! Er würde Inga in der Badewanne umbringen – den Dreck konnte er dann einfach mit der Dusche wegspülen und Inga später irgend- wo ablegen, wo man sie in ein paar Tagen oder Wochen finden würde.

Das ist genial, nein, du bist genial, unschlagbar genial!, lobte er sich begeistert.

Darauf würde er jetzt erst Mal einen trinken!

Viele Gläser Schnaps später versuchte er sich den Frauen- körper mit einer lässigen Bewegung über die Schulter zu werfen – wie er es bei den Cowboys im Western gesehen hatte. Doch entweder hatte er sich ungeschickt angestellt oder Inga war zu schwer – sie entglitt ihm und schlug mit einem dumpfen Geräusch auf dem Boden auf.

»Scheiße!«, fluchte er. Hoffentlich gab es jetzt nicht doch noch Blutflecken auf dem Boden.

Kurz entschlossen packte er Inga am rechten Arm und begann sie unsanft über den Boden zu ziehen, während der Hund sie leise bellend umtobte.

»Dir waren doch die Gefühle anderer Leute auch immer egal – da kann es mir auch egal sein, ob dir der Arm nachher wehtut. Außerdem habe ich für dich nicht mehr viel nachher vorgesehen.«

Er hievte den Körper in die Wanne.

»Weißt du eigentlich, wie lange die Leute hier schon unter deinem Schandmaul leiden? Seit vielen Jahren setzt du immer neue Gerüchte über deine Mitmenschen in die Welt. Ehen wurden deinetwegen geschieden, weil du behauptet hattest, der Gatte sei homosexuell! Dabei ging unser alter Apotheker nicht zum Sex mit einem Mann – er traf sich ab und an mit einem Freund aus längst verflossenen Kindertagen zum Saufen. Und weil seine Katrine ihm den Alkohol noch strikter verboten hatte, als der Arzt, übernachtete er nach den Gelagen bei seinem Freund. Alles völlig harmlos. Nur Katrine hat ihm die Geschichte mit dem Schulfreund nicht geglaubt – und hat ihn Knall auf Fall verlassen. Davon hat der arme Mann sich nie wieder erholt. Und das ist nur ein Beispiel von vielen.«

Er setzte sich auf den Badewannenrand und sah Inga zornig an.

»Nein, du hast wirklich keinen schnellen Tod verdient!«, beschloss Lasse dann und ließ kaltes Wasser in die Wanne laufen. Zufrieden sah er zu, wie die Kleider am Körper hochzutreiben begannen. Im Spiegelschränkchen über dem Waschtisch fand er nach längerem Suchen eine elastische Binde extrabreit und eine Rasierklinge für den Reserverasierer, falls der elektrische mal nicht ging.

Grunzend kehrte er damit zur Wanne zurück.

Er packte Ingas Hand und tastete nach dem Puls.

Sie lebte noch.

Langsam drehte er die weiße, zarte Innenseite des Armes nach oben und fuhr mit seinen Fingern über die kühle, samtige Haut.

»Du fühlst dich richtig gut an, für dein Alter«, murmelte er anerkennend. »Aber das ist jetzt sowieso bedeutungslos, denn älter wirst du ja auch nicht mehr. Und daran bist du selber Schuld – nur du ganz allein. Was musst du deine Nase in Dinge stecken, die dich nichts angehen? Es wird wirklich Zeit, dass einer dein böses, verlogenes Mundwerk stilllegt.«

Er ließ den Arm wieder ins Wasser gleiten und überdachte seinen Plan erneut. Warum sollte er ihr einen relativ schnellen Tod ermöglichen? Es wäre doch viel besser, sie müsste leiden – so wie er auch gelitten hatte, jahrelang, endlos, hoffnungslos.

Wut schäumte in ihm auf.

Er zwang sich bewusst zu atmen, zählte leise seine Atemzüge, merkte, wie sich die Wut wie ein wildes Tier wieder in ihr Versteck zurückzog. Wie lang mochte sie schon von zu Hause weg sein? Bestimmt hatte sie Gunnar nichts von ihrem Plan erzählt, der hätte ja doch nur versucht, sie davon abzuhalten. Außerdem hielt Inga ihren Mann für einen schrecklichen Feigling und lähmenden Bedenkenträger. Das würde den alten Mann vielleicht nicht davon abhalten nach ihr zu suchen – oder suchen zu lassen.

War die Polizei schon involviert?

Lasse lauschte, doch vom Hof war kein Geräusch zu hören.

Es war dunkel geworden und vorsichtshalber schloss er die schweren, unhandlichen Holzläden vor dem Badezimmerfenster.

Der Hund winselte leise und sah ihn bittend an.

»Klar, du hast Hunger«, Lasse kraulte den Kleinen liebevoll. »Wir müssen hier nur für Ruhe sorgen und dann kriegst du was! Und den Wagen von der fremden Frau fahren wir am besten auch noch aus der Einfahrt«, erklärte er dem Welpen, der sofort anfing, aufgeregt zwischen Lasses Beinen herumzulaufen. Aus der Binde schnitt Lasse einen Knebel und Fesseln zurecht.

Eine Viertelstunde später betrachtete er zufrieden sein Werk, rief den Hund, löschte das Licht und schloss die Tür hinter sich ab.

Inga hörte, wie seine schweren Schritte sich entfernten. Sie fror entsetzlich.

In ihrem Kopf herrschte ein wildes Durcheinander aus dumpfen Schmerzen, bohrenden Fragen und panischer Angst.

Vorsichtig versuchte sie sich zu bewegen, ohne durch lautes Plätschern ihren Peiniger zu warnen. Ihre Füße waren gefühllos und die Kälte kroch erbarmungslos immer weiter in ihrem Körper voran. Nach wenigen Versuchen war klar – sie konnte sich nicht selbst aus der Wanne hieven. Tränen der Verzweiflung liefen über ihr Gesicht, die Nase schwoll zu und sie bekam keine Luft mehr.

In dem Moment wurde die Tür zum Bad wieder geöffnet und Lasse schaltete das Licht ein.

Zufrieden sah er auf Inga hinunter.

»So, nun ist es endlich soweit. Du bist wieder wach. Und du weinst. Das ist gut, wirklich gut. Und«, er beugte sein Gesicht ganz dicht über Ingas und flüsterte eindringlich, »du wirst noch viel mehr weinen, das verspreche ich dir. Vielleicht wirst du auch um Hilfe rufen wollen – aber erstens bist du geknebelt«, er lachte höhnisch, »und zweitens kommt hier bei mir ohnehin kaum mal einer vorbei. Und – sei doch mal ehrlich, wer sollte dich schon vermissen oder etwa nach dir suchen? Gunnar? Vergiss es! Der wird froh sein, dich nicht mehr ertragen zu müssen! Und warum sollte dich jemand bei mir vermuten? Am besten für

dich wäre, dir klar zu machen, dass du nun ganz in meiner Hand bist. Keiner kann dich mehr retten!« Er schnalzte verzückt mit der Zunge und legte seine Hand an Ingas Wange. Sie versuchte in der Wanne möglichst weit von ihm wegzurücken. »Ach, du willst Abstand wahren, meine liebe Giftnatter? Hättest du das mal vorher beherzigt! Für alles, was jetzt mit dir geschieht, bist du allein verantwortlich! Du ganz allein!«, zischte Lasse.
Er löste die Handfessel und band Ingas rechten Arm an der Duscharmatur fest.
Dann hielt er ihren linken Arm fest und griff nach der Rasierklinge, die er auf dem Waschbeckenrand hatte liegen lassen. Lustvoll strich er mit der Breitseite der Klinge über die Innenseite ihres Armes. Ingas Körper versteifte sich vor Angst, ihre Augen waren schreckgeweitet.
»Fast schade um deine schöne Haut. Aber wer stürzt, kann sich dabei verletzen – und außerdem will ich auch ein bisschen Spaß mit dir haben, wenn du mir schon solche Scherereien machst«, meinte Lasse und setze dann den ersten Schnitt.
Brennender Schmerz breitete sich bis in die Fingerspitzen aus. Inga versuchte verzweifelt, ihm ihren Arm zu entwinden, Wasser spritzte gegen sein Hemd und in sein Gesicht. Doch er umklammerte ihr Handgelenk unerbittlich.
Ein dünnes blutiges Rinnsal lief über den Arm, Tropfen fielen ins Wasser und lösten sich dort völlig auf. »Zappel nur – du kannst dein Schicksal jetzt nicht mehr abwenden! Du stirbst – und wenn du die alte Frieda triffst, kannst du ihr von deinem Erlebnis in ihrer Badewanne erzählen!«
Nach vielen Schnitten, die alle nur wenig bluteten, hatte Inga aufgehört sich zu wehren.
Sie weinte und stöhnte auch nicht mehr. Alles Fühlen und Sehnen war ausgeschaltet. Vielleicht bin ich schon tot,

dachte sie hoffnungsvoll. Den Gedanken an Rettung hatte sie aufgegeben. Schließlich wusste nicht einmal ihre beste Freundin Traute, wohin sie unterwegs war, als sie sich am Vormittag auf der Straße getroffen hatten. Das war leichtsinnig, wurde Inga klar, sträflich leichtsinnig. Und Gunnar? Der würde doch nie auf die Idee kommen, der ›liebe, nette Junge‹ könnte mit dem Tod der alten Frieda zu tun haben – der würde hier mit Sicherheit nicht auftauchen. Bestimmt sitzt er gemütlich mit den Resten des Elchgulaschs vor dem Fernseher und trinkt viel zu viel, dachte sie voller Verachtung, oder er ist betrunken ins Bett gefallen und schnarcht selig, während ich hier sterbe!

Jetzt lag sie nur noch apathisch im eiskalten Wasser und wartete auf das Ende.

Plötzlich hörten sie den Welpen leise winseln.

Lasse warf einen raschen Blick in den Flur hinaus und ließ dann zögernd, fast widerstrebend die Klinge ins Waschbecken fallen. Das leise klirrende Geräusch erschien beiden ungewöhnlich laut in der sie umgebenden Stille und Inga zuckte zusammen.

»Der Kleine muss mal raus auf den Hof.« Lasse grinste boshaft, als er ihre Arme wieder hinter ihrem Rücken zusammenband. »Sonst pinkelt er mir auf den Teppich. – Und das kann Mutti gar nicht leiden, dann wird sie richtig böse!« Nach einem letzten Blick auf die blasse Frau in der Wanne verließ er mit der hämischen Aufforderung »Bleib ja schön hier liegen und lauf nicht weg!« das Badezimmer, löschte das Licht und schloss die Tür hinter sich ab.

Inga war wieder mit ihrem Tod allein.

Sven Lundquist schäumte vor Wut.

Typisch, dachte er, unser Dreamteam! Die Presse wird kaum genug Platz für all die Schlagzeilen haben, die sich ihnen anbieten werden: Tölpelhafte Polizisten verschulden weiteres Mordopfer, Lundquist und die Pannen bei der polizeilichen Ermittlung!

Lars Knyst sauste über die unbefestigten Straßen.

Zum Glück hat es gestern noch stark geregnet, dachte Lundquist, während er mit grimmigem Gesicht aus dem Rückfenster starrte, sonst würde die Staubwolke unserer Wagen die Aktion verraten.

»Wie konnte ich nur so dämlich sein und den Worten ausgerechnet dieser beiden glauben? Ich hätte viel früher darauf kommen müssen, dass die zwei natürlich nicht darauf gedrängt haben, die Pflegebedürftigen zu sehen. Erstens, weil sie die ganze Fragerei für ausgemachten Schwachsinn gehalten haben und zum anderen, weil sie die Leute nicht verärgern wollten. Schließlich kennt man sich ja schon von Kindesbeinen an! Was war ich für ein Idiot!«, er schlug sich mit der flachen Hand so kraftvoll auf den Oberschenkel, dass es auf der Haut brannte.

»Das war doch nicht abzusehen«, auch Knysts Stimme klang angespannt.

»Ich hätte die Sache nicht so treiben lassen dürfen! Ich hatte von Anfang an kein gutes Gefühl dabei, ausgerechnet Jan und Knut mit der Angelegenheit zu betrauen. Ich habe es laufen lassen – weil ich zu sehr mit mir selbst beschäftigt war!« Lundquist stöhnte gequält.

»Quatsch. Du bist nicht mit dir beschäftigt – du ermittelst und wir kriegen den Kerl jetzt. Dann hast du den Fall souverän gelöst – gegen den Widerstand von Dr. Kramp. Wenn du nicht so hartnäckig an deiner Theorie festgehalten hättest – dann wüssten wir rein gar nichts von Lasse John oder den anderen Familien hier in der Umgebung«, wandte Knyst ein.

»Trotzdem!«, beharrte Lundquist in kindlichem Trotz. »Hoffentlich können wir Inga noch retten!«

Lundquist ließ die Wagen auf dem Gelände von Hilmarström anhalten. Der Rettungswagen von Falck wartete dort schon auf sie. Zwei Sanitäter und ein Notarzt standen davor, rauchten und unterhielten sich.

Der Hauptkommissar scharte alle um sich. Bernt und zwei Streifenbeamte würden mit dem Dienstfahrzeug die Straße sichern, damit niemand ins Aktionsgebiet gelangen, aber John auch nicht über diesen Weg entkommen konnte. Britta und Ole wurden der Rückfront des Hofes zugewiesen, mit einem Streifenwagen als Unterstützung in Rufweite, der den hinteren Fluchtweg blockieren würde. Die anderen hatten sich zur Verfügung zu halten, während Lundquist und Knyst sich dem Anwesen der Johns von der Vorderseite her nähern wollten.

Lundquist ließ die Funkgeräte überprüfen.

»Wir versuchen zuerst einen Überblick zu bekommen. Keine sinnlosen und gefährlichen Alleingänge – es sind genug Kollegen hier! Ich will keinen von euch nachher im Krankenhaus besuchen müssen! Das wichtigste ist Inga Hilmarström! Sollte sie sich tatsächlich in diesem Haus befinden, ist es unser oberstes Ziel sie zu retten. Lasse kriegen wir dann schon. Ihr haltet Kontakt mit mir und fragt erst nach, bevor ihr etwas unternehmt.« Alle nickten zustimmend. Vorsichtig schlichen sie in die unterschiedlichen Richtungen davon.

Lundquist spürte das Funkgerät in seiner Tasche und hörte das leise Rauschen und Knistern. Wenn John wirklich der gesuchte Täter war, mussten sie mit äußerster Vorsicht vorgehen und ihn nach Möglichkeit nicht reizen. Der Polizeicomputer hatte sie darüber informiert, dass Lasse John nicht nur Besitzer einer Waffe war, sondern auch schon mehrfach angezeigt wurde, weil er auf Tiere im Wald geschossen hatte. Einmal bedrohte er gar einen Spaziergänger, der sich verlaufen hatte und auf der Suche nach der Straße Lasses Hof überqueren wollte.

Er war eindeutig gefährlich – und sollte sich Inga tatsächlich bei ihm befinden, stand er mit Sicherheit zusätzlich unter Druck.

Lundquist wischte sich einige Blätter aus dem Gesicht, die der Wind aufgewirbelt hatte.

Er fror.

Das Gelände der Johns war schnell erreicht.

Ruhig lag das große Bauernhaus am Waldrand – wirkte beinahe idyllisch. Knyst und Lundquist nickten sich kurz zu, trennten sich und huschten geduckt zwischen Büschen und Stauden in verschiedene Richtungen davon.

Lundquist schlich über das Gelände, bis er auf Höhe der westlichen Ecke des Bauernhauses war. Er sah sich um.

Vom Haus aus würde Lasse ihn nur entdecken können, wenn er zufällig genau in dem Moment, in dem Lundquist über den Hof zum Haus rennen würde, aus der Haustür käme.

Es war absolut still.

Das Laufen würde ein Knirschen auf dem feinen Kies verursachen.

Das konnte Lasse John im letzten Augenblick warnen.

Der Hauptkommissar zögerte.

Langsam zog er das Funkgerät aus der Jackentasche und checkte den Standort der Kollegen. Sie waren alle auf Position. Die Spannung war beinahe zu greifen und Lundquist hatte das Gefühl, nicht richtig durchatmen zu können.
Trotz der herbstlichen Kühle brach ihm der Schweiß aus. Er würde losrennen müssen.
Das Team wartete auf seine Aktion. Im Gebüsch gegenüber konnte er den Haarschopf seines Freundes für einen kurzen Moment ausmachen.
Ein unsicherer Schritt, ein Straucheln und die gesamte Aktion war gefährdet.
»Idiot!«, zischte er leise. »Du hättest ja die Leitung abgeben können! Jetzt bist du hier – also reiß dich zusammen! Dies ist nicht der richtige Zeitpunkt um über dein Schicksal zu lamentieren!«
Mit einer entschlossenen Bewegung rammte er das Funkgerät in die Tasche zurück, hörte, wie dabei das Futter riss und rannte los.

Zeitgleich huschte Knyst zur östlichen Ecke des Hauses. Sie pressten ihre Körper dicht an die Holzwände, versuchten ihr Atemgeräusch zu dämpfen und lauschten angespannt. Lundquist spürte wie sein Herz pumpte und seinen Köper rhythmisch fester an die Holzwand des Hauses presste.
Wenn jetzt einer in dem Raum dahinter ist, kann er mit Sicherheit meinen Puls hören, schoss es ihm durch den Kopf.
Vorsichtig drückte er sich an der Hauswand entlang zum ersten Fenster auf seiner Seite. Er konzentrierte sich bei jedem Schritt, denn jedes noch so leise Geräusch konnte ihre Anwesenheit verraten – mit unabsehbaren Folgen.
Der Ermittler näherte sich dem Fenster.

Ganz langsam drehte er den Körper so, dass er in den Raum hineinsehen konnte und duckte sich gleichzeitig so tief, dass nur sein Kopf über den Rahmen ragte.
Der Raum, offensichtlich ein Wohnzimmer, war leer.
Eine klobige, dunkle Couch stand an der einen Wand. Kissen und eine Decke lagen als unordentlicher Haufen in einer Ecke des Sofas. Lundquist sah Essensreste und ein leeres Bierglas auf dem Tisch stehen. An der Wand hingen große Ölbilder mit düsteren Darstellungen, genaueres konnte Lundquist nicht erkennen.
Gerade als er weiterschleichen wollte, fiel ihm der imposante, silbern glänzende Fernsehapparat an der Breitseite des Zimmers auf.
»Neu!«, murmelte er und zog die Augenbrauen hoch. Aus den Aufzeichnungen des Arztes ging eindeutig hervor, dass die alte Frau John hochgradig geräuschempfindlich war – besonders, wenn es sich dabei um Geräusche handelte, die von ihrem Sohn verursacht wurden. Entweder war es hier zu einer grundlegenden Änderung zum Positiven gekommen oder Frau John war ...
Lundquist bewegte sich vorsichtig weiter.
Vor dem nächsten Fenster waren die Läden geschlossen.
Wasserplätschern war zu hören.
Das Badezimmer.
Er versuchte, sich einen Überblick über die Lage der Räumlichkeiten im Haus zu verschaffen. Das einzige, was er zu diesem Zeitpunkt genau wusste, war, dass die Räume der Mutter im oberen Stockwerk lagen.
»Zu wenig, wir wissen einfach viel zu wenig!« Lundquist war unzufrieden.
Aus dem Fenster an der Giebelfront hörte er Geklapper und eine jugendliche Stimme. »So, dann wollen wir dein

Frühstück mal anrichten, mein Kleiner!«, verkündete
jemand gut gelaunt. Leises Fiepen deutete darauf hin,
dass die Stimme mit dem Welpen sprach.

»Na, nur nicht so hastig, du wirst dich noch verschlu-
cken«, warnte die Stimme liebevoll. Kaffeeduft wehte zu
Lundquist an die Hausecke.

»Nein, das ist nun wirklich nichts für dich. Das ist Men-
schenfrühstück«, hörte er die Stimme lachen. Geschirr
klirrte leise, ein Eierkocher begann schrill zu pfeifen und
dazwischen vernahm man deutlich das tickende Geräusch
eines Brötchenrösters. Da macht sich jemand ein spätes
Frühstück, hat vor ein Ei zu genießen, Kaffee zu trinken
und seinen Toast zu essen. Ein Irrtum? War Lasse John
harmlos und er, Sven Lundquist, auf dem besten Wege,
sich vor aller Welt lächerlich zu machen?

Schließlich war es keine Straftat, erst gegen Mittag zu
frühstücken.

Langsam tastete er sich näher an das Fenster heran,
tauchte unter dem in den Hof ragenden Fensterflügel
durch und erhaschte einen Blick auf Lasses Blondschopf.
Der junge Mann saß an seinem Küchentisch und wandte
dem Fenster den Rücken zu. Der Hund lief geschäftig hin
und her, blieb ab und zu bei Lasse John stehen und ließ
sich von ihm flüchtig zwischen den Ohren kraulen.

Die ganze Situation wirkte alltäglich und friedlich.

Völlig unpassend für jemanden, den ich verdächtige, seine Mutter und eventuell noch eine weitere Frau getötet
zu haben, oder abgebrüht und psychopathisch!

Gänsehaut kroch auf Sven Lundquists Armen entlang.

Er lehnte sich mit dem Rücken gegen die Hauswand,
um sich einen Überblick über das Gelände zu verschaffen. Neben dem Wohnhaus gab es noch eine Reihe von
Nebengelassen auf dem Hof, die unter anderem früher

zur Unterbringung des Viehs gedient hatten. Die Tür zur Scheune stand einen Spalt breit offen und bewegte sich leicht.

Kurz entschlossen duckte sich Lundquist und huschte auf den Schuppen zu. Vorsichtig öffnete er das Tor gerade so weit, dass er einen Blick hinein werfen konnte. Er atmete tief ein – jetzt hatten sie Gewissheit! HPN-358. Ingas Wagen! Rasch lief Lundquist zum Haus zurück.

Inga war hier!

Wahrscheinlich hielt John sie irgendwo gefangen oder hatte sie bereits umgebracht – vor dem Frühstück.

Lundquist spähte vorsichtig in die Küche und vergewisserte sich, dass Lasse John noch immer dort hantierte.

Gerade als der Hauptkommissar das Funksprechgerät aus der Jackentasche befreite, um die Kollegen zu informieren, wurde mit einem harten Ruck die Küchentür aufgerissen. Knysts breitschultrige Erscheinung füllte den gesamten Türrahmen.

»Die Haustür war nur angelehnt.« Lars Stimme klang höhnisch. »Da habe ich mich mal eben selbst reingelassen!«

Lasse John war aufgesprungen, der Stuhl stürzte mit einem lauten Knall um und der Hund versteckte sich leise aufjaulend unter dem Küchentisch.

»Und glaub nur nicht, du könntest auf diesem Weg verschwinden!« Lars ließ einen Schlüsselbund sehen. Lasse John keuchte.

Lundquist richtete sich wütend auf.

Wie konnte Lars sich nur zu solch einer eigenmächtigen Aktion hinreißen lassen?

Damit gefährdete er den gesamten Einsatz!

»So, mein Freundchen, jetzt begleitest du mich mal eben freiwillig ins Badezimmer!«, Knyst Tonfall war schneidend und es war nur zu deutlich, dass Widerspruch hier nichts nützen würde. Um keinen Zweifel an seiner Entschlossenheit aufkommen zu lassen, zog Knyst seine Pistole aus dem Holster und winkte Lasse John erst zur Seite und dann durch die Tür.

Lundquist war sprachlos.

Schnell zog er sich am Fenster hoch und schwang sich in die Küche.

Was war nur in seinen Freund gefahren?

Das Klettern durchs Küchenfenster bereitete ihm etwas Mühe und vollzog sich auch nicht so geräuschlos, wie er es sich gewünscht hätte. Dann durchquerte er mit raschen Schritten die kleine Küche und folgte den beiden Männern unbemerkt. Auf der Mitte des schmalen Flurs ging eine Tür in einen dunklen Raum ab. Das Bad, erinnerte sich Lundquist. Geplätscher von Wasser war nicht mehr zu hören. Knyst stand in der Türfüllung, Lasse John hatte das Bad schon betreten. Vorsichtig schob Lundquist sich näher an die Männer heran. Lars Knyst warf ihm einen knappen Seitenblick zu und forderte ihn mit einer Handbewegung auf ins Bad zu sehen.

Sven Lundquist trat neben seinen Freund.

Auf dem Boden saß, in viele Handtücher und einen Bademantel gehüllt, Inga Hilmarström!

Knyst hatte die zierliche Frau an die Wanne gelehnt.

Lundquist starrte sie besorgt an. Er hätte nie gedacht, dass ein Mensch, der am Leben war, so eine blaue Hautfarbe bekommen konnte.

Mit einer gewissen Erleichterung beugte er sich zu der zitternden Person hinunter, die kaum mehr bei Bewusstsein war.

»Hilfe ist schon unterwegs«, erklärte er und zog sein Handy aus der Gürteltasche. Er war sich nicht sicher, ob sie ihn überhaupt gehört hatte. Hoffentlich kam sie durch.

Auf ihn wirkte sie jedenfalls mehr tot als lebendig.

»Habe ich schon gerufen«, bestätigte Knyst.

In diesem Moment bog der Rettungswagen auf den Hof ein und kam mit quietschenden Bremsen zum Stillstand. Es knirschte, als die Sanitäter über den Hof zur Tür eilten. Sie klopften gegen die jetzt von innen verschlossene Haustür und Knyst rief über seine Schulter: »Wir kommen!«

Diesen Augenblick der Unaufmerksamkeit nutzte Lasse und trat kraftvoll gegen Knysts Hand.

Im hohen Bogen flog die Pistole in die Luft und Lasse John, der sich flink wie ein Wiesel bewegen konnte, schlängelte sich über den nassen Badezimmerboden und ergatterte die Waffe, bevor Knyst sie erreichen konnte!

Lundquist fluchte laut.

Die Sanitäter klopften erneut, diesmal ungeduldiger.

Lasse kam geschickt wieder auf die Beine und richtete die Waffe auf die beiden Polizisten.

»So. Jetzt ist wohl klar, wer hier das Sagen hat! Schickt sofort die anderen weg!«, dabei sah er sich nervös um, als lauerten die anderen alle irgendwo in seinem Badezimmer. Sein Blick flackerte und Lundquist fragte sich unruhig, wie viele klare Gedanken hinter Lasses Stirn noch gedacht werden konnten.

»Lass die Sanitäter rein. Sie wollen nur Inga abholen«, drängte Lundquist nach einem besorgten Blick auf die immer heftiger zitternde Frau.

»Nein. Sie wird sterben und ihr eben auch. Darauf kommt's mir nicht mehr an. Schickt die anderen weg!« Blanke Hysterie, dachte Lundquist alarmiert, der junge Mann hat jede Kontrolle über sich verloren. Beruhigend meinte er: »Wir bleiben hier. Wir versuchen auch keine Tricks. Aber lass die Frau gehen.«

»Halt's Maul! Das kenne ich doch! Kaum ist sie weg ...!«

Inga fing leise an zu wimmern.

Lars Knyst machte unwillkürlich eine Bewegung in ihre Richtung, vielleicht wollte er sich tröstend zu ihr hinunter beugen.

Lasse, der einen Befreiungsversuch witterte, riss die Waffe herum, zielte auf Knyst.

Lundquist sprang.

Es ging alles so schnell, dass er sich später nicht mehr an den genauen Ablauf erinnern konnte. Als er wieder zu sich kam, lag Knyst auf dem schreienden, um sich schlagenden Lasse John, der versuchte, sich unter der sportlichen Masse des Hauptkommissars hervorzuwinden. Ole war durchs Badezimmerfenster eingestiegen und Britta stand mit der Waffe in der Hand an der Badewanne und schrie John immer wieder an, er solle mit der sinnlosen Kämpferei aufhören, gegen Knyst käme er ohnehin nicht an. Sanitäter hatten Inga auf eine Trage gelegt und in eine Isolierfolie gewickelt.

Lundquist verlor erneut das Bewusstsein.

Dankbar ließ er sich in die dunkle Stille treiben.

Als er das nächste Mal zu sich kam, lag er in einem hellen Raum, umgeben von absoluter Stille.

Er war völlig allein.

Vorsichtig drehte er den Kopf und entdeckte neben seinem Bett eine Metallstange. Mühsam folgte sein Blick der silbrig glänzenden Linie nach oben. Sein Kopf schmerzte und sogar das Bewegen der Augen war höchst unangenehm. Dort, am Ende der Stange, baumelte ein transparenter Beutel mit einer klaren Flüssigkeit. Nun erkannte er auch den Schlauch, durch den die Flüssigkeit in seinen Körper tröpfelte.

Ich bin also nicht gestorben, stellte er nüchtern fest, dies ist wohl nicht die Phase des Lebens nach dem Tod.

Was war passiert?

Offensichtlich war dies ein Krankenzimmer. Aus irgendeinem Grund lag er demnach im Hospital. Ein Autounfall? Nein, entschied er, Lars fuhr ja schon seit langem den Wagen, und er war ein sehr guter Fahrer. Oder vielleicht wegen der Multiple Sklerose? Aber dann hätte es Vorgespräche gegeben, an die er sich erinnern könnte.

Plötzlich durchfuhr ihn ein brennender Schmerz!

Klar! Lasse hatte geschossen – auf Lars geschossen! Bilder tauchten auf: Die bibbernde Inga. Blaugefroren. Beinahe tot. Im Schock. Neben ihr auf dem Boden lagen die Schnur, mit der sie gefesselt war und das Klebeband – wie mochte es ihr wohl gehen? Hoffentlich konnte man sie retten! Und Lars – wie schwer war er verletzt worden? Um Himmels willen – er war doch nicht etwa ...

Warum zum Teufel war denn hier niemand, den er fragen konnte?

Hektisch versuchte Lundquist sich aufzurichten.

Ein jäher Schmerz zwang ihn mit einem lauten Stöhnen wieder in die Kissen zurück.

Wieso hatte er solche Schmerzen an der Schulter und der Lende? Mit sanftem Fingerdruck betastete er die Stellen mit der linken Hand.

Tatsächlich, dort war ein Verband.

Und plötzlich hatte er es wieder klar vor Augen: Lasse John! Ingas Auto in der Scheune! Das Bad! Die Waffe und der Knall! Der Kerl hatte geschossen – eigentlich auf Lars, aber Lundquist erinnerte sich jetzt vage an den Riesensatz, den er gemacht hatte, und den heißen Schmerz, der sich in seine Schulter gebohrt hatte!

Verdammt, der Mistkerl!

Das letzte Bild, an das er sich noch erinnern konnte, war das zweier, miteinander ringender Männer! Er atmete aus und legte sich in einer Woge der Erleichterung zurück in sein Kissen. Wärme breitete sich in ihm aus, er entspannte sich: Lars war nichts passiert.

Sein Freund hatte vor Wut gekämpft wie ein Berserker.

Die Tür zu seinem Zimmer wurde einen Spalt breit geöffnet und Lars steckte seinen Kopf hinein.

Er sah, dass Lundquist ansprechbar war, strahlte und trat ein.

»Hi, hi. Ich dachte schon, du willst noch tagelang weiterschlafen!«

»Hi. Vielleicht hätte ich das tun sollen. Jedenfalls fühle ich mich wie gewaschen und geschleudert. Wie geht's Inga? Und habt ihr schon was aus Lasse rausgekriegt? Er war's, oder?«

»Ja, er hat seine Mutter getötet und aus irgendeinem

Grund in Gunnars Ferienhaus versteckt. Da hattest du die ganze Zeit recht. Bengtson wird mit Dr. Kramp ein ernstes Gespräch über die Art seiner Führung in dieser Angelegenheit zu reden haben. Er hat schon so was angekündigt. Und Inga liegt auch hier im Sahlgreska. Sie war stark ausgekühlt, die Wunde am Kopf musste geklammert werden, die Gehirnerschütterung bereitet ihr sicher noch einige Zeit Probleme und sie hat einen Schock. Der Kerl hat sie in die Badewanne gelegt und regelmäßig kaltes Wasser nachlaufen lassen! Es sollte so aussehen, als sei sie draußen im Freien erfroren. Der Arzt meinte, noch zwei Stunden länger und wir wären wohl zu spät gekommen!«

»Kommt aber alles wieder in Ordnung, ja?«

»Ja, klar. Wird wohl ein Weilchen dauern. Du, ich glaube, dein unglaublicher Sprung hat mir das Leben gerettet. Mann ist das schwer. Wie kann man sich für so was bedanken, ich meine, weißt du, da …«

»Nun hör schon auf mit diesem unwürdigen Gestammel!«, lachte Lundquist und stöhnte gleich darauf, weil die Erschütterung seinen Verletzungen nicht gut tat.

»Du hättest das Gleiche für mich getan«, setzte er nach einem Moment des Schweigens hinzu und grinste den verlegenen Lars schief an. »Sag mal, warum habe ich zwei Verbände? Ich kann mich nur an einen Schuss erinnern – und selbst das nur ziemlich verschwommen.«

Noch immer unsicher antwortete Knyst: »In dem Moment, in dem du getroffen wurdest, haben die Sanis mit den Kollegen die Tür aufgebrochen. Ole kam durch die Fensterläden und Britta mit den Sanis durch die Eingangstür. Ein massives Ding. Sie haben sie mit ihrem Rettungswagen aufgerammt.«

»Aufgerammt!«, wiederholte der Verletzte beeindruckt.

»Ja. Es ging alles sehr schnell. Plötzlich war das Haus voller Leute und Licht flutete in den kleinen dunklen Raum. Ich glaube, da hat er erst gemerkt, dass es für ihn aus war. Du lagst am Boden neben Inga, die auch schon mehr tot als lebendig aussah. Und im Tageslicht war jetzt mit einem Mal auch das viele Blut zu erkennen. Das ganze Bad war verschmiert. Da muss er wohl ausgeflippt sein. Jedenfalls hat er wie ein Verrückter auf den Spiegel geschossen. Und leider wurdest du von einem der Querschläger gestreift.«

»Aha. Also ist das nur eine Fleischwunde? Dann bin ich in ein paar Stunden wieder fit. Du kannst John in Zimmer zwölf zum Verhör bringen lassen, ich komme dann dazu«, meinte Lundquist entschlossen.

»Ich will dich ja nicht bevormunden, aber du wirst wohl für ein paar Tage bleiben müssen«, wandte Lars vorsichtig ein.

»Nix da. Ich kann mich notfalls auch selbst entlassen«, empörte sich sein Freund.

»Sven, du bist nicht gerade erst eingeliefert worden.« Die Augen des Hauptkommissars weiteten sich vor Erstaunen. »Du liegst hier schon seit 24 Stunden. Die Kugel in der Schulter musste herausoperiert werden. Und die Fleischwunde haben sie mit acht Stichen genäht.«

»Was?«, ächzte Lundquist. »Wie lange soll ich deren Meinung nach bleiben?«

»Noch mindestens drei Tage, meint Dr. Eriksson. Und danach solltest du dich eine Weile schonen.« »Moment mal!«, unterbrach Lundquist den Freund. »Das geht nicht!«

Entschlossen schwang er die Füße aus dem Bett, fiel aber wieder zurück und blieb mit schmerzverzerrtem Gesicht liegen. Lars Knyst half dem Verletzten wieder in eine bequemere Position.

»Gut«, meinte Lundquist etwas kleinlauter, »morgen.«

Lars, nickte dem Freund zu. »Deine Tochter steht draußen und möchte dich besuchen.« Er beugte sich über Lundquist und flüsterte: »Deine Medikamente wegen der MS haben sie dir weiter verabreicht. Ich habe ihnen davon erzählt und der Kollege, der dich behandelt hatte, wurde hinzugezogen. Ich habe es so gemacht, dass kein Außenstehender etwas bemerken konnte, in Ordnung?«
Sven Lundquist drückte dankbar Lars' Hand.
Sein Freund hatte an alles gedacht, perfekt.
»Nun schicke ich dir die kleine Nervensäge herein, sonst macht sie noch die ganze Station verrückt. Wenn ich später noch mal vorbeikomme, besprechen wir, wie wir weiter vorgehen wollen. Und eh – Gitte ist auch froh, dass du den zukünftigen Vater ihrer Kinder gerettet hast.«
Die Tür wurde schwungvoll geöffnet und Lisa stürmte ins Zimmer, bevor Lundquist noch etwas entgegnen konnte.
»Papa, die wollten mich nicht rein lassen. Dabei habe ich doch gewusst, dass du nicht mehr schläfst, sonst wäre doch Lars gleich wieder rausgekommen. Und sieh mal, ich habe dir auch deine Lieblingsschokolade mitgebracht. Das ist doch die mit der weißen Füllung, nicht wahr, die der Gustav aus meinem Kindergarten nicht leiden kann, weil er meint, die schmeckt so eklig sauer. Oma ist auch da und will dich besuchen, aber ich habe mich einfach vorgedrängelt!«
Die Pause, die sie machen musste, um Luft zu holen, nutzte Knyst zur hastigen Flucht. Mein Gott, die Kleine konnte stundenlang so weiter plappern, echt nervig!, dachte er und beeilte sich, zurück in sein vergleichsweise ruhiges Büro zu kommen.

»So, wir werden zunächst die persönlichen Daten auf-
nehmen und dann mit der Befragung beginnen. Anwe-
send sind: Staatsanwalt Henning Bengtson, Kriminalinspektorin Britta Liliehöök und Kriminalinspektor Bernt
Örnebjerg. Du bist Lasse John, wohnhaft auf dem Hof
Sommergaard in der Gemeinde Hjortronbakken, geboren
13.8.1962. Sind diese Angaben korrekt?«
Lasse John nickte.
»Das Nicken wird von unserem Gerät nicht aufgezeich-
net«, wies ihn Bengtson zurecht.
»Ja, alles richtig«, patzte Lasse in Richtung des Recorders.
»Du hast auf eigenen Wunsch auf einen Anwalt verzichtet,
auch einen zugewiesenen Verteidiger abgelehnt. Die von
dir unterschriebene Verzichtserklärung wird diesem Ver-
hörprotokoll beigefügt. Deine Rechte wurden dir erläutert
und auch dieses Informationsblatt hast du unterschrieben.
Es wird diesem Protokoll ebenfalls angefügt. Damit ist dir
auch klar, dass du des Mordes verdächtigt und des Mordversuchs in mehreren Fällen beschuldigt wirst. Hinzu
kommen noch Widerstand gegen die Staatsgewalt und
Beleidigung der Polizisten, die dich festgenommen haben.
Alles klar so weit?«
»Ja!«, wütend stierte Lasse das Aufnahmegerät an.
»Deine Mutter ist verschwunden, es fehlen Kleider aus
ihrem Schrank und das Bett sowie die Einrichtung des
Zimmers zeigen deutlich, dass hier seit längerem niemand mehr wohnt, es ist alles völlig verstaubt und es gibt
keinerlei Fingerabdrücke in der Staubschicht. Das Bett ist
abgezogen und sowohl Kissenfüllung wie Inlett waren

unauffindbar. Die Flecken auf der Matratze sind alt. Wir wissen, dass es sich dabei um Urin und Kotflecken handelt. Möglicherweise ist deine Mutter identisch mit der Frauenleiche, die wir in Gunnar Hilmarströms Haus gefunden haben. Kannst du uns etwas dazu erzählen?«
Der Gefragte schwieg und starrte vor sich hin auf die Tischplatte.
»Wir finden es auch ohne deine Hilfe heraus, aber mit deiner Unterstützung ginge es schneller. Außerdem wirkt es positiv im Protokoll, wenn du mit uns zusammenarbeitest«, versuchte Britta Lasse zu ermuntern.

»Gut. Dann eben auf dem längeren Weg«, nachdem einige Bedenkminuten verstrichen waren und außer dem gleichmäßigen Atemzügen kein Laut aus Lasses Richtung kam, beschloss der Staatsanwalt die Einvernahme fortzusetzen. »Ich will dir sagen, was wir glauben: Du hast deine Mutter ermordet und bei Gunnar auf dem Dachboden versteckt. Beim Einkaufen hat man dir von Ingas Detektivspielerei erzählt und davon, dass sie wild alle Leute verdächtigt. Wahrscheinlich hast du zu der Zeit noch gedacht, dich würde sicher niemand ernsthaft bezichtigen, doch dann kamen Knut und Jan zu dir, um nach deiner Mutter zu fragen. In dem Moment ist dir bewusst geworden, dass du entdeckt werden könntest und du wurdest unsicher. Kannst du die Geschichte bis hierher bestätigen?«
Lasse John starrte noch immer auf die Tischplatte.
»Kann ich bitte etwas zu trinken haben?«, murmelte er heiser.
Henning Bengtson warf Bernt einen auffordernden Blick zu und der Inspektor verschwand durch die Tür. Aggressive Stille breitete sich wieder in dem karg möblierten Raum aus und alle lauschten dem Geräusch der Schritte auf dem

Gang. Das Schweigen lastete auf den Zurückgebliebenen, wie eine unerträgliche Schwüle im Sommer und Lasse begann auch tatsächlich zu schwitzen. Er knotete die Finger zusammen, zerrte sie wieder auseinander, um sie erneut zu verschränken. Er wird nervös, stellte der Staatsanwalt fest, als erste Schweißperlen auf der Oberlippe des Beschuldigten sichtbar wurden.

Kurze Zeit später kehrte Bernt mit einem Glas Wasser zurück.

Er stellte es auf dem Tisch ab und Lasse trank gierig. Erneut wurde die Tür geöffnet. Lars Knyst machte dem Staatsanwalt ein Zeichen, flüsterte ihm ein paar Worte ins Ohr und nahm ebenfalls auf einem der unbequemen Stühle Platz.

»Inga Hilmarström hat ausgesagt, dass sie von dir im Flur niedergeschlagen wurde. Danach hast du sie ins Bad geschleift und sie in die Wanne gelegt. Das kalte Wasser sollte ihren Körper so lange auskühlen, bis sie gestorben wäre. Du hast ihr sogar erklärt, warum du das gemacht hast: Würde ihre Leiche später gefunden, sähe es aus, als sei sie im Wald gestürzt, verletzt liegengeblieben und dann in der kalten Herbstnacht erfroren. Warum sollte Inga sterben?«

Lasse John starrte weiter vor sich hin.

»Wenn sie dir nicht gefährlich werden konnte – warum sollte sie dann in deiner Badewanne jämmerlich erfrieren?«, bohrte Bernt weiter.

Lasse John brannte mit seinen Augen Löcher in die Tischplatte und schwieg.

»Inga wurde von dir mit einer Rasierklinge geschnitten. Die Ärzte haben über fünfzig Einschnitte gezählt, mal mehr mal weniger tief. Hat dir das Spaß gemacht? War es

geil, diese wehrlose Frau zu quälen?«, Bernt brachte sein Gesicht immer näher an Johns Ohr, so dass dieser den Lufthauch beim Sprechen spüren musste.
Er rückte ihm auf die Pelle.

Lasse Johns Atem ging heftig.
Er atmete stoßweise und pumpte dabei mit dem Oberkörper. Schweiß tropfte von seiner Stirn und lief auch an seinem Nacken entlang. Bernt konnte sehen, wie das Rinnsal unter dem Rand des Shirts verschwand.
»Na, war es nicht ein tolles Gefühl, so überlegen zu sein?«
Keine Antwort, nur noch mehr Schweiß.
»Du warst so besessen von dem Gedanken sie zu töten, dass du sogar auf unseren Hauptkommissar geschossen hast, um zu verhindern, dass er dir dein ›Spielzeug‹ wegnimmt! Warum war es so wichtig für dich Inga zu töten?«, Bernts Stimme war kalt und schneidend.
Lasse John sah plötzlich auf und fixierte Britta mit seinem Blick.
Erschrocken hielt sie die Luft an.
Oft hatten Angeklagte sie bei Verhören wütend angesehen, aber noch niemals flackerte ein solcher Hass in den Augen.
Völlig unerwartet sank der bullige Mann dann in sich zusammen, stürzte krachend von seinem Stuhl, bevor auch nur einer der Ermittler ihn erreichen konnte, wälzte sich auf dem Boden und jaulte immer dasselbe Wort: »Schandmaul, Schandmaul, Schandmaul, Schandmaul, Schandmaul, Schandmaul, Schandmaul ...« Tränen strömten dabei über sein Gesicht. Er versuchte sich bis zur Wand zu schlängeln und wehrte jeden Arm ab, der sich ihm entgegenstreckte.

Bengtson war auf den Flur geeilt und hatte die Polizisten draußen alarmiert. Jetzt lehnte er am Tisch, hörte zu, wie Lars Knyst über Telefon einen Psychiater anforderte. Abschließend gab er zu Protokoll, dass die Befragung abgebrochen werden musste.

Lasse John hockte mit dem Rücken an der Wand, hatte die Knie hochgezogen und weinte jämmerlich. Zu beiden Seiten waren Polizisten postiert worden und die Hände des starken Mannes wurden von Handschellen zusammengehalten.

Hilflos sahen sich die Inspektoren an.

»Ekbjerk wird gleich hier sein. Er wird sich um ihn kümmern und auch gleich versuchen, ein vorläufiges Gutachten zu erstellen. Wenn er mit seinem Profil auf dem richtigen Weg war, ist Lasse John unser Mörder. Wir haben genug, um die Anklagen wegen Mordversuchs zu begründen, keine Frage, er kommt also auf jeden Fall in Verwahrung. Und die Mordanklage muss einfach warten, bis die Spurensicherung genug gefunden und das Labor die Auswertung gemacht hat. Dann können wir ihn ganz ohne sein Mittun festnageln.« Bengtson sah zu dem schluchzenden Riesen hinüber, schüttelte beinahe angewidert den Kopf und stürmte aus dem Zimmer.

»Viel beschäftigter Mann, der seine Emotionen lieber unterdrückt und nicht auslebt. Bestimmt findet er das unmännlich«, kommentierte Britta den Abgang des Staatsanwalts.

»Was ist mit Lundquist? Kommt er schnell zurück zur Truppe?«, wollte Ole wissen: »Ich habe gerade Bengtson davon sausen sehen und dachte, ihr seid fertig«, fügte er dann entschuldigend hinzu, als er Lasse John auf dem Boden entdeckte.

Britta und Bernt traten zu ihm auf den Flur hinaus und

ließen den Beschuldigten mit seinen Bewachern allein zurück.

Lars Knyst kam gerade den Gang zurück: »Ich musste Sven fast ans Bett binden, das könnt ihr euch ja denken. Er hat vor, morgen wieder zum Dienst zu kommen. Gibt's was Neues?«

»Nein. Er weint und schweigt.«

»Der Arzt kommt sofort«, beruhigte Knyst. »Und Sven wollte am liebsten gleich mitkommen, um das Verhör zu übernehmen.«

»Aber das ist ja wieder typisch Sven. Hart im Nehmen«, meinte Bernt mit unverhohlener Bewunderung. »Ich glaube nicht, dass ich einen Anschlag so schnell wegstecken könnte.«

Lars erzählte den Kollegen nicht, dass er sich große Sorgen machte, weil er genau das auch von seinem Freund nicht glaubte. Hoffentlich muss er nicht zu viel wegstecken, dachte er.

Laut sagte Lars: »Ihr kennt ihn ja – er wird die Zähne zusammenbeißen. Inga geht es auch ganz gut. Sie wird sanft aufgewärmt und darf sich einige Zeit verwöhnen lassen. Ich denke, das Ermitteln von Straftätern wird sie wohl in Zukunft uns überlassen.«

»Aus John haben wir nichts rausgekriegt. Erst hat er nicht geantwortet und dann hatte er diese Art hysterischen Anfall. Dr. Ekbjerk ist jetzt der Mann der Stunde. Er wird hoffentlich gleich hier sein und sich um Lasse kümmern.« Bernt warf einen unruhigen Blick auf die geschlossene Tür zum Vernehmungsraum.

»Was wird eigentlich aus Jan und Knut?«, fragte Britta.

»Eben – die beiden haben ganz schön Mist gebaut. Eigentlich sind sie dafür verantwortlich, dass wir erst so spät auf John gekommen sind!«

Bevor sie zu einer Antwort kommen konnten, sahen sie den Psychiater Paul Ekbjerk und den Staatsanwalt über den Gang auf sie zuhasten. Der Psychiater war eine asketische Gestalt mit langen grauen Haaren und einem wehenden weißen Kittel. Bei jedem seiner raumgreifenden Schritte schleuderte er die Arme mit und man hörte lautes Geklapper in seiner altmodischen Arzttasche, die bei jeder Armbewegung auf der rechten Seite gnadenlos mit hochgeschleudert wurde.

»Mein Gott«, flüsterte Britta beeindruckt, »der sieht ja aus, wie direkt einer Arztserie entstiegen. Das ist mir neulich gar nicht so aufgefallen. Wir sollten vorsichtshalber überprüfen, ob bei einem Set ein Darsteller entsprungen ist! Vielleicht ist er nicht echt!«

»Dr. Paul Ekbjerk kennt ihr ja schon, nicht wahr?«, stellte der Staatsanwalt etwas atemlos seinen Begleiter vor. Sie nickten sich gegenseitig kurz zu, bevor der Psychiater Bernt zu sich winkte und mit ihm im Vernehmungszimmer verschwand.

»Er ist eine echte Koryphäe«, erklärte der Staatsanwalt noch immer kurzatmig seinen Mitarbeitern. »Diesen Fall hat er übernommen, weil er ihn so interessant findet. Er möchte versuchen herauszufinden, was Lasse John zu den Taten bewogen hat. Ich persönlich glaube, er hat schon eine ziemlich genaue Vorstellung von dem, was dieses Verhalten ausgelöst hat.«

»Er wird nachweisen, dass John unzurechnungsfähig war. Und dann endet es wie immer: Wir dürfen ihm zu einem ruhigen Leben unter Betreuung gratulieren, aber für seine Taten wird er nicht zur Verantwortung gezogen«, fauchte Ole.

»Themenwechsel!«, entschied Lars Knyst bestimmt.

»Du hast mir vorhin zugeflüstert, unseren Patienten gehe es ganz gut. Das zumindest ist doch sehr erfreulich. Weiß man schon, wie lange Lundquist im Krankenhaus bleiben muss?«, fragte der Staatsanwalt.

»Er wollte sich am liebsten sofort selbst entlassen – aber wir haben das auf morgen verschoben«, grinste Knyst. »Der Arzt allerdings ist der Auffassung, er sollte für ein paar Tage bei ihnen bleiben«, setzte er nun wieder ernst hinzu. »Ich glaube auch, dass das eine vernünftige Entscheidung wäre. Aber Sven wird ohnehin das tun, was er für richtig hält.«

»Was wird aber nun mit Jan und Knut?«, fragte Ole aggressiv. »Schließlich haben sie den ganzen Schlamassel mit verschuldet! Vielleicht wäre weder Sven Lundquist noch Inga etwas passiert, wenn die ihre Arbeit richtig gemacht hätten!«

»Das kläre ich jetzt noch mit euch – aber dann geht das ganze Lundquist-Team erst einmal nach Hause und entspannt sich! Ich will vor morgen früh um 10 Uhr keinen von euch hier sehen. Stimmungen dürfen unsere Arbeit an diesem so öffentlichkeitswirksamen Fall nicht beeinflussen und wir sollten uns nicht zu irgendwelchen unüberlegten Äußerungen oder Kommentaren hinreißen lassen, vor allem den Medien gegenüber empfehle ich äußerste Zurückhaltung. Ist das allen hier klar?«, dabei sah er jeden einzelnen eindringlich an.

»Und nun zu unseren Polizisten. Es wird ein Disziplinarverfahren gegen beide angestrengt. Beide sind vom Dienst suspendiert. Wenn es nach mir ginge, würde ich Knut in den Innendienst versetzen; auf eine Position, die ihm keinerlei Kontakt zu fremden Menschen aufbürdet, weil er seinen Fehler erkannt und zugegeben hat. Jan war dazu nicht in der Lage. Deshalb sollte er vielleicht den

Polizeidienst ganz verlassen. Meiner Meinung nach zeigt er charakterliche Schwächen. Aber das wird das Verfahren ergeben. Und ab morgen sind die beiden schon nicht mehr hier im Dienst.«

Die Tür zum Vernehmungszimmer öffnete sich langsam und Lasse John wurde, flankiert von den beiden Wachmännern über den Gang geführt. Er schien sich beruhigt zu haben. Dr. Ekbjerk und Bernt traten zu den anderen.

»Ich habe ihm eine Spritze gegeben. Vor morgen ist keine Befragung mehr möglich und ich würde, wenn es sich machen lässt, bei der nächsten gerne dabei sein. Oder noch besser – ich führe sie durch?«, der Psychiater sah Bengtson fragend an.

»Das geht natürlich nicht«, meinte der kopfschüttelnd. »Aber wenn es nötig ist, kann er selbstverständlich Therapiesitzungen bekommen.«

»Großartig. Dann eben so. Bis morgen!«, fröhlich nickte er der Gruppe zu und eilte über den langen Gang davon.

Lars Knyst fuhr nicht nach Hause, sondern löste sein Versprechen ein und kehrte zu seinem Freund ins Krankenhaus zurück.

»Okay, Kurzzusammenfassung für gesundheitlich angeschlagene Kollegen: Lasse John ist in Verwahrung, bei den Mordversuchen und dem Widerstand kann er sich auch nicht rausreden – schließlich haben das alle mitbekommen. Den Mord an seiner Mutter müssen wir ihm nachweisen. Ich bin fest davon überzeugt, dass das nur eine Frage der Zeit und des Labors ist. Die DNA-Analyse wird den endgültigen Beweis erbringen. Beim Verhör ist er plötzlich – nachdem er erst keinen Ton rausgelassen hat – zusammengeklappt und hat angefangen zu schreien und zu jammern. Dr. Ekbjerk wurde gerufen, hat ihn unter seine medizinischen Fittiche genommen und wird wohl mit ihm einige Gespräche führen, um seine Zurechnungsfähigkeit zu überprüfen. Gegen Jan und Knut wurde ein Disziplinarverfahren angestrengt. Bengtson meint, für Knut sollte man am besten eine Stelle im Innendienst suchen, an der er keinen Schaden anrichten kann.«

»Ach, du glaubst, es gibt eine Stelle, an der er keinen Schaden anrichten kann? Ha!«, mit schmerzverzogenem Gesicht presste Lundquist die Hand auf die Lende.

»Du siehst müde aus«, stellte Lars fest.

Lundquist nickte. »Bin ich auch. In meinem Alter kann man so ein paar läppische Aufregungen wohl nicht mehr so gut verarbeiten«, grinste er dann.

»In deinem Alter sollte man Angebote für eine Auszeit

annehmen können und nicht immer sofort wieder ins Büro eilen wollen!«, konterte Lars.

»Was schreibt die Presse?«, fragte Lundquist und Spannung sorgte für ein unsicheres Schwanken seiner Stimme.

»Na, was glaubst du denn! Die reinsten Theaterkritiken! Allerdings kein Wort des Bedauerns über die vorherige Ausländerhetze, typisch!«, Lars sah seinen Freund besorgt an: »Aber ich weiß wirklich nicht, ob dir das wirklich gut tut, wenn ich für dich ein paar Schlagzeilen zitiere – du könntest arrogant und selbstgerecht werden.«

»Na los – nun mach schon. Das Risiko einer charakterlichen Schädigung wirst du wohl eingehen müssen«, drängte Sven Lundquist seinen Freund.

»Also hier: Hauptkommissar Lundquist von Anfang an auf richtiger Fährte; Sensationelle Verhaftung des Ferienhausmörders; Schwedische Polizei verbucht fantastischen Erfolg: Lundquist schnappt den Killer – reicht das, oder möchtest du noch mehr Balsam für die verwundete Ermittlerseele?«

»Nein, nein! Gnade! Hör auf! Genug!«, stöhnte Lundquist bühnenreif gequält auf.

Die Tür wurde aufgerissen und die junge Krankenschwester der Nachtschicht sah mit schreckgeweiteten Augen zu ihnen hinein.

»Ist etwas nicht in Ordnung?«, fragte sie besorgt. »Brauchst du eine Spritze gegen die Schmerzen? Soll ich den diensthabenden Arzt informieren?«

Verlegen schickten sie die Schwester wieder auf ihren Rundgang durch die Patientenzimmer zurück.

»Es gibt auch andere Artikel. Wie soll man einen Muttermörder bestrafen? Müssen wir hier unser Strafmaß nicht erhöhen, darf so jemand überhaupt je wieder entlassen werden? John wird es selbst im Gefängnis schwer haben – oft sind es ja gerade die Mütter, die als einzige von der Familie ihre straffällig gewordenen Kinder besuchen, sie nicht völlig aufgeben. Wir werden ihn vor Übergriffen schützen müssen.«

»Das ist sicher wahr. Wenn dich keiner mehr leiden kann, liebt Mutter dich immer noch. Er kann nicht auf Verständnis hoffen. Ich glaube, selbst der Richter wird sich nicht davon frei machen können. Mord an der Frau, die dich geboren hat, die immer für dich da war«, sagte Lundquist leise und dachte an die unzähligen Gelegenheiten, bei denen er sich mit seiner Mutter gestritten hatte. Mütter mochten ihre Kinder ja in den meisten Fällen wirklich lieben, aber oft genug versuchten sie eben auch, Macht über sie zu erhalten.

»Morgen früh kommst du mich abholen. Bis dahin kann ich bestimmt schon wieder einigermaßen aufrecht gehen«, forderte Lundquist dann.

»Nein.« Knyst grinste. »Das geht nicht. Wir haben Hausverbot bis zum späten Vormittag. Anordnung von Bengtson, um der aufkeimenden Aggressivität innerhalb des Teams Paroli zu bieten. Wir sollen einfach mal ausschlafen!«

Lundquist verzog unzufrieden das Gesicht.

»Außerdem, was willst du denn im Büro? Da ist im Moment für dich nichts zu tun. Jedenfalls nicht am Ferienhausfall. Der ist abgeschlossen. Ich bin sicher, dass wir John in den nächsten paar Tagen ohnehin des Mordes überführt haben. Wahrscheinlich dürfen wir ihn morgen nicht verhören. Ich könnte mir vorstellen, dass Dr. Ekbjerk ihn abschirmen will. Was zum Teufel willst du also im Büro!?«

Lundquist runzelte unwillig die Stirn. »Wenn man dich so reden hört, klingt es fast, als wäre ich überflüssig.«

»Quatsch!«, widersprach Lars. »Natürlich bist du nicht überflüssig! Du sollst dir nur ein paar Tage Ruhe gönnen – danach kannst du dich von mir aus sofort in den nächsten Fall einwühlen – aber der Fall John braucht deine Hilfe im Moment nicht! Der kommt auf jeden Fall zum Abschluss und der Typ wird mit Sicherheit auf Dauer irgendwo verwahrt! Ach – und dann soll ich dir von Volker Grüße ausrichten: ›Und grüß mir den Sven, gell, der soll sich mal von den Ärzten und Schwestern verwöhnen lassen, das ist auch mal ganz in Ordnung‹, so oder so ähnlich klang er. Er war auch ganz zufrieden, denn Frau Schuster hat sich bei ihnen gemeldet und erzählt, sie habe eine wunderschöne Ansichtskarte aus Ägypten geschickt bekommen. Ihrer Freundin sei auf dem Parkplatz, als sie sich mit der Familie gestritten hat, ein einladender Werbespot für Luxor eingefallen. Spontan buchte sie einen Flug dorthin. Offenbar geht es ihr gut. Sie will wohl erst in der Vorweihnachtszeit wieder nach St. Peter kommen. Also haben die Freiburger Kollegen ihren Fall auch gelöst.«
Lundquist schmunzelte, dann zwinkerte er seinem Freund zu: »Übrigens – wie hattest du das mit dem zukünftigen Vater heute Morgen eigentlich gemeint?«
»Tja, was soll ich da sagen? Gitte ist schwanger! Im Sommer wird sie das Kind bekommen«, Knysts Stimme klang nicht so fröhlich, wie Lundquist erwartet hätte.
Er erinnerte sich wehmütig daran, wie froh er damals war, als Anna ihm zugeflüstert hatte, dass sie nun bald Eltern sein würden.
Voller Freude und Stolz hatte er die nächsten Monate wie in Trance erlebt.
Ein unwiederholbares Ereignis.
Lisa würde wohl keine Geschwister bekommen.
Doch bei Lars war von Glückseligkeit nichts zu bemerken.

»Solltest du jetzt nicht mit stolzgeschwellter Brust durch die Gänge laufen? Den Kopf hoch erhoben und mit diesem triumphierenden Ausdruck in den Augen, der einem anderen gleich sagt, dass in deinem Leben etwas Besonderes passiert ist?«

Lars schüttelte stumm den Kopf.

»Neulich wollte Gitte noch mit einem anderen ihren Geburtstag feiern. Sie hat klipp und klar gesagt, dass sie auf eine größere Männerauswahl zurückgreifen könne, wenn ich eben nicht zur Verfügung stehe. Wer weiß, vielleicht ist es gar nicht von mir«, murmelte er dann.

»Jetzt mach aber mal 'nen Punkt! Wer war denn »der echte Mann«, mit dem sie gefeiert hat? Ihr Vater, wenn du mir kein Märchen erzählt hast!« Lundquist fasste sich an die schmerzende Schulter. Wenn er sich aufregte, fing es an in der Wunde zu pochen. »Du solltest wirklich klüger sein! Aber ich kann dich trösten – viele Männer zweifeln daran, dass sie der Vater ihrer Kinder sind, schließlich gibt es keine 100%ige Sicherheit. Allerdings ist es nur bei 14% tatsächlich angebracht zu zweifeln. Und bei Gitte ... wohl kaum.«

»Ja, vielleicht hast du recht. Und klar – der Mann an ihrem Geburtstag war wirklich ihr Vater. Er hat mich inzwischen angerufen und freut sich schon wie wild auf sein Enkelkind.«, Lars lächelte verhalten.

»Oh, Mann!«, Lundquist boxte ihn vorsichtig mit der Faust auf der unverletzten Seite gegen den Oberarm.

»Sie will nicht, dass wir heiraten. Ein Kind sei kein Grund für eine Ehe – und schon gleich gar nicht für eine Ehe mit einem Polizisten!«, führte Knyst grimmig weiter aus.

»Und? Da hat sie doch irgendwie auch Recht, oder?«

»Ja, klar. Aber wir waren doch schon lange ein Paar. Warum dann nicht auch heiraten?«

»Erstens hast du ja noch viel Zeit, bei Gitte Überzeugungsarbeit zu leisten. Vielleicht willigt sie ja dann doch noch in eine Heirat ein. Zum anderen könnt ihr beide sorgeberechtigt sein, das Kind gemeinsam erziehen, zusammen leben und eine tolle gemeinsame Zukunft haben – ganz ohne Trauschein. Ich glaube, dass ist immer mehr die moderne Form der Familie. Viele junge Frauen möchten nicht mehr heiraten – zu viele Pflichten, zu wenig Rechte, zu viele Steuern. Sie möchten unabhängig bleiben. Ich kann das ganz gut verstehen.«

»Wenn du meinst«, maulte Lars. »Aber vielleicht kriege ich sie ja auch noch rum«, schloss er mit einem Funken Hoffnung im Blick.

Wieder öffnete sich die Tür.

Diesmal stand der Staatsanwalt Henning Bengtson dort. Hinter ihm tauchte plötzlich das blasse Gesicht der jungen Schwester wieder auf:

»Hier geht es ja zu wie im Taubenschlag«, tadelte sie. »Wie soll sich der Patient erholen, wenn ständig Leute kommen, die ihn aufregen!«

»Hatte ich nicht das ganze Team nach Hause geschickt?«, brummte Bengtson ungehalten. »Oder willst du mir jetzt weismachen, dass du im Krankenhaus wohnst?«

Knyst schüttelte den Kopf, dass seine Mähne eindrucksvoll von einer Seite zur anderen flog.

»Nein. Ich bekenne mich schuldig.« Er erhob sich lachend vom Besucherstuhl, der ähnlich unbequem war, wie die Stühle im Verhörzimmer, nickte seinem Freund zu und verließ schnell den Raum.

»Also, wie geht's?«, wollte nun Bengtson wissen und ließ seine Fülle auf den harten Stuhl plumpsen.

»Es ist noch alles heil. Eine Fleischwunde an der Seite und eine Verletzung an der Schulter – nichts von Belang.«

»Schön. Vielleicht wunderst du dich, dass ich hierher komme, aber ich habe ein wichtiges Problem mit dir zu besprechen. Und leider ist es so eilig, dass ich nicht warten kann, bis du vollständig genesen bist«, erklärte der Staatsanwalt ernst.

Lundquist sah ihn neugierig an.

»Dr. Julius Kramp!« Bengtsons Stimme bekam einen kalten, harten Klang.

Zwei Tage später fand Lundquist bei seiner Rückkehr vom Verbandswechsel eine rote Akte auf dem Tisch seines Krankenzimmers, die jemand offensichtlich unter einen Stapel Zeitschriften herein geschmuggelt hatte.
»Lars!«, freute er sich und schlug sie auf. Na endlich, dachte er dann, endlich kommt die Erklärung, auf die wir alle gewartet haben.
Vorsichtig setzte er sich aufs Bett und begann zu lesen.

Aktennotiz zu Lasse John

In der Kürze der zu Verfügung stehenden Zeit konnten nur wenige Tests mit dem Verdächtigen durchgeführt werden.
Alle Angaben sind daher unter Vorbehalt.

Verdachtsdiagnose: Kombinierte Persönlichkeitsstörung (dissozial, ängstlich, abhängig, Borderline)

Der Angeklagte lebte seit seiner Geburt äußerst isoliert mit seiner Mutter auf Sommergaard. Die Beziehung der beiden muss als psychopathologisch bewertet werden. Schon früh erklärte ihm die Mutter, sie könne Kinder im Grunde nicht ausstehen. Bedauerlicherweise habe sie die Schwangerschaft zu spät bemerkt und alle Abtreibungsversuche erwiesen sich als ineffektiv.
Der Patient kann sich an einige Begebenheiten und Unfälle aus der Kindheit erinnern, die allesamt als bewusste Unaufmerksamkeit der Mutter zu interpretieren sind, die

selbst einen tödlichen Ausgang offensichtlich billigend in Kauf genommen hätte. Rätselhaft erschien dem damals, dass seine Mutter ihn im verschneiten Wald vergessen konnte. Viele Stunden wartete er vergeblich auf sie und erreichte halb erfroren spät nachts den elterlichen Hof. Beim Paddeln stieß sie den Jungen, der im Boot hinter ihr saß, versehentlich ins Wasser. Seine Schreie will sie nicht bemerkt haben. Ein Nachbar zog den Nichtschwimmer in letzter Minute ans Ufer.

Der Vater spielte in den familiären Strukturen nur eine untergeordnete Rolle. Eine wahre Verbundenheit zwischen ihm und dem Sohn stellte sich nicht ein. Lasse John erlebte den Vater als willensschwachen Charakter, der sich der Mutter kommentarlos beugte, aber den Sohn emotional missbrauchte, indem er ihn in alle Details seines freudlosen Daseins einweihte. Der Patient kann sich nicht an einzige Situation erinnern, in der er vom Vater geschützt oder auch nur getröstet wurde. Dennoch war der Tod des Vaters ein schwerer Verlust für ihn.

Alle ›Männerarbeit‹ fiel fortan in seine Zuständigkeit. Diese Belastung überstieg von Anfang an seine physische und psychische Belastbarkeit. Die Mutter kontrollierte jeden seiner Schritte, jede Minute seiner Zeit. Nach der Pflichtschulzeit verweigerte sie ihm eine weiterführende Ausbildung, weil er die bei der Arbeit in der Landwirtschaft nicht bräuchte. Soziale Kontakte beschnitt sie so stark, dass sie einschliefen. Der Junge, der sich nach einem Freund sehnte, wünschte sich einen Hund. Mit dem, meinte er, hätte er über den Ärger mit seiner Mutter sprechen können, doch auch das verwehrte sie ihm. Die Gänse seien Wächter genug, es kämen keine Einbrecher so tief in den Wald und Freunde bräuchte er nicht, er habe seine Mutter. Einmal brachte er einen streunenden Hund mit.

Es dauerte nur kurze Zeit, bis sie ihn fand und vor den Augen des Jugendlichen mit einer Axt erschlug.

Ihr Verhältnis hatte sich zu diesem Zeitpunkt dahingehend verändert, dass sie nun behauptete, all das sei Erziehung und geschähe aus Liebe zu ihm.

Ausgehend davon, dass Frau John ohne ihren Sohn vollkommen auf sich allein gestellt gewesen wäre, glaube ich, sie versuchte ihn mit aller Macht an sich zu ketten. Keinerlei Möglichkeiten Freunde zu treffen, oder etwa Frauen kennen zu lernen. Als er doch ein junges Mädchen mit nach Hause brachte, endete die Begegnung der beiden Frauen in einem Desaster.

Wahrscheinlich folgte eine Phase der relativen Ruhe.

Möglicherweise entwickelte Lasse John in der Hoffnungslosigkeit der Situation eine Depression. Suizidversuche, die eher dazu dienen sollten, auf seine Lage aufmerksam zu machen, scheiterten und er erfuhr wieder keine Unterstützung von außen. Er fühlte sich ständig beobachtet und bespitzelt, hatte Angst vor der Rache seiner Mutter, sollte er einen Fehler begehen und spürte eine unüberwindbare Abhängigkeit von ihr. Sie war sein einziger Partner, ihr gehörten der Hof und das Geld, ohne sie würde er keine Zukunft haben. Schübe gesteigerter Aggressivität behauptet er durch Arbeit überwunden zu haben.

Er wurde erwachsen, löste sich emotional ein Stück weit von seiner Mutter.

Sie wurde Pflegefall.

In seinen Augen der gemeinste Coup gegen ihn.

Nun konnte er sie auf keinen Fall verlassen, sie war auf seine Hilfe angewiesen! Besorgt darauf bedacht ein guter Sohn zu sein, übernahm er auch diese neue Aufgabe und wurde zum Spielball der Aggressionen seiner Mutter. Nach seinen Berichten wird deutlich, dass sich Demüti-

gung an Demütigung reihte. Lasse Johns Blickwinkel hatte sich zu diesem Zeitpunkt bereits so verengt, dass er keine Möglichkeit erkennen konnte, die Lage zu verändern.
Nur ihr Tod brächte ihm Erleichterung.
Und so plante er die Tat und ermordete sie, wie er es in einem heimlich gesehenen Film beobachtet hatte.
Ich glaube nicht, dass er zum Zeitpunkt der Tat in der Lage war, die Folgen seines Handelns zu überblicken. Dazu gehört die Gefangennahme der Inga Hilmarström.
Über möglichen sexuellen Missbrauch von Seiten der Mutter liegen uns noch keine Erkenntnisse vor. Der emotionale Missbrauch steht außer Frage.
Aus meiner Sicht besteht keine Notwendigkeit, die polizeilichen Befragungen vollständig auszusetzen. Der Patient wird sich allerdings nicht als sehr kooperativ erweisen, seine Toleranzschwelle ist gering, sein Aggressionspotential hoch, seine Fähigkeit zu provokativem Auftreten gut entwickelt. Auf deutlichen verbalen wie physischen Widerstand sollte die Kriminalpolizei vorbereitet sein.

Nachtrag: Der Hausarzt diagnostizierte eine rasch fortschreitende Demenz bei Frieda John. Bei ihrem ausgeprägten Sadismus muss sie zwangsläufig eine Patientin gewesen sein, deren Pflege psychische Belastungen mit sich brachte. Aus Sicht des Sohnes unternahm sie jede nur mögliche Anstrengung, ihm diese Aufgabe so schwer und unangenehm wie möglich zu machen. Der Hausarzt muss davon gewusst haben!

Sven Lundquist legte betroffen den Ordner zur Seite.
Nicht nur der Hausarzt, der ganze Ort musste davon gewusst haben!

»Lorenz Dahlberg ist dir als Anwalt an die Seite gestellt worden. Ihr hattet Gelegenheit, vor diesem Verhör miteinander zu sprechen und ich hoffe wirklich, dass du diesmal die Chance genutzt hast«, begann Bernt das Verhör und schaltete das Aufzeichnungsgerät ein.

»Mein Mandant wird versuchen, die Fragen der Polizei zu beantworten. Allerdings ist er sich nicht mehr aller Einzelheiten bewusst«, schraubte der Verteidiger seinen Satz, lehnte sich dann zurück und verschränkte die Arme vor der breiten Brust.

Der trainiert sicher regelmäßig im Studio, überlegte Britta, als sie die sich deutlich abzeichnenden Muskeln unter dem Hemd des Verteidiger registrierte. Überhaupt sah der Pflichtverteidiger erstaunlich wenig nach Kanzlei und Bürotätigkeit aus.

Bernt zischte neidisch vor sich hin: »Der Typ hat sicher feste Dienstzeiten und kann es sich leisten, ins Studio zu gehen. Schließlich ist das eine relativ teure Freizeitbeschäftigung. Nichts für mit Arbeit überhäufte Inspektoren der Polizei. Dann diese endlosen Berichte oder Protokolle, die wir schreiben müssen, immer nur Fastfood – da muss man ja schwabbelig werden!«

Schwabbelig bin ich zum Glück noch nicht!, er fuhr sich erschrocken mit der Hand über seinen Bauchansatz. Alles fest!

Nach einem weiteren abschätzenden Blick kam er zu dem Ergebnis, dass solche Muskeln bei einem ›Bürohengst‹ doch sicher nur mit medikamentöser Unterstützung möglich waren. Die Typen kannte er schließlich zur Genüge.

Erst zogen sie sich Anabolika rein, entwickelten Muskeln, bis ihnen das Gehen schwer fiel – und dann schlugen sie ihre bedauernswerten Frauen und Kinder. Da war es doch besser, einen weniger sportlichen Typen zum Mann zu haben, stellte er abschließend fest und seine Welt war wieder in Ordnung.

»Lasse, wie hast du eigentlich deine Mutter ermordet?«, stellte Bernt seine erste Frage, strich sich gedankenverloren beinahe liebevoll über seine feste, deutlich sichtbare Wölbung über dem Hosenbund.
Leise, schleppend antwortete Lasse: »Es war im Fernsehen. Ein bisschen Schlafmittel vorher und dann ... Aber sie hat sich das nicht gefallen lassen.«
»Was hat sie sich nicht gefallen lassen?«, hakte Britta nach.
»Sie – sie hat meinen Plan zerstört. Wie immer!« Er vergrub sein Gesicht in den Händen.

Der Vernehmungsraum hatte eine düstere Atmosphäre.
Die Wände waren hoch und kahl. Außer einem schmalen Tisch und ungemütlichen Stühlen war keinerlei weitere Einrichtung vorhanden. Licht kam von einer nackten Neonröhre über dem Tisch – Tageslicht fiel äußerst spärlich durch ein sehr schmales Oberlicht an der Grenze zur Decke. Staub tummelte sich im Lichtschein und flockte auf dem Boden. Britta fröstelte und rieb sich über die Oberarme.
»Was heißt, wie immer?«, wieder war Bernt an der Reihe und Britta konnte hören, dass er anfing sich zu ärgern.
Unprofessionell, dachte sie, er ist zu leicht reizbar.
Stöhnend hob John den Kopf und zog dabei mit den Händen die Gesichtshaut nach unten, was ihm das Aussehen eines rotäugigen Monsters verlieh.
Wieder rieb sich Britta über die Arme.

Der Mann war ihr unheimlich.

»Na, wie immer eben. Sie hat mich nie irgendwo wirklich Erfolg haben lassen. Alles hat sie zerstört!« Hass und Verbitterung schlug ihnen aus den kalten Augen des Beschuldigten entgegen.

Beruhigend legte der Anwalt seine Hand auf Lasse Johns Unterarm, doch der schüttelte die riesige Pranke nur unwirsch ab.

»Mann, ich durfte nicht mal rauchen. Sie hat all meine Einkäufe kontrolliert – da war gar nichts möglich. Außerdem hat sie auch immer gleich alles gerochen. Selbst ein harmloses kleines Bier! Und stärkere Sachen kriegt man ja nur im Systembolaget am Marktplatz und da hatte sie ja wieder ihre Spitzel hocken!«

»Spitzel? Du glaubst, sie hat dich überwachen lassen?«, ungläubig zog Bernt die Augenbrauen zusammen, wobei eine tiefe Furche zwischen seinen Augen entstand.

»Nee, nicht überwachen lassen! Keine Detektei oder so. Sie hatte überall so alte Schachteln sitzen – solche wie die Inga Hilmarström zum Beispiel, die dann sofort bei ihr anriefen, wenn sie mich bei einer ›verwerflichen‹ Tat beobachteten. So einfach funktionierte das.«

»Du meinst, die haben dich überall beobachtet?« Der Kerl war ja wirklich paranoid, konstatierte Bernt, aber das fiel in Dr. Ekbjerks Zuständigkeit. »Soziale Kontrolle rund um die Uhr?«

»Ich weiß genau, was du jetzt denkst«, zischte Lasse und beugte sich drohend über den kleinen Tisch. Britta stand auf und stellte sich hinter ihn.

»Bleib ruhig, sonst müssen wir dir Handschellen anlegen lassen. Und so eine Vernehmung kann dauern – besonders, wenn man diese unbequemen Armbänder dabei tragen muss«, sagte sie.

»Willst du meinem Mandanten drohen?«, herausfordernd sah Lorenz Dahlberg die resolute Kriminalinspektorin an. »Du glaubst, ich bin verrückt, nicht war? Paranoid! Leide an Verfolgungswahn! Oh, du Armseliger, du hast ja keine Ahnung. Du weißt doch gar nichts vom Abmurksen – da hast du doch keine Erfahrung! Aber ich!«, fauchte unterdessen Lasse John in Bernts Gesicht, das sich zunehmend rötete.

»Fünf Minuten Pause!«, entschied Britta und bedeutete ihrem Kollegen, ihr nach draußen zu folgen.

»Ich habe in tote Augen gesehen! Es lag allein in meiner Macht! Was seid ihr doch für armselige Würstchen!«, brüllte Lasse John hinter ihnen her.

Britta zog Bernt über den Gang in ihr Büro und schloss die Tür hinter ihnen.

»Was ist denn mit dir los?«

»Wieso? – Nichts!«, schäumte Bernt auf. »Ich kann es nur nicht leiden, wenn solche Typen hier rumeiern und am Ende noch straffrei davonkommen, weil sie auf unzurechnungsfähig plädieren!«

»Hey – wir wissen doch schon, dass er vermindert schuldfähig ist. Wir haben alle Beweise, die wir brauchen – er kann seinen Kopf nicht mehr aus der Schlinge ziehen! Die Tote ist eindeutig identifiziert, er gibt den Mord ja auch zu. Den versuchten Mord an Inga und Lundquist müssen wir ihm nicht beweisen – da haben wir jede Menge Zeugen! Er wird irgendwo verwahrt werden. Unsere Aufgabe ist es, den genauen Tathergang zu ermitteln, denn bei dem Mord an seiner Mutter waren logischerweise keine Zeugen dabei«, sie seufzte tief und setzte sich mit Schwung auf ihren Schreibtisch. »Du sollst hier nicht Gerechtigkeit üben – sondern deine Arbeit als Polizist anständig machen, damit andere Gerechtigkeit üben können.«

»Der Typ ist mir körperlich unangenehm. Diese kalten Augen. So voller Hass. Und dieser Anwalt erst – dieses Anabolikareservoir!«

»Bernt, du bist ungerecht. Wenn der Anwalt irgendein Zeugs einwirft, geht uns das gar nichts an – und John hat sich den Anwalt nicht ausgesucht – er wurde ihm von Staats wegen zugewiesen!« Britta wurde ungeduldig. »Außerdem weißt du ganz genau, dass diese Art Täter immer versucht die Ermittler zu provozieren – da geht es um das Gefühl von Macht. Und es ist ganz und gar unprofessionell sich auf dieses Spielchen einzulassen! Nur wenn er uns vertraut, wird er uns wirklich von der Tat und seinen wahren Gedanken dabei erzählen. Aber so wie es jetzt läuft, erfahren wir von ihm kein bisschen davon.«

»Wenn du glaubst, dass ich das hier nicht bringe, dann nimm doch Ole mit!«, fauchte Bernt angriffslustig.

Gerade als Britta mit Zorn blitzenden Augen antworten wollte, wurde die Tür aufgerissen und Lars Knyst schob sich in den kleinen Raum.

Sofort wirkte er überfüllt.

»Was geht hier eigentlich vor?« Bohrende Blicke von Bernt zu Britta und zurück.

»Sie glaubt, ich mache was falsch bei der Vernehmung«, stellte Bernt mit bebender Stimme klar.

»Er ist zu aggressiv«, verteidigte Britta ihre Auffassung.

»Er reizt John permanent und dann antwortet der nicht mehr wirklich auf unsere Fragen. Weicht auf nebulöse Andeutungen aus, provoziert zurück. So erfahren wir gar nichts.«

»Der Kerl will nur auf Unzurechnungsfähigkeit raus! Im Grunde ist jede Antwort nur ein neuer Schleier«, behauptete Bernt schnaubend. »Der bringt eiskalt die Frau um, die ihn großgezogen hat und will dafür nicht bezahlen.

Will straffrei davonkommen und brüstet sich noch damit eine Erfahrung gemacht zu haben, die uns abgeht! Ist euch eigentlich klar, was Mütter mit ihren Kindern so mitmachen? Worauf sie verzichten müssen, nur um die Kleinen glücklich zu sehen? Manche bekommen sie früh und stellen dann fest, dass sie, wenn die Brut auf eigenen Beinen steht, alt sind, ihr Leben quasi ohne sie stattfand. Doch es macht ihnen nichts aus – sie lieben ihre Kinder! Und dann braucht die Mutter selbst Pflege und der liebe Sohn bringt sie um, weil es ihm zu viel Arbeit ist! Die Belastung ist ihm zu groß! Das ist doch unglaublich! Einfach unfassbar! Sie hat ihm tausende Male die Windeln gewechselt, sein Erbrochenes aufgewischt, die vollgepinkelten Hosen gewaschen – und was tut er?«

»Bist du jetzt fertig?«, fauchte Britta zurück. »Du hast ein derart idealisiertes Mutterbild, da wird mir schlecht! Meine Mutter und ich haben seit vielen Jahren keinen Kontakt mehr – und das ist gut! Sie konnte Kinder noch nie ausstehen, ihre Schwangerschaft war ein Unfall, Mädchen sind in ihren Augen ohnehin nichts wert. Mit meinem Bruder geht sie völlig anders um! Mich hat sie geschlagen, in einen kalten Keller gesperrt, das Essen gestrichen, weil ich ihr zu fett vorkam! Ich sag dir was: Mütter sind oft genug die erste und größte Katastrophe im Leben eines Menschen!«

»Aber du hast deine Mutter nicht umgebracht! Er schon! Die Frau, der er sein Leben verdankt. Sie hat ihn unter Schmerzen geboren! Und sicher hat sie ihn unzählige Male vor schrecklichen Unfällen bewahrt, als er noch klein war!«

»Oh, dann gehörst auch du zu denen, die für Muttermord die Todesstrafe fordern?«

»Nun ja ... also, so weit würde ich vielleicht nicht gehen«, druckste Bernt herum. »Aber solch eine Tat muss bestraft werden! Kein Rausreden auf Unzurechnungsfähigkeit!«

»Es gibt keinen schlimmen und weniger schlimmen Mord!«, Brittas Stimme überschlug sich: »Und hast du nicht gerade mit deiner Tirade bewiesen, dass nur ein Unzurechnungsfähiger je auf den Gedanken käme, seine Mutter töten zu wollen!«

»Schluss jetzt!«, polterte Knyst und fuhr energisch mit der Hand durch die Luft. »Es reicht! Das ist ja wie im Sandkasten! Ihr brecht einfach eine Vernehmung ab, lauft davon und zankt euch so laut, dass wir es über den Gang hören können!« Er holte tief Luft und atmete dann kontrolliert aus. »Wir haben eine Leiche auf dem Oberdeck des Parkhauses am Götaplatsen. Das ist hinter dem Theater. Todesursache unklar. Ihr fahrt hin und nehmt alles auf.«

»Und Lasse John?«, fragte Britta enttäuscht.

»Den übernehmen Ole und ich. So – jetzt brecht endlich auf, die Spurensicherung ist auf dem Weg. Der Gerichtsmediziner ist schon vor Ort und wartet auf euch. Besprechung heute Abend um 19 Uhr.« Damit rauschte er wieder durch die Tür.

Sie hörten ihn noch »Ole!« rufen, dann kehrte wieder Ruhe ein.

Spät am Abend bekam Lundquist Besuch.

Britta setzte sich auf den Besucherstuhl neben seinem Bett und meinte besorgt: »Bist du sicher, dass du alles über die Ermittlungen hören willst? Für meine Begriffe siehst du ziemlich blass aus.«

»Das kommt nur von deinem Infekt. Es geht mir eigentlich ganz gut«, antwortete Lundquist und versuchte seine Stimme munter und zuversichtlich klingen zu lassen. Das fehlte gerade noch, dass jetzt seine Inspektoren anfingen ihn zu bemitleiden!

»Also, wie du meinst. Lasse John war von Anfang an geständig, aber er machte zunächst keine konkreteren Angaben zum Tathergang. Dauernd redete er von toten Augen und seiner Macht und davon, dass er im Fernsehen gesehen hatte, wie man jemanden mit Schlafmittel betäuben und dann umbringen konnte. Alles sehr wenig konkret. Er hat uns Inkompetenz vorgeworfen, weil wir schließlich nicht wüssten, wovon wir redeten, denn er sei doch derjenige mit der Erfahrung im Töten. Es war wirklich entsetzlich. Manchmal sprach er in nebulösen Andeutungen von seinem genialen Plan. Ole und Lars haben dann nachgehakt, und nach sechs Stunden hat er ganz plötzlich und ohne Vorwarnung von dem Mord erzählt.«

Die lautstarke Auseinandersetzung und Knysts Eingreifen ließ sie unerwähnt.

»Und?«, fragte Lundquist, als Britta schwieg.

»Es war einfach nur entsetzlich. Wenn es nicht so schrecklich wäre, könnte man sagen, diese Frau hatte den Tod schon fast verdient. Als sein Vater noch lebte, hat der ihn in wenigen Ausnahmefällen vor den ungezügelten Wutausbrüchen der Mutter gerettet, ihre sadistischen Strafaktionen abgebrochen und ihn aus den unterschiedlichsten Verliesen befreit, in die sie den armen Kerl gesperrt hatte.«

»Verliese? Du meinst, sie hat ihn regelrecht gefangen gehalten?«

»Ja. Oft genug auch nackt. Ohne Toilette. Ohne Licht. Aber das Schlimmste ist: Dr. Ekbjerk ist davon überzeugt, Lasse habe diese Frau immer geliebt. Selbst als sie ihn einmal fast hat erfrieren lassen – er hätte sie nie irgendwo angezeigt, sondern glaubte immer, es sei notwendig, dass man ihn so behandelt, denn sonst würde eine liebende Mutter das ja nicht tun. Verstehst du, er hat es sogar geschafft, seinen Hass in Liebe umzudefinieren, weil er den Gedanken, die eigene Mutter zu hassen und von ihr gehasst zu werden, nicht ertragen konnte.« Brittas Stimme schwankte bedenklich.

Lundquist legte seine Hand tröstend über ihre.

»Aber warum ist er nicht später einfach abgehauen?«, fragte er dann leise.

»Er hat es schon probiert – aber wo sollte er hin? Er war kaum einer Arbeitsanforderung gewachsen. Sein IQ ist eher schwach. Er ist zwar nicht grenzdebil – aber außer einer Art Bauernschläue ist nicht viel von ihm zu erwarten. Das Eigenartige ist, dass du ihm das kaum anmerkst, wenn du mit ihm sprichst. Nicht, dass er jetzt einen großen Wortschatz hätte oder toll formulieren könnte. Er wirkt aber nicht zurückgeblieben.«

»Der Junge muss doch in die Schule gegangen sein. Haben denn seine Lehrer nie was bemerkt?«

»Er sagt, die hätten sich ohnehin nicht für ihn interessiert. Seine Leistungen waren so schlecht, dass sie wohl froh waren, wenn er fehlte oder einfach nur still in seiner Bank saß. Er war ruhig, in sich gekehrt, machte keinen Ärger, was wollte man mehr?«

»Und Freunde?«

»Gab es keine. Er durfte sich nie mit anderen Kindern treffen. Seine Mutter war dagegen. Die anderen aus seiner Klasse haben ihn auch oft wegen seiner schlechten Leistungen ausgelacht und manche hielten ihn sowieso für einen Eigenbrödler. Er ist dann sitzen geblieben und musste die Schule vorzeitig beenden. Es ist fast so, als hätte niemand bemerkt, dass er eines schönen Tages einfach nicht mehr in der Schule auftauchte. Da wurde nicht nachgefragt oder angerufen, keiner hat eine Meldung ans Jugendamt gemacht – eine traurige Angelegenheit. Einmal allerdings gab es eine echte Liebesbeziehung in seinem Leben. Maybritt. Auch nicht gerade eine Leuchte, aber sie war von ihm total begeistert und die beiden wollten heiraten. Seine Mutter hat das aber verhindert – wir wissen allerdings noch nicht wie«, sie starrte nachdenklich vor sich auf den grauen Linoleumboden. »Er hatte nie eine echte Chance. Manchmal wollte er sich umbringen, weil er seine Mutter nicht mehr ertragen konnte – jedes Mal ging das daneben. Er wurde gefunden, gerettet und nach Hause geschickt. Hoffnungslos.«

»Wie ernsthaft waren die Suizidversuche? Habt ihr mal nachgefragt?«

»Nach Dr. Ekbjerks Auffassung wollte der Junge eher auf seine schreckliche Situation aufmerksam machen. Wenn das so war, hat ihn jedenfalls keiner gehört.« Britta seufzte. »Er hat vor ungefähr zwei Jahren angefangen sich zu überlegen, wie schön es wäre, wenn seine Mutter einfach nicht mehr da wäre. Zunächst hat er wohl gar nicht konkret über eine Tötung nachgedacht. Es war mehr so eine

Fantasie, mit der er sich tröstete, wenn es mal wieder für ihn kaum auszuhalten war. Sie sollte verschwinden, weißt du. Aber nach und nach wurde ihr Tod in den unterschiedlichsten Facetten zu seinem Lieblingsgedanken. Offenbar konnte er ihn nicht mehr abschütteln. Dachte Tag und Nacht nur noch an die Freiheit, die er damit bekäme. Wohl besonders an die sexuelle Freiheit.«

»Seine Mutter verbot ihm Sex?«

»Nein, so direkt nicht. Sie sorgte einfach dafür, dass er keine Gelegenheit dazu bekam – und nach dem Drama mit Maybritt mieden ihn ohnehin die meisten Leute.«

»Du liebe Zeit – der war ja so etwas wie ein Dampfdrucktopf. Irgendwann musste er wohl explodieren!«

»Vor ein paar Monaten wurden seine Fantasien konkreter. Seine Mutter hatte ganz offensichtlich nicht vor freiwillig zu sterben. So beschloss er, ihr dabei behilflich zu sein.«

»Und woher hatte er nun die Idee mit Gunnars Ferienhaus?«, fragte Lundquist weiter.

»Du bist zu schnell«, rügte Britta. »Lasse John denkt viel langsamer. Er hatte im Fernsehen, einem alten Schwarzweißgerät, das ihm der Sohn von Elektro Hanser mal umsonst überlassen hatte, und das er immer nur heimlich in Betrieb nahm, einen Krimi gesehen, in dem eine Frau betäubt und danach problemlos erstickt wurde. So wollte er es auch machen. Doch er hatte die Dosis nicht hoch genug gewählt und so kämpfte seine Mutter wie besessen um ihr Leben, als er ihr das Kissen aufs Gesicht drückte, um sie zu ersticken. Damit hatte er überhaupt nicht gerechnet. Er wollte die Leiche schön anziehen und sie mit einem alten Lederkoffer auf eine Seniorenreise schicken. Alles war gebucht. Die Betreuung der überwiegend auf Hilfe angewiesenen Senioren während der Reise sollte durch geschultes Personal erfolgen. Sein Plan war, die Fahrkarte zu kaufen, den Koffer aufzugeben und die Leiche seiner Mutter ein paar Kilometer nach dem Bahnhof an einer geeigneten Stelle ›aus dem Zug fallen zu lassen‹. Er hatte überlegt, sie auf den Schienen abzulegen und vom Nachtzug überrollen zu lassen. Danach hätte er ihren Körper einfach die Böschung hinunter geworfen und auf den Anruf des Reiseunternehmens gewartet, das ihm mitteilte, seine Mutter sei nicht in dem mit ihm vereinbarten Zug am Zielbahnhof eingetroffen.«

»Dann hätte er sie nur noch als vermisst melden müssen. Vielleicht wäre sie irgendwann einmal gefunden worden. Von der Polizei, einem Spaziergänger oder Pilzsammler. Eine Obduktion hätte man nicht angeordnet. Ein weiterer unentdeckter Mord! Gar nicht so schlecht.«

»Ja. Er dachte sogar daran, in Gesprächen beiläufig eine deutliche Besserung ihres Gesundheitszustands zu erwähnen und seiner Nachbarin Margaretha hat er gar erzählt, dass seine Mutter für die nächste Zeit eine Reise plane. Auch Inga Hilmarström wusste von der geplanten Tour.«

»Was wäre passiert, wenn Inga seine Mutter angerufen hätte, um ihr einen schönen Urlaub zu wünschen? Dann wäre doch alles aufgeflogen.«

»Nein. Seiner Mutter hat er berichtet, dass ihm aufgefallen sei, dass Inga Hilmarström manchmal schon direkt etwas verwirrt wirke. Hämisch kommentierte seine Mutter diesen Hinweis damit, dass sie als überzeugte Bäuerin von BSE eben verschont bliebe, während man ja wisse, von welchem Supermarktdreck die Hilmarströms sich ernährten – aus purem Geiz.«

»Wenn er aber seine Mutter auf die Gleise legen wollte – wie ist sie dann bei Gunnar gelandet?«

»Männliche Ungeduld ist etwas entsetzliches! Also, gerade als er alles gerichtet und seine Mutter ins Auto gesetzt hatte, fuhr Margaretha, seine nördliche Nachbarin auf den Hof. Schnell wollte er die Leiche irgendwo ablegen und seinen Plan etwas später ausführen. Er konnte den Gedanken nur schwer ertragen, dass Fremde auf seinem Hof herumliefen und er war sich auch nicht wirklich vollkommen sicher, ob er die Türen abgeschlossen hatte. Schließlich kam normalerweise keiner zu Besuch.«

»Aber warum hat er seine Mutter dann nicht wieder abgeholt?«

»Er hütete Margarethas Söhne. Und die blieben länger als geplant. Außerdem erwiesen die sich als wahnsinnig neugierig. Er konnte sie keinen Moment aus den Augen lassen und letztlich folgten ihm die beiden auch auf Schritt und Tritt. Als er die Leiche dann holen wollte, nachdem die Kinder wieder auf ihren eigenen Hof zurückgekehrt waren, da waren eben schon die ersten Feriengäste eingezogen. Das muss ein ganz schöner Schock gewesen sein.«

»Wie dachte er, würde es nun weitergehen?«

»Ich glaube nicht, dass er wirklich einen neuen Plan hatte. Er hoffte, dass die Leiche nicht entdeckt würde und lebte einfach unauffällig auf seinem Hof weiter. Geld war ausreichend vorhanden. Vielleicht hat er geglaubt, der Mord bliebe für immer unentdeckt.«

»Was wird nun aus ihm?«

»Dr. Ekbjerk will ihn in eine psychiatrische Klinik einweisen lassen. Eine mit geschlossener Abteilung für Straftäter mit psychischen Besonderheiten. Ob er dort wieder rauskommt, wird davon abhängen, ob sein Therapeut nach ein paar Jahren ein für ihn positives Gutachten ausstellt.«

Sie schwiegen.

Was für eine schreckliche Lebenssituation, dachte Lundquist bestürzt. Wie viele ähnlicher Dramen mochten sich selbst in seiner unmittelbaren Nachbarschaft abspielen.

»Weißt du, Lasse John ist sicher ein Mörder. Er zeigt eine erschreckende Gefühlsarmut und kann sich richtig gut verstellen. Er hätte nicht gezögert, jeden umzubringen, der sich ihm in den Weg zur Freiheit stellen wollte. Als die Streife bei ihm war, hatte er schon alles bereitgelegt, um die beiden aus der Welt zu schaffen. Inga quälte er und plante ihren Tod, dich hätte er auch beinahe umgebracht. Und dennoch denke ich, er hatte eben keine Chance. Von Anfang an nicht. Und dann haben wir – die ganze Gesellschaft – ihn auch noch mit dieser Frau allein gelassen. Im Grunde wussten alle, dass seine Mutter behandlungsbedürftig war. Selbst ihr Hausarzt kam nur sehr ungern vorbei. Keiner war bereit dem jungen Mann zu helfen.«

»Ja, viele aus dem Ort haben sicher oft gedacht, es sei doch äußerst erstaunlich, wie der Junge das aushält. Und doch haben alle geschwiegen, weil ›man andere nicht anschwärzt‹, weil sie lieber gar nicht so genau wissen wollten, was da auf dem Hof abging. Dr. Ekbjerk hat schon recht, viele Familien werden mit der Pflege solch psychisch auffälliger Verwandter bis an ihre äußersten Grenzen und sogar darüber hinaus gebracht. Früher wären sie in psychiatrischen Kliniken betreut worden und die Angehörigen hätten dort Hilfe und Unterstützung erfahren – aber die sind geschlossen oder betreuen nur noch kurzfristig im akuten Krisenfall. Das bedeutet eben, dass du so einer boshaften Person irgendwie ausgeliefert bist«, fasste Lundquist zusammen. Fast bedauerte er den Mörder, der so lange in dieser absoluten Hoffnungslosigkeit leben musste – aber nur fast. Schließlich wäre Lasse ohne zögern zu weiteren Tötungen bereit gewesen.

»So, nun werde ich dich aber dem Pflegepersonal überlassen. Nur eins noch schnell: Lars lässt dich grüßen, er kommt morgen zum Frühstück vorbei und Dr. Kramp hat sein Wiederkommen für Mittwoch der nächsten Woche angekündigt. Staatsanwalt Bengtson und Dr. Ekbjerk wünschen baldige Genesung, genauso wie Ole, Bernt, Björn und Torben. Puh, alles ausgerichtet! Au weia, es ist schon ziemlich spät – zumindest für einen Krankenbesuch. Wann wirst du entlassen?«

»Zum Wochenende. Ab Montag sehen wir uns dann wieder im Büro. Vielen Dank für dein Kommen und die Informationen, sonst habe ich ja hier nichts, um darauf herumzudenken«, schmunzelte Sven Lundquist und drückte Britta fest die Hand.

Lundquist beschloss, noch ein wenig durch die Gänge des Krankenhauses zu schlendern.
Der Gips drückte ihn beim Liegen, war unbequem.
Den würde er noch eine Weile behalten müssen.
Mehrere Wochen, hatte der Arzt fröhlich verkündet.
Im Moment ging es ihm zwar gut, doch natürlich konnte niemand vorhersagen, wann der nächste Schub seiner Multiple Sklerose kommen und welche neuen Einschränkungen er mit sich bringen würde.
Ungewissheit ist nun das prägende Element in meinem Leben, dachte Lundquist bedrückt, und das mir, wo ich doch immer so gerne alle Fäden fest in der Hand halte.
Heute genieße ich, dass ich noch laufen kann – was wird morgen sein?
Er erreichte eine kleine Bank und setzte sich, um die vorbeikommenden Menschen zu beobachten. Viele trugen wie er einen Jogginganzug und wirkten relativ gesund, andere schlurften schwerfällig über die Gänge, in Trombosestrümpfen und Bademantel, in der Hand einen transportablen Infusomaten. Manche wurden von Angehörigen oder Besuchern im Rollstuhl über den Gang gefahren. Alles in allem herrschte hier auf den Fluren des Krankenhauses ein reges Treiben – allerdings ein nahezu lautloses. Kein Lachen war zu hören, Kindergeschrei, keine Musik oder lautstarke Diskussion über eine nachbarliche Kleinigkeit. Nur regelmäßiges Piepen und Geflüster.
Lundquist verspürte den albernen Drang, etwas völlig Sinnloses herauszuschreien – beherrschte sich aber.
Neben ihm hatte eine junge Frau auf der Bank Platz ge-

nommen. Er konnte nicht sagen, wie lange sie schon dort saß und ihn interessiert beobachtete.

Überrascht erwiderte er ihren Blick.

Sie war schlank und hatte zarte, langgliedrige Finger. Ihre Hände lagen ineinander verschlungen in ihrem Schoß. Die großen, braunen Augen blitzten fröhlich, ihre braunen, krausen Haare glänzten selbst im künstlichen Kliniklicht. Lundquist war fasziniert.

»Darf ich dich mal was fragen?« Warm und weich klang ihre Stimme, fand der Hauptkommissar und nickte sprachlos. »Bist du nicht der Ermittler, der den Mord an der Frau im Ferienhaus aufgedeckt hat?« Wieder nickte er.

Wenn ich jetzt nicht bald mal was Intelligentes über die Lippen bringe, wird sie mich noch für völlig verblödet halten, dachte Lundquist ärgerlich.

»Ja«, sagte er deshalb etwas heiser. »Sven Lundquist«, stellte er sich vor.

»Magda Bluhm – Du bist bei dem Einsatz verletzt worden?«, fragte sie und machte ein so bestürzt-bekümmertes Gesicht, dass Lundquist lächeln musste.

»Nun, ja. Nicht so richtig schlimm. Am Wochenende gehe ich nach Hause. Und du, warum bist du hier?«

»Oh – ich bin einfach nur sehr ungeschickt. Ich bin am Stora - Theater für die kommende Spielzeit engagiert und habe gerade meine neue Wohnung bezogen. Ich wollte eine Lampe aufhängen und dachte, die Wackelei der Leiter würde ich lässig durch Geschicklichkeit und Körperbeherrschung ausgleichen können. Doch weit gefehlt! Es wird wieder werden.«

»Was wird wieder werden?«

»Bei dem Sturz von der Leiter habe ich mir eine Milzruptur zugezogen. Es musste operiert werden. Aber nun gehe ich bald nach Hause – wie du.«

»Du bist auf was anderes draufgefallen, nicht?«, bohrte Lundquist weiter, um den Gesprächsfaden nicht abreißen zu lassen.

»Ja. Ausgerechnet auf die Metallkiste mit meinen Partituren!«

Sie unterhielten sich lange und Lundquist erfuhr, dass Magda Opernsängerin war. Sie sang Alt und hatte schon Engagements in Deutschland und Amerika gehabt. Aber am besten gefiele es ihr eben doch zu Hause. Und so hätte sie sich gleich auf die Stelle hier in Göteborg beworben, um wieder in Schweden singen zu können. Ihre neue Wohnung läge fast neben dem Theater, schwärmte sie, in der Stora Nygatan, gleich neben dem Design Museum. Lundquist bekannte sofort, auch in dieser Straße zu wohnen und erzählte ihr von den vielen netten Lokalen in der Umgebung.

Plötzlich fragte er: »Magda, wenn du dich angeschlagen fühlen würdest – aber deine Stimme wäre nicht betroffen – würdest du dennoch aufhören zu singen?«

Magda ließ sich das durch den Kopf gehen. »Du meinst eine chronische Krankheit vielleicht, so wie Niereninsuffizienz zum Beispiel? Wenn ich also Dialyse machen müsste, mehrmals in der Woche? Etwas in der Art?« Als er nickte, meinte sie: »Nein. Solange ich meine stimmliche Qualität erhalten kann, werde ich singen. Auf keinen Fall würde mich so etwas zur Aufgabe bringen. Wenn ich nicht mehr singen wollte – ja. Dass wäre etwas ganz anderes, eine freie, eigene Entscheidung. Aber sich bezwingen lassen – nein«, ihre Wangen röteten sich vor Eifer.

»Nun, bei mir ist aber so vieles von den Entscheidungen abhängig, die ich treffe. Eine chronisch sich verschlechternde Erkrankung könnte mich bei manchen Dingen behindern – zum Beispiel, weil ich ständig an sie denken muss.«

»Das hört nach einiger Zeit auf. Auch Krebspatienten denken nicht pausenlos über ihre Krankheit nach. Sie wissen, dass sie krank sind – aber es beherrscht nicht ihr gesamtes Denken.«

»Ich habe Multiple Sklerose. Noch kann ich laufen. Noch kann ich alles sicher in der Hand halten. Noch ist meine Atmung in Ordnung. Was aber, wenn das alles nicht mehr geht?« Worüber rede ich hier eigentlich? Ich sitze neben der bezauberndsten Frau der Welt und das Einzige, was mir einfällt, ist, sie mit meinen Problemen zu belasten und ihr meine Erkrankungen aufzuzählen, dachte Lundquist wütend, während er fassungslos seinen eigenen Worten nachlauschte. Das darf doch alles gar nicht wahr sein!

»Aber du musst doch nicht jetzt deinen Beruf an den Nagel hängen, weil es dir später einmal schlechter gehen könnte! Noch kannst du doch mit ganzer Kraft Mörder jagen!«

»Und wenn ich Fehler mache?« Es fühlte sich gut an. Wie lange habe ich eigentlich mit keiner Frau mehr gesprochen, privat?, überlegte der Lundquist. Vielleicht habe ich es verlernt?

»Dann wird dich jemand darauf hinweisen, sei unbesorgt. Dann ist immer noch Zeit, über Konsequenzen nachzudenken. Außerdem, wer weiß denn schon, wie die Krankheit bei dir verläuft. Soweit ich weiß, gibt es auch ganz langsame Verschlechterungen über Jahrzehnte. Und du wirst doch auch sicher behandelt, nicht?« Sie sah ihn an. Er nickte: »Interferon.«

»Nein, ich würde an deiner Stelle einen Freund ins Vertrauen ziehen und die anderen in Unwissenheit lassen. Sonst wirst du am Ende noch in Watte gepackt! Der Freund wird dir schwierige Dinge vielleicht mal abnehmen und er wird es dir sagen, wenn er glaubt, dass du krankheitsbedingte

Fehler machst. So lange kannst du getrost warten mit deinen Konsequenzen.« Sie strahlte ihn an, und Lundquist spürte die Energie hinter ihren Worten.

Diese kleine Frau würde so schnell keiner unterkriegen.

»Oft denke ich auch, wir nehmen uns und unsere Probleme viel zu wichtig. Sag' mal, ist dir die Panspermietheorie ein Begriff?«, fragte Magda plötzlich.

»Ja. Das Leben auf der Erde entstand aus Partikeln, die mit dem Staub anderer Sterne zu uns auf unseren Planeten kamen, richtig?«, antwortete Lundquist amüsiert und kam sich plötzlich vor wie in einem Quiz.

Magda nickte eifrig. »Siehst du, wenn das nun wirklich so sein sollte, dann sind wir alle doch nichts anderes als das Produkt von Sternenstaub. Ist das nicht ein romantischer Gedanke: Geboren aus Sternenstaub.« Ihr Ton wurde schwärmerisch, ihre Stimme plätscherte weich und angenehm, sie breitete die Arme aus und Sven Lundquist war nur allzu bereit sich von ihrer Stimmung mitreißen zu lassen wie von einer warmen Woge.

Wann hatte er sich das letzte Mal so wohl gefühlt?

Janssons Frestelse

Zutaten für 4 Portionen:

1 kg	festkochende Kartoffeln
3	große Zwiebeln
300 g	›unechte‹ Anchovisfilets (oder Matjesfilets)
250 ml	Sahne
125 ml	Milch
6 EL	Paniermehl
1	Bund frischer Dill

Piment, grober Pfeffer und Butter

›Janssons Versuchung‹ ist in Schweden ein sehr beliebter Auflauf, vor allem zur Weihnachtszeit. Umstritten ist jedoch, ob es wirklich der Opernsänger und Gourmet Per Adolf ›Pelle‹ Janzon war, der dem Gericht seinen Namen verliehen hat. In jedem Fall stammt es aus der Region Småland, wo es typischerweise in den noch heißen Öfen der Glasbläsereien zubereitet wird.

Wundern Sie sich bitte nicht über die Bezeichnung ›unechte‹ Anchovisfilets in der Zutatenliste, es handelt sich dabei um Sprotten aus der Ostsee, die ähnlich wie Sardellen bzw. ›echte‹ Anchovisfilets in den südlichen Ländern filetiert, eingesalzen und fermentiert als würzende Zutat verwendet werden. Nur werden sie viel weniger stark eingesalzen, sind dadurch milder und erinnern somit vom Geschmack her an Matjesfilets, die sie deshalb gerne als

Ersatz benutzen können. ›Echte‹ Anchovisfilets sind hingegen kein guter Ersatz – Finger weg davon!

Zuerst werden die Zwiebeln in Ringe, die Kartoffeln in Stifte geschnitten. Die Zwiebeln werden in einer Pfanne in Butter angeschwitzt. Dann geht es ans Einschichten in eine gebutterte Auflaufform: eine Lage Kartoffeln als Grundlage wird mit den Zwiebeln und den Anchovis belegt, darauf kommt noch einmal eine Schicht Kartoffeln. Anschließend werden Sahne und Milch mit einer Prise Piment über die Lagen gegossen und das Ganze mit reichlich grobem Pfeffer und dem Paniermehl bestreut. Darüber noch ein paar Butterflöckchen – und ab in den Ofen damit.

Im vorgeheizten Ofen sollte das Gericht nun bei 200°C etwa 40 Minuten garen. Nach dem Garen ist von den mürben Anchovisfilets kaum mehr als Würze und Geschmack da, die Filets selbst haben sich weitgehend aufgelöst.

Jetzt noch den Auflauf schön mit Dill garnieren und sich von ›Janssons Versuchung‹ verführen lassen.

Köttbullar

Zutaten für 4 Portionen:

500 g	Rinder- oder gemischtes Hack
1	mittelgroße Kartoffel (mehlig kochend)
1	Zwiebel
1	Ei
50 g	Paniermehl oder Zwiebackkrümel
150 ml	Sahne

Butter, Öl, Salz, Pfeffer, Piment, Petersilie
eventuell Mehlbutter, Rinderbrühe, Milch

Köttbullar sind nicht nur Lars' Leibgericht, sondern auch das von Karlsson vom Dach und fast allen schwedischen Kindern. In schwedischen Haushalten werden mindestens alle zwei Wochen Köttbullar gegessen, denn sie schmecken selbst zubereitet viel besser als die IKEA-Kugeln.

Die Kartoffel kochen und zerdrücken. Die gewürfelte Zwiebel glasig schwitzen und abkühlen lassen. Hackfleisch, Zwiebel, Kartoffel, Paniermehl, gehackte Petersilie, Pfeffer, Piment, Salz, Ei und 50 ml der Sahne vermischen. Bei der Verwendung von Zwiebackkrümeln statt des Paniermehls, diese vorab mit 150 ml Milch etwa eine halbe Stunde aufquellen lassen, und dann leicht ausgedrückt zu den anderen Zutaten geben. Wenn alles gut vermischt ist, werden mit feuchten Händen etwa 3 cm große Bällchen geformt, die auf einem Backblech etwa eine Stunde von der Kneterei ausruhen.

Öl und Butter in einer Pfanne zusammen erhitzen und die Köttbullar gleichmäßig von allen Seiten braten. Die fertigen Bällchen im Ofen warmstellen, denn die obligatorische Soße braucht noch ein wenig Zeit.

Dafür das überschüssige Fett aus der Pfanne ab- und unter Rühren die restliche Sahne und gegebenenfalls etwas Rinderbrühe an den Bratensatz angießen. Wem die Sauce zu dünn erscheint, der kann mit Mehlbutter für mehr Bindung sorgen. Dazu vorab Mehl und weiche Butter in gleichen Teilen vermischen und z. B. als Rolle kaltstellen (sollte man eigentlich immer im Kühlschrank haben). Bei Verwendung von Mehlbutter muss die Soße allerdings noch etwas länger vor sich hinköcheln, damit sich der Mehlgeschmack verflüchtigen kann. Das dauert etwa 20 Minuten.
Die Köttbullar werden stilecht zusammen mit der Soße, Preiselbeerkompott und Kartoffelpüree gereicht. Ein frischer Blattsalat macht sich auch ganz gut in dieser Runde. Annalena verzichtet – wie von Lars erwähnt – auf die Sahnesoße, und reicht Petersilienkartoffeln statt -püree. Das ist Geschmackssache.

Exotisch wird es für uns Mitteleuropäer, wenn wir – wie auch immer – Elchhack in die Finger bekommen, für Schweden ist das allerdings keine außergewöhnliche Köttbullar-Variante.

Mutzenmandeln

Zutaten:

250 g	Mehl
80 g	weiche Butter
50 g	gemahlene Mandeln
60 g	Zucker
1	Prise Salz
1	ungespritzte Zitrone
2	Eier
2 EL	Rum
1 TL	Backpulver
etwa 1 kg	Butterschmalz zum Ausbacken

Puderzucker

Typisch sind die Mutzenmandeln nicht nur für den badischen Raum als Fasnetsgebäck – sie werden besonders auch im Rhein- und dem Bergischen Land zum Advent, an Silvester und zu Karneval in allen Bäckereien und auf dem Weihnachtsmarkt angeboten. Hinsichtlich der Frage ›Selber backen oder beim Bäcker des Vertrauens kaufen‹ sind die Meinungen gespalten, manch einer schwört auf die Mutzenmandeln seines Bäckers und käme nie auf die Idee, sie besser hinzubekommen, andere wiederum haben ihr spezielles Geheimrezept. Die Vielfalt der Rezeptvariationen ist größer, als man glauben mag. Probieren Sie einfach einmal unser Rezept, und ändern es dann gerne nach Ihren Wünschen ab. Vielleicht trifft es aber auch genau Ihren Geschmack ...

Butter, Salz, Zucker und Eier werden mit Zitronenschalenraspeln vermengt und schaumig geschlagen. Anschließend Rum, gemahlene Mandeln, Backpulver und Mehl unterheben. Nun hat unsere Mutzenmasse eine halbe Stunde Zeit sich im Kühlschrank auszuruhen.

Das Butterschmalz sollte in einem hohen Topf auf eine Temperatur von etwa 180° erhitzt werden. Zwischen zwei Teelöffeln lässt sich der Teig am besten in die typische Mandelform bringen. Im Fett schwimmend werden die Mutzenmandeln goldbraun gebacken, mit der Schaumkelle aus dem Topf gehoben, auf Küchenkrepp gebettet und vor dem Servieren mit Puderzucker bestäubt.

Wird der Teig in kleinen Teigfetzen oder -rauten frittiert, die sich beim Ausbacken etwas rollen, dann nennt man das Ergebnis einfach nur Mutzen – logisch, denn sie sehen ja nicht wie Mandeln aus. Es müssen auch nicht notwendigerweise gemahlene Mandeln im Teig sein, der Name stammt nur von der Form des Gebäcks. Es gibt z. B. Variationen mit Apfelstückchen oder Quark im Teig.

Gravad Lax

Zutaten:

1	frische Lachsseite mit Haut (ca. 750 g)
100 g	Meersalz
50 g	Zucker
5 Bund	Dill

nach Belieben Senf-, Pfeffer-, Pimentkörner und/oder Wacholderbeeren

Glaubt man dem schwedischen Volksmund, so braucht man für die traditionelle Zubereitung des Gravad Lax Stille, Kühle und Schatten. Vor Jahrhunderten, als das Rezept entstand, wurde der Lachs noch in Erdlöchern eingegraben und mit Steinen beschwert. Daher auch sein Name, der übersetzt ›eingegrabener Lachs‹ bedeutet. Kühle brauchen Sie auch heute noch, vor allem jedoch Geduld, da der Lachs mindestens zwei Tage ruhen muss. Dann jedoch kann der Gravad Lax, so wie in Schweden, bei einem üppigen Sonntagsfrühstück oder als delikate Vorspeise verzehrt werden.

Falls nicht schon geschehen, wird der Fisch zunächst vorsichtig geschuppt, ohne die Haut zu entfernen. Mit einer Pinzette lassen sich leicht die Gräten entfernen. Die Haut sollte an mehreren Stellen eingeschnitten werden, damit die Beize auch von unten ins Fleisch eindringen kann.

Zucker, Salz und die von Ihnen bevorzugten Gewürz-
körner – die Sie am besten vorab in einem Mörser etwas
›anbrechen‹, damit sie mehr Aroma entwickeln können –
werden mit dem Dill gemischt und der Fisch von allen
Seiten großzügig mit der Mischung eingerieben. Nun wird
das Filet samt Beize in Klarsichtfolie gewickelt und in eine
Auflaufform gelegt. Beschwert mit einem Küchenbrett
und einem Gewicht wandert der Fisch nun in den Keller
oder Kühlschrank, wo er 48 Stunden Zeit hat, Geschmack
und Aromen der Beize anzunehmen. Während dieser Zeit
sollte das Paket mehrmals gewendet werden.

Vor dem Verzehr wird die Beize unter fließendem Wasser
abgewaschen. Mit einem scharfen Messer können nun
vom Schwanz zum Kopf hin dünne Scheiben aufgeschnit-
ten werden. Dabei ist darauf zu achten, dass die Haut und
die dunklere Fettschicht des Lachsfleisches aus optischen
und geschmacklichen Gründen ausgespart werden.

Gravad Lax Sauce

Zutaten:

2 EL	milder Senf
1 TL	Dijonsenf
2 EL	Zucker
2 TL	Weißwein- oder Himbeeressig
200 ml	Sonnenblumen- oder Rapsöl

Salz, Pfeffer, gehackter Dill

In Gravad Lax Sauce muss Ihr Lachs nicht unbedingt schwimmen, aber leicht umschmeichelt wird er davon doch sehr gerne.

Essig, Senf, Zucker, Salz und Pfeffer in einer Schüssel vermengen und das Öl unter ständigem Rühren in einem dünnen Strahl hinzufügen. Zum Schluss den Dill beifügen und die Sauce zum frischen Lachs reichen.

Sollten Sie zufällig schwedischen süßen Senf zur Verfügung haben, dann nehmen Sie den bitte statt des milden Senfes, die Zuckermenge können Sie dann je nach Geschmack reduzieren.

Pytt i Panne

Zutaten für 4 Portionen:

800 g	festkochende Kartoffeln
300 g	gekochter Schinken, Fleischwurst oder Bratenreste
300 g	Crème fraîche
60g	Butter
3	Zwiebeln
4	Gewürzgurken
250 ml	Bratensaft à la Hausgemacht (zur Not ein Fertigprodukt)
3 EL	gehackte Petersilie

Salz, Pfeffer

Pytt i Panne ist – anders als der Name ›winzig in der Pfanne‹ andeutet – ein sehr deftiges Resteessen. Die Variation der Zutaten macht den Charme dieses Gerichts aus, und so tut es dem Geschmack des Essens keinen Abbruch, wenn anstelle von gekochtem Schinken ›nur‹ Fleischwurst, Speck oder Braten zur Hand ist.

Die Kartoffeln werden gekocht und noch heiß gepellt. Schinken, Gurken, Zwiebeln und Kartoffeln werden in möglichst gleichförmige, kleine Stücke gewürfelt. In einer großen Pfanne werden in der Butter zunächst die Zwiebeln angedünstet und schließlich die restlichen Würfel hinzugefügt. Während des Anbratens sollte nicht zu viel gerührt werden. Hat das Gericht eine gold-bräunliche Färbung erreicht, verteilen Sie es auf die Teller der hungernden Meute. Der Bratensatz wird nun mit Bratensaft und der Crème fraîche abgelöscht. Kurz aufgekocht, wird das fertige Pytt i Panne mit der Soße gekrönt. Noch eine Handvoll gehackte Petersilie darüber geben - fertig!

Ob alleine oder aber mit frischem Blattsalat, roter Beete und Spiegeleiern – dieses Gericht verträgt sich besonders gut mit einem kühlen Bier, und einem schwedischen Aquavit.
Traditionell wird das Gericht mit einem Eigelb in halber Eischale gereicht. So kann sich jeder Gast sein Eigelb nach Belieben untermischen. Selbstredend sollte man das nur mit wirklich frischen Eiern machen. Am besten haben Sie das Huhn beim Legen beobachtet, ihm dann unversehens das Ei entwendet und direkt in die Küche zum Pytt i Panne getragen.

Glögg

Zutaten:

1 l	Rotwein
250 ml	Rum (wahlweise Madeira, Vodka, Aquavit oder Korn)
1	Zimtstange
1	Packung Vanillezucker
4	Nelken
½ TL	gemahlener Kardamom
50 g	abgezogene Mandelstifte
100 g	Rosinen
100 g	Zucker

Schale von einer unbehandelten Orange

Der beliebte schwedische Weihnachtspunsch glödgat vin, kurz Glögg, bedeutet wörtlich übersetzt Glühwein. Aber Vorsicht: Der Glögg ist so etwas wie der große, erwachsene Bruder unseres heimischen Glühweins, denn neben Mandeln und Rosinen als Einlage hat der Glögg auch wesentlich mehr Umdrehungen zu bieten.

Im ersten Schritt werden Rotwein, Vanillezucker, Kardamom, Zimtstange, Rosinen und Nelken in einem Topf erhitzt. Dabei ist es wichtig, den Glögg nicht zum Kochen zu bringen, sondern ihn langsam auf kleiner Flamme zu erwärmen. In einem kleineren Topf wird der Zucker mit Rum übergossen und angezündet. Wenn der Zucker völlig geschmolzen ist, wird die Mischung zum Rotwein gegeben. Nun sollte der Glögg über Nacht richtig schön durchziehen.

Vor dem Servieren werden die Gewürze aus dem Glögg herausgefischt, der Glögg erhitzt und die Mandelstifte hinzugefügt.

Älggulasch

Zutaten für 4 Portionen:

600 g	Elchfleisch
½ l	Dunkles Bier (nicht Dunkelbier!)
300 g	Pfifferlinge
1	Becher Crème fraîche
3	Möhren
2	Zwiebeln
2 EL	Tomatenmark
2 EL	Preiselbeergelee oder schwarzes Johannisbeergelee
1	Brühwürfel
je ½ TL	Rosmarin und Thymian

Salz, Pfeffer, Wacholderbeeren, eventuell Mehlbutter

Aus dem Bier und etwa 1,5 l Wasser, dem Brühwürfel, dem Tomatenmark, einigen zerdrückten Wacholderbeeren, dem Rosmarin und Thymian wird eine kräftige Brühe in einem großen Kochtopf gekocht.

In einem zweiten Schritt werden die Zwiebeln in Ringe und das Fleisch in Würfel (ca. 3x3 cm) geschnitten und zusammen angebraten, bevor sie sich zur Brühe gesellen. Die Brühe wird mit Pfeffer abgeschmeckt und köchelt mindestens eine dreiviertel Stunde leise vor sich hin, wenn Sie die Zeit haben, auch gerne länger, das Fleisch wird dann noch zarter und mürber. Schließlich die geputzten und in Scheiben geschnittenen Möhren zum Gulasch hinzufügen und weitere 20 Minuten mitkochen.

Wenn das Fleisch durch ist und eine Konsistenz erreicht hat, die Sie mögen, rühren Sie die Crème fraîche ein. Gleichzeitig die geputzten Pilze in einer separaten Pfanne anbraten und zum Gulasch geben. Mit Mehlbutter (siehe Rezept »Köttbullar«) kann das Gulasch nach Belieben angedickt werden. Beachten Sie, dass bei Verwendung von Mehlbutter die ganze Chose noch einmal etwa 20 Minuten köcheln muss, damit der Mehlgeschmack entfleucht. Schließlich mit Preiselbeer- oder Johannisbeergelee abschmecken.

Zum Gulasch können Klöße, Salzkartoffeln oder Nudeln (z. B. Spirelli) gereicht werden. Ein frischer Blattsalat oder gedünsteter Brokkoli passen dazu sehr gut.

Je nach Verfügbarkeit kann das Elchfleisch auch durch Hirsch-, Reh-, Rind- oder Rentierfleisch ersetzt werden.